古典文獻研究輯刊

二六編
曾永義 主編

第6冊

李白的人生轉捩與文學

李芸華 著

國家圖書館出版品預行編目資料

李白的人生轉捩與文學／李芸華 著 -- 初版 -- 新北市：花木
蘭文化事業有限公司，2022〔民111〕
目 2+256 面；19×26 公分
（古典文學研究輯刊 二六編；第 6 冊）
ISBN 978-986-518-996-9（精裝）
1.CST：（唐）李白 2.CST：傳記 3.CST：學術思想
4.CST：詩評
820.8   111009914

ISBN-978-986-518-996-9

古典文學研究輯刊
二六編 第 六 冊   ISBN：978-986-518-996-9

李白的人生轉捩與文學

作　　者　李芸華
主　　編　曾永義
總 編 輯　杜潔祥
副總編輯　楊嘉樂
編輯主任　許郁翎
編　　輯　張雅淋、潘玟靜、劉子瑄　美術編輯　陳逸婷
出　　版　花木蘭文化事業有限公司
發 行 人　高小娟
聯絡地址　235 新北市中和區中安街七二號十三樓
　　　　　電話：02-2923-1455／傳真：02-2923-1452
網　　址　http://www.huamulan.tw 信箱 service@huamulans.com
印　　刷　普羅文化出版廣告事業
初　　版　2022 年 9 月
定　　價　二六編 23 冊（精裝）新台幣 62,000 元

李白的人生轉捩與文學

李芸華　著

作者簡介

李芸華，1991 年出生於陝西榆林，2020 年獲得廈門大學文學博士學位，任職廈門市文化和旅遊局，在《廈門大學學報》《廈大中文學報》等期刊發表《盛唐集賢學士之文學地位與影響》《周邦彥詞接受史新論》等論文 10 篇，主要研究方向是漢唐文學、中國古典詩歌研究、唐詩之路。

提　　要

　　本文著眼於李白人生的幾個關鍵節點，採用外緣的考證和內在的文學藝術分析相結合的方法，考察人生轉捩與李白創作之間的關係，是李白人生與作品分期研究的首次系統嘗試。

　　實現從政理想是貫穿李白一生的主線，但他在政治上採取的三次重大行動都以失敗告終。一是開元十八年因雪謗無門西入長安求仕卻屢經困厄、落魄而歸，這是李白第一次有意識地實踐政治理想卻深刻地感受到世路艱難、抱負難以施展的關鍵事件。二是天寶元年秋因道士身份和道教信仰得以供奉翰林，獲得前所未有的近臣體驗，卻在天寶三載初被唐玄宗賜金放還，這是李白政治生涯的頂峰，也是他最接近人生理想卻與之失之交臂的重要經歷。三是至德二載因投身永王李璘軍幕被繫獄潯陽、流放夜郎，遭遇嚴重的生存危機和極致的生命體驗，身心受到重創，這是李白政治生涯中最慘烈的一次失敗，也是他一生最危險的時期。這三次重大挫折是李白人生的三個重要轉捩，它們不僅左右了李白的仕途和功名，也深刻影響了他的情緒和精神，進而在作品的內容、題材、體裁、風格等方面產生相應的丕變。此外，李白一生婚合四次，妻、妾在時間上是並存的，婚姻中的獨特體驗對他的創作也有重要影響，並以三次人生轉捩為界呈現出鮮明的變化。

目

次

緒　論〔註1〕

一、選題依據

　　李白是唐代偉大詩人，是中國文學史上璀璨的明星，他把唐代詩歌推到了新階段，把中國詩歌藝術推上了頂峰。李白被譽為天才詩人，他的文學風格成熟較早且相對穩定，很難清晰地理出其藝術發展變化的過程。不過，李白屬於主觀詩人，他的作品多以「我」為表現對象，而對畢生書寫自我的作家來說，沒有什麼能比自身的點滴體驗，尤其是生命歷程中的重大際遇，更能對他的創作產生影響。李白熱心仕進，一生積極入世，追求事業成功，以功成身退作為出處的原則，渴望先建樹經世濟民的功業，再享受隱逸求仙的自由。可以說，實現從政理想是貫穿李白生命的一條主線。但是，李白的求仕之路坎坷不平，他在政治上採取的三次重大行動，即初入長安、供奉翰林和入永王幕，分別以落魄而歸、賜金放還和繫獄流放告終，這三次挫折也是他人生的三個轉捩，對他的人生走向、思想觀念和文學創作都產生了重要影響。

　　首先，初入長安是李白第一次有意識地實踐政治理想卻深刻地感受到抱負難以施展的關鍵事件。開元十二年（724）出蜀後，李白漫遊江漢、吳越，

〔註1〕注釋體例：1. 文中所引李白詩文皆以郁賢皓校注《李太白全集校注》為據。2. 古籍文獻在文中首次出現時，標明作者、書名、卷數、出版社、出版年份和頁碼；再次出現，僅標明（作者）書名、卷數、冊數和頁碼。3. 專著在文中首次出現時，標明作者、書名、出版社、出版年份和頁碼；再次出現，僅標明作者、書名和頁碼。

於開元十五年（727）定居安陸，與高宗時宰相許圉師的孫輩結親，逐漸進入安陸的上流社會。開元十八年（730），因讒謗喧騰，難見容於安陸，李白轉而西入長安求仕，追求「申管、晏之談，謀帝王之術。奮其智能，願為輔弼，使寰區大定，海縣清一。事君之道成，榮親之義畢，然後與陶朱、留侯，浮五湖，戲滄洲」〔註2〕的人生理想。他滿以為功成身退是「不足為難」的事情，未料到「大道如青天，我獨不得出」〔註3〕，干謁對象由王公大人降至地方長史、司馬、縣尉，都沒有獲得舉薦進而叩開君門的機會，還飽嘗奔走權門的冷遇和屈辱，第一次遭到理想受挫的嚴重打擊，對懷才不遇和世路艱難有了深切體會。這段經歷激發了李白天性中強烈的自尊自信和叛逆精神，使他第一次鮮明地表現出笑傲禮法、縱酒不羈的姿態和傲視權貴、平交王侯的思想風概。

其次，供奉翰林與賜金放還是李白政治生涯的頂峰，是他最接近人生理想卻與之失之交臂的一段重要經歷。天寶元年（742）秋，李白經玉真公主、賀知章等薦舉、稱揚，被玄宗徵召入京，以布衣為翰林供奉。初入朝時，玄宗對李白寵遇有加，「降輦步迎，如見綺、皓。以七寶牀賜食，御手調羹以飯之」〔註4〕，還「問以國政」，命他「潛草詔誥」〔註5〕、「制出師詔」〔註6〕，參與一些機要事務。李白也非常興奮，放言「待吾盡節報明主，然後相攜臥白雲」〔註7〕，熱情地謳歌聖朝，以為實現抱負、功成身退的機會終於來到。但是，時日既久，玄宗仍未給李白安排政治職務，李白也意識到他的主要工作是以詩筆助興宮廷娛樂，這不能不令他感到失落。李白性喜自由，行為舉止放縱不羈，本就不耐宮中的拘謹生活，再加上受到姦佞之徒的讒毀，逐漸被玄宗疏遠，深感實現理想的可能微乎其微。經過一番艱難的心理掙扎，他於天寶三載（744）春上書請還，「天子知其不可留，乃賜金歸之」〔註8〕，落寞地離開長安。這段近臣經歷既給李白留下難以忘懷的記憶，使他在以後的人生中反覆回味，又讓他對權力中心的複雜鬥爭有了切身體驗，第一次對從政

〔註2〕 《代壽山答孟少府移文書》，郁賢皓校注《李太白全集校注》卷二十五，鳳凰出版社2015年版，第7冊，第3637頁。
〔註3〕 《行路難三首》其二，《李太白全集校注》卷二，第1冊，第278頁。
〔註4〕 （唐）李陽冰《草堂集序》，《李太白全集校注·附錄》，第8冊，第4214頁。
〔註5〕 （唐）李陽冰《草堂集序》，《李太白全集校注·附錄》，第8冊，第4214頁。
〔註6〕 （唐）魏顥《李翰林集序》，《李太白全集校注·附錄》，第8冊，第4215頁。
〔註7〕 《駕去溫泉宮後贈楊山人》，《李太白全集校注》卷七，第3冊，第1111頁。
〔註8〕 （唐）李陽冰《草堂集序》，《李太白全集校注·附錄》，第8冊，第4214頁。

理想產生幻滅感，一度於學道求仙和及時行樂中療治失志的傷痛。但是，供奉翰林畢竟使李白「文竊四海聲」〔註9〕，對他以後的漫遊和交際頗有助益，也增強了他在當代文壇的影響力。

　　最後，因投身永王李璘軍幕而獲罪繫獄潯陽、流放夜郎，是李白政治生涯中最慘烈的一次失敗，也是他一生中最危險的時期。至德元載（756）十二月，永王李璘率軍東下，李白從廬山應辟入幕，參加討伐安史叛軍的活動，期望靜亂濟世，報效國家。他情緒高昂地以謝安自許，謂「但用東山謝安石，為君談笑靜胡沙」〔註10〕，樂觀地以為等到了出任輔弼之臣的機會。但是，肅宗猜忌永王，認為他有異志，發兵征討。至德二載（757）二月，永王兵敗被殺，李白也因入永王幕被追及逮捕，繫入潯陽獄中。初秋，雖蒙江淮宣慰使崔渙、御史中丞宋若思等援救，李白曾一度脫囚出獄，並參謀宋若思幕府，但仍然被朝廷追究罪責，判處他流刑中最重的一種，即流放夜郎。大約在乾元元年（758）初春，李白從潯陽踏上流途，次年暮春行至巫山，正逢朝廷因大旱頒發赦令，才僥倖被放還。可以說，安史之亂對李白的影響是從他入永王幕開始的。從入幕到南奔，從入獄到出獄，從流放到半道赦還，李白經歷了人生中最嚴重的生存危機和最極致的生命體驗，身心受到重創。這段遭際粗暴地打斷了他在免受戰火侵擾的江南避禍全身的漫遊和隱居生活，使他真正被捲入到安祿山叛亂以來的社會大動亂和殘酷的皇權鬥爭中，對他的人生、思想和創作都產生了重要影響。

　　除政治活動外，婚姻中的獨特體驗對李白的人生和創作也有重要影響，這從他有別於同時代詩人，將婚姻生活作為常見的書寫對象即可看出。實際上，婚姻在李白的人生轉捩中扮演著重要角色。首先，李白初入長安追求人生理想的原因之一，是家庭矛盾引發的風波使他難以在安陸立足。其次，奉詔入京前夕，李白興奮地歌唱「會稽愚婦輕買臣，余亦辭家西入秦。仰天大笑出門去，我輩豈是蓬蒿人」〔註11〕，一掃長期以來被妻妾輕視的憋屈。最後，身陷潯陽獄時，李白得繼室宗氏奔走營救，踏上流途時，又蒙妻弟宗璟相送，在患難中享受到婚姻和家庭的溫暖。

〔註9〕　《經亂離後天恩流夜郎憶舊遊書懷贈江夏韋太守良宰》，《李太白全集校注》卷九，第3冊，第1373頁。

〔註10〕　《永王東巡歌十一首》其二，《李太白全集校注》卷六，第3冊，第936頁。

〔註11〕　《南陵別兒童入京》，《李太白全集校注》卷十二，第4冊，第1887頁。

　　儘管這些人生際遇未必能持續影響李白一生，但在事件發生的三、五年內，其作品的題材、體裁、主題、風格和抒情主人公形象等發生了很大變化。就這一層面而言，李白人生的三大轉捩也是他創作歷程的分界線。反觀這些變化，有助於我們探知李白在重大境遇中的自我認知和生命體驗，從而盡可能走近詩人的心靈世界，將他從超現實的仙人和不可知的天才，還原為追求現世功業和人生幸福的真切人物。

二、研究現狀

　　作為中國文學史上的奇才，李白不僅在當時引起極大的轟動，還得到歷代詩評家和學者持續不斷的品評和研究，至今已積累了相當可觀的成果，取得了令人矚目的成績。不過，就李白的創作歷程而言，研究者或著眼於生平研究，用作品勾勒詩人跌宕起伏的一生；或以藝術分析為主，在傳統的詩文評點之外，綜論李白的詩歌題材、文學體式、文學風格、藝術特徵、文學思想、藝術淵源、文學成就等；較少對李白的創作做分期研究。筆者以為，李白在政治活動中的三次重大失敗，在一定時期內對他影響很大，不啻為其人生和創作歷程的分界線，故以此為中心，採取分階段和分專題相結合的方法，對相關研究作一述評。

（一）李白的人生與創作分期

1. 李白的人生分期

　　這方面的研究以傳記和詩歌選本最為突出。先看基於行蹤的分期，這是最常見的分類標準。二十世紀五十年代，王瑤在《李白》（三聯書店 1951 年版）一書中，講述了李白從蜀中生活、仗劍遠遊、長安三年、十載漫遊、從璘與釋歸到淒涼的暮年的生命軌跡，實際上將李白的人生劃分為六個階段。六十年代，王運熙與弟子在《李白的生平和思想》（《李白研究》，作家出版社 1962 年版）中，將李白的一生大體劃分為五個階段，即蜀中時期（705～726）、以安陸為中心的第一次漫遊時期（726～742）、長安時期（742～744）、以東魯、梁園為中心的第二次漫遊時期（744～755）和安史之亂時期（755～762），成為學界的主流說法。

　　七十年代，隨著李白生平研究的重大突破與不斷深入，尤其是兩次入京說的提出和討論，以李白行蹤為基準的人生分期的劃分越來越清楚和細緻。代表性的分類有：安旗在《李白縱橫探》（陝西人民出版社 1981 年版）中的

九段論，即少年時代、一入長安、開元後期、流寓山東、二入長安、去朝十年、幽州之行、安史亂中和流放；趙昌平在《李白詩選評》（上海古籍出版社2002年版）中的六段論，即蜀中初學與辭親遠遊（701～725）、初遊東南與迴向江漢（725～727）、酒隱安陸與初入長安（727～740）、寄家東魯與二入長安（740～744）、南北漫遊與變亂前夕（744～755）、報國蒙冤與流寓客死（755～763）；周勳初在《李白評傳》（南京大學出版社2005年版）中的九段論，即遷居昌隆、蜀中行蹤、吳楚漫遊、酒隱安陸、二入長安、梁園之戀、隨從永王、長流夜郎和寂寞余哀。

　　八十年代，李從軍首倡三次入京說，安旗陸續補充其說，勾勒出李白三入長安的始末，相繼在《李太白別傳》（人民文學出版社2004年版）、《李太白別傳（增訂本）》（西北大學出版社2005年版）中修正前說，將李白的一生細分為十三個階段，即蜀中生活、初入長安、酒隱安陸、移家東魯、再入長安、去朝十年、幽州之行、三入長安、遁跡宣城、安史亂中、入獄流放、遇赦獲釋和淪落以終。

　　再看基於重大事件的分期。郭沫若在《李白與杜甫》（人民文學出版社1971年版）一書中，將待詔翰林與賜金放還、安史亂中入永王璘幕稱作李白政治活動中的兩次大失敗，並以此為界論述李白的一生，實際上將追求政治理想作為李白生命的主線，見解深刻，發人深省。郁賢皓在《李白選集》（上海古籍出版社1990年版）中，圍繞李白的主要活動，將他的一生劃分為五個階段，即蜀中讀書和任俠時期（705～724）、追求功業時期（724～742）、供奉翰林時期（742～744）、漫遊時期（744～755）和報國蒙冤時期（755～762）。薛天緯在《李白詩選》（人民文學出版社2017年版）中，圍繞李白為實現從政理想而進行的五次重大行動，即初入長安、供奉翰林、北遊幽州、入永王軍幕和投李光弼軍，將李白的一生劃分為六個階段，分別是蜀中時期、「酒隱安陸」及初入長安前後、移家東魯及供奉翰林時期、去朝十年、從璘及長流夜郎前後、晚年。

　　上述分類有助於我們瞭解李白的生平事蹟和創作軌跡，但限於傳記及選本的編撰體例，既未能就行蹤或重大事件與文學之間的關係展開深入論述，也未明確指出李白在不同階段的創作風貌。

2. 李白的創作分期

　　建國以前，人們認為李白的詩風變化不大，即使經歷安史之亂，他的作

品也絲毫未受此事的影響。〔註12〕五十年代，林庚在《詩人李白》（《光明日報》1954年10月17日）中指出，李白主要活動在安史亂前的唐代社會的最高峰，他的詩歌反映了太平盛世，代表了盛唐詩歌突出的優點，而且形成為一種典型的風格。文章發表後，在學界引發了一場關於李白詩歌是否反映了「盛唐氣象」的討論。一直到八十年代，「盛唐氣象」論者如舒蕪、李澤厚、羅宗強、袁行霈等認為，李白詩中的蓬勃氣象體現了盛唐的時代精神，代表了盛唐的最強音，實際上將安史之亂作為李白創作歷程的分界線，強調展現「盛唐之音」「盛唐氣象」的前期。

裴斐在《談李白的詩歌》（《光明日報》1955年11月13日、20日）中反對「盛唐氣象」說，認為李白詩歌的基本主題是懷才不遇和人生若夢，感情基調是憂鬱和憤怒，進而將李白創作的分界線提前到入長安的天寶二年，強調具有深刻社會政治性質的創作後期。二十六年後，他在《論李白的政治抒情詩》（《文學遺產》1981年第1期）中修正舊說，將天寶三載去朝和安史之亂作為李白創作的兩條分界線，認為後期作品不僅在數量上遠超前期，還在思想和藝術上發生了實質性的變化。晚年編選《李白選集》（人民文學出版社1996年版），即以天寶三載辭宮和安史之亂爆發為界，將李白詩分為前期（？～744）、中期（744～755）和後期（756～762）。裴斐注重從理想受挫和現實遭遇來解釋李白詩風的變化，這是十分深刻的觀點，但天寶初一次入京說限制了他對李白早期創作成就的思考。

王昌猷、梁德林在《李白詩歌的時代特徵榷議》（《湖南師院學報》1984年第4期）中，反對裴斐關於李白詩歌「反映了盛世的崩潰」的觀點，認為安史之亂雖然使唐朝元氣大傷，但還不是全面崩潰的時代。他們也以天寶三載辭宮和安史亂起為界，將李白的創作分為三個時期，但認為早期反映了盛世的繁榮，中期是過渡期，晚期反映了盛世的衰落，著眼點仍然是李白詩歌的現實性，論述卻不及裴斐深刻。

詹鍈在《李白詩選譯》（巴蜀書社1991年版）中認為，李白的詩歌風貌以賜金還山為界，分作前後兩期。前期正當開元盛世，詩歌豪放飄逸，神情飛動；後期經歷了社會的由盛而衰，詩中有一腔憤懣，無處發洩。可惜只是

〔註12〕 參見陸侃如、馮沅君《中國詩史》，《民國叢書》第五編，上海書店1996年版，第746頁。五十年代，學界開始運用馬克思主義的唯物史觀來分析和評價李白詩歌，作者也在再版的《中國詩史》中刪去這一觀點。

點到為止，未深入論述。

　　查屏球在《裂變時代的顫音——論李白晚年詩風的一些變化》(《中國李白研究》2000 年集，安徽文藝出版社 2000 年版）中指出，至德二載受永王李璘之累到寶應元年是李白創作的晚期，詩風變化很大，實際上將至德二載入獄作為李白創作歷程的分界線。相較安史之亂，這樣劃分更符合李白的創作實際，對筆者啟發很大。

　　上述研究或以天寶三載去朝為界，將李白的創作歷程分為前後兩期；或以天寶三載去朝、安史之亂或從璘受累為界，分為早、中、晚三期；對我們探究李白在人生轉捩期的創作變化有重要的參考價值。但是，過分強調作品的現實性和批判性，難免會高視李白的政治識見，拔高他的政治形象，不利於走近詩家之心。

（二）李白人生轉捩期的主要事蹟

1. 初入長安

　　自唐代以來，研究者一致認為李白一生中只在天寶初奉詔到過一次長安。二十世紀六十年代，稗山在《李白兩入長安辨》(《中華文史論叢》第二輯，中華書局 1962 年版）中首倡兩入長安說，認為李白第一次入京約在開元二十六年夏至二十八年春之間。其行程是夏季從南陽啟程進京，到長安後隱居終南山，結識崔宗之、玉真公主、衛尉張卿、賀知章、裴十四等人。政治上沒有進展後，西北遊邠州、坊州，度過冬天，次年春歸終南山，大約在五月間取道黃河東歸。但此說提出後，近十年間未見有人響應。

　　直到 1971 年 11 月，郭沫若才在《李白與杜甫》(人民文學出版社 1971 年版）中對稗山的說法予以肯定，並根據李白《與韓荊州書》、杜甫《飲中八仙歌》等推斷，李白初入長安的時間在開元十八年，他在關內只待了一年，開元十九年五月即離京，泛舟黃河東下，抵達開封梁園。

　　1978 年以後，郁賢皓陸續發表《李白與張垍交遊新證》(《南京師範學院學報》1978 年第 1 期）、《李白兩入長安及有關交遊考辨》(《南京師範學院學報》1978 年第 4 期）、《李白初入長安事蹟探索》(《中國古典文學研究論叢》第一輯，吉林人民出版社 1980 年版）等系列論文，肯定稗山的兩入長安說和郭沫若的開元十八年初入長安說，並較多地補充了李白初入長安的論據。概言之，根據《上安州裴長史書》，考證李白初入長安的原因是安陸遭讒，雪謗無門；根據張九齡《故開府儀同三司行尚書左丞相燕國公贈太師張公墓誌銘

並序》、魏顥《李翰林集序》，證知李白詩中的「衛尉張卿」是張說之子張垍；根據《以詩代書答元丹丘》「離居在咸陽，三見秦草綠」二句，認為李白在長安待了三年，直到開元二十年五月才離京；根據《與韓荊州書》，考證李白與崔宗之、房習祖、黎昕、許瑩等人的交遊必在開元二十二年以前；提出李白與賀知章的交遊始於開元年間初入長安時；認為《蜀道難》是李白初入長安時寄寓功業難求的作品等等。之後，又結合《唐故九華觀主□師藏形記》，在《再談李白詩中「衛尉張卿」和「玉真公主別館」——答李清淵同志質疑》（《南京師大學報》1994 年第 1 期）、《李白與玉真公主過從新探》（《文學遺產》1994 年第 6 期）中提出，衛尉張卿很可能是玉真公主的丈夫或情人。

安旗《李白縱橫探》（陝西人民出版社 1981 年版）、《李白年譜》（齊魯書社 1982 年版）肯定開元十八年初入長安說，但認為李白在京逗留僅一年，開元十九年初夏即離開長安，取道黃河東下，五月至宋城梁園。秋到嵩山，憩元丹丘潁陽山居。暮秋至洛陽，直待到開元二十年秋，才從洛陽啟程返家。

目前，開元十八年李白初入長安已成為學界的主流說法。但是，仍有學者提出異議，如喬象鍾《李白》（中華書局 1982 年版）認為在開元二十三年冬，郭石山《關於李白兩入長安問題》（《吉林大學社會科學學報》1982 年第 2 期）認為在開元二十五年，李從軍《李白第一次入長安考異》（《吉林大學社會科學學報》1983 年第 1 期）認為在開元十九年底或二十年初，胥樹人《李白和他的詩歌》（上海古籍出版社 1984 年版）認為在開元二十五年至二十七年，陳建平《李白在安陸十年詩文繫年》（《李白在安陸》，華中師範大學出版社 1986 年版）認為在開元十九年春至二十一年秋，施逢雨《李白生平考案（上）》（臺灣《清華學報》新 23 卷第 4 期，1993 年）認為在開元二十五年至二十八年前後，日本學者松浦友久《李白的客寓意識及其詩思——李白評傳》（中華書局 2001 年版）認為在李白三十到四十歲後半期的一、二年，不過贊同者不多。

總之，開元十八年初入長安說的提出，為我們正確理解李白的思想和作品奠定了堅實的基礎。不過，就李白初入長安的原因、交遊、作品繫年等來說，仍有進一步補充和梳理的必要。

2. 入京供奉翰林

李白在天寶初奉詔入長安，此說歷來無異議，存在分歧的是入京時間、出發地、原因、身份、居翰林職名、去朝時間及緣由等問題。

　　關於李白入京和去朝的時間，主要有天寶元年至三載、天寶二年至四載兩種說法。清人王琦《李太白年譜》（《李太白全集》，中華書局 2015 年版）、黃錫珪《李太白年譜》（作家出版社 1958 年版）認為在天寶元年至三載，詹鍈《李白詩文繫年》（作家出版社 1958 年版）認為在天寶二年秋至四載春，郁賢皓《李白兩入長安及有關交遊考辨》認為在天寶元年秋至三載春。目前，學術界贊同天寶元年秋至三載春者居多。

　　關於李白入京的出發地，宣州南陵是歷代以來的說法。葛景春、劉崇德最先否定此說，他們在《李白由東魯入京考》（《河北大學學報》1983 年第 1 期）中指出，《南陵別兒童入京》詩在《河嶽英靈集》《又玄集》《唐文粹》中均題作《古意》，詩中所寫乃中原風光，詩題當係宋本李白集誤題，證明李白從宣州南陵入京說不可靠。又結合天寶元年四、五月間李白還在遊泰山的行蹤，及《舊唐書·李白傳》李白隱居徂徠山的記載，認為李白是從東魯奉詔入京的。安旗在《李白東魯寓家地考》（《李白研究》，西北大學出版社 1987 年版）中，結合李白作品、方志及實地考察成果，考證出李白別兒童入京的「南陵」是曲阜縣南的陵城村，其家在兗州瑕丘東門外二里之沙丘旁，認為李白由東魯奉詔入朝。此說一出，得到許多學者的肯定和贊同。

　　關於李白入京和居翰林的原因，舊說主要有四種，一是魏顥《李翰林集序》的玉真公主推薦說，二是《舊唐書·李白傳》的吳筠推薦說，三是《新唐書·李白傳》的賀知章推薦說，四是王琦《李太白年譜》的吳筠、賀知章、玉真公主推薦說。郁賢皓《吳筠薦李白說辨疑》（《南京師大學報》1981 年第 1 期）、李寶均《吳筠薦舉李白入長安辨》（《文史哲》1981 年第 1 期）同時對吳筠推薦說提出質疑，認為不可信。郁文指出，李白奉詔入京供奉翰林是出於玉真公主的推薦；李文指出，李白譽滿海內，入朝不一定是出於某一人的推薦。安旗《元丹丘薦李白入朝說》（《李白研究》，西北大學出版社 1987 年版）認為，李白奉詔入京歸根結底是元丹丘的推薦，元丹丘將他推薦給玉真公主後，玉真公主才將他推薦給玄宗。松浦友久《李白的客寓意識及其詩思——李白評傳》認為，李白經玉真公主推薦得以奉詔入京，入京後經賀知章稱揚，才得以供奉翰林。張瑞君《李白待詔翰林和出宮原因探微》（《清華大學學報》2011 年第 3 期）認為，李白是因自己的名聲被玄宗發現並徵召入宮的。丁放《玉真公主、李白與盛唐道教關係考論》（《復旦學報》2016 年第 4 期）認為，開元年間，李白與吳筠有交往的可能性，吳筠推薦說不可輕易否定。眾

說紛紜，但吳筠推薦說基本可以否定。

關於李白入京的身份，主要有文人說、道士說、道士或道士兼文學說三種。李白以文士的身份奉詔入京，這是歷代以來的說法。自李長之稱李白為「道教徒的詩人」﹝註13﹞，郭沫若提出李白是「道教的方士」﹝註14﹞以來，學界對李白與道教之關係的研究日漸深入，出現了李白以道士的身份奉詔入京的專題文章。其中，以戴偉華、房本文、錢志熙等人的觀點最具代表性。戴偉華《文化的順應與衝突──以李白待詔翰林前的生活和思想為例》（《學術研究》2006年第2期）認為，李白以道教徒的身份入京待詔翰林；房本文《論李白待詔翰林的道教徒身份》（《中國李白研究》2009年集，黃山書社2009年版）認為，李白待詔翰林的身份只能是道教徒，不可能是文學之士；錢志熙《李白與神仙道教關係新論》（《中國高校社會科學》2015年第5期）認為，李白主要是以峨眉修道之士的身份被召入京。此後，戴偉華在《李白自述待詔翰林相關事由辨析》（《文學遺產》2009年第4期）中對前說予以修正，認為李白是以道士或道士兼文學的身份入京供奉翰林，說法最為中肯，可惜未對李白奉詔入京及供奉翰林的身份進行區分。

關於李白居翰林的職名，自唐代以來，有翰林學士、翰林供奉和翰林待詔三種說法，比較混亂。傅璇琮最先在《李白任翰林學士辨》（《文學評論》2000年第5期）中予以辨析，指出李白在天寶初入長安後任翰林供奉，而非翰林學士。胡旭《李白居翰林及賜金放還考辨》（《南開學報》2009年第3期）認為，李白在翰林院的真實身份是翰林供奉，因開元、天寶時期是翰林供奉向翰林學士過渡的階段，存在兩者並存、混稱的情況，所以李白也被籠統地稱作翰林學士，但不是真正居學士院的翰林學士。此後，李白任翰林供奉的說法基本成為定論。

關於李白去朝的原因，魏顥《李翰林集序》、李陽冰《草堂集序》、劉全白《唐故翰林學士李君碣記》的記載是遭讒被逐，歷代研究者無異議，今人郭沫若、詹鍈、郁賢皓等皆主此說，幾為定論。范傳正《唐左拾遺翰林學士李公新墓碑》的記載是玄宗擔憂李白酒醉後洩露宮中機密。孟棨《本事詩》的記載是玄宗以李白「非廊廟器」，優詔遣之。安旗認為上述原因都有可能。葛曉音在《李白一朝去京國以後》（《北京大學學報》1981年第5期）中指出，

﹝註13﹞李長之《道教徒的詩人李白及其痛苦》，商務印書館2017年版。
﹝註14﹞郭沫若《李白與杜甫》，中國長安出版社2010年版。

李白因洩露宮廷機密才被讒見棄。房日晰《李白被逐探微》(《李白研究論叢》第二輯，巴蜀書社 1990 年版) 認為，李白與武氏集團的密邇關係，以及藐視皇權的傲岸性格，是他被玄宗疑忌乃至放逐的主要原因。李子龍《李白待詔翰林失敗原因芻議》(《唐代文學研究》第五輯，廣西師範大學出版社 1994 年版) 認為，李白被逐出朝廷的客觀原因是「同列」進讒及玄宗信讒，主觀原因是嗜酒疏縱、貶低同僚、諷刺朝廷、宣揭後宮秘事等。李芳民《李白的文化性格與待詔翰林政治失敗漫議》(《中國李白研究》2008 年集，黃山書社 2008 年版) 認為，李白長期追慕名士所形成的名士心態與文化性格，是他被賜金放還的主要原因。胡旭《李白居翰林及賜金放還考辨》認為，李白被賜金放還的原因主要在政治方面，他與李适之、賀知章、李璡、崔宗之、李邕、韓朝宗等人的交往，一定程度上為當權者所不喜，而商人出身、與執政者關係疏遠、缺乏行政歷練、自我定位過高等，也是他仕途受阻的障礙因素。張瑞君《李白待詔翰林和出宮原因探微》認為，李白被賜金放還是玄宗瞭解到他缺乏政治家的素質而做出的高明決策。其中，以李子龍和胡旭師的解釋最為合理。

　　上述研究基本涵蓋了李白二次入京的重要事蹟，對我們進一步探究供奉翰林、賜金放還與其創作之間的關係有重要意義。不過，李白奉詔入京及供奉翰林的身份仍有待申明。

3. 入幕、繫獄與流放

　　參加永王李璘幕府，是李白被繫獄流放的主要原因。目前，學界對這一階段的李白生平研究主要集中在以下幾個方面。

　　一，入幕原因。歷來有「脅迫」說和「從逆」說兩種，都涉及到對李白的評價問題。持「脅迫」說者，如曾鞏、蘇軾等，認為李白入永王幕是出於迫脅，無損他高潔的人格；持「從逆」說者，如蘇轍、朱熹等，認為李白識見不高，入永王幕是出於自願，從逆不道，有虧大節。今人主要持「自願」說，以詹鍈《李白詩文繫年》為代表，認為李白依附永王是事實，迨永王兵敗坐罪，詭稱受其迫脅以收拾己過。此外，研究者多從李白的心理和當時的政治、軍事形勢出發，分析他入永王幕的真正動因。喬象鍾《李白從璘事辨》(《文學遺產增刊七輯》，中華書局 1959 年版) 認為，受強力的脅迫是李白從永王的重要原因，但他也想藉此機會實現報國的心願。裴斐《論李白的政治抒情詩》認為，李白入永王幕的原因是平定叛亂，光復兩京。萬光治《李白從璘辨析》(《社會科學研究》1981 年第 2 期) 認為，李白對當時的形勢甚為悲觀，主張

偏安江南，進而伺機收復北方，選中李璘作為政治上的依靠。安旗、薛天緯《李白年譜》認為，李白以為永王東巡是奉朝廷之命，旨在一清中原，欲藉之以立功報國。鄧小軍《永王璘案真相》（《文學遺產》2010 年第 5 期）認為，李白深契玄宗以永王水軍下揚州渡海攻取幽州的傑出戰略，慨然應徵入幕支持永王，「從逆」案純屬冤案。李芳民《「從璘入幕」罪案與李白暮年的冤憤》（《陝西師範大學學報》2016 年第 4 期）認為，韋子春描述的永王東巡之「良圖」，為李白提供了依靠宗室力量勤王平叛、施展才具的機會，而這也與他在安史亂起後積極實踐的救時策略相符，客觀形勢與主觀願望共同促成了他入幕的事實。從李白的創作實際來看，基本可以肯定他參加永王幕府是為了建功報國。

二，脫離永王幕府的時間及地點。王琦《李太白年譜》、黃錫珪《李太白年譜》、喬象鍾《李白從璘事辨》等認為，李白在兩軍交戰之前自丹陽離開永王幕府。安旗、薛天緯《李白年譜》認為，李白在永王兵敗丹陽之後，自丹陽離開永王幕府。松浦友久《李白的客寓意識及其詩思——李白評傳》認為，李白在永王兵敗丹陽後繼續隨軍從晉陵趕赴鄱陽，中途脫離永王幕府，文章考證嚴謹，結論也最為可信。

三，流放夜郎的原因。今人在傳統的「入永王幕」說的基礎上，提出更為直接、細緻的原因。詹鍈《李白詩文繫年》認為，宋若思擅自做主放李白出獄，又上書舉薦李白，是李白被朝廷窮追罪責的導火索。李子龍《李白與高適的政治得失芻議》（《中國李白研究》1990 年集上，江蘇古籍出版社 1990 年版）認為，李白被流放的直接原因是他寫的兩篇表章，即《為宋中丞請都金陵表》和《為宋中丞自薦表》觸犯了肅宗。松浦友久《李白的客寓意識及其詩思——李白評傳》認為，創作《永王東巡歌十一首》是李白入獄、流放的主要原因，上書《為宋中丞請都金陵表》是他被追責的更直接的導火線。這些討論對理清李白生平，把握其思想和心態有重要意義。

四，流放夜郎的時間及起點。就時間而言，自宋人薛仲邕《李太白年譜》（《隋唐五代名人年譜》，北京圖書館出版社 2005 年版）以來，乾元元年春是李白開始流放的通說，王琦、黃錫珪、詹鍈等均持此說。郭沫若在《李白與杜甫》中提出新說，認為至遲在至德二載十一月底，李白被定罪流放夜郎，十二月初旬或中旬踏上流途。邱耐久、朱孔揚《李白確至夜郎考辨》（《學術論壇》1982 年第 4 期）認為，李白接流放詔及啟程的時間在至德二載深秋。

安旗、薛天緯《李白年譜》認為，李白在至德二載冬被判處流放，乾元元年春開始流放。就流放的起點而言，自潯陽首途是通說。此外，郭沫若、邱耐久、朱孔揚等認為由宿松出發；張才良《李白流夜郎的法律分析》（《李白研究》1990 年第 2 期）認為由舒州治所懷寧（今安徽潛山）出發。一般認為，至德二載冬，李白被判處流放，乾元元年春，自潯陽踏上流途。

五，是否到過夜郎。一是由曾鞏《李太白文集後序》首倡的未至夜郎說。又可分為「巫山遇赦」說，以詹鍈《李白詩文繫年》為代表；「夔州遇赦」說，以黃錫珪《李太白年譜》為代表；「渝州遇赦」說，以劉友竹《李白遇赦前後行蹤考異》（《成都大學學報》1988 年第 2 期）為代表。二是由清人程恩澤《程侍郎遺集》、黎庶昌《拙尊園叢稿》等提出的已至夜郎說。二十世紀八十年代，周春元在《李白流放夜郎考》（《貴陽師院學報》1981 年第 2 期）中，結合李白詩歌、唐代法律、歷史遺跡等，認為李白已到達夜郎貶所，「半道放還」應從時間上來理解。張才良《李白流夜郎的法律分析》、陶錫良《從唐律析李白流夜郎》（《李白研究》1990 年第 2 期）、張春生、金懋初《也談李白流夜郎與唐律適用》（《法治論叢》1991 年第 1 期）、王輝斌《李白長流夜郎新考》（《中國李白研究》一九九一年集，江蘇古籍出版社 1993 年版）等，從唐代法律的角度切入，論述李白確已至夜郎。其中，張才良認為，李白在流夜郎詩中屢稱「三年」，是因為他判的是「役三年」且「不許贖」的「加役流」；「巫山陽」意指巫山以南地區，即指夜郎；「半道」不是指流途而是指期限，唐律對發配遣送流犯的時間限制極為嚴格，李白至遲在乾元二年二月已到達夜郎；李白本該「於配所役三年」，但他到達夜郎後不久即遇赦，所以是「半道承恩放還」。不過，未至夜郎說仍是學界的主流說法。

六，遇赦的原因和時間。自黃錫珪《李太白年譜》以來，一般認為李白因乾元二年三月丁亥（二十一日）消解天旱的大赦而獲釋。此外，陶錫良《從唐律析李白流夜郎》、張春生、金懋初《也談李白流夜郎與唐律適用》考慮到赦令傳至夜郎的時間，認為李白正式獲得赦免是在乾元二年五、六月間；王輝斌《李白長流夜郎新考》認為，李白因乾元三年閏四月改元上元的大赦而獲釋，正式獲得赦免是在赦令傳至夜郎的上元元年五月或六月初；但支持的人不多。

上述實證研究爭議雖多，但成果豐碩，對我們瞭解李白入永王幕和繫獄流放始末具有參鑒意義。其中，李白入永王幕的心態變化，及部分詩文的寓

意、繫年等，仍有進一步討論的必要。

（三）李白人生轉捩期的文學創作

1. 初入長安與文學

李白在開元年間到過長安這一發現，使人們對他的許多重要詩篇有了新的認識和理解，這一階段的文學研究也以作品繫年最為突出。其中，又以安旗《李白全集編年箋注》（中華書局 2015 年版）和郁賢皓《李太白全集校注》（鳳凰出版社 2015 年版）最具代表性。安旗、郁賢皓將李白的許多名篇，如《蜀道難》《梁甫吟》《將進酒》《行路難》《梁園吟》等，係於初入長安及歸來數年之內，認為這一時期是李白創作的高峰期，過去人們認為李白的創作成就主要在後期的說法應予以改寫。這一論斷頗具啟發性，間接促成了本文的寫作。

2. 翰林體驗與文學

裴斐較早關注翰林生涯與李白創作之間的關係，他在《論李白的政治抒情詩》《李白供奉翰林小議》（《李白十論》，四川人民出版社 1981 年版）、《唐代歷史轉折時期的李杜及其詩歌》（《文學遺產》1982 年第 2 期）、《「盛唐氣象」再質疑——紀念李白逝世一二二〇週年》（《光明日報》1982 年 11 月 23日）等系列文章中指出，翰林生活使李白對宮廷腐敗和政治黑暗有了痛切的感受，使他在思想上走向成熟，為日後創作具有鮮明政治傾向和深刻社會內容的政治抒情詩打下了堅實的基礎，結論發人深省。戴偉華則側重於心理分析，他在《李白待詔翰林及其影響考述》（《文學遺產》2003 年第 3 期）中指出，待詔翰林為李白詩歌帶來回顧翰林生活、想再回帝京的新題材，而在翰林的失寵體驗又使他在作品中對失寵者表現出同情。魏耕原在《李白心繫長安論》（《陝西師範大學學報》2013 年第 1 期）中進一步指出，待詔翰林引發了李白對長安上層社會的批判，使他的詩歌中出現了心繫長安、夢斷長安的永恆主題，並認為李白以回顧翰林生涯作為干謁的手段和資本。這些論述很有價值，但還不夠細緻，尤其是未注意區分李白居翰林時及賜金放還以後的創作變化。

3. 入永王幕、繫獄流放與文學

因研究範圍不同，這一階段的討論大致分為四類。

一是以安史之亂為界，探討李白晚期的創作變化。王玉璋《論李白晚期

詩風的轉變》(《青海社會科學》1982 年第 3 期)認為，安史之亂給李白詩歌帶來了新主題和新內容，即強烈的愛國主義精神，使他晚期的創作趨於現實主義，詩風由飄逸豪放轉向沉靜明淨。具體表現為：思想內容上，感情更趨深沉，山水詩描摹逼真，情景交融，清新明淨，縱酒詩中交織著個人不幸和志欲救國卻無出路的民族憂憤，隱居求仙的意念削弱；藝術形式上，客觀描寫增多，結構的跳躍不再神奇莫測，誇張、幻想的成分減少，五言古詩增多；分析細緻而深入，很有啟發性。張振《李白晚期研究》(首都師範大學 2002 年碩士學位論文)主要參鑒王氏觀點，認為李白晚期詩風體現出由浪漫主義向現實主義的重大轉變。具體表現為：內容上，寫實增加而抒情減少，抒情更為具體，理解平民，山水詩轉向工筆細描；形式上，五古之作增多，用七言絕句組詩記述時政、寫景抒情，結構由跳宕不羈變得井然有序，表現手法由誇張、想像轉為平實的描寫和比喻；在王文之外多有補充。令人詫異的是，他將李白晚期詩歌分作四期，即安史亂起至入永王幕前、在永王軍中至流放前、流放期間和赦歸後，但在探討詩歌新變時，卻未按照上述分期，而是籠統地以安史之亂為界展開論述。

裴斐《唐代歷史轉折時期的李杜及其詩歌》則認為，李白是最早用詩歌反映安史之亂的唐代詩人，他在永王軍中及入獄、流放前後的作品表現出前所未有的樂觀情緒、空前的積極和百折不撓的精神，釋歸後的創作雖然變得深沉，但仍然保持著昂揚的濟世熱忱。作者過分強調李白的政治熱情，忽視了他在困境中自怨自艾、失落消沉的一面。

胡可先從體裁著眼，探討安史之亂對李白創作產生的影響，其《李白與安史之亂》(《中國李白研究》2001～2002 年集，黃山書社 2002 年版)認為，安史之亂後，李白的樂府詩大大減少，內容也由前期抒發個人懷抱轉變為愛君憂國、厭亂思治，詩風變化最大。但是，相關論述簡短，且以列舉樂府詩題作直觀的比較為主，分析還不夠細緻深入。

二是以從璘受累為界，探討李白晚期的創作變化。查屏球在《裂變時代的顫音——論李白晚年詩風的一些變化》中指出，至德二載受永王李璘之累到寶應元年是李白創作的晚期，認為李白晚年的詩風主要有三大變化：一是豪情頓減，勇氣下降，氣勢轉弱；二是由格高調逸變化為沉重的淪落感和淒苦的漂泊感，顯現出一個落魄文人內心的沉痛；三是政治抒情詩由前期的表達個人的理想抱負與政治熱情，轉變為具有較強的社會憂患意識和現實內容。

這樣分類更符合李白的創作實際，而且論述精當，發人深省，對本文有很大的啟發意義。

朱雪里《李杜與玄肅權爭》（陝西師範大學 2003 年碩士學位論文）並非嚴格意義上的李白創作分期研究，但她討論的範圍在李白入永王幕以後，認為捲入玄肅權爭給李白詩歌帶來很大的變化，使他由前期對自我主觀情感的抒發、對理想的審視轉向對現實的冷峻思索，對國家前途和人民命運的關注，藝術風格也由飄逸、豪放、悲壯轉為悲慨沉著。大概是主題所限，作者單就李白詩歌反映現實政治的一面展開論述，還不足以揭示入永王幕對李白創作產生的深遠影響。

三是以入永王幕到流放遇赦為研究對象。松浦友久《李白的客寓意識及其詩思──李白評傳》認為，從軍、敗走、入獄、流放的極限體驗，使李白以第一人稱抒發作者主體觀點的作品比重提高，但他並沒有失掉作為生活和詩歌創作基調的放縱性、樂天性以及強烈的自信心。作者認為入永王幕、繫獄流放沒有從本質上改變李白的人生觀和價值觀，結論基本可信，但是，關注李白在困境中自怨自艾、失落消沉的一面，對我們探知詩人在具體境遇中的獨特感受有重要意義，不應忽視。

四是以流放遇赦為界，探討李白詩歌的階段性變化。王曉陽《李白流夜郎遇赦心態與詩歌研究》（首都師範大學 2013 年碩士學位論文）認為，長流夜郎使李白詩歌的題材、情感、意境、風格發生變化，分別表現為：抒發哀怨冤屈之情的寄言贈答詩增多，理解和同情逐臣，取象範圍變小，詩風細膩紆徐，側重於表現內心世界。但就李白詩歌的意境、風格之變而言，結論仍有待商榷。

這一階段成果相對較多，分析的角度、範圍各有側重，給人以啟發，但就李白在具體境遇中的心態及創作題材、體裁、風格的變化來說，還不夠細緻，有待進一步研究。

（四）李白的婚姻與文學

1. 李白的婚合次序及時間

就婚合次序來說，「許氏─劉氏─魯一婦人─宗氏」的單線敘述是學界的主流說法。至於婚合時間，以郭沫若、李從軍、松浦友久、王輝斌等學者的研究最具代表性。郭沫若《李白與杜甫》認為，開元十五年，李白入贅許家，年末或十六年生女平陽，出嫁與否不得而知，二十四年移家任城，二十五年生

子伯禽，二十八年許氏去世；天寶初遊江東時與劉氏結合，不久離異；魯一婦人不是李白的夫人，可能是他友人的眷屬；天寶三載出京後，在開封梁園與宗氏結合。李從軍在《李白家室考辨》（《蘭州大學學報》1981 年第 2 期）、《李白與宗氏婚配考》（《李白考異錄》，齊魯書社 1986 年版）中，對郭老的部分觀點提出質疑，認為約開元二十六年許氏去世，約天寶七載末和八載春平陽出嫁，不久去世；開元二十八年與劉氏結合，一年訣別；天寶三載與魯一婦人結合，天寶九載至十三載間生子頗黎；約天寶九載，與孀居的宗氏結婚。松浦友久《李白的客寓意識及其詩思——李白評傳》認為，開元二十年左右李白與許氏結婚，開元二十五、六年生長女平陽和長男伯禽；天寶元年進京時與同居的劉氏分手；天寶三載還山後與魯一婦人結成非正式婚姻，生次男頗黎；天寶九載前後與宗氏結婚。王輝斌在《李白四次婚姻始末》（《唐代詩人婚姻研究》，群言出版社 2004 年版）中提出新說，認為開元十六年秋，李白經胡紫陽或安州都督馬正會撮合，與安陸許氏結婚，約開元二十一年生女平陽，約開元二十五年生子伯禽，開元二十六年末許氏去世，約天寶七載平陽出嫁；開元二十七年夏，李白離開安陸東遊剡越，與當地一劉姓女子結婚，舉家遷往宣州南陵，天寶元年秋以前分手；天寶四載春，李白遊魯，在任城與魯一婦人結婚，生子頗黎，約天寶十載魯一婦人去世；天寶九載至十三載五月之間，與宗氏結婚，上元二年宗氏入廬山學道。眾說紛紜，難有定論。

　　單線敘述之外，日本學者岡村繁在《李白妻妾考》（《陰山學刊》2002 年第 5 期）中，對李白的婚合次序作複線式處理，認為李白在安陸婚娶許氏後，曾一度迷戀情婦劉氏，直到劉氏主動斷絕關係；攜許氏移居東魯後，又納魯一婦人為妾；許氏去世後，在梁園與宗氏結婚。儘管文章以推測居多，且疏於考證，但妻妾並存的提法頗具啟發性，當更符合實際情況。

2. 李白的婚姻關係

　　就婚姻關係來說，李白與妻子許氏、宗氏情誼深摯是學界的主流說法。瞿蛻園、朱金城《李白集校注》（上海古籍出版社 1980 年版）、詹鍈《李白全集校注匯釋集評》（百花文藝出版社 1996 年版）、安旗《李白全集編年箋注》、郁賢皓《李太白全集校注》等權威注本，在注釋評箋李白的贈內、寄內詩時，均傾向於夫妻間情深意篤。相關論著不勝枚舉，其中，日本學者筧久美子在《李白結婚考》（《中國李白研究》一九九〇年集下，江蘇古籍出版社 1990 年版）中稱李白是一個對家庭不負責任、指望不上的丈夫，但仍然認為他與許

氏是較為匹配的家庭生活伴侶，與宗氏是志同道合、患難與共的夫婦關係，並在《「贈給妻子的詩」與「愛憐妻子的詩」——試論李白和杜甫詩中的妻子形象》（《中國李白研究》一九九一年集，江蘇古籍出版社 1993 年版）中較早採用「女性學」的觀點，指出李白與妻子是跨時代地以對等關係相處的夫妻，他們的夫妻關係自由而先進。但是，用現代人的生活方式觀照古人古事，很可能會脫離實際情況，需要謹慎對待。

另一種說法是婚姻不幸。章培恒在《被妻子所棄的詩人——〈南陵別兒童入京〉與李白的婚姻生活》（《中國典籍與文化》1992 年第 1 期）中指出，至遲在開元二十六年，李白遭妻子許氏棄絕，帶著兒女遷往南陵，他在詩中斥責的「會稽愚婦」就是許氏。儘管作者引證的部分詩歌如《別內赴徵三首》等，多被認為作於安史亂起後，但他的論斷非常敏銳，極富啟發性。此後，周勛初從文化學、心理學的視角出發，在《李白兩次就婚相府所鑄成的家庭悲劇》（《文學遺產》1994 年第 6 期）中指出，儘管李白與許氏、宗氏感情融洽，但漢民族歷來有賤視贅婿的風俗，許、宗二府中人也不例外，這給本不在意入贅的李白帶來壓力，使他害怕被妻子輕視，熱望憑藉縱橫家之術誇耀妻孥，而且婚後不久即四處浪遊，難以在子女和宗氏之間建立起正常的家庭倫理關係，認為這種異常的婚姻關係鑄成的人生悲劇給李白帶來巨大的痛苦。文章角度新穎，引證豐富，結論發人深省。

3. 李白的婚戀詩

這類研究大多附屬於李白女性詩研究，較少專題文章。其中，一些研究者側重分析李白婚戀詩中的人物形象，如喬象鍾《李白詩歌中的婦女群像》（《李白論》，齊魯書社 1986 年版）認為，李白以溫柔的筆觸展現了善撫雲和、深於感情的許氏，好道學仙、志同道合的宗氏，以及愛慕並投奔他的女妓金陵子的身影；伍寶娟《李白女性題材詩研究》（中央編譯出版社 2016 年版）認為，李白在贈內詩中塑造了兩位個性迥異的妻子形象，即溫柔嫻雅、忠貞不渝的許氏夫人和患難相扶、愛訪道求仙的宗氏夫人，表達了他對妻子的相思情深；論述比較淺顯。

一些研究者通過婚戀詩反觀李白的情感世界，如孟修祥《論女性與李白的情感世界》（《湖北大學學報》1996 年第 4 期）認為，李白的贈內詩表現了他對夫妻愛情的珍視，婚外性愛詩則反映了他不加掩飾的坦誠心態。作者從婚內、婚外兩個角度切入，討論的範圍比較全面。張浩遜、史耀樸《從贈內詩

看李白的愛情生活》(《陰山學刊》1997 年第 1 期）認為，從贈內詩可以窺見李白坦率的個性、進步的婦女觀和真純醇厚的夫婦感情，頗有些觀念先行的意味。

　　一些研究者關注婚姻生活與李白創作之間的關係，如楊理論《李白詩歌女性題材研究》(西南師範大學 2001 年碩士學位論文）認為，與妻子聚少離多及頻繁婚變造成的情感缺失，使李白對女性有強烈的渴求和愛慕，為此創作了大量贈內、寄內和憶內詩；查屏球從考據入手，在《唐人婚姻習俗與李白成名前的家庭生活——李白〈寄遠十二首〉考釋》(《復旦學報》2010 年第 5 期）中指出，「夫隨妻居」的婚姻方式使李白承擔著為妻家爭得榮譽、提升妻家社會地位和門戶聲望的責任，由此帶來的功名壓力使他不得不以求仕為中心四處活動，難以與妻兒在安陸家中相守，以表達纏綿相思之情為主的《寄遠十二首》正是在這種情況下創作的；論述都頗有深度。

　　上述研究從多角度考察了李白的婚姻狀況及其與文學的關係，尤其是考證文章，價值很大，但未注意到婚姻在李白三次人生轉捩期的重要地位，故有重新考釋的必要。文學方面則缺乏專題文章，討論也不夠全面，有待進一步研究。

　　總的來說，學界對李白生平事蹟的研究成果豐碩，但較少關注人生轉捩與李白創作的關係。就實證分析而言，上述研究為我們正確理解李白的思想和作品奠定了堅實基礎，但在詩人初入長安的原因、二入長安的身份、在永王軍中的創作等方面，仍有進一步考釋的必要。就人生轉捩與文學的關係而言，上述研究尚未明確提出人生轉捩的說法，即使探討重大際遇與李白創作之間的關係，也主要圍繞詩人的某一段經歷展開論述，且集中在中晚期，缺乏系統、全面而深入的研究。本文忝為拋磚之作，希望能以此引起更多研究者對這一專題的關注。

三、研究思路和研究方法

　　本文擬結合外緣的考證和內在的文學藝術分析，從多角度、多層面考察人生轉捩與李白創作之間的關係。第一，弄清李白的生命主線，由此劃出他的人生轉捩，即政治生涯中的三次重大挫折。第二，盡可能搞清這三個階段的時代背景及李白的婚姻狀況、行蹤、交遊等事蹟，在吸收前人考訂成果的基礎上，提出自己的見解，以期更準確地理解李白的思想、心理及文學作品。

第三，一方面，探究三次人生轉捩對李白創作產生的影響，尤其是文學題材、體裁、主題、風格、表現手法等方面的變化，尋繹其藝術發展的過程；另一方面，通過分析李白在不同階段的文學文本中記錄的個人體驗和形象重塑，探知他在具體境遇中的自我認知和獨特感受，進而走近詩人的心靈世界。第四，借鑒接受美學的研究方法，探討李白在文學風格尚未成熟的早期，對當代作家及其作品的接受和學習。第五，通過呈現李白對妻妾的文學表達，反觀他在人生轉捩期的婚姻和情感狀況，盡可能走近一段冷暖自知的真切人生。

在研究方法上，本文主要採用實證分析、文本分析、心理分析和計量分析相結合的方法。首先，盡可能全面佔有第一手資料，考證李白在人生轉捩期的婚姻狀況、行蹤、交遊等事蹟，以期對詩人的創作心態、作品繫年等作出合乎邏輯的描述和推斷，為接下來的文學研究打好基礎。其次，通過細緻而深入的文本閱讀，分析文學題材、主題、意境、風格、藝術手法等在李白人生轉捩期的不同表現，並輔以科學地比較、歸納，得出可靠的結論。再次，結合心理分析，有效回溯李白的生命歷程，探知他在具體境遇中的獨特感受，以期真切地走近詩人之心。最後，通過對各體詩歌在不同時期之數量特徵、數量變化的分析，揭示人生轉捩對詩歌體裁的重要影響，使過去一些籠統的、印象式的觀念準確化、清晰化。

需要說明的是，李白詩文編年研究雖主要借助史料進行傳統式考證，但也有相當一部分是從作品內部尋找徵證，通過內容分析做出大體合乎邏輯的判斷。因此，作品繫年立論不牢且眾說紛紜難以避免。本文的分期論述主要依據詹鍈《李白詩文繫年》、郁賢皓《李太白全集校注》和安旗《李白全集編年箋注》，三位先生分別是一次入京說、二次入京說和三次入京說的旗手，所以在一些作品的繫年上存在爭議，筆者將在引用中進行說明，也會對個別作品提出繫年新說。

在研究思路上，筆者雖作上述設想，但如《文心雕龍‧神思》所言：「方其搦翰，氣倍辭前，暨乎篇成，半折心始。」〔註15〕由於自身水平、才力的限制，本文的論述可能流於單薄、淺顯，研究結果恐怕也免不了「半折心始」。但是，如果筆者多少能有一些新的發現並獲得理解和認可，或是以微薄的努力引起研究者對這一專題的關注，那這篇文章也算不無意義。

〔註15〕（南朝梁）劉勰撰，范文瀾注《文心雕龍注》卷六，人民文學出版社 1978 年版，第 494 頁。

第一章　初入長安與落魄而歸

開元十八年（730），李白因讒謗喧騰，難見容於安陸，轉而西入長安，追求功成身退的人生理想。可是，長安之行終於落魄而歸，自命不凡的詩人生平第一次嘗到夢想受挫的苦澀滋味，並深切地感受到盛世下潛藏的社會矛盾和實現抱負的艱難性，從而在思想和藝術上走向成熟。

第一節　安陸風波及京洛之行考

開元十八年春夏間，李白經南陽初入長安求仕，離京時則取道黃河東下，這一說法已基本獲得學界的認可，但在他往返長安的原因、時間、行蹤、交遊及作品繫年等方面，仍存在一些爭議。在進一步研究李白的人生轉捩與文學創作的關係之前，我們有必要對其作一番挖掘和梳理。

一、家庭風波

自郁賢皓先生根據《上安州裴長史書》一文，推定李白初入長安是出於安州地方官的逼迫以來，這一觀點得到研究者的廣泛認同，筆者亦以為然，並進一步推斷，家庭矛盾引發的風波是李白上書雪謗繼而憤然入京的主要原因。

李白一生婚合四次，相較歷來妻迎妾廢的單線敘述，筆者傾向於「許氏、劉氏、魯一婦人—魯一婦人、宗氏」的複線式理解，認為妻、妾在時間上是並存的。〔註1〕按照魏顥《李翰林集序》的敘述次序，在許氏之後、魯婦之前，

〔註1〕參見本文第四章第一節《李白婚姻考》。

—21—

李白曾與劉氏結合〔註2〕，也就是說，劉氏並非魯人，大概在李白移居東魯之前，她已是李白的妾室。又，舊說謂天寶元年李白有越中之遊，所以郭沫若先生認為：「這位劉氏可能是李白在天寶元年遊江東時的結合，結合不久便離異了，在《南陵別兒童入京》中，所大罵的『會稽愚婦』應該就是這個劉氏。」〔註3〕不過，天寶元年（742）四月，李白尚在泰山一帶，秋天已自東魯奉詔入京，若南下游越，時間上難以通融。〔註4〕而以「會稽愚婦」附會劉氏籍貫，亦恐失於穿鑿。至於劉氏其人，郭沫若先生推測：「這個劉氏是不安於室的，李白有《雪讒詩贈友人》一首可證。」〔註5〕這一說法極有見地，詩云：

> 嗟余沉迷，猖蹶已久。五十知非，古人常有。立言補過，庶存不朽。芭荒匪瑕，蓄此煩醜。《月出》致譏，貽愧皓首。感悟遂晚，事往日邊。白璧何幸？青蠅屢前。群輕折軸，下沉黃泉。眾毛飛骨，上陵青天。菶菲暗成，貝錦粲然。泥沙聚埃，珠玉不鮮。洪炎爍山，發自纖煙。滄波蕩日，起乎微涓。交亂四國，播於八埏。拾塵掇蜂，疑聖猜賢。哀哉悲夫！誰察余之貞堅。彼婦人之猖狂，不如鵲之彊彊。彼婦人之淫昏，不如鶉之奔奔。坦蕩君子，無悅簧言。擢髮贖罪，罪乃孔多。傾海流惡，惡無以過。人生實難，逢此織羅。積毀銷金，沉憂作歌。天未喪文，其如余何！妲己滅紂，褒女惑周。天維蕩覆，職此之由。漢祖呂氏，食其在傍。秦皇太后，毒亦淫荒。蟫蛛作昏，遂掩太陽。萬乘尚爾，匹夫何傷！辭殫意窮，心切理直。如或妄談，昊天是殛。子野善聽，離婁至明。神靡遁響，鬼無逃形。

〔註2〕 （唐）魏顥《李翰林集序》載：「白始娶於許，生一女、一男曰明月奴。女既嫁而卒。又合於劉，劉訣。次合於魯一婦人，生子曰頗黎。終娶於宋。」王琦注云：「太白《竄夜郎留別宗十六璟》詩有『君家全盛日，臺鼎何陸離。斬鼇翼媧皇，三入鳳凰池』，『令姊泰齊眉』等語，是其終娶者乃宗楚客之家也。而此云宋，蓋是宗字之訛耳。」參見《李太白全集》卷三十一，中華書局2015年版，第1700～1701頁。

〔註3〕 郭沫若《李白與杜甫》，中國長安出版社2010年版，第25頁。

〔註4〕 李白《遊泰山六首》其一，宋本校「一作《天寶元年四月從故御道上太山》」，參見《李太白全集校注》卷十六，第5冊，第2405頁。葛景春、劉崇德在《李白由東魯入京考》中首倡天寶元年李白自東魯應詔入京說，結論可信，文載《河北大學學報》1983年第1期。

〔註5〕 郭沫若《李白與杜甫》，第25頁。

不我遐棄，庶昭忠誠。〔註6〕

洪邁、劉克莊謂此詩刺楊貴妃淫亂事〔註7〕，今人多不信從。詹鍈先生早已
辨稱：「洪邁謂此詩言婦人淫亂敗國，庶幾近之，但以為刺楊妃，則未必然。」
〔註8〕郭沫若先生更進一步，指出「萬乘尚爾，匹夫何傷」側重的是匹夫而
非皇室〔註9〕，將詩旨縮小到「婦人淫亂」，可謂獨具慧眼。詩歌開篇即言：
「《月出》致譏，貽愧皓首。」毛詩《月出》序云：「《月出》，刺好色也。」
〔註10〕李白用「月出」之典，乃自悔為好色所誤，以至流言四起，誹謗纏身。
詩人將矛頭直指散佈謠言之人：「彼婦人之猖狂，不如鵲之彊彊。彼婦人之
淫昏，不如鶉之奔奔。」毛詩《鶉之奔奔》序云：「《鶉之奔奔》，刺衛宣姜
也。」毛傳：「刺宣姜者，刺其與公子頑為淫亂，行不如禽鳥。」〔註11〕用
意在指斥婦人淫亂，可知「彼婦人」非妓樂之流，而是與李白關係近密的房
內人。李白對妻妾的描寫以溫情為主，唯此詩對婦人大張伐撻，迥然有別於
慣常的情感基調。聯繫魏顥序文，李白與許氏、魯婦、宗氏之間並無異樣，
唯與劉氏的關係以「劉訣」告終。《說文解字》釋「訣，別也」〔註12〕，「劉
訣」即「劉別」，揣摩文意，似乎是劉氏主動分手，而且彼此之間頗有些不
愉快。可以推想，李白痛罵的「彼婦人」應該就是這位劉氏，二人離異或與
劉氏誹謗有關。

再者，孟棨《本事詩・高逸》云：「嘗言寄興深微，五言不如四言，七言

〔註6〕 《李太白全集校注》卷七，第 3 冊，第 1134～1135 頁。舊注「五十知非」多
引《淮南子》：「蘧伯玉年五十而知四十九年非。」強調的是改過自新之意，
並未坐實詩歌的作年，故此詩乃李白五十歲時所作的說法仍值得商榷。

〔註7〕 （宋）洪邁《容齋隨筆》卷三云：「今集中有《雪讒詩》一章，大率言婦人淫
亂敗國。其略云……予味此詩，豈非貴妃與祿山淫亂，而太白曾發其奸乎？
不然，則『飛燕在昭陽』之句，何足深怨也！」參見上海古籍出版社 1978 年
版，第 34 頁。（宋）劉克莊《後村詩話・新集》卷一云：「《雪讒詩》自序甚
詳，略云：『漢祖呂氏，食其在傍。秦皇太后，毐亦淫荒。』時妃以祿山為兒，
史云宮中有醜聲，而白肆言無忌若此。」參見中華書局 1983 年版，第 153 頁。

〔註8〕 詹鍈《李白詩文繫年》，《詹鍈全集》卷五，河北教育出版社 2016 年版，第
90 頁。

〔註9〕 郭沫若《李白與杜甫》，第 25 頁。

〔註10〕 （漢）毛亨傳，（漢）鄭玄箋，（唐）孔穎達疏《毛詩注疏》，商務印書館 1935
年版，第 7 冊，第 626 頁。

〔註11〕 《毛詩注疏》，第 2 冊，第 253 頁。

〔註12〕 （漢）許慎撰，（宋）徐鉉校訂《說文解字》，中華書局 2013 年版，第 52 頁。

又其靡也。」〔註13〕李白對「寄興深微」的四言詩評價極高，他以四言詩自辯，足見對此事的重視。除《雪讒詩贈友人》外，《來日大難》和《上崔相百憂章》是李白《集》中僅有的四言詩，分別作於其人生的重要關頭——供奉翰林及繫獄潯陽之時，可見詩人創作態度之慎重。我們有理由猜測，《雪讒詩贈友人》的寫作背景亦非尋常。從李白「辭殫意窮，心切理直」的激憤情緒和「如或妄談，昊天是殛」的賭咒發誓來看，「彼婦人」的讒言破壞力極大，並且引發了一場「交亂四國，播於八埏」的輿論風波，聯繫《上安州裴長史書》中「何圖謗言忽生，眾口攢毀」云云，《雪讒詩贈友人》當與其是先後之作，至遲不晚於開元十八年。再聯繫李白入京後並未借助妻家力量求仕，復返安陸後也未結交當地的達官顯貴來看，劉氏散播的「謗言」——極有可能冠以「李白曾說」的名義——牽涉的範圍很廣，觸怒了包括主母娘家在內的安陸上流社會的人物。此外，《上安州裴長史書》中有一段話值得仔細分析，云：

> 白竊慕高義，已經十年。雲山間之，造謁無路。今也運會，得趨末塵，承顏接辭，八九度矣。常欲一雪心跡，崎嶇未便。何圖謗言忽生，眾口攢毀，將恐投杼下客，震於嚴威。然自明無辜，何憂悔吝。孔子曰：「畏天命，畏大人，畏聖人之言。」過此三者，鬼神不害。若使事得其實，罪當其身，則將浴蘭沐芳，自屏於烹鮮之地，惟君侯死生。不然，投山竄海，轉死溝壑。豈能明目張膽，託書自陳耶！……願君侯惠以大遇，洞開心顏，終乎前恩，再辱英眄。白必能使精誠動天，長虹貫日，直度易水，不以為寒。若赫然作威，加以大怒，不許門下，逐之長途，白即膝行於前，再拜而去，西入秦海，一觀國風，永辭君侯，黃鵠舉矣。何王公大人之門，不可以彈長劍乎？〔註14〕

從「承顏接辭，八九度矣」「終乎前恩，再辱英眄」知，李白上書前已結識裴長史，後因「謗言忽生，眾口攢毀」，不得再投於裴長史門下。他說「常欲一雪心跡，崎嶇未便」，極有可能是「謗言忽生，眾口攢毀」發生後，為了向裴長史「自明無辜」而說的套話，並非以前沒有機會「一雪心跡」。李白在此文中詳細陳述自己的家世、志向、行俠仗義的經歷、氣節、才華等，無疑是為力

〔註13〕（唐）孟棨《本事詩》，《唐五代筆記小說大觀》，上海古籍出版社 2000 年版，第 1246 頁。

〔註14〕《李太白全集校注》卷二十五，第 7 冊，第 3714～3717 頁。

證讒謗之誣枉，「一快憤懣」。這次讒謗事件有可能波及裴長史，所以李白鄭重發誓：「若使事得其實，罪當其身，則將浴蘭沐芳，自屛於烹鮮之地，惟君侯死生。」無非是希望「君侯惠以大遇，洞天心顏」，不為讒言所惑，重新愛顧自己。但這次上書並未得到裴長史的理會，李白謠言纏身，難以在安陸立足，不久便「西入秦海，一觀國風」去了。

此外，《雪讒詩贈友人》中的「友人」並非確指，這種現象在現存李詩中實屬少見。觀李白贈、寄、別、送、酬答諸詩，題目中多已標明具體的寫作對象。詩人或直呼其名，如《元丹丘歌》《上李邕》；或稱姓名、職位，如《贈崔侍御》《贈韋秘書子春》；或道排行，如《贈裴十四》《白雲歌送劉十六歸山》；或提身份，如《贈僧崖公》等。即使題中並無姓氏，仍有限定詞可大致確定詩歌的寫作對象，如《遊溧陽北湖亭望瓦屋山懷古贈同旅》《在水軍宴贈幕府諸侍御》《還山留別金門知己》等。單單以「友人」名題的詩歌只有 17 首，即《雪讒詩贈友人》《贈友人三首》《陳情贈友人》《寄淮南友人》《新林浦阻風寄友人》《送友人尋越中山水》《送友人遊梅湖》《白雲歌送友人》《送友人》《送友人入蜀》《江夏送友人》《江西送友人之羅浮》《答友人贈烏紗帽》《同友人舟行遊臺越作》《友人會宿》。那麼，這些詩題中的「友人」指的是一人還是多人？是與李白極為熟稔親密，無需指名道姓，還是只是普通朋友，故以「友人」籠統概之？若《雪讒詩贈友人》的寫作對象是知己，那麼，李白「沉憂作歌」止於一吐憤懣、發洩情緒即可，可從「不我遐棄，庶昭忠誠」的辯白目的來看，詩中的「友人」顯然已被讒言波及。至於讒言為何，李白並未明言，他不厭其煩地列舉典故，稱殷紂王、周幽王、呂后、秦太后尚且為美色所惑，何況區區自己呢？詩人將這場風波的主因歸結在「彼婦人」身上，他最大的錯誤不過是好色罷了。封建社會的士大夫慣於將禍亂敗亡的原因歸結在嬖姜身上，這自有時代的侷限性，我們姑且不對其作價值評判。既然流言已「交亂四國，播於八埏」，詩人甚至不得不暫時離開安陸，被讒言中傷的「友人」想必不止一人，故李白籠統地以「友人」名題，並將此詩贈予多人。不止如此，曾經「清琴弄雲月，美酒娛冬春」「舒文振頹波，秉德冠彝倫」的好友，也在這場風波中與李白疏遠了。詩人自傷「薄德中見捐，忽之如遺塵」，作《陳情贈友人》婉敘乖隔之苦：「他人縱以疏，君意宜獨親。奈何成離居，相去復幾許？飄風吹雲霓，蔽目不得語。投珠冀有報，按劍恐相拒。所思采芳蘭，欲贈隔荊渚。沉憂心若醉，積恨淚如

雨。願假東壁輝，餘光照貧女。」〔註15〕希望友人能夠迴心轉意，重新愛顧自己。

　　令人疑惑的是，李白與許氏婚後尚需依附妻家，何以能納劉氏為妾？個中緣由實難詳悉，筆者推測：其一，李白性格風流，他在《雪讒詩贈友人》中自悔好色即是明證。我們看他對女性的書寫，或是眉毛怎麼樣、腳怎麼樣，如「長干吳兒女，眉目豔星月。屐上足如霜，不著鴉頭襪」〔註16〕；或是穿著怎麼樣、神態怎麼樣，如「蒲萄酒，金叵羅，吳姬十五細馬馱。青黛畫眉紅錦靴，道字不正嬌唱歌。玳瑁筵中懷裏醉，芙蓉帳底奈君何」〔註17〕；感受真實而具體，甚至直露地提及床幃之事，如「何由一相見，滅燭解羅衣」〔註18〕「相思相見知何日，此時此夜難為情」〔註19〕等。李白欽慕謝安，時有攜妓出遊的風流韻事，嘗言「興來攜妓恣經過，其若楊花似雪何」〔註20〕，「安石東山三十春，傲然攜妓出風塵。樓中見我金陵子，何似陽臺雲雨人」〔註21〕。所以，魏顥序有「間攜昭陽、金陵之妓，迹類謝康樂，世號為李東山」〔註22〕之載，而王安石有「白識見污下，十首九說婦人與酒」〔註23〕之譏。其二，李白心裏不痛快，他以暫住者的身份待在許家，功未成名不就，難免會感受到寄人籬下的痛苦。他在贈給許氏的詩中說：「三百六十日，日日醉如泥。雖為李白婦，何異太常妻？」〔註24〕令人費解的是，一些研究者認為這是李白

〔註15〕《李太白全集校注》卷十，第 4 冊，第 1511 頁。瞿蛻園、朱金城先生據「卜居乃此地，共井為比鄰」及「英豪未豹變」句，認為此詩似李白居安陸時所作，誠是，參見《李白集校注》卷十二，上海古籍出版社 1980 年版，第 798 頁。

〔註16〕《越女詞》其一，《李太白全集校注》卷二十三，第 7 冊，第 3373 頁。

〔註17〕《對酒》，《李太白全集校注》卷二十三，第 7 冊，第 3324 頁。

〔註18〕《寄遠十二首》其七，《李太白全集校注》卷二十三，第 7 冊，第 3286～3287 頁。

〔註19〕《三五七言》，《李太白全集校注》卷二十二，第 7 冊，第 3270 頁。

〔註20〕《憶舊遊寄譙郡元參軍》，《李太白全集校注》卷十一，第 4 冊，第 1625 頁。

〔註21〕《出妓金陵子呈盧六四首·其一》，《李太白全集校注》卷二十三，第 7 冊，第 3385 頁。

〔註22〕《李太白全集校注·附錄》，第 8 冊，第 4215 頁。疑謝康樂為魏顥筆誤，或後世傳抄訛誤。李白有「嘗高謝太傅，攜妓東山門」「攜妓東土山，悵然悲謝安」「謝公自有東山妓」等語，其攜妓出游顯然是傚仿謝安，而非謝靈運。

〔註23〕（宋）胡仔《苕溪漁隱叢話》前集卷六引《鍾山語錄》，人民文學出版社 1962 年版，第 37 頁。

〔註24〕《贈內》，《李太白全集校注》卷二十三，第 7 冊，第 3368 頁。

的戲謔之詞，正可反映他與許氏之間和諧融洽的夫妻關係。「太常妻」典出《後漢書‧周澤傳》：「（周澤）為太常，潔清循行，盡敬宗廟。常臥病齋宮，其妻哀澤老病，窺問所苦。澤大怒，以妻干犯齋禁，遂收送詔獄謝罪。當世疑其詭激，時人為之語曰：『生世不諧，作太常妻，一歲三百六十日，三百五十九日齋，一日不齋醉如泥。』」〔註25〕顯然，這是一個十分不幸的女性形象。李白以太常妻比附許氏，已為整首詩定下了低沉的情感基調。表面上看，是妻子難得一見清醒的他，實際上隱含了更深的情緒，即詩人以酒逃愁的無奈和沉湎於酒的歉疚。多年後憶起這段生活，詩人的總結是「酒隱安陸，蹉跎十年」〔註26〕，字裏行間滿是傷感。再者，與許家相比，李白對繼室的娘家不吝讚美之辭。他在《自代內贈》中以宗氏的口吻自述家世：「妾家三作相，失勢去西秦。猶有舊歌管，淒清聞四鄰。」〔註27〕又在《竄夜郎於烏江留別宗十六璟》中稱揚宗家：「君家全盛日，臺鼎何陸離！斬鼇翼媧皇，鍊石補天維。一迴日月顧，三入鳳凰池。……皇恩雪憤懣，松柏含榮滋。」〔註28〕這跟他對待許家的態度大不相同。李白極少在詩文中提及許家，也未見他與許氏族人有何來往，即使許圉師這一房已經衰落，甚或李白的岳家只是許圉師後輩中的一房微支，可許圉師的姪子力士一房依然保持著世家的榮耀。開元年間，許力士的孫輩如輔乾、輔德、戒惑、戒言等尚在朝為官〔註29〕，以李白廣交朋友的行事風格來看，若他與許家相處和睦，不至於在入京後與妻族毫無來往。由此推想，李白在許家的生活似乎並不順遂，納妾有可能是他反抗的一種策略也未可知。

概言之，婚娶許氏後，李白還納劉氏為妾，至遲在開元十八年二人離異，起因可能是劉氏以李白的名義誹謗當地望族，即李白的岳家和包括裴長史在內的地方官吏，引發了一場震動安陸上流社會的輿論風波。李白上書雪讒未果，不得已離開安陸，轉而西入長安求仕。

〔註25〕（南朝宋）范曄《後漢書》卷七十九下，中華書局1965年版，第9冊，第2579頁。
〔註26〕《秋於敬亭送從姪耑遊廬山序》，《李太白全集校注》卷二十六，第8冊，第3768頁。
〔註27〕《李太白全集校注》卷二十三，第7冊，第3358頁。
〔註28〕《李太白全集校注》卷十二，第4冊，第1847頁。
〔註29〕查屏球先生據兩《唐書》《元和姓纂》、郁賢皓《唐刺史考全編》等製作《許紹家族世系表》，參見《唐人婚姻習俗與李白成名前的家庭生活——李白〈寄遠十二首〉考釋》，《復旦學報》2010年第5期。

二、初入京洛

關於李白初次出入長安之行蹤，目前最具爭議的問題是淹留長安的時間和離京之後、歸家之前是否到過洛陽。郁賢皓先生認為，李白在長安待了三年，開元十九年（731）暮秋西遊邠州、坊州，二十年（732）春返回終南山，五月離京東下，歸家之後，又於二十一年（733）秋至二十二年（734）春初到洛陽；〔註30〕安旗先生認為，李白在長安只待了一年，開元十八年暮秋西遊邠州、坊州，十九年春夏間即離京東下，五月抵達宋城，遊梁園，秋登嵩山，憩元丹丘穎陽山居，冬至洛陽，直到二十年夏才踏上歸家之旅。〔註31〕筆者大致認同安旗先生的觀點，但在李白的部分交遊、作品和初至洛陽的原因等問題上有不同看法。

（一）與張氏兄弟的交遊及作品繫年

開元十八年春夏間，李白自安陸啟程，取道南陽西入長安，隱居在終南山松龍。期間，他結交張垍、張埱兄弟，還到終南山的玉真公主別館做客，留下了《夜別張五》《秋山寄衛尉張卿及王徵君》《玉真公主別館苦雨贈衛尉張卿二首》四首詩。據郁賢皓先生考證，李白詩中的「衛尉張卿」最有可能是張垍。〔註32〕又，岑仲勉先生《唐人行第錄》疑「張五」即張埱。〔註33〕在沒有新證據的情況下，這兩個推斷最為可信，並被研究者廣泛採納，筆者亦將其作為論證的前提。安旗先生將上述詩歌繫於開元十八年，依次是《玉真公主別館苦雨贈衛尉張卿二首》《夜別張五》《秋山寄衛尉張卿及王徵君》，認為李白在玉真公主別館備受冷遇，所以在別去時不欲見張垍，只以一首寄詩相諷。郁賢皓先生將《玉真公主別館苦雨贈衛尉張卿二首》繫於開元十九年，在《秋山寄衛尉張卿及王徵君》之前。筆者以為，這四首詩皆作於開元十八年，順序依次是《夜別張五》《秋山寄衛尉張卿及王徵君》《玉真公主別館苦雨贈衛尉張卿二首》。原因有二：

其一，張九齡《故開府儀同三司行尚書左丞相燕國公贈太師張公墓誌銘

〔註30〕郁賢皓《李白兩入長安及有關交遊考辨》《李白洛陽行蹤新探索》，《李白與唐代文史考論》第一卷，南京師範大學出版社 2008 年版，第 31～56、105～113 頁。

〔註31〕安旗《李白研究》，西北大學出版社 1987 年版，第 37～51 頁。

〔註32〕郁賢皓《李白與玉真公主過從新探》《李白與張垍交遊新證》，《李白與唐代文史考論》第一卷，第 191～202、263～265 頁。

〔註33〕岑仲勉《唐人行第錄》，中華書局 2004 年版，第 112 頁。

並序》云：「大唐有天下一百一十三年，開元十有八載，龍集庚午，冬十二月戊申，開府儀同三司行尚書左丞相燕國公薨於位，享年六十四。……二十年秋八月甲申，遷窆於萬安山之陽，燕國夫人元氏祔焉。夫人，故尚書右司員外郎武陵公贈幽州都督諱懷景之女也。……開元十九年三月壬戌，薨於東都康俗里第，享年六十四。」〔註34〕可見，開元十八年十二月張說去世，十九年三月張說的妻子元夫人去世。這就意味著一直到開元二十二年，張垍、張塆兄弟都在孝期，既不可能設宴飲酒為李白餞行，也不可能外出應酬向朝廷舉薦李白。況且張說去世後，玄宗於光順門舉哀，罷十九年元正朝會〔註35〕，這無疑是當時的一件大新聞，李白不可能沒有耳聞，自然也不會明知張垍有孝在身卻去尋他的門路。再者，張說是洛陽人〔註36〕，從他歸葬洛陽萬安山之陽和元夫人在洛陽去世來看，開元十九年初，張垍、張塆兄弟應已扶柩歸鄉，不可能與李白在長安有來往。因此，這四首詩最有可能作於張說去世之前的開元十八年秋，不可能作於開元十九年。

其二，就詩歌的內容和情感氛圍來說，《夜別張五》描寫張塆設宴為李白餞行的場景，詩人親切地稱他為張五，云：「吾多張公子，別酌酣高堂。聽歌舞銀燭，把酒輕羅霜。橫笛弄秋月，琵琶彈《陌桑》。龍泉解錦帶，為爾傾千觴。」〔註37〕席上管絃齊奏，他們聽歌賞舞，把酒酣飲，場面好不歡樂氣派，是四首詩中感情最熱烈、氣氛最融洽的作品，當作於二人結交之初情意正濃時。《秋山寄衛尉張卿及王徵君》表達詩人對張垍和王徵君的思念之情及請託之意，詩云：「何以折相贈？白花青桂枝。月華若夜雪，見此令人思。雖然剡溪興，不異山陰時。明發懷二子，空吟《招隱詩》。」〔註38〕李白隱居終南山，見秋夜月華如雪，好似王子猷訪戴安道的那個雪夜，這令他思念張垍和王徵君直到凌晨。詩人喜歡用雪夜訪戴的典故，其中蘊含的思友之情很大程度是進入正題之前表示禮貌的一種修辭，請託才是他真正的目的。他將此詩兼寄王徵君，以這位被徵召的隱士提醒張垍，不要讓招隱士入仕流為空言。末二

〔註34〕　（清）董誥等編《全唐文》卷二百九十二，中華書局1983年版，第3冊，第3416頁。

〔註35〕　（後晉）劉昫《舊唐書》卷九十七《張說傳》，中華書局1975年版，第9冊，第3056頁。

〔註36〕　《舊唐書‧張說傳》載：「張說，字道濟，其先范陽人，代居河東，近又徙家河南之洛陽。」參見第9冊，第3049頁。

〔註37〕　《李太白全集校注》卷十二，第4冊，第1796頁。

〔註38〕　《李太白全集校注》卷十，第4冊，第1580頁。

句旁敲側擊，顯然有敦促之意，當作於與張垍往還之時。《玉真公主別館苦雨贈衛尉張卿二首》寫詩人客居別館的困窘處境和苦悶心情，詩境最為蕭颯。李白雖置身權貴之家，卻深感「翳翳昏墊苦，沉沉憂恨催」，不但生活上沒有得到主人的善待，「飢從漂母食」，「投筋解鷫鸘，換酒醉北堂」，還飽受志向不得伸展的痛苦，只能借酒消愁，自傷「誰貴經綸才」，辭別而去。此番冷遇讓李白對張垍心生不滿，他以劉穆之自喻，云：「丹徒布衣者，慷慨未可量。何時黃金盤，一斛薦檳榔。功成拂衣去，搖裔滄洲旁。」〔註39〕意謂出人頭地後定會回敬今日所受的輕慢，當是二人關係近乎破裂時所作。

　　筆者據此推測，李白到長安後先結識張垍，在他的推薦下認識其兄張垍，請他向朝廷推薦自己。從李白隱居終南山和寫作《玉真仙人詞》來看，張垍將李白安排在終南山的玉真公主別館，可能有向姑姑舉薦李白的打算。至於李白在別館中遭受冷遇，前人多解讀為張垍居心不良，有意捉弄，比如安旗先生，她說：「白之寓居別館當係張垍安置。此地既是荒園一處，又距長安百有餘里，兼值霖雨路斷。置白於此，實同幽囚，白之遭際可知，張垍之用心亦可知。」〔註40〕筆者卻以為與開元十八年秋張說病重，張垍將李白忘在腦後有關。《舊唐書·張說傳》載：「（開元）十八年，遇疾，玄宗每日令中使問疾，並手寫藥方賜之。十二月薨。」〔註41〕知張說去世前曾有一段纏綿病榻的日子。而秋日節氣轉換，雨水連綿，年老體弱者最易犯病，張說若在此時病倒，張垍兄弟忙於侍疾，無暇去終南山招待一介布衣也在情理之中。再者，貴公子貴人多忘事，比如賈寶玉，他邀賈芸明兒到書房來說話，不過是隨口一說，過後就忘了，賈芸卻巴巴地跑到書房去等他，自然空跑了一些時日。李白天生傲骨，不像賈芸那般伶俐乖覺，自然受不了這份屈辱，臨別時還贈詩諷刺張垍，二人或由此結下樑子。而李白結交張垍、張垍兄弟，很有可能想通過他們干謁其父張說。張說喜好文學，是當時的文壇宗主，又樂於延引後進文士，將張九齡、王翰、孫逖、呂向、王灣、韋述、王丘等大批士子團結在麾下，京城還有一個以他為領袖、以集賢學士為核心的文學集團，不少人以入其門下為榮。李白自負文才，對張說有所期待這很正常，可惜事與願違，他並未尋到干謁的機會。

〔註39〕《李太白全集校注》卷七，第3冊，第1077、1080頁。
〔註40〕安旗主編《李白全集編年箋注》，中華書局2015年版，第113～114頁。
〔註41〕《舊唐書》卷九十七，第9冊，第3056頁。

（二）干謁對象的等級變化

離開安陸時，李白聲稱要去長安干謁王公大人，他也確實這麼做了。入京伊始，即選定張垍和玉真公主。張垍是前宰相張說次子，正三品的衛尉卿，又尚寧親公主，是玄宗的寵婿；玉真公主是玄宗胞妹，開元年間備受榮寵；他們都當得上王公大人。但是，李白既沒有見到玉真公主，又跟張垍不歡而散。開元十八年暮秋，他離開長安西遊邠州，向邠州長史李粲尋求幫助。冬，北遊坊州，干謁坊州司馬王嵩：「主人蒼生望，假我青雲翼。風水如見資，投竿佐皇極。」〔註42〕仍無結果。邠州和坊州都是上州，長史李粲的官階是從五品上，司馬王嵩的官階是從五品下。可見，李白已放低要求，向地方官員尋求援引。開元十九年春，李白離開坊州，復歸終南山，結交長安縣尉崔某，作《答長安崔少府叔封遊終南翠微寺太宗皇帝金沙泉見寄》《讀諸葛武侯傳書懷贈長安崔少府叔封昆季》二詩。安旗先生將其繫於開元十八年，恐非如此。前一首詩中的「結蘿宿谿煙」「涉雪搴紫芳」〔註43〕諸句，描寫的是春日積雪還未化盡的景象，而李白只在長安待了一個春天，故此詩只能作於開元十九年春。後一首當作於二人往還之時，詩中「余亦草間人，頗懷拯物情。晚途值子玉，華髮同衰榮。託意在經濟，結交為弟兄。毋令管與鮑，千載獨知名」〔註44〕諸句，干謁之意甚明。長安縣是赤縣，設有縣尉六人，雖是清望官，官階卻低，為從八品下，可李白的請謁仍無結果。

從王公大人到地方長史、司馬、縣尉，干謁對象越來越低的地位正可反映出李白日益窘迫的處境，這也讓他對世路艱難有了更深刻的認識，進而創作了《蜀道難》《行路難》《梁園吟》《梁甫吟》等驚絕千古的名篇〔註45〕。

（三）留居長安的時間

《送梁公昌從信安王北征》是李白在長安逗留僅一年，離京後旋即入洛陽的關鍵性證據。自清人王琦以來，詹鍈《李白詩文繫年》、郁賢皓《李白叢考》、安旗《李白年譜》等對「北征」即兩《唐書·玄宗紀》所載開元二十年正月信安王禕率兵征討奚、契丹一事均無異議。安旗先生又據儲光羲《貽鼓

〔註42〕《酬坊州王司馬與閻正字對雪見贈》，《李太白全集校注》卷十五，第5冊，第2293頁。

〔註43〕《李太白全集校注》卷十五，第5冊，第2269頁。

〔註44〕《李太白全集校注》卷七，第3冊，第1103頁。

〔註45〕安旗先生將《蜀道難》《行路難·金樽清酒斗十千》《梁園吟》《梁甫吟》等繫於開元十九年，筆者從之。

吹李丞時信安王北伐李公王之所器者也》中「出車發西洛，當軍臨北平」二句，認為李白此詩作於洛陽而非長安〔註46〕，恰是。

筆者還有補充：其一，從李詩「祖席留丹景」知，李白參加了為梁昌餞行的活動。考慮到送別詩的寫作慣例，此地應該是梁昌隨信安王北征的出發地，也就是洛陽。其二，李禕被任命為河東、河北行軍副大總管〔註47〕，他率兵討伐的奚、契丹在唐王朝的東北方。既然開拔地在洛陽，行軍方向是東北，不可能經過長安，李白也就不可能在長安送別梁昌。這就意味著李白第一次離京抵達梁園——「我浮黃河去京闕」「五月不熱疑清秋」〔註48〕——只能在開元十九年五月，從開元十八年入京算起，他在長安只待了一年。

（四）初入洛陽的原因

開元二十年正月，李白在洛陽送友人梁昌從軍，那麼，他是何時到達洛陽的呢？李白集中有《冬夜醉宿龍門覺起言志》詩，詹鍈先生舉「富貴未可期，殷憂向誰寫。去去淚滿襟，舉聲《梁甫吟》。青雲當自致，何必求知音」諸句，認為與《梁甫吟》是同時之作，繫於天寶九載（750）。〔註49〕郁賢皓和安旗二位先生肯定「同時之作」的說法，但認為詩中描寫的窮愁潦倒和政治失意是開元年間李白初入長安落魄而歸的寫照，分別繫於開元二十一年冬和開元十九年冬，筆者以為後說更為妥當。李白在詩中振奮精神，表示要自致青雲，可見求仕之志未衰，打算在洛陽尋求仕進機會。但是，李白在離京東下時繞過洛陽直抵梁園，為何又在冬日離開元丹丘的潁陽山居西入洛陽？究其原因，可能與開元十九年冬玄宗幸東都有關。據《舊唐書·玄宗紀》載：「（開元十九年）冬十月丙申，幸東都。十一月丙辰，至自東都。」〔註50〕李白若要在政治上自致青雲，皇帝和朝臣所在的東都洛陽自然是不錯的選擇。但是，「黃金白璧買歌笑，一醉累月輕王侯」〔註51〕的傲世行徑沒能讓他自致青雲，大約在開元二十年秋，李白離開洛陽，踏上了歸家之旅。

〔註46〕安旗《李白研究》，第51頁。

〔註47〕（宋）司馬光《資治通鑒》卷二百一十三載：「（開元）二十年春正月乙卯，以朔方節度副大使信安王禕為河東、河北行軍副大總管，將兵擊奚、契丹。」參見中華書局2011年版，第6916頁。

〔註48〕《梁園吟》，《李太白全集校注》卷六，第3冊，第836頁。

〔註49〕詹鍈《李白詩文繫年》，《詹鍈全集》卷五，第87頁。

〔註50〕《舊唐書》卷八《玄宗紀上》，第1冊，第197頁。

〔註51〕《憶舊遊寄譙郡元參軍》，《李太白全集校注》卷十一，第4冊，第1619頁。

三、落魄而歸

　　關於李白歸家的行蹤和交遊，除開元二十二年去襄陽干謁韓朝宗及自春至秋逗留江夏外，研究者的說法幾無一致之處。筆者大致認同安旗先生的觀點，即開元二十年秋，李白行至南陽，初識崔宗之，本年冬，與洛陽結識的友人元演同遊隨州，謁見道士胡紫陽，年末歸家。〔註52〕不過，安先生將《南都行》繫於開元二十六年（738），筆者以為太遲，從「遨遊盛宛洛」和「誰識臥龍客，長吟愁鬢斑」〔註53〕中所反映的懷才不遇的苦悶情懷來看，正是詩人初入京洛卻落魄而歸之心情的真實寫照，當作於開元二十年。

　　值得注意的是，長安求仕的坎坷經歷非但沒有消磨掉李白的志氣，反而激發了他天性中強烈的自尊自信和叛逆精神。他立志自致青雲，不肯低眉求助友人；要放浪情懷，傲視權貴，將「出則以平交王侯，遁則以俯視巢、許」〔註54〕作為處世準則；以長揖不拜的姿態干謁荊州長史韓朝宗；自負「清談浩歌，雄筆麗藻，笑飲醽酒，醉揮素琴，余實不愧於古人也」〔註55〕；無論在思想還是行為上，都表現地比之前更加張揚和叛逆。

　　此外，以婚配許氏和長安之行落魄而歸為界，李白在安陸的交際圈發生過三次變動。初至安陸時，他結交的人物多是士子和低層文官，如蔡十、廖公和安陸孟縣尉等〔註56〕；與安陸望族許家結親後，李白成為安州都督馬正會、安州長史李京之、裴某等高層文官的座上客，進入安陸的上流社會；從長安歸來後，他的朋友圈中再無本地官員；足見開元十八年那場讒言風波對他產生的不利影響。

　　綜上所述，開元十八年，李白疑因與姜室劉氏不和而遭其誹謗，觸怒了妻家和安陸上流社會的人物，他上書裴長史請求雪謗卻無果，憤而離開安陸，西入長安求仕。入長安後，李白隱居終南山，先後結識張垍、張垍弟兄，似

〔註52〕安旗主編《李白全集編年箋注》，第1977～1978頁。

〔註53〕《李太白全集校注》卷五，第2冊，第775頁。

〔註54〕《冬夜於隨州紫陽先生餐霞樓送烟子元演隱仙城山序》，《李太白全集校注》卷二十六，第8冊，第3841頁。

〔註55〕《暮春江夏送張祖監丞之東都序》，《李太白全集校注》卷二十六，第8冊，第3726～3727頁。

〔註56〕《早春於江夏送蔡十還家雲夢序》中有「鄉中廖公及諸才子為詩略謝之」云云，知蔡十、廖公都是安陸人。又，《送戴十五歸衡嶽序》中「邠國之秀有廖侯焉」的廖侯，當即上文中的廖公。參見《李太白全集校注》卷二十六，第8冊，第3784、3847頁。

欲通過他們干謁其父張說。本年秋，張垍將李白安排在終南山中的玉真公主別館，或因張說病重，或因他不甚重視，將李白忘在腦後。李白在別館備受冷遇，作《玉真公主別館苦雨贈衛尉張卿二首》暗刺張垍，與此前所作之《夜別張五》《秋山寄衛尉張卿及王徵君》相比，情緒已差了許多，二人或由此結怨。暮秋時節，李白西遊邠州，干謁邠州長史李粲，繼而北遊坊州，希求坊州司馬王嵩援引，皆無果。開元十九年春，他復返長安，結識長安縣尉崔某，求其引薦，亦無果。從衛尉卿、公主到長史、司馬、縣尉，干謁對象越來越低的地位不僅折射出李白日益窘迫的處境，還讓他對世路艱難有了更深刻的認識。春夏間，李白離開長安，五月抵達宋城梁園。本年秋，西遊嵩山，憩元丹丘潁陽山居。冬，玄宗幸東都，李白初至洛陽，再尋機遇，立志自致青雲，行事愈發放縱不羈，仍無果。開元二十年，李白離開洛陽，秋至南陽，初識崔宗之，冬，與友人元演同遊隨州，謁見道士胡紫陽，年末歸家。開元二十一年，閒居安陸，交際圈中再無本地官員。開元二十二年春，李白北赴襄陽，意氣傲岸，長揖不拜，干謁荊州刺史韓朝宗，無果後南遊江夏，逗留至秋方才歸家。初入京洛的坎坷經歷激發了李白天性中強烈的自尊自信和叛逆精神，使他的思想變得深刻，行事也愈發張揚和叛逆。

第二節　初入長安與李白創作之變

　　李白自視甚高，初入長安求仕之前，他滿以為「奮其智能，願為輔弼，使寰區大定，海縣清一，事君之道成，榮親之義畢，然後與陶朱、留侯，浮五湖，戲滄洲」是「不足為難」〔註57〕的事情。誰曾想「大道如青天，我獨不得出」〔註58〕，政治上無由薦達，連進入京城主流社交圈的機會都沒有，還目睹了繁華表象下的不公和窮奢極侈，不得已落魄而歸。這番遭際豐富了李白的生命體驗，使他的思想變得深刻，進而對文學創作產生重要影響。

一、主題和思想之變

　　變化首先體現在作品的主題、氣勢和李白的態度上。自安陸遭讒、初入長安以來，李白作品中出現了懷才不遇繼而指斥時弊、及時行樂卻又堅信自

〔註57〕《代壽山答孟少府移文書》，《李太白全集校注》卷二十五，第 7 冊，第 3637 頁。
〔註58〕《行路難三首》其二，《李太白全集校注》卷二，第 1 冊，第 278 頁。

致青雲的全新主題，詩人傲視權貴的氣節和平交王侯的思想反倒因命途多舛而表現得愈發鮮明和突出。

（一）指斥時弊，懷才不遇

懷才不遇是李白詩中最常見、名篇最多、內容最深刻的主題，他常常通過抒發一己之窮通來反映不合理的社會現象，賦予作品以深廣的社會內涵。然而，不論就創作量還是反映現實的深度而言，開元十八年的長安之行都堪稱這一主題的重要轉捩點。在此之前，只有一首流露懷才不遇、功業未成的詩歌流傳下來，其內容、情緒都與之後的創作差別很大。試比較：

> 吳會一浮雲，飄如遠行客。功業莫從就，歲光屢奔迫。良圖俄棄損，衰疾乃緜劇。古琴藏虛匣，長劍掛空壁。楚懷秦鍾儀，越吟比莊舄。國門遙天外，鄉路遠山隔。朝憶相如臺，夜夢子雲宅。旅情初結緝，秋氣方寂歷。風入松下清，露出草間白。故人不在此，而我誰與適？寄書西飛鴻，贈爾慰離析。（《淮南臥病書懷寄蜀中趙徵君蕤》）

> 大道如青天，我獨不得出。羞逐長安社中兒，赤雞白狗賭梨栗。彈劍作歌奏苦聲，曳裾王門不稱情。淮陰市井笑韓信，漢朝公卿忌賈生。君不見昔時燕家重郭隗，擁篲折節無嫌猜。劇辛樂毅感恩分，輸肝剖膽效英才。昭王白骨縈蔓草，誰人更掃黃金臺？行路難，歸去來！（《行路難三首》其二）〔註59〕

前者作於開元十五年（727），詩人「不逾一年，散金三十餘萬」〔註60〕，貧病交加，旅居揚州，不免情緒脆弱，思念蜀中的親友。他向趙蕤傾吐自己的不得意：空懷抱負卻無從施展，時光飛逝而功業未成。實際上，離家這三年來，李白盡在遊山玩水，增長見識，未見有何求仕舉措，自然也沒有被拒絕、被否定的切身感受，與干謁無果後寫下的「幸遭聖明時，功業猶未成。奈何懷良圖，鬱悒獨愁坐」〔註61〕相比，懷才不遇的慨歎明顯有空泛之感，抒情也比較單純，缺乏藝術表現的深度和感染人心的力量。

後者作於開元十九年（731），李白在長安蹉跎一年，備受權貴冷落，政治上找不到一點出路。他不惟憤慨自己的不遇，以劈空而來的氣勢和排山倒

〔註59〕《李太白全集校注》卷十、二，第4、1冊，第1572、278頁。
〔註60〕《上安州裴長史書》，《李太白全集校注》卷二十五，第7冊，第3701頁。
〔註61〕《酬崔五郎中》，《李太白全集校注》卷十五，第5冊，第2275頁。

海的詩句宣洩鬱積於心的不平和忿懣，還深入思考造成這一局面的原因。詩人自稱羞與長安的市井少年為伍，不願像他們一樣，以鬥雞走狗謀取榮華富貴，實則將批判的矛頭指向好佚樂不及好賢才的唐玄宗。據唐人陳鴻《東城老父傳》記載：「玄宗在藩邸時，樂民間清明節鬥雞戲。及即位，治雞坊於兩宮間。索長安雄雞，金毫鐵距、高冠昂尾千數，養於雞坊，選六軍小兒五百人，使馴擾教飼。上之好之，民風尤甚。諸王世家，外戚家，貴主家，侯家，傾帑破產市雞，以償雞直。都中男女，以弄雞為事，貧者弄假雞。帝出遊，見昌弄木雞於雲龍門道旁，召入，為雞坊小兒，衣食右龍武軍。三尺童子，入雞群，如狎群小，壯者，弱者，勇者，怯者，水谷之時，疾病之候，悉能知之。舉二雞，雞畏而馴，使令如人。護雞坊中謁者王承恩言於玄宗。召試殿庭，皆中玄宗意。即日為五百小兒長。加之以忠厚謹密，天子甚愛幸之。金帛之賜，日至其家。開元十三年，籠雞三百，從封東嶽。父忠死太山下，得子禮奉屍歸葬雍州。縣官為葬器，喪車乘傳洛陽道。十四年三月，衣鬥雞服，會玄宗於溫泉。當時天下號為『神雞童』。時人為之語曰：『生兒不用識文字，鬥雞走馬勝讀書。賈家小兒年十三，富貴榮華代不如。能令金距期勝負，白羅繡衫隨軟輿。父死長安千里外，差夫持道挽喪車。』」〔註62〕李白親眼目睹賈昌輩的恃寵驕恣：「路逢鬥雞者，冠蓋何輝赫！鼻息干虹蜺，行人皆怵惕。」〔註63〕不願與他們同流合污。詩人用燕昭王招賢納士的典故諷刺玄宗，慨痛「奈何青雲士，棄我如塵埃」的窘迫處境和「珠玉買歌笑，糟糠養賢才」〔註64〕的社會現狀，譴責在上位者輕士重佞，思想上逐漸走向成熟。

再如《梁甫吟》：

> 我欲攀龍見明主，雷公砰訇震天鼓。帝傍投壺多玉女，三時大
> 笑開電光，倏爍晦冥起風雨。閶闔九門不可通，以額叩關閽者怒。
> 〔註65〕

詩人借鑒屈原《離騷》的表現手法，將神話傳說和現實世界雜糅在一起，通過營造恍惚迷離的詩境反映他欲見明主而不得的遭遇：兇惡的雷公用震耳欲聾的鼓聲恐嚇他，明主只顧著跟近旁的玉女們玩投壺的遊戲，天空因他們的

〔註62〕（宋）李昉等編《太平廣記》卷四百八十五，中華書局1961年版，第10冊，第3992～3993頁。

〔註63〕《古風》其二十四，《李太白全集校注》卷一，第1冊，第83頁。

〔註64〕《古風》其十四，《李太白全集校注》卷一，第1冊，第53頁。

〔註65〕《李太白全集校注》卷二，第1冊，第216頁。

喜怒而明暗不定，他拼死求見竟毫無結果，反而觸怒了守衛天門的閽者。詩語拗怒急促，情感沉痛悲愴，「氣魄馳驟，如風雨憑陵，驚起四坐」〔註66〕，形象地揭露和抨擊了現實生活中君主佚樂、權近蔽賢、言路壅塞的不合理現象。也就是說，直到入京後與權貴有了直接或間接的接觸，真正品嘗到四處碰壁的苦澀滋味，深刻認識到社會的不公平和不合理時，李白抒發懷才不遇的詩歌才表現出雄渾的力量和深廣的內涵。

（二）自致青雲，及時行樂

　　政治失意還催生出及時行樂的詩歌主題。實際上，在往後的人生中，及時行樂跟學道求仙一起，成為李白平復失志創痛最常見的方式和反覆歌吟的主題，此是後話。離開長安後，李白漫遊梁、宋、洛陽，黃金買醉，以及時行樂療治內心的創痛。然而，行樂非真樂，它往往與懷才不遇的苦悶茫然相伴相生，連一斗十千錢的金樽美酒和價值萬錢的玉盤珍饈也不能讓他解頤，他割捨不下「濟蒼生」的政治宏願。比如這首《梁園吟》：

> 我浮黃河去京闕，掛席欲進波連山。天長水闊厭遠涉，訪古始及平臺間。平臺為客憂思多，對酒遂作《梁園歌》。卻憶蓬池阮公詠，因吟淥水揚洪波。洪波浩蕩迷舊國，路遠西歸安可得？人生達命豈暇愁，且飲美酒登高樓。平頭奴子搖大扇，五月不熱疑清秋。玉盤楊梅為君設，吳鹽如花皎白雪。持鹽把酒但飲之，莫學夷齊事高潔。昔人豪貴信陵君，今人耕種信陵墳。荒城虛照碧山月，古木盡入蒼梧雲。梁王宮闕今安在？枚馬先歸不相待。舞影歌聲散淥池，空餘汴水東流海。沉吟此事淚滿衣，黃金買醉未能歸。連呼五白行六博，分曹賭酒酣馳暉。酣馳暉，歌且謠，意方遠。東山高臥時起來，欲濟蒼生未應晚！〔註67〕

詩人以「達者」自居，登高樓，啖楊梅，飲美酒，遣愁放懷，高視一切。他將以往的追求通通否定，既不要學伯夷、叔齊執著於「恥食周粟」的所謂「高潔」，也不再係戀無常的功名富貴，畢竟豪貴如信陵君，如今連丘墓也不保，富貴如梁孝王，當年的華麗宮室傾圮荒蕪，滿堂的賓客也已作古，不如狂飲豪博，盡情享受人生。李白借他人酒杯，澆自己塊壘，慷慨悲歌，感情從憂鬱

〔註66〕（明）陸時雍《唐詩鏡》卷十八，《景印文淵閣四庫全書》第一四一一冊，臺灣商務印書館1986年版，第471頁。
〔註67〕《李太白全集校注》卷六，第3冊，第836頁。

沉痛、縱酒狂放陡轉為滿懷信心的期待，他沒有讓自己陷入無盡的消沉，激情宣洩之後，他總會留給生命一個巨大的希望：「東山高臥時起來，欲濟蒼生未應晚」，「閑來垂釣坐溪上，忽復乘舟夢日邊」，「長風破浪會有時，直掛雲帆濟滄海」〔註68〕，「風雲感會起屠釣，大人峴屼當安之」〔註69〕，且去歸隱待時，伊尹應湯的徵兆終會應驗，呂尚與文王的遇合還會再現，高臥東山的謝安終將出山拯濟蒼生。此時，政治上的一時失意於李白而言，不過是騰飛前的等待，他從未放棄對大空間、大未來的嚮往。值得注意的是，李白用以自比的呂尚、伊尹、謝安等人，走的都是「天道暗合」的君臣遇合模式，這也是李白最為嚮往的入世之路，他自言「青雲當自致，何必求知音」〔註70〕，堅信不因人依然能成事。

（三）傲視權貴，平交王侯

開元十五年隱居安陸時，李白曾自稱「不屈己，不干人」，不肯為爵祿富貴卑躬屈膝，但他熱衷仕進，四處奔走干謁，難免會奉承權貴以取得他們的好感和賞遇，真正做到傲視權貴、平交王侯還是在安陸遭讒之後。其中，《上安州李長史書》《上安州裴長史書》和《與韓荊州書》，就鮮明地反映出李白對待地方大吏的態度之變化。文曰：

> 銘刻心骨，退思狂愆。五情冰炭，罔知所措。晝愧於影，夜慚於魄。啟處不遑，戰跼無地。……敢沐芳負荊，請罪門下，儻免以訓責，恤其愚蒙，如能伏劍結纓，謝君侯之德。敢一夜力撰《春遊救苦寺》詩一首十韻、《石巖寺》詩一首八韻、《上楊都尉》詩一首三十韻。辭旨狂野，貴露下情，輕干視聽，幸乞詳覽。（《上安州李長史書》）

> 願君侯惠以大遇，洞開心顏，終乎前恩，再辱英盻。白必能使精誠動天，長虹貫日，直度易水，不以為寒。若赫然作威，加以大怒，不許門下，逐之長途，白即膝行於前，再拜而去，西入秦海，一觀國風，永辭君侯，黃鵠舉矣。何王公大人之門，不可以彈長劍乎？（《上安州裴長史書》）

〔註68〕《行路難三首》其一，《李太白全集校注》卷二，第1冊，第274頁。
〔註69〕《梁甫吟》，《李太白全集校注》卷二，第1冊，第216～217頁。
〔註70〕《冬夜醉宿龍門覺起言志》，《李太白全集校注》卷二十，第6冊，第2901頁。

　　願君侯不以富貴而驕之，寒賤而忽之，則三千賓中有毛遂，使白
得穎脫而出，即其人焉。……幸願開張心顏，不以長揖見拒。必若接
之以高宴，縱之以清談……而君侯何惜階前盈尺之地，不使白揚眉吐
氣、激昂青雲耶？……白謨猷籌劃，安敢自矜？至於製作，積成卷軸，
則欲塵穢視聽，恐雕蟲小技，不合大人。若賜觀芻蕘，請給以紙墨，
兼人書之。然後退歸閑軒，繕寫呈上。庶青萍、結綠，長價於薛、卞
之門。幸惟下流，大開獎飾，惟君侯圖之。(《與韓荊州書》)〔註71〕

　　第一篇作於開元十五年，因誤撞李長史的馬車，李白嚇得「精魄飛散」，
頻頻請罪，不僅說了許多諂媚的話，還恭恭敬敬地獻上行卷，希望得到李長
史的垂憐，行為舉止誠惶誠恐。第二篇作於開元十八年安陸遭讒時，李白請
求裴長史雪謗，並重新禮遇他，若作威作福，他就離開安州，去長安投奔王
公大人，態度非常強硬。第三篇作於開元二十二年（734）長安之行落魄而歸
後，李白「高冠佩雄劍，長揖韓荊州」〔註72〕，對荊州刺史韓朝宗行長揖不
拜之禮，希望他「不以富貴而驕之，寒賤而忽之」，「不以長揖見拒」，推薦和
提拔他，使他脫穎而出，在官場和文壇上揚眉吐氣，姿態兀傲不屈，完全是
平交的口吻。李白對自己的作品也極為自負，表面上說「塵穢視聽，恐雕蟲
小技，不合大人」，實際上卻將其比作寶劍青萍和美玉結綠，請韓刺史賜給紙、
墨、書人，方便他繕寫投贈。結尾咄咄逼人，大有「看你是否識貨」的意味。
儘管文中不乏奉承話，比如以「陸機作太康之傑士，未可比肩；曹植為建安
之雄才，惟堪捧駕」恭維李長史的文學才華；從品性、文才和政績這三個方
面頌揚裴長史，稱他「重諾好賢」，「天才超然，度越作者」，「屈佐邠國，時惟
清哉」；讚美韓朝宗獎掖後進，是「文章之司命，人物之權衡」；但諂媚的痕跡
逐漸消失，且越來越趨於禮節性的客套話，態度也越來越不卑不亢。而且，
李白的自我形象也由「悲歌自憐」的「嶔崎歷落可笑人」「妄人」轉變為「輕
財重施」「存交重義」「養高忘機」「頗工於文」的「天才」「奇才」，和「三十
成文章，歷抵卿相，雖長不滿七尺，而心雄萬夫」「日試萬言，倚馬可待」的
氣概非凡、才華橫溢的人物。可見，遭讒被謗和仕進無門不僅沒有打倒李白，
反而激起他對不公平、不合理的現實更加強烈的反抗和毫無顧忌的輕蔑，宣稱

〔註71〕《李太白全集校注》卷二十五，第 7 冊，第 3651～3658、3718、3679～3690 頁。
〔註72〕《憶襄陽舊遊贈馬少府巨》，《李太白全集校注》卷八，第 3 冊，第 1207～
　　　　1208 頁。

「出則以平交王侯」，要以平等的身份和隨意的態度對待權貴，不會為了成就功業而向他們摧眉折腰，俯首帖耳。這種耿介正直的品性、傲世獨立的氣節和自尊自信的人格，賦予他的作品以豪邁的激情、磅礴的氣勢和雄渾的力量，在藝術上表現為以「氣」貫之，也就是前人所說的「氣骨高舉」〔註73〕「斯文之雄，實以氣充」〔註74〕，反過來也生動地體現出作者豪邁、自負的個性。

在京洛時，李白「中宵出飲三百杯，明朝歸揖二千石」〔註75〕，「黃金白璧買歌笑，一醉累月輕王侯」〔註76〕，或平交權貴，視位尊官高的王公大人為同列；或輕視王侯，寧肯盡情過自由縱誕的生活，也不願小心翼翼地巴結他們。即使向權貴干謁、求助，也不會卑躬屈膝，放低姿態，而是表現得不卑不亢，意氣傲岸。試看：

> 投筯解鷫鸘，換酒醉北堂。丹徒布衣者，慷慨未可量。何時黃金盤，一斛薦檳榔。功成拂衣去，搖裔滄洲旁。（《玉真公主別館苦雨贈衛尉張卿二首》其二）

> 寧知流寓變光輝，胡霜蕭颯繞客衣。寒灰寂寞竟誰暖，落葉飄揚何處歸？吾兄行樂窮曈旭，滿堂有美顏如玉。趙女長歌入彩雲，燕姬醉舞嬌紅燭。狐裘歎炭酌流霞，壯士悲吟寧見嗟？前榮後枯相翻覆，何惜餘光及棣華？（《幽歌行上新平長史兄粲》）〔註77〕

二詩皆作於開元十八年，前者用劉穆之之典，據《南史·劉穆之傳》載：「穆之少時家貧，誕節，嗜酒食，不修拘檢。好往妻兄家乞食，多見辱，不以為恥。其妻江嗣女，甚明識，每禁不令往。江氏後有慶會，屬令勿來。穆之猶往，食畢求檳榔。江氏兄弟戲之曰：『檳榔消食，君乃常饑，何忽須此？』……及穆之為丹陽尹，將召妻兄弟，妻泣而稽顙以致謝。穆之曰：『本不匿怨，無所致憂。』及至醉飽，穆之乃令廚人以金盤貯檳榔一斛以進之。」〔註78〕

〔註73〕（唐）吳融《禪月集序》，（宋）李昉等編《文苑英華》卷七百十四，中華書局1966年版，第5冊，第3688頁。

〔註74〕（明）方孝孺《李太白贊》，徐光大點校《方孝孺集》卷十九，浙江古籍出版社2013年版，第718頁。

〔註75〕《幽歌行上新平長史兄粲》，《李太白全集校注》卷五，第2冊，第805頁。

〔註76〕《憶舊遊寄譙郡元參軍》，《李太白全集校注》卷十一，第4冊，第1619頁。

〔註77〕《李太白全集校注》卷七、五，第3、2冊，第1080、805頁。

〔註78〕（唐）李延壽《南史》卷十五《劉穆之傳》，中華書局1975年版，第2冊，第427頁。

李白以劉穆之自喻,「自露英雄振奮之慨」〔註79〕,暗刺張垍,雖有求於人,卻不失傲岸不屈的節士本色。後者氣勢盛大,詩人本欲求助,卻絲毫不肯放低姿態,咄咄逼人地質問李粲為何只顧自己享樂,而不給飄零落魄的兄弟分享一絲溫暖,體現出剛烈的至性。

　　儘管「一生傲岸苦不諧,恩疏媒勞志多乖」〔註80〕,李白也不改傲視權貴、平交王侯的原則,反而在思想和行為上表現得更加反叛和兀傲不馴,揮灑出「昔在長安醉花柳,五侯七貴同杯酒。氣岸遙凌豪士前,風流肯落他人後」〔註81〕「揄揚九重萬乘主,謔浪赤墀青瑣賢」〔註82〕「嚴陵高揖漢天子,何必長劍拄頤事玉階」〔註83〕「且放白鹿青崖間,須行即騎訪名山。安能摧眉折腰事權貴,使我不得開心顏」〔註84〕這樣意氣鼓蕩的詩句。蘇軾以西晉夏侯湛評價東方朔的話稱讚李白,云:「戲萬乘若僚友,視儔列如草芥,雄節邁倫,高氣蓋世。」〔註85〕李白縱酒任誕,謔浪朝賢,主張長揖君主,不肯摧眉折腰依附權貴,無疑當得這一美譽。

二、自我體認與文學書寫

　　變化還體現在李白對自我的表達、塑造與想像上。在唐代詩人中,「沒有人像李白這樣竭盡全力地描繪和突出自己的個性,向讀者展示自己在作為詩人和作為個體兩方面的獨一無二。」〔註86〕從文本現象上看,「自我」在李白作品中層出不窮。首先,他常常以第一人稱的「我」「吾」「予」「余」「李白」等宣示自己在場,明確以自己作為評判和剖析的對象。其次,他善於用自喻揭示自我認識,通過選擇鯤鵬、鳳凰、美玉等喻體,形象地喻示自身的不凡氣象與人格理想。最後,他常常以歷史人物自許,鮮明地傳達出他的自我定位和精神寄託。鑒於前者在李白的創作生涯中是常態,而用以比擬

〔註79〕　（清）曾國藩《求闕齋讀書錄》卷七,李翰章編《曾文正公全集》,同心出版社 2014 年版,第 15 冊,第 151 頁。

〔註80〕　《答王十二寒夜獨酌有懷》,《李太白全集校注》卷十六,第 5 冊,第 2325 頁。

〔註81〕　《流夜郎贈辛判官》,《李太白全集校注》卷九,第 3 冊,第 1359 頁。

〔註82〕　《玉壺吟》,《李太白全集校注》卷五,第 2 冊,第 790 頁。

〔註83〕　《答王十二寒夜獨酌有懷》,《李太白全集校注》卷十六,第 5 冊,第 2325 頁。

〔註84〕　《夢遊天姥吟留別》,《李太白全集校注》卷十二,第 4 冊,第 1769～1770 頁。

〔註85〕　（宋）蘇軾《李太白碑陰記》,張志烈、馬德富、周裕鍇主編《蘇軾全集校注》文集三,河北人民出版社 2010 年版,第 11 冊,第 1092 頁。

〔註86〕　〔美〕宇文所安著,賈晉華譯《盛唐詩》,生活・讀書・新知三聯書店 2004 年版,第 130 頁。

自身性情、氣質和品格的喻體又多出現在中晚期，只有後者才是長安之行以來集中展示的新形象，故本文將其作為主要討論對象，依多、寡從兩個方面展開分析。

（一）輔弼之臣

早在開元十五年（727），青年李白對自己的定位就是「願為輔弼」，他「西入秦海」固然是為逃離安陸不友好、「窮偏」[註87]的政治環境，更重要的原因則是「天道暗合」久待不至，而他迫切地想要實現人生理想，揚眉吐氣。所以，他屢屢以歷史上的名相自許，彰顯自己的輔弼之才和雄心壯志。試看《留別王司馬嵩》：

> 魯連賣談笑，豈是顧千金？陶朱雖相越，本有五湖心。余亦南
> 陽子，時為《梁甫吟》。蒼山容偃蹇，白日惜頹侵。願一佐明主，功
> 成還舊林。西來何所為？孤劍託知音。鳥愛碧山遠，魚游滄海深。
> 呼鷹過上蔡，賣畚向嵩岑。他日閑相訪，丘中有素琴。[註88]

詩人連用范蠡輔佐越王句踐滅吳、諸葛亮隱居南陽時以《梁甫吟》言志、李斯未遇時遊獵於上蔡、前秦苻堅相王猛困窘時在洛陽賣畚這四個典故，說明自己跟他們一樣具備王佐之才，只是尚未遇合，不免困頓於林野，期待做一番事業，輔佐明主，功成身退。

然而，長安的逐夢之旅不盡如人意，李白「彈劍作歌奏苦聲，曳裾王門不稱情」[註89]，既未得到張垍、裴光庭等權貴的引薦，徘徊於魏闕之下卻不得其門而入，又因性格或身份問題不屑於或不能走科舉之路[註90]，還備嘗「故友不相恤，新交寧見矜」[註91]的涼薄世情，故而打心底裏歆羨那些出身寒微、埋沒草野或屢經困厄、友道篤至，終於風雲際會、一舉致相的輔弼之臣，也最常以這些歷史人物自許。比如「傅說板築臣，李斯鷹犬

〔註87〕《安州應城玉女湯作》：「可以奉巡幸，奈何隔窮偏。獨隨朝宗水，赴海輸微涓。」參見《李太白全集校注》卷十九，第 6 冊，第 2685 頁。
〔註88〕《李太白全集校注》卷十二，第 4 冊，第 1790 頁。
〔註89〕《行路難三首》其二，《李太白全集校注》卷二，第 1 冊，第 278 頁。
〔註90〕關於李白何以不走科舉之路，學界的解釋大致可歸納為兩類：其一，從性格出發，認為李白生性豪放，不拘常規，不屑於參加科舉考試；其二，從身份出發，認為李白受商人之子、嘗為小吏或籍貫問題等客觀條件的制約，不能參加科舉考試。參見戴偉華《文學研究的創新仍應以文獻及其解讀為基礎——以李白與科舉相關問題為例的分析》，《文學評論》2017 年第 1 期。
〔註91〕《贈新平少年》，《李太白全集校注》卷七，第 3 冊，第 1171 頁。

人。颭起匡社稷，寧復長艱辛！而我胡為者？歎息龍門下」〔註92〕，傳說
未遇武丁之前，在傅岩築路做苦役，李斯是上蔡布衣，二人都出身微賤，而
能一朝驟起，成為國家的輔弼大臣。與他們相比，詩人自覺才力毫不遜色，
竟然長期困頓，無所作為，感情固然悲戚，卻不掩其以宰相自期的非凡氣
概。再如：

> 閑來垂釣坐溪上，忽復乘舟夢日邊。(《行路難三首》其一)

> 君不見朝歌屠叟辭棘津，八十西來釣渭濱。寧羞白髮照淥水，
> 逢時壯氣思經綸。廣張三千六百釣，風期暗與文王親。大賢虎變愚
> 不測，當年頗似尋常人。……風雲感會起屠釣，大人峴岋當安之。
> (《梁甫吟》)

> 主人蒼生望，假我青雲翼。風水如見資，投竿佐皇極。(《酬坊
> 州王司馬與閻正字對雪見贈》)〔註93〕

伊尹是有莘氏的媵臣，他曾夢見自己乘船經過日月旁邊，之後果然被成湯辟召，
拜為尹，輔佐主上打敗夏桀，建立商朝。呂尚半生寒微，曾在棘津賣食，朝歌
屠牛，磻溪垂釣，年逾九十，方與文王遇合，一躍而為帝王師，輔佐武王姬昌
滅商興周。他們都具有卓越的政治才能，也都經歷過長期的辛酸困頓，最終都
成就了一番偉大的事業。李白自負才幹無兩，加之在長安求仕受挫，深覺困窘
的處境與他們相似，故將其引為異代同調。更為關鍵的是，詩人思慕「垂釣坐
溪」「乘舟夢日邊」的徵兆，憧憬「風雲感會」「風水見資」的天人感應，正如
他在《代壽山答孟少府移文書》中所說：「昔太公大賢，傅說明德，棲渭川之水，
藏虞、虢之巖，卒能形諸兆朕，感乎夢想。此則天道闇合，豈勞乎搜訪哉！」
〔註94〕他嚮往這種「天道暗合」的君臣遇合模式，也將其作為最佳的仕路選擇。

　　即使困厄如「檻中虎」「韝上鷹」，李白也沒有動搖他的自我定位，沒有
放棄對「騰風雲」「申所能」〔註95〕的嚮往。他以匡時濟世的管仲和諸葛亮
自許，云：「吟詠思管樂，此人已成灰。獨酌聊自勉，誰貴經綸才。」〔註96〕

〔註92〕《冬夜醉宿龍門覺起言志》，《李太白全集校注》卷二十，第6冊，第2901頁。
〔註93〕《李太白全集校注》卷二、二、十五，第1、1、5冊，第274、216～217、
　　　　2293頁。
〔註94〕《李太白全集校注》卷二十五，第7冊，第3633頁。
〔註95〕《贈新平少年》，《李太白全集校注》卷七，第3冊，第1171頁。
〔註96〕《玉真公主別館苦雨贈衛尉張卿二首》其一，《李太白全集校注》卷七，第3
　　　　冊，第1077頁。

「誰識臥龍客，長吟愁鬢班。」〔註97〕管仲少時貧困，諸葛亮乃一介布衣，他們還未顯達時，或被鮑叔牙善待、推薦，或得崔州平、徐元直的稱賞，皆有相知的友人助力。這份交誼尤其令李白欽羨，所以他自比於二人時，常以鮑叔牙、崔州平期許友人，如「鮑生薦夷吾，一舉致齊相。斯人無良朋，豈有青雲望」〔註98〕，「武侯立岷蜀，壯志吞咸京。何人先見許？但有崔州平。余亦草間人，頗懷拯物情。晚途值子玉，華髮同衰榮。託意在經濟，結交為弟兄。無令管與鮑，千載獨知名」〔註99〕等，希望友人能夠知重他的才能，理解他的志向，進而在政治上薦舉他。李白還以少年落魄、一朝得志而不忘舊恩的韓信自許，云：「韓信在淮陰，少年相欺凌。屈體若無骨，壯心有所憑。一遭龍顏君，嘯吒從此興。千金答漂母，萬古共嗟稱。而我竟胡為？寒苦坐相仍。」〔註100〕自傷困頓受辱，無緣得進，期盼出現「漂母」似的人物恤患，他日功成之後必效韓信千金報德。再如「丹徒布衣者，慷慨未可量。何時黃金盤，一斛薦檳榔」〔註101〕，以少時家貧、見辱於妻兄的劉穆之自喻，暗刺張垍，強烈地渴望功成名就，揚眉吐氣，一雪目下之恥，困厄中不失傲岸的英豪本色。

「英豪未豹變，自古多艱辛」〔註102〕的相似境遇，使李白每每以伊尹、傅說、呂尚、管仲、李斯、韓信、諸葛亮、劉穆之等自況，但是，他最欽慕的輔弼之臣當非范蠡、張良和謝安莫屬。〔註103〕范蠡輔佐越王句踐深謀二十年，滅吳雪恥之後急流勇退，乘舟浮海而去；張良運籌帷幄，決勝千里，協助劉邦建立大漢王朝，為帝王之師，竟毅然淡出政壇，以道引輕舉為務；被李白視為功成身退的理想範式，自期「事君之道成，榮親之義畢，然後與陶朱、留侯，浮五湖，戲滄洲」〔註104〕，踵武他們「功成拂衣去，搖裔滄

〔註97〕《南都行》，《李太白全集校注》卷五，第 2 冊，第 775 頁。
〔註98〕《陳情贈友人》，《李太白全集校注》卷十，第 4 冊，第 1510 頁。
〔註99〕《讀諸葛武侯傳書懷贈長安崔少府叔封昆季》，《李太白全集校注》卷七，第 3 冊，第 1103 頁。
〔註100〕《贈新平少年》，《李太白全集校注》卷七，第 3 冊，第 1171 頁。
〔註101〕《玉真公主別館苦雨贈衛尉張卿二首》其二，《李太白全集校注》卷七，第 3 冊，第 1080 頁。
〔註102〕《陳情贈友人》，《李太白全集校注》卷十，第 4 冊，第 1511 頁。
〔註103〕嚴格來說，范蠡、張良和韓信都沒做過宰相，但他們輔佐君王安邦定國，厥功甚偉，遠非一般意義上的謀臣和猛將可比，故將三人歸入輔弼之臣目下。
〔註104〕《代壽山答孟少府移文書》，《李太白全集校注》卷二十五，第 7 冊，第 3637 頁。

洲旁」〔註105〕，匡時濟世，功成遠遁。謝安為蒼生東山再起，先後挫敗桓溫的篡位意圖，贏得淝水之戰的勝利，保全了晉朝的社稷，李白引以自況，云：「東山高臥時起來，欲濟蒼生未應晚。」〔註106〕值得注意的是，謝安於賑濟蒼生、聲色遊賞皆能瀟灑自適的名士風流尤令李白傾心追慕，他在賜金放還後傲仿其攜妓出遊，走向行樂肆志；在安史之亂中投身永王幕府，走向濟世報國。

（二）策士、文士和隱士

李白懷著明確的政治目的，即「何王公大人之門，不可以彈長劍乎」〔註107〕，西入長安尋求仕進機會。因此，他自擬的人物主要是濟世安邦的政治人才，比如上面所說的輔弼之臣，還有縱橫捭闔的謀臣策士。試看：

> 君不見高陽酒徒起草中，長揖山東隆準公。入門開說騁雄辯，兩女輟洗來趨風。東下齊城七十二，指麾楚漢如旋蓬。狂客落拓尚如此，何況壯士當群雄！（《梁甫吟》）

> 彈劍謝公子，無魚良可哀。（《玉真公主別館苦雨贈衛尉張卿二首》其一）〔註108〕

前者通過對比，謂酈食其一介狂士，尚且能乘時遇合，在楚漢戰爭中為劉邦出謀劃策，自己身為壯士，遠勝於他，更當振奮，定能風雲感會，大展宏圖。後者自比馮諼，其人高瞻遠矚，通過焚券市義、設計謀復相位、請立宗廟於薛，鞏固了孟嘗君在齊國的地位。詩人以孟嘗君期許張垍，希望他能禮賢下士援引自己，強調的顯然是自己的政治才具。再如「魯連賣談笑，豈是顧千金」〔註109〕，「結髮未識事，所交盡豪雄。卻秦不受賞，救趙寧為功」〔註110〕，李白以人格偶像魯仲連自許，既昭示自己排難解紛的濟世之才，又突顯他不計名利的高潔之志，可以說是功成身退的另一種表達方式，二者的精神內核是一致的。

相應地，李白很少以文士自許，他自負的才能主要是經世之才，而非在生前乃至後世都享有盛名的文學才華。即使自比於文士，或是出於禮貌，在社交場合中襯托對方，如「初發強中作，題詩與惠連。多慚一日長，不及二龍

〔註105〕《玉真公主別館苦雨贈衛尉張卿二首》其二，《李太白全集校注》卷七，第3冊，第1080頁。
〔註106〕《梁園吟》，《李太白全集校注》卷六，第3冊，第836頁。
〔註107〕《上安州裴長史書》，《李太白全集校注》卷，第7冊，第頁。
〔註108〕《李太白全集校注》卷二、七，第1、3冊，第216、1077頁。
〔註109〕《留別王司馬嵩》，《李太白全集校注》卷十二，第4冊，第1790頁。
〔註110〕《贈從兄襄陽少府皓》，《李太白全集校注》卷七，第3冊，第1034頁。

賢」〔註111〕，「群季俊秀，皆為惠連；吾人詠歌，獨慚康樂」〔註112〕，將從弟比作謝惠連，稱許他們的文才，隱然以謝靈運自喻，謙遜地表示不及他們。或是自傷相似的人生際遇，如「誤學書劍，薄遊人間。紫微九重，碧山萬里。有才無命，甘於後時。劉表不用於禰衡，暫來江夏」〔註113〕，以「有才無命」的禰衡自喻，感慨才命相妨，仕進無門。但多數像後者一樣，側重於政治上的不得意。其實，李白不太情願將自己定位為文士，可過人的文學才華確實是他最容易拿得出手的干謁資本。所以，他在向裴長史上書雪讒時，會援引蘇頲「此子天才英麗，下筆不休，雖風力未成，且見專車之骨，若廣之以學，可以相如比肩也」〔註114〕的讚語，也敢於向韓朝宗提出「請日試萬言，倚馬可待」〔註115〕的試才請求，還像當時的士子們一樣，將「積成卷軸」的「製作」繕寫後呈給投獻對象，這固然與當時的行卷風氣有關，同時也反映出李白對自我的政治期待與實際能力之間的不對等。

即使干謁失敗，李白也沒想要棄世。比如「巢父將許由，未聞買山隱。道存跡自高，何憚去人近」〔註116〕，雖傚仿巢父、許由隱居北山，表達的卻是「隱不絕俗」的意思。不僅如此，他還以古代的隱士襯托自己，如「遁則以俯視巢、許」〔註117〕，認為巢父、許由都不及他有節概，側重點不在歸隱山林的決心，而是傲世獨立的標格。可見，一時的失意和受挫並沒有改變李白「不屈己，不干人，巢、由以來，一人而已」〔註118〕的自我評價。

三、樂府和歌吟的創作高峰

我們發現，李白現存的樂府和歌吟皆作於出蜀以後，且目前可以確定為蜀中之作的大多是格律詩。又，《唐詩紀事》卷十八引楊天惠《彰明逸事》保存的

〔註111〕 《送二季之江東》，《李太白全集校注》卷十五，第 5 冊，第 2205 頁。
〔註112〕 《春夜宴從弟桃花園序》，《李太白全集校注》卷二十六，第 8 冊，第 3832 頁。
〔註113〕 《暮春江夏送張祖監丞之東都序》，《李太白全集校注》卷二十六，第 8 冊，第 3724 頁。
〔註114〕 《上安州裴長史書》，《李太白全集校注》卷二十五，第 7 冊，第 3706 頁。
〔註115〕 《與韓荊州書》，《李太白全集校注》卷二十五，第 7 冊，第 3683 頁。
〔註116〕 《北山獨酌寄韋六》，《李太白全集校注》卷十一，第 4 冊，第 1651 頁。
〔註117〕 《冬夜於隨州紫陽先生餐霞樓送元演隱仙城山序》，《李太白全集校注》卷二十六，第 8 冊，第 3841 頁。
〔註118〕 《代壽山答孟少府移文書》，《李太白全集校注》卷二十五，第 7 冊，第 3637 頁。

三首半李白少作，都是格律工整的近體詩。楊氏於宋哲宗元符二年（1099）正月補為彰明縣令，曾從學士大夫搜訪李白逸事，云：「時太白齒方少，英氣溢發，諸為詩文甚多，微類宮中行樂詞體。今邑人所藏百篇，大抵皆格律也。雖頗體弱，然短羽攡褷，已有雛鳳態。淳化中，縣令楊遂為之引，謂為少作，是也。」〔註119〕淳化二年（991），楊遂出任彰明縣令〔註120〕，知他曾收集過李白遺作，並為之撰序。王琦按：「此編今已不傳。晁公武《讀書志》曰：蜀本《太白集》附入左綿邑人所裒白隱處少年所作詩六十篇，尤為淺俗。今蜀本李集亦不可見，疑《文苑英華》所載五律數首或即是與？」〔註121〕可見，北宋淳化中，蜀地還流傳著百篇李白早年所作的格律詩，一直到南宋初，尚有六十篇流傳於世。儘管晁公武目其為偽作，但正如戴偉華先生所言，「詩人一生的寫作風格是不斷變化的，在討論詩人詩歌寫作時，會發現習業階段或青年時期的寫作風格與作家主導風格並不一致」，不可因「尤為淺俗」而輕易否定，進而結合相關文獻，認為這些格律詩是李白早年為應科舉考試而做的寫作訓練，〔註122〕推測良是。

　　出蜀以後，李白有一個重要的創作習慣，即每到一地，或因風土人情的審美吸引，或受歷史古蹟和文化積澱的感發，有選擇地學習和鎔鑄當地的民歌，並就與之相關的樂府古題進行擬寫。比如《巴女詞》《荊州歌》和《江夏行》，是詩人出蜀經巴渝、荊州和江夏時，擬巴地民歌、點化《荊州歌》古辭、取材西曲以新題演繹江夏土俗人情的作品。再如《楊叛兒》本是南齊隆昌年間的童謠，《長干行》原為長江下游一帶的民歌，《採蓮曲》起於梁武帝父子，它們的誕生地都在金陵，李白初遊金陵時耳目濡染，皆擬而作之。這種習慣一直保持到他晚年，天寶十載（751）至十一載（752），李白「懷恩欲報主，投佩向北燕」〔註123〕，親至幽州，意欲建殊勳、靖邊塞，曾擬樂府舊題，創

〔註119〕（宋）計有功《唐詩紀事》卷十八引楊天惠《彰明逸事》，中華書局1965年版，第271～272頁。

〔註120〕四川江油李白紀念館藏北宋碑刻《唐李先生彰明縣舊宅碑並序》，標題後署款「宣德郎檢校尚書水部員外郎賜緋魚袋楊遂撰」，文末署「大宋淳化五年正月八日將仕郎中綿州彰明縣尉主簿事馬同題」。參見丁稚鴻等編著《李白與巴蜀資料彙編》，巴蜀書社2011年版，第219～222頁。

〔註121〕王琦《李太白年譜》開元八年按語，《李太白全集》卷三十五，第1842頁。

〔註122〕戴偉華《文學研究的創新仍應以文獻及其解讀為基礎——以李白與科舉相關問題為例的分析》，《文學評論》2017年第1期，第120～130頁。

〔註123〕《贈宣城宇文太守兼呈崔侍御》，《李太白全集校注》卷十，第4冊，第1460頁。

作了以幽州征戰逐虜、邊城少年遊獵、疲兵戍婦之苦為主題的《出自薊北門行》《幽州胡馬客歌》《行行且遊獵篇》《北風行》等詩歌。天寶十二載（753）至十三載（754），詩人漫遊和州、秋浦，觀覽當地風物土俗，借鑒民歌以方言、口頭語入詩的表達方式，自製新題，寫下具有濃烈地方色彩和生活氣息的《橫江詞六首》《秋浦歌十七首》等歌吟組詩。安史之亂爆發後，他於樂府和歌吟的功力益深，或借題抒情，奪換《北上行》《猛虎行》古意以記述奔亡、戰亂情景，自抒懷抱；或因事傳題，如南奔避亂時忽於溧陽目睹太平景象，作《扶風豪士歌》歌詠豪士義俠，表述報國志向。同樣，李白初入長安時的文學事實也能證明他的這一寫作習慣。

　　也就是說，李白的樂府和歌吟創作很可能始於出蜀以後。他在遠遊途中耳濡目染各地民歌，找到了用韻、平仄和句式所受拘束較少且旋律活潑富於變化的最契合他自由本性的詩體，或由此用心於其間，同時結合案頭的樂府古辭和文人擬樂府，於「古題無一弗擬，或用其本意，或翻案另出新意，合而若離，離而實合，曲盡擬古之妙」〔註124〕，取得了非凡的成就。其中，以初入長安為中心的開元十八至二十二年（734），無論就詩歌占比，抑或開拓新題材、表現新主題，還是產生的名篇來說，都堪稱李白樂府和歌吟創作史上最重要的一段時期。

　　首先，這五年是李白樂府和歌吟的創作高峰，占此期詩歌總量的 43%，與古詩並列第一。〔註125〕請看下表：

表1：古詩、近體詩、樂府和歌吟的創作量及占比

詩　體	數量（首）	占　比
古詩	39	43%
格律詩	13	14%
樂府和歌行	39	43%

〔註124〕（明）胡震亨《唐音癸籤》卷九，上海古籍出版社 1981 年版，第 87 頁。
〔註125〕數量統計主要依據安旗主編《李白全集編年箋注》。其中，《春日醉起言志》《待酒不至》《自遣》《山中與幽人對酌》《月夜聽盧子順彈琴》和《夏日山中》的繫年比較牽強，故不包括在內。而被繫於天寶元年的《子夜吳歌四首》之《秋歌》《冬歌》和天寶二年的《烏夜啼》，則依郁賢皓先生所言，作於初至長安時。此外，被繫於開元二十五年的《陳情贈友人》、天寶九載的《雪讒詩贈友人》和開元二十六年的《南都行》，筆者以為當分別作於開元十八年安陸遭讒以後和開元十九年歸家途經南陽之時。

　　究其原因，初次往返長安的所見所聞和功業無成的人生際遇與此關係頗大。第一，前已論及，李白對樂府和歌吟的關注始於出蜀以後，且有依行跡學習各地民歌和擬作樂府詩的創作習慣。而初入長安期間，詩人對樂府和歌吟興致正濃，加之初遊京畿地區和洛陽、梁園、南陽、襄陽等地，故而寫下不少與當地有關的詩歌，如《秦女卷衣》《烏夜啼》《鳳臺曲》《洛陽陌》《梁園吟》《南都行》《襄陽曲四首》等。第二，李白抱著「何王公大人之門，不可以彈長劍乎」的自信來到長安，結果被冷落「金張館」，找不到政治出路，從此深感世道艱險，功業難成，而一些樂府舊題的辭義源委，如《行路難》「備言世路艱險及離別悲傷之意」〔註126〕，《蜀道難》「備言銅梁玉壘之阻」〔註127〕，《梁甫吟》可引申為「願輔佐君主致於有德而為小人讒邪之所阻難也」〔註128〕，正切合他當時的情事和心境。第三，樂府和歌吟的形式相對比較自由，更易於表現李白濃烈的感情、瑰奇的想像、磅礡的氣勢和誇張的筆墨。

　　其次，這一時期誕生了足以代表李白主導詩風和典型形象的名篇，如《蜀道難》《行路難三首》其一、《梁甫吟》《梁園吟》《襄陽歌》等。就拿《蜀道難》來說，此詩變幻錯綜，風格雄壯，語次崛奇，體調縱逸，現存的唐人選唐詩如殷璠《河嶽英靈集》、韋莊《又玄集》、敦煌寫本等，儘管選錄標準各異，但都將其作為李白代表作編入詩選。殷璠還評價李白「為文章率皆縱逸，至如《蜀道難》等篇，可謂奇之又奇。然自騷人以還，鮮有此體調也」〔註129〕，特別提到《蜀道難》，將其作為代表中的代表予以評說。又，據孟棨《本事詩》和王定保《唐摭言》記載，《蜀道難》獲得賀知章的讚賞，是李白被稱譽為「謫仙」「太白星精」的重要原因。〔註130〕可以想見，早在李白生前，

〔註126〕　（宋）郭茂倩編《樂府詩集》卷七十引《樂府解題》，中華書局1979年版，第997頁。

〔註127〕　（宋）郭茂倩編《樂府詩集》卷四十引《樂府解題》，第590頁。

〔註128〕　（南朝梁）蕭統編，（唐）李善等注《六臣注文選》卷二十九劉良注張衡《四愁詩四首》「我所思兮在太山，欲往從之梁父艱」，中華書局1987年版，第545頁。

〔註129〕　（唐）殷璠編《河嶽英靈集》卷上，傅璇琮、陳尚君、徐俊編《唐人選唐詩新編（增訂本）》，中華書局2014年版，第171頁。

〔註130〕　（唐）孟棨《本事詩‧高逸》云：「李太白初自蜀至京師，舍於逆旅。賀監知章聞其名，首訪之。既奇其姿，復請所為文。出《蜀道難》以示之。讀未竟，稱歎者數四，號為『謫仙』，解金龜換酒，與傾盡醉。期不間日，由是稱譽光赫。」（五代）王定保《唐摭言》卷七云：「李太白始自西蜀至京，名未甚振，因以所業贄謁賀知章。知章覽《蜀道難》一篇，揚眉謂之曰：『公

《蜀道難》已具有一定的傳播度和影響力。而且，歷代評家對《蜀道難》主題和寓意的闡釋從未停止，自唐至今爭論千餘年而饒有新解〔註131〕，可見其受到的關注和重視。再以《襄陽歌》為例，詩中塑造的那位縱飲放曠、瀟灑磊落的狂士，正是「性嗜酒，志不拘檢」〔註132〕的李白的傳神寫照。又，歐陽修云：「『落日欲沒峴山西，倒著接䍦花下迷。襄陽女兒齊拍手，大家齊唱《白銅鞮》。』此常言也。至於『清風明月不用一錢買，玉山自倒非人推』，然後見太白之橫放，所以驚動千古者，固不在此乎？」〔註133〕評價「清風」二句「驚動千古」，發掘了詩中意曠神逸的審美價值，進而吸收轉化為「清風明月本無價，可惜只賣四萬錢」〔註134〕。作為文壇領袖和賞心獨具的評家，歐陽修的稱揚和借鑒對確立此詩的經典地位和批評方向無疑有重要意義，可謂是《襄陽歌》接受史上的「第一讀者」。後世的批評家如宋人嚴羽，明人梅鼎祚、陸時雍，清人沈德潛、方東樹、劉熙載等，都對此詩的藝術成就評價甚高。

最後，往返長安的豐富見聞和坎坷經歷，以及李白對新詩體的學習熱情，使他傾向於用更切合當時情事的樂府或歌吟來記事、詠史、言志抒懷，拓寬了出蜀以來以書寫民俗風情為主的樂府詩的表現範圍。第一，遊俠題材。李白「少以俠自任，而門多長者車」〔註135〕，與江湖俠客多有來往。「十五好劍術，遍干諸侯」，「雖長不滿七尺，而心雄萬夫」〔註136〕，曾在蜀中「手刃數人」〔註137〕，年輕時是一個十足的遊俠。然而，他早年的作品以「微類宮中行樂詞體」

非人世之人，可不是太白星精耶？』」參見《唐五代筆記小說大觀》，第1246、1641～1642頁。

〔註131〕 詹鍈先生羅列《蜀道難》的闡釋史，將其歸納為四說，即罪嚴武、諷章仇兼瓊、諷玄宗幸蜀、即事成篇別無寓意。參見《李白詩文繫年》，《詹鍈全集》卷五，第35～38頁。臺灣學者楊文雄先生加以補充，合為十說，即罪嚴武、諷章仇兼瓊、諷玄宗幸蜀、即事名篇別無寓意、送友人入蜀、言險著戒非專指一人、寄託作者功業難成仕途坎坷、反映詩人憂國之思揭露時弊、歌頌山川的奇險和壯麗、自歎身世。參見《李白詩歌接受史》，臺北五南圖書出版公司2000年版，第341～360頁。

〔註132〕 （唐）殷璠編《河嶽英靈集》卷上，《唐人選唐詩新編（增訂本）》，第171頁。

〔註133〕 （宋）胡仔《苕溪漁隱叢話》前集卷五，第27頁。

〔註134〕 （宋）歐陽修《滄浪亭》，《歐陽修全集》，中華書局2001年版，第1冊，第48頁。

〔註135〕 （唐）范傳正《唐左拾遺翰林學士李公新墓碑並序》，《李太白全集校注·附錄》，第8冊，第4220頁。

〔註136〕 《與韓荊州書》，《李太白全集校注》卷二十五，第7冊，第3682頁。

〔註137〕 （唐）魏顥《李翰林集序》，《李太白全集校注·附錄》，第8冊，第4215頁。

的格律詩為主，未聞與遊俠相關的創作記載，更別說是出蜀之後才嘗試的新體裁樂府詩。再者，盛唐前後遊俠活躍〔註138〕，他們大多寄跡城市，特別是政治、經濟中心長安和洛陽，當時有「嘗聞京師多任俠之徒」〔註139〕的說法。李白初入長安，親見任俠風行，所謂「風流少年時，京洛事遊遨。腰間延陵劍，玉帶明珠袍。我昔鬥雞徒，連延五陵豪。邀遮相組織，呵嚇來煎熬」〔註140〕，與貴家子弟結交，鬥雞走馬，放蕩不羈，卻也頗受困辱，故而借用或奪換相關古題，創作了一些禮讚遊俠行樂、重節義輕生死、負壯氣立功名，且不無貶刺其驕縱豪橫的樂府詩。比如「五陵年少金市東」「笑入胡姬酒肆中」〔註141〕，「挾彈章臺左」「金丸落飛鳥」〔註142〕，「金鞍五陵豪」「鬥雞事萬乘」〔註143〕，「結客洛門東」〔註144〕等，詩歌或寫實，或用典，多有京洛標誌。第二，感今懷古。比如《鳳臺曲》和《鳳凰曲》，二詩檃栝秦穆公女弄玉吹簫學鳳鳴，與丈夫蕭史一同乘雲登仙的故事，是李白西遊岐山鳳女臺時的懷古之作。又如《南都行》，詩人途經南陽，有感於此地「多英豪」，孕育了漢光武帝、范蠡、百里奚、諸葛亮等名播穹壤的人才，自傷才力、境遇與躬耕南陽的臥龍孔明相仿，愁歎世間無人識己。再如《襄陽歌》，以山簡醉酒、羊祜墮淚碑猶然磨滅等襄陽舊事寄寓感慨，謂功名富貴不能長存，不如及時行樂來得瀟灑痛快，是詩人一時失意的體現。第三，反映懷才不遇、功業難成和及時行樂。前已論及，這是李白第一次長安之行最重要，同時也是產生名篇最多的創作主題。此前，詩人滿以為入朝為相、功成身退是「不足為難」的事情，他終會在長安成就嚮往的功名事業，故而未將地方上一時的不得意放在心上。可當他滿懷憧憬入京逐夢，預備青雲直上揚眉吐氣，洗雪在安陸受到的恥辱時，竟然經歷了意料之外的坎坷遭遇，被權貴冷落，遭故友拋棄，政治上屢受挫折，一事無成，從此深感世道艱險，功業難求，甚而轉向及時行樂。備受打擊之下，李白不能不訴諸詩筆以宣洩心中的不平和激憤，而樂府的題中之意和歌吟的自由體裁，更易於表現他仕途失意時憂憤深廣、蔑視功名富貴的思想情志與波瀾起伏的動盪情緒。

〔註138〕　參見汪湧豪《中國遊俠史論》，上海人民出版社2016年版，第100～103頁。

〔註139〕　（唐）康駢《劇談錄》卷上《潘將軍失珠》，《唐五代筆記小說大觀》，第1465頁。

〔註140〕　《敘舊贈江陽宰陸調》，《李太白全集校注》卷八，第3冊，第1240頁。

〔註141〕　《少年行二首》其二，《李太白全集校注》卷四，第2冊，第686頁。

〔註142〕　《少年子》，《李太白全集校注》卷四，第2冊，第678頁。

〔註143〕　《白馬篇》，《李太白全集校注》卷四，第2冊，第512頁。

〔註144〕　《結客少年場行》，《李太白全集校注》卷三，第2冊，第448頁。

　　總的來說，初入長安對李白創作的影響主要表現在三個方面，即作品的主題思想、抒情主體的自我塑造和樂府歌吟的大量湧現。就內容和風格而言，出現了懷才不遇繼而指斥時弊、及時行樂卻又堅信自致青雲的全新主題和深廣內涵，而被坎坷不平的求仕之路激起的更為強烈的傲視權貴的叛逆精神，又使作品呈現出磅礡的氣勢和雄渾的力量。就自我體認而言，李白此期用世心切，最常以輔弼之臣——尤其是屢經困厄後終於君臣遇合的政治家和縱橫捭闔的謀臣策士自許，極少自比於文人和隱士，鮮明地傳達出他的自我定位和精神寄託。就形式而言，往返長安的豐富見聞、功業未成的坎坷遭際和李白對新詩體的學習熱情，使他傾向於用更切合當時情事的樂府或歌吟來記事、詠史、言志抒懷，拓寬了出蜀以來以書寫民俗風情為主的樂府詩的表現範圍，使其成為此期占比最大、名篇最多的詩歌體裁。

第三節　李白對當代文學的接受——以劉知幾、蘇頲、張說為例

　　歌德有言：「各門藝術都有一種源流關係，每逢看到一位藝術大師，你總可以看出他汲取了前人的精華，正是這種精華培育出他的偉大。」〔註145〕作為盛唐文學史上最著名的詩人之一，李白影響了一代又一代的讀者，我們評價他是一位天才詩人，似乎他的創作和文學成就純出乎天分，往往忽略了他同時也是一名創造性的讀者，照樣會受到前人和當代文學〔註146〕的影響。應該說，李白是一位極善於學習的天才，他不單對在他之前的經、史、子、集的許多著作頗為熟悉〔註147〕，還自覺選取與他的氣質和審美心理相近，或是當

〔註145〕〔德〕艾克曼編，朱光潛譯《歌德對話錄》，人民文學出版社1978年版，第105頁。
〔註146〕胥樹人先生有云：「我覺得對一個作家影響最大的還是他當代的文學。甚至專門模仿古典的詩人，他們之所以這樣做也由於他當代的風氣。傳統的作品往往也通過當代（或是作品，或是理論）才對作家發生影響。」認為「李白很少學者氣質」，「他所徵引的典故，大多是當時讀書人常用的；而且我懷疑裏面有一些還是間接引用。他所受當代文學的影響，當然是根據自己的文學見解自覺選擇的；不過也有些是不自覺的，俗話說是薰染的結果。」參見《李白和他的詩歌》，上海古籍出版社1984年版，第13頁。
〔註147〕莊美芳通過統計王琦注本李白詩的用典、用事，從中整理出九十四部書和三千四百三十則典故，可見李白的閱讀量之大，參其《李太白詩探源》，臺灣私立東吳大學中研所1986年碩士學位論文。

時文壇上極具影響力的作家作品，在接受的過程中「同化」「調節」，進而轉化為富於創造性的作品。鑒於歷代詩評家和前輩學者多從師古出發，追溯李白對《風》《雅》屈騷和漢魏六朝文學的接受，筆者擬從師今出發，以唐代詩風變革最顯著的景雲至開元前期，即李白青少年時文壇上頗負盛名的作家劉知幾、蘇頲和張說為例，探討當代名家及其作品對初學創作的李白的影響。考慮到初入長安是李白文學風格成熟的轉關期，而當代作家對他的影響又以早年表現得最為明顯，故筆者將這一問題放在本章進行討論。

一、對劉知幾的接受

李白論詩云：「梁陳以來，豔薄斯極，沈休文又尚以聲律，將復古道，非我而誰與！」〔註148〕在詩歌理論和創作上都具有鮮明的復古傾向。前人多拿他跟陳子昂對比，稱他在藝術主張、精神內涵和創作實踐諸如表現手法、語言技巧、構思等方面，跟同鄉有著明顯的傳承關係〔註149〕，筆者深以為然，並認為除文學之外，李白還受到一小眾以劉知幾為代表的雅達通博、重史輕文的史家的影響。

劉知幾流傳下來的詩歌極少，僅有四首，其中三首是五言古詩，被收錄在《珠英集》中，當是長安二年（702）他擔任史官之前的作品。據晁公武《郡齋讀書志》載：「《珠英學士集》五卷，右唐武后朝，嘗詔武三思等修《三教珠英》一千三百卷，預修書者凡四十七人，崔融編集其所賦詩，各題爵里，以官班為次，融為之序。」〔註150〕又，《唐會要》載：「大足元年十一月十二日，麟臺監張昌宗撰《三教珠英》一千三百卷成，上之。初，聖曆中，以上《御覽》及《文思博要》等書，聚事多未周備，遂令張昌宗召李嶠、閻朝隱、徐彥伯、薛曜、員半千、魏知古、於季子、王無競、沈佺期、王適、徐堅、尹元凱、張說、馬吉甫、元希聲、李處正、高備、劉知幾、房元陽、宋之問、崔湜、常元旦、楊齊哲、富嘉謨、蔣鳳等二十六人同撰。」〔註151〕很明顯，《珠英集》

〔註148〕（唐）孟棨《本事詩・高逸》，《唐五代筆記小說大觀》，第 1246 頁。

〔註149〕這方面的文章，可參看吳明賢《李白與陳子昂》，載《青海民族學院學報》1989 年第 4 期；楊文雄《李白詩歌接受史》，第 474～481 頁。

〔註150〕（宋）晁公武撰，孫猛校證《郡齋讀書志校證》卷二十，上海古籍出版社 1990 年版，第 1059 頁。

〔註151〕（宋）王溥《唐會要》卷三十六，中華書局 1955 年版，第 657 頁。其中，高備為喬備之誤，常元旦為韋元旦之誤，王適為李适之誤，徐俊先生辨之甚明。參見（唐）崔融編《珠英集》，《唐人選唐詩新編（增訂本）》，第 50 頁。

的作者集中了當時文壇的核心人物，如崔融、李嶠、閻朝隱、沈佺期、宋之問、崔湜、富嘉謨、張說、徐堅等，且不乏高官顯宦，詩集的傳播度自不待言。既然劉知幾能預修《三教珠英》，其文名必定不低。實際上，他對自己的文學才能頗為自負，二十歲即登進士第，而在當時，「進士登第與否的關鍵在於文詞的優劣」〔註152〕。再者，《舊唐書》本傳稱他「少與兄知柔俱以詞學知名」，所作《思慎賦》被文壇領袖蘇味道和李嶠評為「陸機《豪士》所不及也」〔註153〕，他自己也說「余初好文筆，頗獲譽於當時」〔註154〕，可見並非誇飾。

劉知幾在史文上強調直筆，提倡簡要質樸，反對浮詞誇飾，抨擊六朝駢文的頹靡之風。這一觀念也體現在他的詠史詩中，如《讀〈漢書〉作》：

> 漢王有天下，欻起布衣中。奮飛出草澤，嘯咤馭群雄。淮陰既附鳳，黥彭亦攀龍。一朝逢運會，南面皆王公。魚得自忘筌，鳥盡必藏弓。咄嗟罹鼎俎，赤族無遺蹤。智哉張子房，處世獨為工。功成薄受賞，高舉追赤松。知止信無辱，身安道亦隆。悠悠千載後，擊抃仰遺風。〔註155〕

言簡意賅，多用虛詞〔註156〕，如「既」「亦」「皆」「自」「必」「哉」等，以散文句法入詩，使詩歌節奏頓挫有力氣，頗有「以文為詩」的味道，乍看之下，令人誤以為是李白的古詩。李白初入長安的詠史、懷古之作，相比於初出蜀時所作之節奏和諧、句式工整的《西施》《王右軍》等，已表現出這樣的特點，與劉知幾詩的風格頗為相似。試看：

> 漢道昔云季，群雄方戰爭。霸圖各未立，割據資豪英。赤伏起

〔註152〕 程千帆《唐代進士行卷與文學》，莫礪鋒編《程千帆全集》第八卷，河北教育出版社 2001 年版，第 12 頁。

〔註153〕 《舊唐書》卷一百二《劉子玄傳》，第 10 冊，第 3168 頁。

〔註154〕 （唐）劉知幾撰，（清）浦起龍釋《史通通釋》卷十《自敘》，上海古籍出版社 1978 年版，第 293 頁。

〔註155〕 （唐）崔融編《珠英集》，《唐人選唐詩新編（增訂本）》，第 74～75 頁。

〔註156〕 其實，以虛詞入詩由來已久。錢鍾書先生論曰：「詩用虛字，劉彥和《文心雕龍》第三十四《章句》篇結語已略論之。蓋周秦之詩騷，漢魏以來之雜體歌行……或四言、或五言記事長篇，或七言，或長短句，皆往往使語助以添迤邐之概。……五言則唐以前，斯體不多。」參其《談藝錄》，生活·讀書·新知三聯書店 2011 年版，第 174 頁。誠然，就五言古詩而言，唐以前每篇之中使用虛詞者不過數句，而劉知幾現存的三首古詩——皆作於四十二歲修史之前，已表現出大量使用虛詞的傾向，由此或可推知他復古的創作傾向。

頹運，臥龍得孔明。當其南陽時，隴畝躬自耕。魚水三顧合，風雲四海生。武侯立岷蜀，壯志吞咸京。何人先見許？但有崔州平。(《讀諸葛武侯傳書懷贈長安崔少府叔封昆季》)

秦鹿奔野草，逐之若飛蓬。項王氣蓋世，紫電明雙瞳。呼吸八千人，橫行起江東。赤精斬白帝，叱咤入關中。兩龍不並躍，五緯與天同。楚滅無英圖，漢興有成功。按劍清八極，歸酣歌《大風》。伊昔臨廣武，連兵決雌雄。分我一杯羹，太皇乃汝翁。(《登廣武古戰場懷古》)〔註157〕

詩中多用虛詞和散文句法，如「昔云」「各未」「當其」「何人」「但有」「逐之」「伊昔」等，甚至直接採用史傳、口語，如「分我一杯羹」「汝翁」〔註158〕等，不以對仗、格律為意。詩歌氣脈充盈，復歸漢魏的遒勁風格，在節奏上達到跌宕開合的藝術效果，其表現手法既是對古詩傳統的繼承，也有可能受到劉知幾潛移默化的影響。再者，劉知幾的史筆論對中唐古文運動的影響，清人浦起龍在《史通·覈才》篇按語「然其言已為退之、習之輩前導也」〔註159〕中已有發明，而韓愈極其推崇李白，稱「李杜文章在，光焰萬丈長」〔註160〕，他倡導的「以文為詩」〔註161〕也有可能受到劉知幾和李白的啟發。

李白對劉知幾的學習不止集中在早年，而是持續一生，不止反映在具體的創作實踐中，還體現在相似的史學觀念和思想傾向上。前者如天寶初李白被玄宗賜金放還後所作之《擬古十二首》其八，與劉知幾《詠史》詩驚人的相似，二詩云：

月色不可掃，客愁不可道。玉露生秋衣，流螢飛百草。日月終銷

〔註157〕《李太白全集校注》卷七、十八，第3、6冊，第1102～1103、2585頁。

〔註158〕（漢）班固《漢書》卷三十一《陳勝項籍傳》：「告漢王曰：『今不急下，吾亨太公。』漢王曰：『吾與若俱北面受命懷王，約為兄弟，吾翁即汝翁，必欲亨乃翁，幸分我一杯羹。』」中華書局1962年版，第10冊，第1815頁。

〔註159〕（唐）劉知幾撰，（清）浦起龍釋《史通通釋》卷九，第253頁。

〔註160〕（唐）韓愈《調張籍》，《全唐詩》卷三百四十，第10冊，第3814頁。

〔註161〕宋人陳師道《後山詩話》云：「退之以文為詩，子瞻以詩為詞，如教坊雷大使之舞，雖極天下之工，要非本色。」「詩文各有體，韓以文為詩，杜以詩為文，故不工耳。」參見（清）何文煥輯《歷代詩話》，中華書局1981年版，第309頁。程千帆先生在《韓愈以文為詩說》中將其概括為「以古文的章法、句法為詩」和「以議論為詩」，文載《古代文學理論研究叢刊》第1輯，上海古籍出版社1979年版，第193～215頁。

毀，天地同枯槁。螻蛄啼青松，安見此樹老？金丹寧誤俗，昧者難精討。爾非千歲翁，多恨去世早。飲酒入玉壺，藏身以為寶。（李白）

> 汎汎水中萍，離離岸傍草。逐浪高復下，從風起還倒。人生不若茲，處世安可保？蘧瑗仕衛國，屈伸隨世道。方朔隱漢朝，易農以為寶。飲啄得其性，從容成壽考。南國有狂生，形容獨枯槁。作賦刺椒蘭，投江溺流潦。達人無不可，委運推蒼昊。何為明自銷，取譏於楚老？（劉知幾）〔註162〕

首先，二詩韻腳相同，都押「皓」韻；其次，二人都好用虛詞和散文句法，李詩如「不可」「安見」「寧」「以為」等，劉詩如「不若」「安可」「何為」「於」等；再次，句式相似，比如「飲酒入玉壺，藏身以為寶」，簡直是「方朔隱漢朝，易農以為寶」的翻版；最後，儘管內容不同，李詩宣揚飲酒學仙，劉詩強調屈伸委運，但立意一致，都是對處世態度的思考。竊疑李白所擬之「古」即劉知幾《詠史》詩。

再看歷史觀念。劉知幾非常重視《竹書紀年》《汲冢瑣語》的史料價值，他以今揆古，輔以人情，最先對上古時期的「禪讓制」發難〔註163〕，認為堯舜禪讓的通說不可信，堯被舜囚禁放逐於平陽、舜被禹流放至陟方而死才更符合歷史實際。《史通·疑古》疑二云：「《堯典序》又云：『將遜於位，讓於虞舜。』孔氏《注》曰：『堯知子丹朱不肖，故有禪位之志。』按《汲冢瑣語》云：『舜放堯於平陽。』而書云某地有城，以『囚堯』為號。識者憑斯異說，頗以禪授為疑。然則觀此二書，已足為證者矣，而猶有所未睹也，何者？據《山海經》，謂放勳之子為帝丹朱，而列君於帝者，得非舜雖廢堯，仍立堯子，俄又奪其帝者乎？觀近古有奸雄奮發，自號霸王，或廢父而立其子，或黜兄而奉其弟，始則示相推戴，終亦成其篡奪。求諸歷代，往往而有。必以古方今，千載一揆。斯則堯之授舜，其事難明，謂之讓國，徒虛語耳。」〔註164〕疑三又述曰：「《虞書·舜典》又云：『五十載，陟方乃死。』注云：『死蒼梧之野，因葬焉。』」按蒼梧者，於楚則川號汨羅，在漢則邑稱零、桂。地總百越，

〔註162〕 《李太白全集校注》卷二十一，第 6 冊，第 3039～3040 頁；（唐）崔融編《珠英集》，《唐人選唐詩新編（增訂本）》，第 75 頁。

〔註163〕 日本學者宮崎市定先生認為，最先對「禪讓制」發難的是唐人劉知幾。參見宮崎市定著，張學鋒等譯《中國的歷史思想——宮崎市定論中國史》，上海古籍出版社 2018 年版，第 10～11 頁。

〔註164〕 （唐）劉知幾撰，（清）浦起龍釋《史通通釋》卷十三，第 384 頁。

山連五嶺，人風媒劃，地氣歊瘴。雖使百金之子，猶憚經履其途；況以萬乘之君，而堪巡幸其國？且舜必以精華既竭，形神告勞，捨茲寶位，如釋重負。何得以垂歿之年，更踐不毛之地？兼復二妃不從，怨曠生離，萬里無依，孤魂瀧盡，讓王高蹈，豈若是者乎？歷觀自古人君廢逐，若夏桀放於南巢，趙嘉遷於房陵，周王流彘，楚帝徙郴，語其艱棘，未有如斯之甚者也。斯則陟方之死，其殆文命之志乎？」〔註165〕李白《遠別離》云：「堯舜當之亦禪禹。君失臣兮龍為魚，權歸臣兮鼠變虎。或云堯幽囚，舜野死。九疑聯綿皆相似，重瞳孤墳竟何是？」〔註166〕對堯舜禪讓表示懷疑，認為堯被舜囚禁，舜被禹流放，古史觀跟劉知幾比較接近〔註167〕，這或許是他被劉知幾吸引的原因之一。

　　最後看重著述的思想傾向。劉知幾以「少而好賦」老而視其為「童子雕蟲篆刻」「壯夫不為」的揚雄自況，云：「揚雄嘗好雕蟲小伎，老而悔其少作。余幼喜詩賦，而壯都不為，恥以文士得名，期以述者自命。」〔註168〕這一觀念由來已久，自「文學」被列為孔門四科之末〔註169〕，後世學者遂借題發揮，稱「至於為《春秋》，筆則筆，削則削，子夏之徒不能贊一辭」〔註170〕，揚雄論賦之後，更是發展為對文學和文士的輕視。李白對自己的文學才華極為自負，但他的自我定位從來都不單單是文士，而是「三十成文章，歷抵卿相」〔註171〕的宰輔，文章不過是他在「恥不以文章達」〔註172〕的社會中實現政治理想的途經之

〔註165〕（唐）劉知幾撰，（清）浦起龍釋《史通通釋》卷十三，第385頁。

〔註166〕《李太白全集校注》卷二，第1冊，第188～189頁。

〔註167〕《竹書紀年》唐時尚存，李白很有可能看過此書。又，張守節《史記正義》引《括地志》云：「故堯城在濮州鄄城縣東北十五里。《竹書》云昔堯德衰，為舜所囚也。又有偃朱故城，在縣西北十五里。《竹書》云舜囚堯，復偃塞丹朱，使不與父相見也。」參見（漢）司馬遷《史記》卷一《五帝本紀》，中華書局1959年版，第1冊，第31頁。《括地志》由唐太宗之子魏王李泰主編，可見不惟劉知幾，初唐即有部分學者認可《竹書紀年》的史料價值，不排除李白直接或間接受過他們的啟發。

〔註168〕（唐）劉知幾撰，（清）浦起龍釋《史通通釋》卷十《自敘》，第292頁。

〔註169〕《論語·先進》篇云：「子曰：德行：顏淵、閔子騫、冉伯牛、仲弓；言語：宰我、子貢；政事：冉有、季路；文學：子游、子夏。」參見（魏）何晏注，（宋）邢昺疏《論語注疏》卷十一，上海古籍出版社1990年版，第95頁。後世遂將德行、言語、政事、文學視為「孔門四科」。

〔註170〕《史記》卷四十七《孔子世家》，第6冊，第1944頁。

〔註171〕《與韓荊州書》，《李太白全集校注》卷二十五，第7冊，第3682頁。

〔註172〕（唐）杜佑《通典》卷十五《選舉三》：「開元以後，四海晏清，士無賢不肖，恥不以文章達。」中華書局1984年版，第84頁。

一。即使退而求其次，他傚仿的對象也是以述作垂名後世的孔子，嘗言：「我志在刪述，垂輝映千春。希聖如有立，絕筆於獲麟。」〔註173〕還以學者而非詞人揚雄自比，云：「當塗何翕忽，失路長棄捐。獨有揚執戟，閉關草《太玄》。」〔註174〕「憶昔作少年，結交趙與燕。……晚節覺此疏，獵精草《太玄》。」〔註175〕直到晚年再無機會立功揚名，他才情願寄希望於身後，以「屈平詞賦懸日月，楚王臺榭空山丘」〔註176〕自解，強調詩文辭賦千古不朽的永恆價值。

可以說，審美心理和思想觀念上的相似性，是李白選擇接受劉知幾的重要原因。

二、對蘇頲的接受

李白與前宰相、朝廷「大手筆」蘇頲頗有一番淵源。開元九年，蘇頲出為益州大都督府長史〔註177〕，李白於路中投刺，不僅被他以布衣之禮相待，還得到「此子天才英麗，下筆不休，雖風力未成，且見專車之骨，若廣之以學，可以相如比肩也」〔註178〕的勉勵和嘉許。這對二十一歲的李白來說，意義非同小可，比如之後他常以司馬相如自許，就被宋人葛立方認為是受蘇頲評價的影響〔註179〕。蘇頲還親自或上疏向玄宗舉薦李白，據明人楊慎《升庵集》載：「唐睿宗問蜀士於蘇頲，對曰：『李白文章，趙蕤術數。』」「蘇頲《薦西蜀人才疏》云：『趙蕤術數，李白文章。』」〔註180〕可見蘇頲對李白的賞識

〔註173〕 《古風》其一，《李太白全集校注》卷一，第 1 冊，第 3 頁。

〔註174〕 《古風》其四十六，《李太白全集校注》卷一，第 1 冊，第 147 頁。

〔註175〕 《留別廣陵諸公》，《李太白全集校注》卷十二，第 4 冊，第 1810～1811 頁。

〔註176〕 《江上吟》，《李太白全集校注》卷五，第 2 冊，第 779 頁。

〔註177〕 傅璇琮主編《唐五代文學編年史》，遼海出版社 1998 年版，第 563 頁。

〔註178〕 《上安州裴長史書》，《李太白全集校注》卷二十五，第 7 冊，第 3706 頁。

〔註179〕 （宋）葛立方《韻語陽秋》卷六云：「先是，蘇頲為益州長史，見白異之，曰：『是子天才英特，少益以學，可比相如。』故白詩中每以相如自比。《贈從弟之遙》曰：『漢家天子馳駟馬，赤車蜀道迎相如。』《自漢陽病酒歸》曰：『聖主還聽《子虛賦》，相如卻欲論文章。』《贈張鎬》曰：『十五觀奇書，作賦凌相如。』白自比為相如，非止一詩也。」參見（清）何文煥輯《歷代詩話》，第 536 頁。

〔註180〕 （明）楊慎《升庵集》卷四十八「蜀士」條、卷五十六「太白懷鄉句」條，參見裴斐、劉善良編《李白資料彙編（金元明清之部）》，中華書局 1994 年版，第 292、296 頁。雖寥寥數語，且最早見於明人書中，而明人為學有空疏之風和妄改妄增之弊，然作者謂「宋人注李詩遺其事，並附見焉」，當有所據，若無有力證據，亦不可輕廢。此外，「唐睿宗」當為「唐玄宗」之誤。一者，唐睿宗在位期間，李白方十一、二歲；二者，蘇頲初入蜀在唐玄宗開元九年。

和器重。李白干謁蘇頲，自有謀求政治前景或文學聲望的意圖，然其對前輩作品的學習和個性的仰慕，也是重要原因之一。

蘇頲強調詩文的言「情」特徵〔註181〕，認為「情有理會，不可以理遣」〔註182〕，重視創作主體內心的情感。一些詩歌如「天路本懸絕，江波復泝洄。念孤心易斷，追往恨艱裁。不遂卿將伯，孰云陳與雷。吾衰亦如此，夫子復何哀」〔註183〕「海外秋鷹擊，霜前旅雁歸。邊風思鞞鼓，落日慘旌麾。浦暗漁舟入，川長獵騎稀。客悲逢薄暮，況乃事戎機」〔註184〕「楊柳青青宛地垂，桃紅李白花參差。花參差，柳堪結，此時憶君心斷絕」〔註185〕等，或辭藻簡淡而情意深醇，或意境蒼遠而骨力高峻，或敷彩鮮麗而含情無限，皆因感情真實飽滿而自有一股壯大的生氣，對李白情發於中、文生於情的部分詠懷、寄、別詩和樂府詩有一定影響。這種「物感」式創作在蘇頲文中也時有體現，如「吾見夫山連岷嶓，水合江沱，山兮水兮路窮嶮，鬱南望兮此情多」〔註186〕，騰踔的節奏背後有勁健、闊大的情感做支撐。再如《餞常侍舒公歸覲序》末云：「屬鶬鷃鳴矣，楊柳依依，情搖江上之楓，思結河邊之草。吳州日見，楚山雲絕，莫不捧袂黯然，彈毫以贈。」〔註187〕李白送別序的結束語也常採用這種寫法，試看：

> 時林風吹霜，散下秋草；海雁嘶月，孤飛朔雲。驚魂動骨，戞瑟落涕。抗手緬邈，傷如之何！且各賦詩！以寵行路。（《秋夜於安府送孟贊府兄還都序》）

> 王命有程，告以行邁，煙景晚色，慘為愁容。係飛帆於半天，泛淥水於遙海。欲去不忍，更開芳樽。……詩可贈遠，無乃闕乎？（《暮春江夏送張祖監丞之東都序》）〔註188〕

先描寫送別時的景色，再用移情的修辭手法，不直寫人因物生情，反倒說物因人而有情，最後點出賦詩贈遠一事。蘇頲序的結束語雖仍以駢體居多，但文句簡練，在雕琢詞語、鋪排藻飾方面已大為改觀；李白送別序的結束語亦

〔註181〕　林大志《蘇頲張說研究》，齊魯書社2007年版，第136～139頁。
〔註182〕　蘇頲《為人作連珠二首》，《全唐文》卷二百五十七，第3冊，第2597頁。
〔註183〕　蘇頲《蜀城哭台州樂安少府》，（清）彭定求等編《全唐詩》卷七十三，中華書局1960年版，第3冊，第798頁。
〔註184〕　蘇頲《邊秋薄暮》，《全唐詩》卷七十三，第3冊，第803頁。
〔註185〕　蘇頲《長相思》，《全唐詩》卷七十三，第3冊，第798頁。
〔註186〕　蘇頲《利州北題佛龕記》，《全唐文》卷二百五十六，第3冊，第2593頁。
〔註187〕　《全唐文》卷二百五十六，第3冊，第2592頁。
〔註188〕　《李太白全集校注》卷二十六，第8冊，第3829、3726～3729頁。

以句式齊整的四言句為主，但絕大多數是散體，已不太講究對仗，語言明白曉暢，文風勁健明快，情意的呈現也是在次第敘述的過程中自然實現的。其他如《送戴十五歸衡嶽序》《江夏送林公上人遊衡岳序》《送黃鐘之鄱陽謁張使君序》等，形式、風格多是如此。

蘇頲的近體詩典雅工麗，風骨高華，李白初學格律詩時，似曾以其為效法對象。就拿五律來說，蘇頲《春日芙蓉園侍宴應制》云：「御道紅旗出，芳園翠輦遊。繞花開水殿，架竹起山樓。荷芰輕薰幄，魚龍出負舟。寧知穆天子，空賦白雲秋。」〔註189〕紅旗、翠輦、綠竹、碧荷，顏色清新鮮麗，對比強烈，御道、芳園、水殿、山樓，景致分明，卻不以為累。李白《訪戴天山道士不遇》云：「犬吠水聲中，桃花帶露濃。樹深時見鹿，溪午不聞鐘。野竹分青靄，飛泉掛碧峰。無人知所去，愁倚兩三松。」〔註190〕順筆直寫，設色鮮采，景致層層疊疊，桃花、樹、竹、松或水、溪、飛泉重出，而不覺繁瑣，格調、意境更勝一籌。其他如蜀中所作之《對雨》《曉晴》等，注重描摹刻畫，造語精緻工巧，與蘇詩相類。蘇頲還以古文虛字入詩，且注重虛字的平仄對仗，如「帝跡奚其遠，皇符之所崇」〔註191〕「惻矣南鄰問，冥然東岱幽」〔註192〕，李白「樂哉絃管客，愁殺戰征兒」〔註193〕「雖言異蘭蕙，亦自有芳菲」〔註194〕或即取法於此。再看七言律、絕，蘇頲的七律雄渾厚麗，兼有韻致，被胡應麟評為初唐第三，僅次於杜審言和沈佺期〔註195〕，七絕氣象宏贍，不失自然曉暢，被楊慎稱讚「脫灑可誦」〔註196〕。其中，寫景深細如「降鶴池前回步輦，棲鸞樹杪出行宮。山光積翠遙疑逼，水態含青近若空」〔註197〕，

〔註189〕《全唐詩》卷七十三，第 3 冊，第 799 頁。

〔註190〕《李太白全集校注》卷二十，第 6 冊，第 2963 頁。

〔註191〕蘇頲《奉和聖製至長春宮登樓望稼穡之作》，《全唐詩》卷七十四，第 3 冊，第 810 頁。

〔註192〕蘇頲《夜聞故梓州韋使君明當引紼感而成章》，《全唐詩》卷七十四，第 3 冊，第 813 頁。

〔註193〕《初月》，《李太白全集校注》卷三十，第 8 冊，第 4120 頁。

〔註194〕《感遇四首》其二，《李太白全集校注》卷二十一，第 6 冊，第 3083 頁。

〔註195〕（明）胡應麟《詩藪》內編卷五有云：「七言律最難，迄唐世工不數人，人不數篇。初則必簡、雲卿、廷碩、巨山、延清、道濟，盛則……此外蔑矣。」參見中華書局 1962 年版，第 81 頁。

〔註196〕（明）楊慎《升庵詩話》卷十四，丁福保輯《歷代詩話續編》，中華書局 1983 年版，第 927 頁。

〔註197〕蘇頲《興慶池侍宴應制》，《全唐詩》卷七十三，第 3 冊，第 805 頁。

氣勢恢弘如「宮中下見南山盡，城上平臨北斗懸」〔註 198〕「樹色參差隱翠微，泉流百尺向空飛」〔註 199〕，天致宛然而暗合古文句法者如「雲山一一看皆美，竹樹蕭蕭畫不成」〔註 200〕「車如流水馬如龍，仙使高臺十二重」〔註 201〕等，對李白寫作「曉峰如畫參差碧，藤影搖風拂檻垂。野徑來多將犬伴，人間歸晚帶樵隨。看雲客倚啼猿樹，洗缽僧臨失鶴池。莫怪無心戀清境，已將書劍許明時」〔註 202〕「飛流直下三千尺，疑是銀河落九天」〔註 203〕等或有所啟發。此外，李白還直接化用蘇頲詩，如「白露濕青苔」〔註 204〕「綠鬢成霜蓬」〔註 205〕即從「寒露濕青苔，別來蓬鬢秋」〔註 206〕而來；借鑒他的遣詞用字和篇章結構，如「西當太白有鳥道，可以橫絕峨眉巔。地崩山摧壯士死，然後天梯石棧方鉤連。上有六龍回日之高標，下有衝波逆折之回川。……捫參歷井仰脅息，以手撫膺坐長歎。問君西遊何時還？畏途巉巖不可攀」〔註 207〕，被林大志先生認為受到蘇頲《夜發三泉即事》的啟發和影響。〔註 208〕

　　最後，才思敏捷、個性相似或許也是李白被蘇頲吸引的重要原因。韓休《故許國文憲公蘇頲文集序》有云：「僉議允歸，制命敕書，皆出自公手，筆不停綴，思無所讓。」〔註 209〕李白亦有豪言：「請日試萬言，倚馬可待。」〔註 210〕再者，唐人鄭處晦《明皇雜錄》卷上有這樣一段記載：

〔註 198〕蘇頲《奉和春日幸望春宮應制》，《全唐詩》卷七十三，第 3 冊，第 804 頁。
〔註 199〕蘇頲《奉和聖製幸韋嗣立莊應制》，《全唐詩》卷七十四，第 3 冊，第 815 頁。
〔註 200〕蘇頲《扈從鄠杜間奉呈刑部尚書舅崔黃門馬常侍》，《全唐詩》卷七十三，第 3 冊，第 805 頁。
〔註 201〕蘇頲《夜宴安樂公主新宅》，《全唐詩》卷七十四，第 3 冊，第 815 頁。
〔註 202〕《別匡山》，《李太白全集校注》卷三十，第 8 冊，第 4139 頁。
〔註 203〕《望廬山瀑布二首》其二，《李太白全集校注》卷十八，第 6 冊，第 2631 頁。
〔註 204〕《寄遠十二首》其十一，《李太白全集校注》卷二十三，第 7 冊，第 3295 頁。
〔註 205〕《怨歌行》，《李太白全集校注》卷四，第 2 冊，第 520 頁。
〔註 206〕蘇頲《山鷓鴣》，《全唐詩》卷七十四，第 3 冊，第 814 頁。
〔註 207〕《蜀道難》，《李太白全集校注》卷二，第 1 冊，第 202 頁。
〔註 208〕參見林大志《蘇頲張說研究》，第 209 頁。蘇頲詩云：「暗發三泉山，窮秋聽騷屑。北林夜鳴雨，南望曉成雪。祇詠北風涼，詎知南土熱。沙溪忽沸渭，石道乍明滅。宛若銀磧橫，復如瑤臺結。指程賦所戀，遇虞不遑歇。重纚濡莫解，懸旌凍猶揭。下奔泥棧楷，上覿雲梯設。搏頰羸馬頓，回眸懦人跌。憧憧往復還，心注思逾切。冉冉年將病，力困衰怠竭。天彭信方隔，地勢誠斗絕。忝曳尚書履，叨兼使臣節。京坻有歲饒，亭障無邊孽。歸奏丹墀左，騫能俟來哲。」參見《全唐詩》卷七十三，第 3 冊，第 797 頁。
〔註 209〕《全唐文》卷二百九十五，第 3 冊，第 2987 頁。
〔註 210〕《與韓荊州書》，《李太白全集校注》卷二十五，第 7 冊，第 3683 頁。

（蘇頲）及壯，而文學該博，冠於一時，性疏俊嗜酒。及玄宗既平內難，將欲草制書，難其人，顧謂瓖曰：『誰可為詔？試為思之。』瓖曰：『臣不知其他，臣男頲甚敏捷，可備指使，然嗜酒，幸免沾醉，足以了其事。』玄宗遽命召來。至時宿醒未解，粗備拜舞，嘗醉嘔殿下，命中使扶臥於御前，玄宗親為舉衾以覆之。既醒，受簡筆立成，才藻縱橫，詞理典贍。玄宗大喜，撫其背曰：『知子莫若父，有如此耶！』由是器重，已注意於大用矣。〔註211〕

此中情狀與天寶初李白供奉翰林時頗為相類。魏顥《李翰林集序》云：「上皇豫遊，召白，白時為貴門邀飲。比至，半醉，令制《出師詔》，不草而成。」〔註212〕醉中草制與蘇頲故事如出一轍。魏顥的記載主要源於李白口述，而李白是否有資格草制歷來被人懷疑，於是，在《本事詩》的文本中，草制變成了作詩，云：

嘗因官人行樂，謂高力士曰：「對此良辰美景，豈可獨以聲伎為娛，倘時得逸才詞人吟詠之，可以誇耀於後。」遂命召白。時寧王邀白飲酒，已醉；既至，拜舞頹然。上知其薄聲律，謂非所長，命為《宮中行樂》五言律詩十首。白頓首曰：「寧王賜臣酒，今已醉。倘陛下賜臣無畏，始可盡臣薄技。」上曰：「可。」即遣二內臣掖扶之，命研墨濡筆以授之，又令二人張朱絲欄於其前。白取筆抒思，略不停綴，十篇立就，更無加點。筆跡遒利，鳳跱龍拏。律度對屬，無不精絕。〔註213〕

二人都嗜酒，都是醉後被召；覲見時，蘇頲「粗備拜舞」，李白「拜舞頹然」；蘇頲被「中使扶臥於御前」，李白被「二內臣腋扶之」；蘇頲「受簡筆立成」，李白「取筆抒思，畧不停綴，十篇立就，更無加點」；蘇頲之文「才藻縱橫，詞理典贍」，李白之詩「律度對屬，無不精絕」；相似度很高。我們不去討論事件的真實性，畢竟時隔千年，既難證實，也不易證偽，即便唐人的記載是捕風捉影，亦足見當時人對蘇頲和李白的看法，即他們在個性、才華和經歷上有相似性，而這相似的性情和天分有可能是李白被前輩吸引進而干謁他的原因之一。

〔註211〕 （唐）鄭處晦《明皇雜錄》，《唐五代筆記小說大觀》，第956頁。
〔註212〕 《李太白全集校注·附錄》，第8冊，第4215頁。
〔註213〕 （唐）孟棨《本事詩·高逸》，《唐五代筆記小說大觀》，第1247頁。

三、對張說的接受

張說「三秉大政，掌文學之任凡三十年」〔註214〕，是李白青少年時代名副其實的文壇領袖。他地位顯赫，文名昭著，又重視文士，擢引四方才俊，以宰輔和文壇宗主的身份，對盛唐諸多詩人有潛移默化的影響，初學創作的李白也不例外。

張說重視風骨，推崇天然壯麗和奇情新拔之美，並且標舉聲律、辭采，〔註215〕是初盛唐詩風轉捩的關鍵人物。就風骨而言，張說主張「感激精微」〔註216〕，作品「用思精密」〔註217〕「屬思精壯」〔註218〕，強調文辭的精練、深刻，與劉勰「煉於骨者，析辭必精」〔註219〕的闡釋一脈相承，作為唐代文學風骨發展鏈條中的重要一環，對「開元十五年前後，聲律風骨始備」〔註220〕的詩歌風貌有一定影響。李白也重視風骨，云「蓬萊文章建安骨」〔註221〕「自從建安來，綺麗不足珍」〔註222〕，與盛唐不少詩人一樣，推崇明朗剛健的建安風骨，這不僅是他個人的審美傾向，實際上還受到入唐以來經幾代詩人共同探索而形成的風骨漸備的文學風氣的影響，其中就包括當代文壇領袖張說的理論主張和創作實踐。張說還將「天然」和「壯麗」這兩個不同的美學概念連綴並舉，曰「天然壯麗，縟雲霞於玉樓」〔註223〕，既提倡詩文不假雕飾，出於自然，又要求作品氣勢壯大且不失文采，並將這種觀念外化為自覺的努力，憑藉自己的影響加以推廣。其中，最典型的例證莫過於向世人推舉王灣詩一事了。〔註224〕張說敏銳地捕捉到「海日生殘夜，江春入舊年」中恢宏壯闊的風神氣度，手書二句於

〔註214〕《舊唐書》卷九十七《張說傳》，第 3057 頁。
〔註215〕 林大志《蘇頲張說研究》，第 114～129 頁。
〔註216〕 張說《洛州張司馬集序》，《全唐文》卷二百二十五，第 3 冊，第 2276 頁。
〔註217〕《舊唐書》卷九十七《張說傳》，第 3057 頁。
〔註218〕（宋）歐陽修、宋祁撰《新唐書》卷一百二十五《張說傳》，中華書局 1975 年版，第 14 冊，第 4410 頁。
〔註219〕（南朝梁）劉勰撰，范文瀾注《文心雕龍注》卷六《風骨》，第 513 頁。
〔註220〕（唐）殷璠編《河嶽英靈集》卷上，《唐人選唐詩新編（增訂本）》，第 156 頁。
〔註221〕《宣州謝脁樓餞別校書叔云》，《李太白全集校注》卷十五，第 5 冊，第 2213 頁。
〔註222〕《古風》其一，《李太白全集校注》卷一，第 1 冊，第 3 頁。
〔註223〕 張說《洛州張司馬集序》，《全唐文》卷二百二十五，第 3 冊，第 2276 頁。
〔註224〕（唐）殷璠《河嶽英靈集》云：「灣詞翰早著，為天下所稱最者，不過一二。遊吳中，作《江南意》詩云：『海日生殘夜，江春入舊年。』詩人已來，少有此句。張燕公手題政事堂，每示能文，令為楷式。」參見《唐人選唐詩新編（增訂本）》，第 257 頁。

政事堂，令為楷式，有意識地以權相身份推廣這種高朗、清麗、壯美的詩歌境界，對盛唐詩歌走向有一定的先導作用和啟示意義。而他自己的詩如「水漫荊門出，山平郢路開」〔註225〕，闊大高遠，力量酣足，氣象與王灣「潮平兩岸闊，風正一帆懸」〔註226〕相似，李白出蜀所作之「山隨平野盡，江入大荒流」〔註227〕，可能就受到他的啟發。再如「綠水透迤去，青山相向開」〔註228〕「忽驚水上光華滿，疑是乘舟到日邊」〔註229〕，境界高朗弘闊，李白初遊江東時寫下的名句「兩岸青山相對出，孤帆一片日邊來」〔註230〕，無論是意象、遣詞還是氣格，都與之驚人的相似，不能不承認是受到張說的影響。就奇情奇語而言，張說尚奇求新，篤好剛健、壯偉之美，如「江南湖水咽山川，春江溢入共湖連。氣色紛淪橫罩海，波濤鼓怒上漫天。鱗宗殼族嬉為府，弋叟眾師利焉聚。敲帆側柂弄風口，赴險臨深繞灣浦。一灣一浦悵邅回，千曲千滄悅迷哉」〔註231〕，場面雄渾壯闊，聲勢浩大，造語頗有些奇崛險怪，而李白詩如《蜀道難》《夢遊天姥吟留別》等更是以奇幻瑰偉知名，其間相似的審美趣尚可能是他被張說吸引的原因之一。此外，張說肯定「發言而宮商應，搖筆而綺繡飛」〔註232〕的形式美，並不排斥聲韻辭藻，他的山水詩如「萍散魚時躍，林幽鳥任歌」〔註233〕「山晴紅蕊匝，洲曉綠苗鋪」〔註234〕等，格律工整，色彩明麗，給人以鮮明的視覺印象，李白蜀中詩如「魚躍青池滿，鶯吟綠樹低」〔註235〕「花暖青牛臥，松高白鶴眠」〔註236〕等，在技法上似對其有所承襲和擇取。

　　張說起家於文士，又以文才得至相位，故而高度重視文學的價值，認為它有「吟詠情性，紀述事業，潤色王道，發揮聖門」〔註237〕的巨大作用，不遺餘力地擢引後進文士，提高他們的地位。他提拂、器重張九齡，敘為昭穆，譽其

〔註225〕張說《四月一日過江赴荊州》，《全唐詩》卷八十七，第3冊，第956頁。

〔註226〕王灣《次北固山下》，《全唐詩》卷一百十五，第4冊，第1170頁。

〔註227〕《渡荊門送別》，《李太白全集校注》卷十二，第4冊，第1870頁。

〔註228〕張說《下江南向夔州》，《全唐詩》卷八十七，第3冊，第956頁。

〔註229〕張說《和尹從事懋泛洞庭》，《全唐詩》卷八十九，第3冊，第983頁。

〔註230〕《望天門山》，《李太白全集校注》卷十八，第6冊，第2674頁。

〔註231〕張說《同趙侍御乾湖作》，《全唐詩》卷八十六，第3冊，第940頁。

〔註232〕張說《洛州張司馬集序》，《全唐文》卷二百二十五，第3冊，第2276頁。

〔註233〕張說《湘州北亭》，《全唐詩》卷八十七，第3冊，第956頁。

〔註234〕張說《與趙冬曦尹懋子均登南樓》，《全唐詩》卷八十七，第3冊，第954頁。

〔註235〕《曉晴》，《李太白全集校注》卷三十，第8冊，第4125頁。

〔註236〕《尋雍尊師隱居》，《李太白全集校注》卷二十，第6冊，第2943頁。

〔註237〕張說《齊黃門侍郎盧思道碑》，《全唐文》卷二百二十七，第3冊，第2291頁。

為「後來詞人稱首也」〔註238〕；禮遇豪健恃才、不拘禮法的王翰，贊其文「如
瓊杯玉斝」「炫然可觀」〔註239〕；賞識文章「雅思遒麗」、詩歌「必有逸韻，佳
對冠絕」〔註240〕的孫逖，命二子張均、張垍親自拜見，申之以伯仲之禮；救護
能文敢諫的呂向；延引徐景先、王丘、韋述、裴漼、房綰、徐浩等，將大批文
士團結在麾下；執掌集賢院後，更是形成了一個以他為領袖、以集賢學士為核
心的文學集團。當時，不少人以得入張說門下為榮，名臣房琯「願起自燕國門
下，令眾人別意瞻矚也」〔註241〕即是典型例證。李白自負文才，志願輔弼君主，
成就功業，很可能被張說熱情提攜後進的舉措和以文士拜相的成功經驗吸引，
進而學習他的作品以求薦引。若以張說對文學的重視程度來看，李白被拔擢的
可能性似乎不小，開元十八年他在長安結交張垍、張塱兄弟，很可能就有干謁
張說的意向。但是，張說於本年十二月去世，李白謀求汲引的過程並不順利。

　　總的來說，劉知幾、蘇頲和張說都頗負文名，都以文士起家，也都做過
館閣學士。武則天聖曆中，劉知幾和張說同為珠英學士；中宗景龍中，又與
蘇頲並為修文館學士；玄宗開元年間，張說為集賢院知院事；而珠英學士、
景龍修文館學士和集賢學士是景雲至開元前期京城乃至全國文壇的主流人
物。再者，殷璠歷敘唐人革除「都無興象，但貴輕豔」的梁、陳綺靡之風時
說：「武德初，微波尚在。貞觀末，標格漸高。景雲中，頗通遠調。開元十
五年後，聲律風骨始備矣。」〔註242〕可見，景雲中至開元十五年是唐代詩
風變革最顯著的時期，而這恰好與李白的青少年時代相始終。景雲中，李白
才十歲出頭，正是開始學習創作的年齡，而當時的主流詩人如劉知幾、蘇頲、
張說等已頗通遠調了。況且，景龍中蘇頲和張說並稱「燕許大手筆」，開元
前期又先後拜相，是名副其實的文壇宗主，李白受他們影響也在情理之中。

本章小結

　　初入長安落魄而歸是李白人生的重要轉捩，他既未如預期在京城建樹經
世濟民的功業，又飽嘗奔走權門的冷遇和屈辱，對世路艱難有了深刻認識，

〔註238〕《舊唐書》卷九十九《張九齡傳》，第 9 冊，第 3098 頁。
〔註239〕（宋）孫逢吉《職官分紀》卷十五，中華書局 1988 年版，第 381 頁。
〔註240〕（唐）顏真卿《尚書刑部侍郎贈尚書右僕射孫逖文公集序》，《全唐文》卷三
　　　　百三十七，第 4 冊，第 3416 頁。
〔註241〕（唐）房琯《上張燕公書》，《全唐文》卷三百三十三，第 4 冊，第 3368 頁。
〔註242〕（唐）殷璠編《河嶽英靈集》卷上，《唐人選唐詩新編（增訂本）》，第 156 頁。

從而在思想和創作上走向成熟。

　　鑒於李白往返長安的緣由、行蹤、交遊等尚存在不明之處，在進一步論述人生轉捩與文學的關係之前，我們有必要對其作一番挖掘和梳理。開元十八年，李白疑遭妾室劉氏誹謗，引發的風波影響到妻家和安陸的上流社會，他上書裴長史請求雪讒卻不被理會，轉而離家去長安求仕。入長安後，李白先後結識符寶郎張垍、衛尉卿張珀、邠州長史李粲、坊州司馬王嵩、長安崔縣尉等，干謁對象的地位越來越低，然皆無結果。開元十九年春夏間，李白離開長安，五月至梁園，之後西遊嵩山，憩元丹丘穎陽山居。本年冬，因玄宗幸東都，李白初入洛陽，再尋機遇，仍無果。開元二十年夏秋間，他離開洛陽，經南陽、隨州，於歲末歸家。次年，李白閒居安陸，交際圈中再無本地官員。

　　初入長安的新鮮見聞和落魄而歸的坎坷遭遇豐富了李白的閱歷和思想，使他生平第一次深刻體會到世路艱難的苦痛，表現在創作中，則是內容、風格、形式和抒情主人公形象等方面的重要變化。就內容和風格而言，出現了懷才不遇繼而指斥時弊、及時行樂卻又堅信自致青雲的全新主題和深廣內涵，而被坎坷不平的求仕之路激起的更為強烈的叛逆精神，又使作品呈現出磅礡的氣勢和雄渾的力量。就抒情主體的自我塑造而言，李白此期用世心切，最常以輔弼之臣——尤其是屢經困厄後終於君臣遇合的政治家和縱橫捭闔的謀臣策士自許，極少自比於文人和隱士，鮮明地傳達出他的自我定位和精神寄託。就形式而言，好用樂府和歌吟記事、詠史、言志抒懷，拓寬了出蜀以來以書寫民俗風情為主的樂府詩的表現範圍，使其成為此期占比最大、名篇最多的詩歌體裁。自此，李白的文學風格基本成熟。

　　李白被稱為復古詩人，其藝術淵源往往被追溯至《風》《雅》屈騷和漢魏六朝文學，實際上，在學習創作的青少年時期，他還受到當代文壇上頗負盛名的作家影響。考慮到初入長安是李白創作風格成熟的轉關期，而當代作家對他的影響又以早年表現得最為明顯，故筆者將這一問題放在本章進行討論。李白成長於唐代詩風變革最顯著的景雲至開元十五年，蘇頲、張說、劉知幾是這一時期的主流詩人。其中，蘇、張並稱「燕許大手筆」，開元前期先後拜相，是名副其實的文壇宗主，李白不僅化用他們的詩句，學習他們的寫作技法，還在文學思想如重視言情、風骨、推崇天然壯麗和尚奇求新等方面受到他們的影響。李白對劉知幾的接受持續一生，不僅表現在具體的創作實踐如擬作、傚仿中，還體現在相似的史學觀念和重著述的思想傾向上。

第二章　供奉翰林與賜金放還

　　天寶元年秋，李白驟得君王垂顧，得以奉詔入京，供奉翰林〔註1〕，這是他一生中最得志的時光。不料，短短的一年半之後，即天寶三載春，詩人就被玄宗賜金放還，落寞而去。此後，他再也沒能重回京闕，一展抱負。可以說，供奉翰林是李白最接近其人生理想卻與之失之交臂的一段遺憾經歷，賜金放還也成為他人生的重要轉捩點，影響著他以後的詩文創作。

第一節　李白二入長安的雙重身份

　　天寶初李白以何種身份供奉翰林，學界主要有三種論斷：一是文人，這是歷代以來的說法；二是道士，以錢志熙、房本文先生的觀點為代表〔註2〕；三是道士或道士兼文學，以戴偉華先生的觀點為代表〔註3〕。我們認為，李白名義上以文士的身份二入長安，但他能夠奉詔入京、供奉翰林，主要還是因其道士身份和道教信仰。

〔註1〕李白居翰林的真實身份是翰林供奉，而非學士院之翰林學士。參見傅璇琮《李白任翰林學士辨》，《文學評論》2000 年第 5 期；胡旭《李白居翰林及賜金放還考辨》，《南開學報》2009 年第 3 期。

〔註2〕房本文《論李白待詔翰林的道教徒身份》，《中國李白研究》2009 年集，黃山書社 2009 年版，第 84～103 頁；錢志熙《李白與神仙道教關係新論》，《中國高校社會科學》2015 年第 5 期。

〔註3〕戴偉華《文化的順應與衝突——以李白待詔翰林前的生活和思想為例》，《學術研究》2006 年第 2 期；《李白自述待詔翰林相關事由辨析》，《文學遺產》2009 年第 4 期。

一、借文學之名奉詔入京

　　李白居翰林及賜金放還後，曾多次自白或向人談起自己的翰林生活，這是研究他何以入京供奉翰林最直接的自述性材料。為便於論述，我們有必要將相關材料按性質和年代予以系統化的排列。先看天寶三載（744）李白離京之前的自述：

　　　　天書訪江海，雲臥起咸京。入侍瑤池宴，出陪玉輦行。（《秋夜獨坐懷故山》）

　　　　鳳凰初下紫泥詔，謁帝稱觴登御筵。（《玉壺吟》）

　　　　恭承鳳凰詔，欻起雲蘿中。清切紫霄迴，優游丹禁通。君王賜顏色，聲價凌煙虹。（《還山留別金門知己》）〔註4〕

按照李白的說法，他是因朝廷的詔書——「天書」「紫泥詔」「鳳凰詔」，才從隱居之地——「江海」「雲蘿」來到長安——「咸京」「紫霄」「丹禁」。也就是說，他是被徵召入京的。李白故交的說法更直白，如「天寶中，皇祖下詔，徵就金馬」〔註5〕，「天寶初，玄宗辟翰林待詔」〔註6〕，都表明是奉詔入京，與李白的自述一致。

　　再看天寶三載李白離京以後的自述：

　　　　惟昔不自媒，擔簦西入秦。攀龍九天上，別忝歲星臣。布衣侍丹墀，密勿草絲綸。（《贈崔司戶文昆季》）

　　　　臣伏見前翰林供奉李白，年五十有七。天寶初，五府交辟，不求聞達，亦由子真谷口，名動京師。上皇聞而悅之，召入禁掖。既潤色於鴻業，或間草於王言。雍容揄揚，特見褒賞。為賤臣詐詭，遂放歸山。（《為宋中丞自薦表》）

　　　　漢家天子馳駟馬，赤車蜀道迎相如。天門九重謁聖人，龍顏一解四海春。彤庭左右呼萬歲，拜賀明主收沉淪。（《贈從弟南平太守之遙二首》其一）〔註7〕

〔註4〕《李太白全集校注》卷二十、五、十二，第6、2、4冊，第2970、790、1793頁。

〔註5〕（唐）李陽冰《草堂集序》，《李太白全集校注·附錄》，第8冊，第4214頁。

〔註6〕（唐）劉全白《唐故翰林學士李君碣記》，《李太白全集校注·附錄》，第8冊，第4219頁。

〔註7〕《李太白全集校注》卷八、二十五、九，第3、7、3冊，第1264、3618、1441頁。

三者分別作於天寶十二載（753）、至德二載（757）和乾元二年（759），李白始終堅持他不是通過自薦——「不自媒」，而是由「五府交辟」即朝廷徵召入京的說法。詩人自謂「布衣侍丹墀」，以「布衣」侍從玄宗於宮中，那麼，他奉詔入京前的身份必然也是「布衣」，這在「丹徒布衣者，慷慨未可量」〔註8〕「白，隴西布衣」〔註9〕「白衣干萬乘」〔註10〕等詩文中說得很清楚。再者，唐人為李白所作序、碑亦持此說，如「卿是布衣，名為朕知」〔註11〕，「褐衣恩遇，前無比儔，遂直翰林」〔註12〕，「年五十餘尚無祿位」〔註13〕等。「布衣」的本義是麻布衣服，又稱「褐衣」「白衣」，是平民的服裝，故也用來指代平民。在《韓非子》《荀子》《莊子》《呂氏春秋》等先秦典籍中，「布衣」保留了「無祿位」這一義項，引申為「布衣之士」，即沒有官職的讀書人，成為「士」階層中尚無仕祿之人的專稱。林庚先生稱「李白終身是一個布衣」〔註14〕，誠是。

　　令人疑惑的是，一介布衣何以能引起朝廷的注意，並被天子召入禁掖？按照李白在《為宋中丞自薦表》中的說法，他像東漢「玄靜守道，履至德之行」〔註15〕的鄭子真一樣，因「五府交辟」且「不求聞達」而「名動京師」，才使玄宗「聞而悅之，召入禁掖」。這段話有兩層意思，第一，李白靠自己的名望被玄宗召入宮中；第二，「五府交辟」與「召入禁掖」之間有一段時間差。就第一點來說，它與魏顥的記載有所不同，《李翰林集序》云：

> 白久居峨眉，與丹丘因持盈法師達。白亦因之入翰林，名動京師。《大鵬賦》時家藏一本。故賓客賀公奇白風骨，呼為謫仙子，由是朝廷作歌數百篇。〔註16〕

魏顥很仰慕李白，天寶十二、三載（753、754），他不遠千里尋訪李白，終於

〔註8〕　《玉真公主別館苦雨贈衛尉張卿二首》其二，《李太白全集校注》卷七，第3冊，第1080頁。

〔註9〕　《與韓荊州書》，《李太白全集校注》卷二十五，第7冊，第3682頁。

〔註10〕　《留別西河劉少府》，《李太白全集校注》卷十二，第4冊，第1803頁。

〔註11〕　（唐）李陽冰《草堂集序》，《李太白全集校注·附錄》，第8冊，第4214頁。

〔註12〕　（唐）范傳正《唐左拾遺翰林學士李公新墓碑並序》，《李太白全集校注·附錄》，第8冊，第4220頁。

〔註13〕　（唐）魏顥《李翰林集序》，《李太白全集校注·附錄》，第8冊，第4215頁。

〔註14〕　林庚《詩人李白》，古典文學出版社1956年版，第10頁。

〔註15〕　（晉）常璩《華陽國志》卷十，中華書局1985年版，第156頁。

〔註16〕　《李太白全集校注·附錄》，第8冊，第4215頁。

在廣陵與偶像相遇。二人不僅同遊金陵，朝夕相處過一段時日，李白還「盡出其文，命顥為集」，對魏顥頗為信賴。詳察序文，金陵一別後，魏顥與李白再無會面之機，那麼，他稱李白入翰林是出於持盈法師即玉真公主〔註17〕的推薦，當主要源於這次相處時李白的講述。考慮到李白在天寶十三載、至德二載的不同境遇，我們有理由懷疑，出獄不久的他在《為宋中丞自薦表》中略而不提當年的推薦人，可能與安史之亂中的政治形勢有關。安史之亂爆發第二年，即天寶十五載（756）七月十二日，太子李亨在未徵得玄宗同意的情況下即位於靈武，是為肅宗。待靈武的使者到達成都後，玄宗只好承認肅宗的合法地位，並於八月十八日派宰臣韋見素、房琯赴靈武冊命，正式禪位。但是，父子間積聚已久的矛盾使肅宗對玄宗處處防範，而玉真公主作為玄宗的胞妹，在開、天年間備受玄宗榮寵，自然會被看作玄宗一派的人。〔註18〕再者，就永王兵敗被殺一事來說，表面上看，是肅宗與兄弟爭天下，可李璘遵從的是玄宗的「制置」政策，肅宗既以他為叛逆，實際上是反抗玄宗的政策，是在跟父親爭天下。李白才在從璘一案中吃過苦頭，他既上表跟肅宗求官，自然沒道理提玄宗一派的人。因此，魏顥的玉真公主推薦說相對也更為可信。此外，「白亦因之入翰林」中的代詞「之」，當指「與丹丘因持盈法師

〔註17〕（宋）趙明誠《金石錄》卷二十七跋曰：「右《唐玉真公主墓誌》，王縉撰。《志》云：『公主法號無上，真字玄玄，天寶中更賜號曰持盈。』」參見金文明校證《金石錄校證》，廣西師範大學出版社 2005 年版，第 469 頁。又，（清）陸耀遹《金石續編》卷八輯蔡瑋撰、元丹丘建《玉真公主朝謁譙郡真源宮受道王屋山仙人臺靈壇祥應記》，云：「公主法號無上，真字元元，睿宗大聖真皇帝之愛女，今上之季妹。」參見《續修四庫全書》第八九三冊，上海古籍出版社 1995 年版，第 570 頁。陸氏輯錄時因避康熙帝「玄」字諱，將「玄玄」改作「元元」。故知玉真公主法號持盈，是玄宗的胞妹。

〔註18〕《舊唐書》卷一百八十四《李輔國傳》載：「上皇自蜀還京，居興慶宮，肅宗自夾城中起居。上皇時召伶官奏樂，持盈公主往來宮中，輔國常陰候其隙而間之。上元元年，上皇嘗登長慶樓，與公主語，劍南奏事官過朝謁，上皇令公主及如仙媛作主人。輔國起微賤，貴達日近，不為上皇左右所禮，慮恩顧或衰，乃潛畫奇謀以自固。因持盈待客，乃奏云：『南內有異謀。』矯詔移上皇居西內，送持盈於玉真觀，高力士等皆坐流竄。」參見第 15 冊，第 4760 頁。又，（明）陶宗儀《說郛》卷五載唐人柳珵《常侍言旨》云：「時肅宗不豫，李輔國誣奏云：『此皆九仙媛、高力士、陳玄禮之異謀也。』下矯詔遷太上皇於西內。……翌日，竟為輔國所構，九仙媛於嶺南安置，力士、玄禮長流遠惡處。」參見中國書店 1986 年版，第 5 冊，第 14 頁。雖是後話，卻能看出玉真公主與玄宗關係近密，而且，這種親密關係不可能在短時間內培養起來，應該是長久以來即為世人知悉的常態。

達」一事，正因為持盈法師推薦在前，李白才有了進一步入翰林的機會，也就是說，「因持盈法師達」與「入翰林」之間有一段時間差，這跟李白在《為宋中丞自薦表》中的表述有相似之處。

除玉真公主推薦說外，李白得以奉詔入京，還被認為與元丹丘或吳筠的推薦有關。安琦先生持元丹丘推薦說，她結合《玉真公主朝謁譙郡真源宮受道王屋山仙人臺靈壇祥應記》《秋日煉藥院鑷白髮贈元六兄林宗》《鳳笙篇》等分析，認為開元末元丹丘奉詔入京，為西京大昭成觀□□□威儀，隨同玉真公主出行、朝謁，期間，他將李白推薦給玉真公主，公主又將其推薦給玄宗，「李白奉詔入京，歸根結底是元丹丘推薦。固然也可以說是玉真公主推薦，但元丹丘在其間起的橋樑作用是不可少的」〔註 19〕。雖不是絕無可能，但不管怎麼說，舉薦李白入京的關鍵人物仍然是玉真公主。《舊唐書・李白傳》持吳筠推薦說，云：

　　天寶初，客遊會稽，與道士吳筠隱於剡中。既而玄宗詔筠赴京
　　師，筠薦之於朝。遣使召之，與筠俱待詔翰林。〔註 20〕

但上世紀八十年代，郁賢皓、李寶均先生力證吳筠推薦說不可信。郁先生依權德輿《唐故中嶽宗元先生吳尊師集序》和吳筠詩文，詳考吳筠生平事蹟，並結合李白在天寶元年的行蹤，認為「李白和吳筠根本不可能在天寶初『同隱剡中』，也根本不存在『筠薦之於朝』。因此，《舊唐書・李白傳》的這個記載決不能信以為據」〔註 21〕。李先生通過比照李白、吳筠行蹤，認為「《舊唐書》吳筠薦舉李白入長安之說不符合歷史實際，不可信」〔註 22〕，二人在否定舊說方面，考據細密，論證充分，令人信服。近來，丁放先生重提舊說，認為「不能簡單地依據權《序》來否定兩《唐書・吳筠傳》及兩《唐書・李白傳》」，「開元年間，李白與吳筠有交往的可能性」，「當天寶初吳筠入朝後，也有可能將李白推薦給唐玄宗，這與玉真公主推薦並不矛盾」〔註 23〕，亦有幾分道理。

竊以為，不論李白是被玉真公主、元丹丘、吳筠中的某一位或某幾位推薦入京，首先令人感到意外的是，這些疑似推薦者全部是上清派茅山宗的道

〔註 19〕安旗《李白研究》，第 92 頁。
〔註 20〕《舊唐書》卷一百九十下，第 15 冊，第 5053 頁。
〔註 21〕郁賢皓《吳筠薦李白說辨疑》，《李白與唐代文史考論》第一卷，第 69 頁。
〔註 22〕李寶均《吳筠薦舉李白入長安辨》，《文史哲》1981 年第 1 期。
〔註 23〕丁放《玉真公主、李白與盛唐道教關係考論》，《復旦學報》2016 年第 4 期。

士〔註24〕。陳貽焮先生早就指出：「李白和王遠知這一派始終保持極密切的關係，終於在政治上得到他們之中的人的幫助，而步入朝廷。」〔註25〕其次，前引魏顥《李翰林集序》也值得注意。魏顥稱「白久居峨眉」，並非指李白直接從峨眉山被徵召入京，而是以神仙之地峨眉山代指李白在蜀中學道求仙一事。李白自述「仙人撫我頂，結髮受長生」〔註26〕，「十五遊神仙，仙遊未曾歇」〔註27〕，少年時即好道求仙，曾在蜀地的匡山、岷山、峨眉山為方外之遊，很早就將道教信仰付諸行動。又，據羅宗強先生考證，李白出翰林後在齊州紫極宮所受之道籙級別很高，而道士要嚴格按照次第名位參受經戒法籙，否則會被看作有罪，進而認為李白早在少年時期就行過入道儀式，一生中不止一次，只是沒有留下來材料罷了。〔註28〕也就是說，持盈法師之所以推薦李白和元丹丘，極有可能是因為他們共同的道教信仰和道士身份。

再者，魏顥在李白入翰林與受到賀知章稱譽之間，忽然提到「《大鵬賦》時家藏一本」，從他的敘述邏輯看，《大鵬賦》當與李白入翰林一事有關。李白在賦序中談起寫作緣由，云：

余昔於江陵，見天台司馬子微，謂余有仙風道骨，可與神遊八極之表。因著《大鵬遇希有鳥賦》以自廣。此賦已傳於世，往往人間見之。悔其少作，未窮宏達之旨，中年棄之。及讀《晉書》，睹阮

〔註24〕李白《漢東紫陽先生碑銘》云：「陶隱居傳昇元子，昇元子傳體元，體元傳貞一先生，貞一先生傳天師李含光，李含光合契乎紫陽。……弟子元丹丘等咸思鸞鳳之羽儀。」參見王琦《李太白全集》卷三十，第1677～1681頁。昇元子即王遠知，體元即潘師正，貞一先生即司馬承禎，他們與李含光分別是上清派第十、十一、十二、十三代宗師。又，權德輿《中嶽宗元先生吳尊師集序》：先生諱筠……請度為道士，宅於嵩丘，乃就馮尊師齊整受正一之法。初，梁貞白陶君，以此道授昇元王君，王君授體元潘君，潘君授馮君，自陶君至於先生，凡五代矣。」參見《全唐文》卷四百八十九，第5冊，第4999頁。杜光庭《天壇王屋山聖蹟記》云：「昔司馬承禎天師，河內溫城人也。……唐睿宗皇帝女玉真公主好道，師司馬天師。」參見《全唐文》卷九百三十四，第10冊，第9724頁。故知玉真公主、吳筠、元丹丘分別是上清派第十三、十三、十五代弟子。

〔註25〕陳貽焮《唐代某些知識分子隱逸求仙的政治目的》，《北京大學學報》1961年第3期。

〔註26〕《經離亂後天恩流夜郎憶舊遊書懷贈江夏韋太守良宰》，《李太白全集校注》卷九，第3冊，第1373頁。

〔註27〕《感興八首》其五，《李太白全集校注》卷二十一，第6冊，第3063頁。

〔註28〕羅宗強《李白的神仙道教信仰》，《中國李白研究》1991年集，江蘇古籍出版社1993年版，第21～22頁。

宣子《大鵬讚》，鄙心陋之。遂更記憶，多將舊本不同。〔註29〕
據此可知，《大鵬賦》初名《大鵬遇希有鳥賦》，是李白出蜀後在江陵遇到著名
的道士——上清派茅山宗第十二代宗師司馬承禎，得到他「有仙風道骨，可與
神遊八極之表」的稱讚後，用來開拓胸襟、擴大聲望的作品。就中年時的改定
稿來看，李白將司馬承禎比作希有鳥，以大鵬自比，恣意描寫大鵬驚天動地的
飛翔，以及希有鳥邀大鵬同遊八極的快樂，從而抒發他好道學仙、嚮往神仙境
界的情懷，體現出濃厚的道教意味。這篇賦與玉真公主、玄宗之間有一個關鍵
紐帶，即司馬承禎，他不僅是玉真公主的尊師，還親自為玄宗傳過道籙〔註30〕，
李白在序中聲明司馬承禎對他的讚譽，不排除要引起玉真公主或玄宗注意的可
能。我們推測，李白有可能以《大鵬賦》干謁玉真公主，玉真公主將他推薦給
玄宗時，也有可能提到司馬承禎和這篇賦，而賦文的宏達之旨與俊逸之美，確
實得到了玄宗的欣賞，繼而產生「家藏一本」的巨大影響力。

此外，陳貽焮先生從唐代統治者尊崇道教以及一些知識分子通過隱逸進
入仕途（「終南捷徑」）的事例，說明李白隱逸山林、學道求仙是為了尋找一
條從政的門路。〔註31〕筆者受其啟發，推測「終南捷徑」意識或許是李白見
過司馬承禎之後才萌發的。李白在蜀中的隱逸修道行為，更大程度上是出於
天性、家庭及蜀地道教氛圍的影響，年輕氣盛的詩人可能並未想過要以此進
入仕途。但是，由道隱入仕畢竟與詩人的人生理想和精神追求無扞格之處。
在金陵遇到司馬承禎後，李白極有可能瞭解到君主及王室貴冑對司馬承禎的
禮遇，或許也聽說了盧藏用的故事，「終南捷徑」的種子就這樣悄無聲息地埋
在詩人心裏。數年後，當李白再也無法改善安陸的窘迫生活時，他終於決定
奉行這一方法，於是「西入秦海」，在終南山隱居、干謁，謀求仕進。儘管這
次求仕行動以失敗告終，但一入長安畢竟使李白在京城收穫了一些人脈和名
氣，並為他二入長安供奉翰林奠定了基礎。

最後，詹鍈先生徵引過一條重要史料，云：

天寶元年春正月丁未朔，大赦天下，改元。……前資官及白身
人有儒學博通、文辭秀逸及軍謀武藝者，所在具以名薦。京文、武

〔註29〕《李太白全集校注》卷二十四，第 7 冊，第 3527 頁。

〔註30〕《舊唐書》卷一百九十二《司馬承禎傳》載：「開元九年，玄宗又遣使迎入京，
親受法籙。」參見第 16 冊，第 5128 頁。

〔註31〕陳貽焮《唐代某些知識分子隱逸求仙的政治目的》，《北京大學學報》1961 年
第 3 期。

官，才堪為刺史者，各令封狀自舉。（《舊唐書・玄宗紀下》）〔註32〕
無論從時間——「天寶元年」，還是內容——「白身人」「文辭秀逸」的條件來
看，這則詔令很可能是李白進京的直接契機。如果假設成立，李白完全有可
能因其道教信仰及道士身份而被玉真公主以「白身人+文辭秀逸」的名義推薦
給朝廷，二者之間並無衝突。而且，從賀知章和玄宗初見李白的反應來看，
他們對「兼善文學的道士李白」懷有很高的期待。

總的來說，李白應該是以文學的名義奉詔入京，但他能夠被玉真公主推
薦給朝廷，恐怕還是因其道士身份和道教信仰，而非出色的文學才華。

二、承修道之實供奉翰林

誠如松浦友久先生所言，儘管那些被推薦的前資官、白身人大多能夠進
京，但並非所有人都能被天子召見。李白在玉真公主的推薦下奉詔入京後，
還需要等待謁見玄宗的機會。此時，遇與不遇仍處於未知的狀態。〔註33〕這
就很好地解釋了《為宋中丞自薦表》中「五府交辟」與「召入禁掖」的時間差
問題。而李白能夠供奉翰林，則與賀知章的稱譽或推薦有關。

（一）李白與賀知章的初次會面

李白《對酒憶賀監》是記述二人初次相見的重要文獻，云：

> 太子賓客賀公，於長安紫極宮一見余，呼余為謫仙人，因解金
> 龜換酒為樂。沒後對酒，悵然有懷，而作是詩。

> 四明有狂客，風流賀季真。長安一相見，呼我謫仙人。昔好杯
> 中物，翻為松下塵。金龜換酒處，卻憶淚沾巾。〔註34〕

從「謫仙人」的評價和「解金龜換酒」的舉措來看，二人在長安初見時非常投
機，能夠得到賀知章的賞識，讓李白既得意，又終身感懷。郁賢皓先生結合
杜甫《寄李十二白二十韻》、張祜《夢李白》、孟棨《本事詩》、王定保《唐摭
言》等分析，斷定詩中追憶的場面發生在開元年間李白初入長安時。〔註35〕
但是，松浦友久先生的反駁更有力度，他指出成為李白代名詞的『謫仙』一

〔註32〕《舊唐書》卷八，第 1 冊，第 214 頁。
〔註33〕〔日〕松浦友久著，劉維治、尚永亮、劉崇德譯《李白的客寓意識及其詩思
　　　　——李白評傳》，中華書局 2001 年版，第 139～140 頁。
〔註34〕《李太白全集校注》卷二十，第 6 冊，第 2984～2985 頁。
〔註35〕郁賢皓《李白兩入長安及有關交遊考辨》，《李白與唐代文史考論》第一卷，
　　　　第 52～55 頁。

詞，在李白的作品中出現過四次，在李白生前交往之人的作品中出現過兩次，而所有這些都是天寶元年以後的作品。〔註 36〕因此，筆者以為李白與賀知章的初次會面，只可能發生在天寶初他奉詔入京以後。

詩序稱二人初見於長安紫極宮，據《舊唐書·玄宗紀下》載：「（開元）二十九年春正月丁丑，制兩京諸州各置玄元皇帝廟，並崇玄學。……（天寶）二年春正月，改西京玄元廟為太清宮，東京為太微宮，天下諸郡為紫極宮。」〔註 37〕知紫極宮是天寶二年正月以後各郡玄元廟的改稱。而《對酒憶賀監》作於天寶六載（747），在短短五年間，李白不太可能忘記這一對他有重要意義的會面，不過一時誤以諸郡玄元廟的名字稱呼太清宮罷了。太清宮既是皇家道觀，李白奉詔入京後就有可能以道士的身份借宿在此，等待玄宗召見。

既然二人在李白下榻的太清宮初會，這就意味著他們能夠相遇，很大程度上是賀知章來尋訪李白。孟棨《本事詩》即持此說，云：「賀監知章聞其名，首訪之，既奇其姿，復請所為文。出《蜀道難》以示之。讀未竟，稱歎者數四，號為『謫仙』，解金龜換酒，與傾盡醉。期不間日，由是稱譽光赫。」〔註 38〕可是，天寶元年，賀知章已屆 84 歲高齡，任正三品的太子賓客，兼秘書監、集賢學士，為何會屈尊拜訪一位 42 歲的布衣？況且，來長安謀求仕進的人很多，為何他偏偏選中李白？難道僅僅是被李白的文學才華所吸引，想要為朝廷網羅才俊？這似乎與年高望尊、放曠縱誕的賀知章不太相符。但是，如果以賀知章的道教信仰來解釋，就比出於文學熱情或提攜後進的責任感更有說服力。孟棨稱賀知章初見李白時的反應是「奇其姿」，聯繫司馬承禎初見李白且未詳其文才時的評價——「仙風道骨，可與神遊八極之表」，我們有理由猜測，李白的風神氣度遠高於賀知章的期待，這也是他樂於進一步認識李白，即「復請所為文」的基礎。應該說，發現李白驚人的文學才華是賀知章的意外收穫，且遠遠超過他的期待，欣喜不已的他不惜以金龜換酒，相與為樂。反過來看，「解金龜換酒」正好說明賀知章尋訪李白時，並沒有與他暢飲的打算，因此沒帶夠錢，才用金龜來抵酒債。可見，賀知章尋訪李白的原因——「聞其名」，應該是指「文辭秀逸的道士李白」之名。

〔註 36〕〔日〕松浦友久《李白的客寓意識及其詩思——李白評傳》，第 134～135 頁。
〔註 37〕《舊唐書》卷九，第 1 冊，第 213～216 頁。
〔註 38〕《唐五代筆記小說大觀》，第 1246 頁。儘管孟棨的表述有一個大前提，即「李太白初自蜀至京師，舍於逆旅」，但是，這並不影響他對二人相見所作的細節描寫，故本文仍採用這部分材料來輔助論述。

就現存資料而言，杜甫於乾元二年（759）所作之《寄李十二白二十韻》，最早提及賀知章的「謫仙人」稱譽與李白供奉翰林之間的關係。詩云：「昔年有狂客，號爾謫仙人。筆落驚風雨，詩成泣鬼神。聲名從此大，汨沒一朝伸。文采承殊渥，流傳必絕倫。龍舟移棹晚，獸錦奪袍新。白日來深殿，青雲滿後塵。」〔註39〕按照杜甫的敘述，賀知章對李白的贊辭——「謫仙人」「泣鬼神」，使李白「聲名從此大」，這才從「汨沒」的境遇中「一朝伸」，繼而才有供奉翰林的「殊渥」以及「龍舟移棹晚」等寵遇。《新唐書·李白傳》的表述更直接，云：「天寶初，南入會稽，與吳筠善，筠被召，故白亦至長安。往見賀知章，知章見其文，歎曰：『子，謫仙人也！』言於玄宗，召見金鑾殿，論當世事，奏頌一篇。帝賜食，親為調羹，有詔供奉翰林。」〔註40〕明確指出李白能夠被玄宗召見、供奉翰林是出於賀知章的推薦。〔註41〕不論是賀知章稱譽說，還是賀知章推薦說，其要點都是李白以「謫仙人」的贊辭為契機而供奉翰林。

概言之，天寶元年，李白在長安太清宮結識了前來相訪的賀知章，並被他譽為「謫仙人」。二人能夠相識，很大程度上源於他們共同的道教信仰。賀知章對李白其人其文的激賞，為李白贏得了謁見玄宗、供奉翰林的機會。

（二）李白與玄宗的初次會面

李陽冰《草堂集序》詳細記述了李白與玄宗初次會面時的場景，云：

> 天寶中，皇祖下詔，徵就金馬，降輦步迎，如見綺、皓。以七寶牀賜食，御手調羹以飯之，謂曰：「卿是布衣，名為朕知，非素蓄道義，何以及此？」置於金鑾殿，出入翰林中。〔註42〕

李白晚年依當塗縣令族叔李陽冰，臨終前，即肅宗寶應元年（762），「草稿萬卷，手集未修，枕上授簡」〔註43〕，請李陽冰作序。從二人的關係來看，序中所記李白之生平事蹟恐怕多出自李白口述。這段記載很值得玩味。

〔註39〕（唐）杜甫《寄李十二白二十韻》，蕭滌非主編《杜甫全集校注》卷六，人民文學出版社 2014 年版，第 3 冊，第 1682 頁。

〔註40〕《新唐書》卷二百二，第 18 冊，第 5762～5763 頁。

〔註41〕此前，樂史已在《李翰林別集序》中明確指出李白被玄宗召見是出於賀知章的推薦，其文曰：「翰林在唐天寶中，賀秘監聞於明皇帝，召見金鑾殿。……於是置之金鑾殿，出入翰林中。」參見《李太白全集校注·附錄》，第 8 冊，第 4216 頁。樂史由南唐入宋，作此序時，官尚書職方員外郎、直史館，疑北宋史臣撰寫《新唐書·李白傳》時參鑒過他的說法。

〔註42〕《李太白全集校注·附錄》，第 8 冊，第 4214 頁。

〔註43〕李陽冰《草堂集序》，《李太白全集校注·附錄》，第 8 冊，第 4214 頁。

　　首先，李白謁見玄宗時，得到天子降輦步迎、寶床賜食、御手調羹的高規格待遇。這在當時的文士中絕無僅有，倒與君主禮遇道教名流極為相似。比如玄宗對待李含光，「延入禁中，每欲諮稟，必先齋沐」〔註44〕，鄭重如是；迎接張果，「肩輿入宮中」〔註45〕，以示榮寵。

　　其次，玄宗初見李白時的反應是「如見綺、皓」。段成式的描述則更加精彩，云：「元宗於便殿召見，神氣高朗，軒軒然若霞舉，上不覺亡萬乘之尊。」〔註46〕雖是小說家言，不免有誇大的成分，但聯繫司馬承禎與賀知章對李白的第一印象，可以推想李白隱逸修道的形象滿足了玄宗的期待。

　　最後，玄宗稱李白因「素蓄道義」而「名為朕知」，看不出任何讚賞其文學才華的跡象，倒似指李白隱居以修道求仙之舉。也就是說，無論是玉真公主的推薦，還是賀知章的稱譽，真正打動玄宗的不是「詩成泣鬼神」的文學俊才李白，而是擁有「仙風道骨」的「謫仙人」李白。再者，聯繫李華在《故翰林學士李君墓誌》中稱李白為「高士」，讚譽其「上為王師，下為伯友」，肯定其「道以恒世」「嗟君之道，奇於人而侔於天」的修為〔註47〕，都是從李白隱居修道這一面來說的。「上為王師」這句話尤為重要，如果我們從李白的文士身份來解釋，恐怕很難說通，但如果從李白隱逸修道這層身份來講，無品階的他在日益尊崇道教的天寶年間倒是有做「王師」的機會。

　　此外，據李陽冰《草堂集序》、魏顥《李翰林集序》、范傳正《唐左拾遺翰林學士李公新墓碑》記載〔註48〕，李白供奉翰林時曾享受過「朝列賦謫

〔註44〕　顏真卿《有唐茅山玄靖先生廣陵李君碑銘並序》，《全唐文》卷三百四十，第4冊，第3445頁。

〔註45〕　《舊唐書》卷一百九十一《方伎傳》，第16冊，第5106頁。

〔註46〕　（唐）段成式《酉陽雜俎》卷十二，中華書局1985年版，第93頁。

〔註47〕　王琦指責李華：「乃作太白墓誌，不特於生平行事一切不言，即郡邑、世系、表字、配偶亦略而不書，寥寥數語，何其惜墨如金乃爾。即其揄揚之辭，亦與太白泛而不切，較之元微之所作杜子美墓誌，相去天淵矣。」參見《李太白全集》卷三十一，第1711頁。誠然，唐人所作李白墓誌，以李華《故翰林學士李君墓誌》最為簡略，但就文意來看，疑非完璧。

〔註48〕　李陽冰《草堂集序》云：「又與賀知章、崔宗之等自為八仙之遊，謂公『謫仙人』，朝列賦謫仙之歌凡數百首，多言公之不得意。」魏顥《李翰林集序》云：「故賓客賀公奇白風骨，呼為謫仙子，由是朝廷作歌數百篇。」范傳正《唐左拾遺翰林學士李公新墓碑》云：「在長安時，秘書監賀知章號公為謫仙人，吟公《烏棲曲》云：『此詩可以哭鬼神矣！』時人又以公及賀監、汝陽王、崔宗之、裴周南等八人為酒中八仙，朝列賦謫仙歌百餘首。」參見《李太白全集校注·附錄》，第8冊，第4214、4215、4221頁。

仙之歌」的待遇。令人疑惑的是，唐代能享受朝列賦詩這一殊榮的多是朝廷重臣、太子之師或道士名流，如睿宗景雲二年秋，司馬承禎還天台山，李适、沈佺期等三百人賦詩送行；玄宗開元十年閏五月，張說往朔方巡邊，玄宗、源乾曜、張九齡、賀知章、王翰等二十人賦詩送行；開元十三年四月，張說赴集賢殿上任，玄宗、蘇頲、徐堅等十六人賦詩送行；天寶三載正月五日，賀知章辭官歸越，百官於長樂坡賦詩餞送等。〔註49〕而李白不過是一個沒有品階的翰林供奉，如何有這樣大的影響力，使朝列之人為其賦詩？況且，既然稱朝列所賦謫仙詩有數百首之多，為何沒有一首流傳下來？因此，一些研究者對此事的真實性表示懷疑。但是，魏顥、李陽冰的記載多出自李白口述，除非我們能證明李白說謊，李陽冰、魏顥、范傳正純屬捏造事實，否則這件事就無法證偽。若此事屬實，那就只剩一種可能，李白是因其道士身份，而且是頗為玄宗所看重的道士身份，才享受到朝列賦詩達百餘首的殊榮。

可見，對道士李白的期待是玄宗召見李白的主要原因，李白也確實因其道士身份而蒙受玄宗的禮遇。

（三）李白供奉翰林的兩種職務

前已論及，李白以「白身人＋文辭秀逸」的名義奉詔入京，但他能夠被玉真公主推薦，引起賀知章和玄宗的注意，主要還是因其道士身份和道教信仰。文士和道士的雙重身份，使李白供奉翰林的職務分化為兩個方面，分別是文學侍從和參預朝政。

先看文學侍從。李白供奉翰林時，或奉詔作《侍從宜春苑奉詔賦龍池柳色初青聽新鶯百囀歌》《宮中行樂詞八首》《清平調詞三章》等以助興娛情，或主動作《春日行》《宣唐鴻猷》等以頌揚盛世，潤色鴻業。他在宮中的自我寫照通常是侍從文人，如「子雲叨侍從，獻賦有光輝。激賞搖天筆，承恩賜御衣」〔註50〕，「獻書入金闕，酌醴奉瓊筵。屢忝白雲唱，恭聞黃竹篇」〔註51〕，「入侍瑤池宴，出陪玉輦行。誇胡新賦作，諫獵短書成」〔註52〕，「因學揚子雲，獻賦甘泉宮。天書美片善，清芬播無窮」〔註53〕等。這與杜

〔註49〕傅璇琮主編《唐五代文學編年史》，第482、573～574、500～600、778頁。
〔註50〕《溫泉侍從歸逢故人》，《李太白全集校注》卷七，第3冊，第1115頁。
〔註51〕《金門答蘇秀才》，《李太白全集校注》卷十五，第5冊，第2286頁。
〔註52〕《秋夜獨坐懷故山》，《李太白全集校注》卷二十，第6冊，第2970頁。
〔註53〕《東武吟》，《李太白全集校注》卷四，第2冊，第615頁。

甫在《寄李十二白二十韻》中的敘述相吻合，也與天寶中後期的社會輿論，如「囊子之入秦也，上方覽子虛之賦，喜相如同時，由是朝詣公車，夕揮宸翰」〔註54〕，「借問承恩初，宮買《長門賦》，天迎駟馬車」〔註55〕，「見說往年在翰林，胸中矛戟何森森。新詩傳在宮人口，佳句不離明主心」〔註56〕等相吻合。筆者認為，既然李白以「文辭秀逸」的名義奉詔入京，不管他因何種原因得到玄宗的青眼並被召入宮中，仍免不了要做與入京身份相符的工作。儘管多年以後，他把「文竊四海聲」稱作「兒戲不足道」〔註57〕，似乎不屑於侍從文人的身份和待遇，但不可否認的是，他確實因供奉翰林而文名大振。

　　再看參預朝政。天寶初供奉翰林時，李白就以政治人才自居，嘗言「待詔公車謁天子，長揖蒙垂國士恩」〔註58〕。自天寶十二載起，參預朝政逐漸取代文學侍從，成為李白翰林生涯的主要職務，這在他追憶往昔的作品，如「遭逢聖明主，敢進興亡言」〔註59〕「布衣侍丹墀，密勿草絲綸」〔註60〕「謬揮紫泥詔，獻納青雲際」〔註61〕「早懷經濟策，特受龍顏顧」〔註62〕「既潤色於鴻業，或間草於王言」〔註63〕中有鮮明的體現。李白晚年的這種說法，直接被其集序、碑誌所秉承，魏顥也在天寶十三載與李白相見後，補充和修正了自己此前的觀點，云：「令制出師詔，不草而成，許中書舍人。」〔註64〕再如李陽冰《草堂集序》，云：「問以國政，潛草詔誥，人無知者。」〔註65〕范傳正《唐左拾遺翰林學士李公新墓碑》云：「遂直翰林，專掌密命，將處司言之任，多陪侍從之遊。」〔註66〕傅璇琮先生曾指出，起草政書、密參

〔註54〕獨孤及《送李白之曹南序》，《全唐文》卷三百八十八，第4冊，第3943頁。

〔註55〕魏顥《金陵酬翰林謫仙子》，《李太白全集校注》卷十三，第4冊，第1927頁。

〔註56〕任華《寄李白》，《全唐詩》卷二百六十一，第8冊，第2902頁。

〔註57〕李白在《經亂離後天恩流夜郎憶舊遊書懷贈江夏韋太守良宰》中自述生平經歷，云：「試涉霸王略，將期軒冕榮。時命乃大謬，棄之海上行。學劍翻自哂，為文竟何成？劍非萬人敵，文竊四海聲。兒戲不足道，《五噫》出西京。臨當欲去時，慷慨淚沾纓。」參見《李太白全集校注》卷九，第3冊，第1373頁。

〔註58〕《走筆贈獨孤駙馬》，《李太白全集校注》卷七，第3冊，第1180頁。

〔註59〕《書情贈蔡舍人雄》，《李太白全集校注》卷七，第3冊，第1199頁。

〔註60〕《贈崔司戶文昆季》，《李太白全集校注》卷八，第3冊，第1264頁。

〔註61〕《答高山人兼呈權顧二侯》，《李太白全集校注》卷十六，第5冊，第2365頁。

〔註62〕《贈溧陽宋少府陟》，《李太白全集校注》卷八，第3冊，第1269頁。

〔註63〕《為宋中丞自薦表》，《李太白全集校注》卷二十五，第7冊，第3618頁。

〔註64〕（唐）魏顥《李翰林集序》，《李太白全集校注·附錄》，第8冊，第4215頁。

〔註65〕《李太白全集校注·附錄》，第8冊，第4214頁。

〔註66〕《李太白全集校注·附錄》，第8冊，第4220～4221頁。

朝政與李白「天寶初在長安所作的不合，也與翰林供奉的身份不符」〔註67〕。
但是，「不合」「不符」只能說明有問題，卻不能證偽，至少與李白同時的魏
顥、李陽冰以及稍晚的范傳正並未懷疑此事的真實性，相反，他們還將其當
作信史來記錄。筆者以為，李白的說法雖有誇大之嫌，卻並非空穴來風。參
預朝政、草詔禁中對侍從文人李白來說可能比較困難，但對道士李白來說，
幾率卻比較大。檢兩《唐書・隱逸傳》，我們發現天子召見道士時，除了跟
他們詢問修身之道外，往往還會論及治國之法。再如尹愔，開元中以道士服
視事，由諫議大夫入集賢院、翰林院為學士、供奉，參掌制誥。〔註68〕從
玄宗初見李白時的表現及李白「上為王師」的境遇來看，二人由道術談及政
治的情況很有可能發生，至於玄宗會不會認真對待，那就是另外一回事了。
況且，「問以國政，潛草詔誥」確有可能發生在相對封閉的環境中，「人無知
者」也在情理之中。

　　也就是說，李白仍以奉詔入京時的文士身份供奉翰林，但同時，他也可
能因道士身份而獲得草詔禁中、參預朝政的機會。

　　總之，對道士李白的期待使賀知章發現了李白驚人的文學才華，而對道
教層面上「謫仙人」的好奇和期待，則是玄宗召見李白的主要原因。起初，李
白確實因其道士身份而受到玄宗的禮敬，可是，他的宗教修為、政治才具遠
不及文學高明，傲岸不羈的性格和積極參政的意圖又使他容易遭到誹謗，被
玄宗疏遠在所難免。應該說，直至離京前，玄宗仍把他看作修道之人，所以
用「賜金」這種方式放他「歸山」〔註69〕。李白體悟到玄宗的用意，離開長

〔註67〕傅璇琮《李白任翰林學士辨》，《文學評論》2000年第5期。
〔註68〕《新唐書》卷一百二十五《尹愔傳》載：「初為道士，玄宗尚玄言，有薦愔
　　　者，召對，喜甚，厚禮之，拜諫議大夫、集賢院學士，兼修國史，固辭不起。
　　　有詔以道士服視事，乃就職，頷領集賢、史館圖書。」參見第18冊，第5703
　　　頁。又，唐人韋執誼《翰林院故事》云：「玄宗以四隩大同，萬樞委積，詔
　　　勅文誥，悉由中書，或應當劇而不周，務速而時滯，宜有偏掌，列於宮中，
　　　承導邇言，以通密命。由是始選朝官有詞藝學識者，入居翰林，供奉別旨。
　　　於是中書舍人呂向、諫議大夫尹愔首充焉。雖有密近之殊，然亦未定名，制
　　　詔書敕，猶或分在集賢。」參見（宋）洪遵輯《翰苑群書》，中華書局1991
　　　年版，第11頁。
〔註69〕「歸山」之說，出自李白《還山留別金門知己》（一作《出金門後書懷留別
　　　翰林諸公》）、《初出金門尋王侍御不遇詠壁上鸚鵡》（一作《敕放歸山留別
　　　陸侍御不遇詠鸚鵡》）和《為宋中丞自薦表》（「姦臣詐詭，遂放歸山」）。「賜
　　　金」之說，首見於李陽冰《草堂集序》：「天子知其不可留，乃賜金歸之。」

安不久就在齊州紫極宮受了道籙，頗有些奉旨修行的意思。

綜上所述，李白主要因其道士身份而獲得玉真公主的推薦，並借文學之名奉詔入京。進京後，又因「文辭秀逸」的「道士」李白之名，得到賀知章的賞識和玄宗的期待。正是在文士和道士這兩重身份的幫助下，李白才得以奉詔入京，供奉翰林。

第二節　供奉翰林與李白創作之變

歷經十數載徒勞無功的干謁後，李白終於在天寶元年供奉翰林，第一次接近他建功濟世、功成身退的人生理想〔註70〕。起初，翰林院的生活令李白興奮不已，他以司馬相如、揚雄自許，熱情地助興風雅、點綴升平，希冀在政治上得到玄宗的重用。可是，玄宗並未給他安排任何官職，當讒言滋生、恩寵漸疏後，李白意識到向「國士」轉變的途徑變得曲折難行，他在留京與歸隱之間艱難掙扎。從侍從遊宴時的意氣雄豪到遭讒失寵後的仕隱衝突，這段絕無僅有的近臣經歷〔註71〕豐富了李白的創作內容，給他的詩歌帶來新變。

一、描述宮廷遊宴

首先，新變體現在描述宮廷遊宴上。李白居翰林時「入侍瑤池宴，出陪

参見《李太白全集校注・附錄》，第 8 冊，第 4214 頁。又，獨孤及《送李白之曹南序》有「百鎰之金盡」語，参見《全唐文》卷三百八十八，第 4 冊，第 3943 頁。可知「賜金」當實有其事。在唐代，被徵召的隱士、道士辭別朝廷時，往往被稱作「還山」「歸山」，君主還通過賞賜金銀、道器、衣物、宮觀等方式對他們表示恩禮。如王遠知「固請歸山」，太宗「敕潤州於茅山置太受觀」；司馬承禎「固辭還山」，睿宗「賜寶琴一張及霞紋帔而遣之」，玄宗「令承禎於王屋山自選形勝置壇室以居焉」；張果「懇辭還山」，玄宗「賜以衣服及雜綵等，便放歸山」；盧鴻一將還山，「又賜隱居之服並其草堂一所」；王希夷「聽致仕還山，州縣春秋致束帛、酒肉，仍賜衣一副，絹一百匹」；玄宗還親自製詞，作《賜隱士盧鴻一還山制》《賜王希夷致仕還山制》以示恩榮。参見《舊唐書》，第 16 冊，第 5125、5128、5107、5121、5121 頁。

〔註70〕李白《代壽山答孟少府移文書》：「申管、晏之談，謀帝王之術，奮其智能，願為輔弼，使寰區大定，海縣清一。事君之道成，榮親之義畢，然後與陶朱、留侯，浮五湖，戲滄洲，不足為難矣。」参見《李太白集校注》卷二十五，第 7 冊，第 3637 頁。

〔註71〕（唐）韋執誼《翰林院故事》載：「翰林院者，在銀臺門內麟德殿西重廊之後，蓋天下以藝能伎術見召者之所處也。學士院者，開元二十六年之所置，在翰林院之南。」参見（宋）洪遵輯《翰苑群書》，第 12 頁。

玉輦行」〔註72〕，不僅有機會參加宮廷遊冶、宴會，還主動或被動地以此為題材，採用宮廷文學的主流體裁進行創作。

五、七言律詩是天寶年間宮廷文學的主流樣式，也是朝臣們最常用的應制體裁。天寶元年十月，玄宗遊幸驪山溫泉宮〔註73〕，初入翰林的李白隨侍出行，作五言律詩《侍從遊宿溫泉宮作》：

> 羽林十二將，羅列應星文。霜仗懸秋月，霓旌卷夜雲。嚴更千
> 戶肅，清樂九天聞。日出瞻佳氣，蔥蔥繞聖君。〔註74〕

詩人描繪溫泉宮的宿衛之嚴，儀仗之盛，聲樂之清，氣象之旺，冠冕齊楚，寫出一派莊嚴升平景象，似是為應制需要的練筆之作。不僅如此，慣用五古、七古和樂府歌吟進行創作的李白，此期卻擱置他最擅長的詩體，有意在交際生活中寫作五、七言律詩，如《溫泉侍從歸逢故人》《送白利從金吾董將軍西征》《送長沙陳太守二首》其二、《贈郭將軍》等，其中不乏聲律工整的詩篇。

次年春，李白奉詔作五言律詩《宮中行樂詞八首》〔註75〕，歌詠宮中聲樂之盛與君王行樂之歡，這組詩造語流麗，對偶工穩，音韻鏗鏘，辭采和聲律都堪稱精妙，向來為人所稱道。不過，在解讀詩意上，前人評論各異，或謂寓意深婉，似頌實諷；或謂吟詠宮中時景，諷諫之說屬穿鑿附會。試看：

> 柳色黃金嫩，梨花白雪香。玉樓巢翡翠，珠殿鎖鴛鴦。選妓隨
> 雕輦，徵歌出洞房。宮中誰第一？飛燕在昭陽。（其二）

> 水綠南薰殿，花紅北闕樓。鶯歌聞太液，鳳吹遠瀛洲。素女鳴

〔註72〕《秋夜獨坐懷故山》，《李太白全集校注》卷二十，第6冊，第2970頁。

〔註73〕《舊唐書》卷九《玄宗紀下》載：「（天寶元年）冬十月丁酉，幸溫泉宮。……十一月己巳，至自溫泉宮。」參見第1冊，第216頁。

〔註74〕《李太白全集校注》卷十七，第5冊，第2443～2444頁。

〔註75〕原注：「奉詔作五言。」參見《李太白全集校注》卷四，第2冊，第564頁。唐寫本錄前三首，題作《宮中三章》，下署「皇帝侍文李白」。參見徐俊纂輯《敦煌詩集殘卷輯考》，中華書局2000年版，第62頁。《文苑英華》錄第八首，題作《醉中侍宴應制》。參見第2冊，第818頁。可見，這組詩當是應制之作。又，孟棨《本事詩·高逸》云：「（玄宗）嘗因宮人行樂，謂高力士曰：『對此良辰美景，豈可獨以聲伎為娛，倘時得逸才詞人吟詠之，可以誇耀於後。』遂命召白。時寧王邀白飲酒，已醉；既至，拜舞頹然。上知其薄聲律，謂非所長，命為《宮中行樂》五言律詩十首。」參見《唐五代筆記小說大觀》，第1247頁。詹鍈先生謂寧王卒於開元二十九年十一月，與天寶初李白入翰林之說不合，且敦煌殘卷《唐詩選》《才調集》所錄無出此八首者，疑十首之數得之傳聞，《本事詩》所記未可盡信，誠是。參見《李白詩文繫年》，《詹鍈全集》卷五，第47頁。

　　珠佩，天人弄綵毬。今朝風日好，宜入未央遊。（其八）〔註76〕
蕭士贇評曰：「『玉樓巢翡翠，金殿鎖鴛鴦』，是諷其玉樓金殿，不為延賢之
地，徒使女子小人居之也。『選妓隨雕輦，徵歌出洞房』，是諷其不好德而好
色，不聽雅樂而聽鄭聲也。『宮中誰第一，飛燕在昭陽』，是以飛燕比貴妃，
妃與飛燕事蹟相類，欲使明皇以之為鑒，知飛燕之為漢禍水，而不惑溺於貴
妃也。……『今朝風日好，宜入未央遊』，是諷其輟遊宴之樂，而臨政視事
於未央也。」〔註77〕唐汝詢評其二：「此刺明皇之獨寵楊妃也。……禍水滅
漢，聚麀亂唐，取喻因自不淺。」〔註78〕主張李白用趙飛燕比附楊貴妃，是
以禍水滅漢規諫唐玄宗。王琦批評蕭氏之說「甚鑿，使解詩者必執此見於胸
中而句度字權之，則古今之詩無一而非譏時誹政之作，而忠厚和平之旨，蓋
於是失矣」〔註79〕，吳昌祺評價唐氏「以禍水況太真，恐非作者意，詩只言
美而承寵耳」〔註80〕，深中肯綮。竊以為，李白入翰林後尚無官職，正待玄
宗在政事上委任他，不大可能在奉詔時以後庭之事譏刺君王，那樣不僅不合
時宜，還可能會帶來危險。況且，以文辭助興宮廷遊宴是李白獲取玄宗歡心
的重要機會，即使這種方式令他感到屈辱，但他自稱「處世余龍蠖」，要屈
己待時，加之在醉中應制，興頭正高，大概不會在這種場合犯忌諱。誠如王
琦所言：「漢宮飛燕，唐人用之已為數見不鮮之典實。……若《清平調》是
奉詔而作，非其比也。乃敢以宮闈暗昧之事，君上所諱言者而微辭隱喻之，
將蘄君知之耶，亦不蘄君知之耶？如其不知，言亦何益？如其知之，是批龍
之逆鱗而履虎尾也。非至愚極妄之人，當不為此。又太真入宮，至此時幾將
十載，斯時即有忠君愛主之親臣，亦祇以成事不說，既往不咎，付之無可奈
何，而謂新進如太白者，顧託之無益之空言而期君之一悟，何其不智之甚
哉！」〔註81〕
　　李白也用武則天宮廷中流行的七言歌行體應制，他在《侍從宜春苑奉詔

〔註76〕《李太白全集校注》卷四，第 2 冊，第 569、583 頁。

〔註77〕（元）蕭士贇《分類補注李太白詩》卷五《清平調詞》注，《四部叢刊初編》
　　　　第一〇六冊，上海書店 1989 年版。

〔註78〕（明）唐汝詢選釋，王振漢點校《唐詩解》卷三十三，河北大學出版社 2001
　　　　年版，第 877 頁。

〔註79〕（清）王琦《李太白全集》卷五，第 362～363 頁。

〔註80〕（清）吳昌祺《刪定唐詩解》卷十六，《續修四庫全書》第一六一二冊，第
　　　　236 頁。

〔註81〕（清）王琦《李太白全集》卷五，第 365 頁。

賦龍池柳色初青聽新鶯百囀歌》〔註82〕中，把描寫性的詩句連接成近於敘述
的形式，將天子春遊寫得氣象宏大，有聲有色，詩歌語言流麗，格調高妙，法
度謹飭，被沈德潛評為唐代應制詩之最〔註83〕。不僅如此，李白還在沉香亭
畔應製作歌辭《清平調詞三首》〔註84〕，「三章合花與人言之，風流旖旎，絕
世豐神」〔註85〕，由梨園弟子中之尤者奏曲，宮廷著名歌手李龜年演唱，唐
玄宗「調玉笛以倚曲」，辭、樂、歌俱臻上乘，被《松窗雜錄》稱為「一時之
極致」〔註86〕。徒詩、歌辭之外，李白還奉詔作《泛白蓮池序》。序文雖佚，
然據范傳正《唐左拾遺翰林學士李公新墓碑並序》「他日泛白蓮池，公不在宴，
皇歡既洽，召公作序」〔註87〕知，亦是一篇宮中行樂之辭。

應制之外，李白還自覺用他擅長的樂府詩頌美太平盛世，禮讚大唐天子。
天寶二年（743）三月，玄宗幸望春樓觀覽廣運潭勝景，李白在《春日行》中
濃墨重彩地鋪寫這一盛大場面：「因出天池泛蓬瀛，樓船躞沓波浪驚。三千雙
蛾獻歌笑，撾鐘考鼓宮殿傾。萬姓聚舞歌太平。」繼而以「三十六帝欲相迎，
仙人飄翩下雲軿。帝不去，留鎬京。安能為軒轅，獨往入窅冥」作襯，謂「我
無為，人自寧」的天子不願升仙，要繼續留在人間致力王道太平。最後以頌
禱「小臣拜獻南山壽，陛下萬古垂鴻名」〔註88〕結束全篇。前人或過度闡釋，
謂此詩「以王道諷求仙也」〔註89〕；或囿於頌詞，稱李白「媚態畢現」〔註90〕，

〔註82〕 詩云：「東風已綠瀛洲草，紫殿紅樓覺春好。池南柳色半青青，縈煙嫋娜拂綺
城。垂絲百尺掛雕楹。上有好鳥相和鳴，間關早得春風情。春風卷入碧雲去，
千門萬戶皆春聲。是時君王在鎬京，五雲垂暉耀紫清。仗出金宮隨日轉，天
回玉輦繞花行。始向蓬萊看舞鶴，還過茝若聽新鶯。新鶯飛繞上林苑，願入
《簫韶》雜鳳笙。」參見《李太白全集校注》卷五，第2冊，第785頁。

〔註83〕 （清）沈德潛《唐詩別裁集》卷六云：「三唐應制詩，以此篇及摩詰之『雲裏
帝城，雨中春樹』為最上。」參見上海古籍出版社1979年版，第194頁。

〔註84〕 其一云：「雲想衣裳花想容，春風拂檻露華濃。若非群玉山頭見，會向瑤臺月
下逢。」其二云：「一枝紅豔露凝香，雲雨巫山枉斷腸。借問漢宮誰得似？可
憐飛燕倚新粧。」其三云：「名花傾國兩相歡，長得君王帶笑看。解釋春風無
限恨，沉香亭北倚闌干。」參見《李太白全集校注》卷四，第2冊，第590、
594、598頁。

〔註85〕 （清）沈德潛《唐詩別裁集》卷二十，第657頁。

〔註86〕 （唐）李濬《松窗雜錄》，《唐五代筆記小說大觀》，第1213頁。

〔註87〕 《李太白全集校注·附錄》，第8冊，第4221頁。

〔註88〕 《李太白全集校注》卷二，第1冊，第300～301頁。

〔註89〕 （清）陳沆《詩比興箋》，上海古籍出版社1981年版，第142頁。

〔註90〕 《李太白全集校注》，第1冊，第304頁。

對詩人過於苛責。竊以為，初入翰林的李白確實將「乘輿擁翠蓋，扈從金城東」「因學揚子雲，獻賦甘泉宮」〔註91〕當作值得誇耀的事。李白個性單純，情感豐富又無貴盛經歷，隨侍君王參加宮廷遊冶、宴會，親眼見證天家的富貴、鼎盛氣象，自然會激發他強烈的國家榮譽感和躬逢其盛的幸福感。與其說李白作頌詞是出於諂媚，毋寧說他是真誠地禮讚大唐，頌揚太平天子，而且比一般朝臣更直白，更坦率。

但是，這並不意味著李白看不到天子沉迷苑囿聲樂的危害性。當宮廷生活的新鮮感和興奮勁兒逐漸消退，李白能夠相對理性地看待君王頻繁的遊樂活動，他借用漢大賦「勸百諷一」的結構，通過以諷喻或否定性的結尾修飾詩歌中對遊冶之歡和聲色之美的讚揚，含蓄地表達對皇帝荒廢萬機的批評。試看：

> 長安白日照春空，綠楊結煙桑嫋風。披香殿前花始紅，流芳發色繡戶中。繡戶中，相經過。飛燕皇后輕身舞，紫宮夫人絕世歌。聖君三萬六千日，歲歲年年奈樂何！（《陽春歌》）

> 三十六離宮，樓臺與天通。閣道步行月，美人愁煙空。恩疏寵不及，桃李傷春風。淫樂意何極，金輿向回中。萬乘出黃道，千旗揚彩虹。前軍細柳北，後騎甘泉東。豈問渭川老，寧邀襄野童？但慕瑤池宴，歸來樂未窮。（《上之回》）〔註92〕

《陽春歌》採用典型的讚美加諷喻形式，詩人先從長安城的美好春光以及宮中嬪妃、宮女們的美妙歌舞寫出玄宗行樂之景，末二句規諫君王不要沉溺其間，寓意引而不露。在《上之回》中，李白的態度從「君王多樂事，何必向回中」〔註93〕轉變為「淫樂意何極，金輿向回中」，詩人借秦始皇、漢武帝回中佚遊，諷喻今上不能像黃帝、周文王一樣，以訪賢問道等治國大計為務，而是一味地耽於遊冶宴樂，寓意較上一篇更為明顯。儘管這種結尾不合時宜，甚至是危險的，會妨礙到他的政治前途，但李白既已意識到天子遊樂無極中的危機險勢，以他的性格和「不屈己」的操守，斷不會默不作聲，而是盡人臣的本分去進諫，「敢進興亡言」〔註94〕良非虛言。

〔註91〕《東武吟》，《李太白全集校注》卷四，第 2 冊，第 615 頁。

〔註92〕《李太白全集校注》卷三，第 2 冊，第 371、464 頁。

〔註93〕《宮中行樂詞八首》其三，《李太白全集校注》卷四，第 2 冊，第 572 頁。

〔註94〕《書情贈蔡舍人雄》，《李太白全集校注》卷七，第 3 冊，第 1199 頁。

　　翰林供奉的近臣身份使李白得以參加宮廷遊冶、宴會，他自覺採用宮廷詩的主流體裁如五言律詩、七言歌行等應制，奉詔作歌辭為玄宗和貴妃助興，並以自己擅長的樂府詩頌揚天子。不過，當他意識到玄宗耽於苑囿聲樂的危害後，又通過詩歌委婉規諫天子不要因行樂而荒廢政務。總之，無論是單純的頌美，還是含蓄的批評，這些描述宮廷遊宴的詩文豐富了李白的創作內容，使他對宮廷題材有了更深的認識和體悟。

二、潤色鴻業

　　其次，新變體現在潤色鴻業上。除入陪宴私、出侍輿輦外，李白還「誇胡新賦作，諫獵短書成」〔註95〕，作文章以潤色鴻業。

　　據劉全白《唐故翰林學士李君碣記》記載：「天寶初，玄宗辟翰林待詔，因為和蕃書，並上《宣唐鴻猷》一篇。」〔註96〕知李白入翰林後曾向玄宗進獻過《宣唐鴻猷》。又，任華《寄李白》云：「我聞當今有李白，《大鵬賦》，《鴻猷》文，嗤長卿，笑子雲。」〔註97〕其中，「《鴻猷》文」應該是《宣唐鴻猷》的簡稱。任華稱讚李白的《大鵬賦》和《宣唐鴻猷》超越了司馬相如和揚雄的賦，儘管帶有濃厚的粉絲濾鏡，卻可推知《宣唐鴻猷》流傳亦廣，或許跟《大鵬賦》一樣享譽當時。《宣唐鴻猷》今已不存，從題目及任華的態度來看，應該是一篇鋪張揚厲、頌美李唐的大文章。

　　《大獵賦》描寫天子於「孟冬十月」在秦地「曜威講武，掃天蕩野」的畋獵景象，據序文「臣白作頌」知，這可能是李白進獻給玄宗的一篇大賦。史載玄宗在先天二年十一月甲辰「畋獵於渭川」，開元八年十月壬午「畋於下邽」，開元十七年十二月乙丑「校獵渭濱」〔註98〕，因此，多數學者認為《大獵賦》初作於開元八年。又，李白《東武吟》曰：「因學揚子雲，獻賦甘泉宮。天書美片善，清芬播無窮。」〔註99〕《答杜秀才五松山見贈》曰：「昔獻《長楊賦》，天開雲雨歡。當時待詔承明裏，皆道揚雄才可觀。」〔註100〕《憶舊遊寄譙郡元參軍》曰：「此時行樂難再遇，西遊因獻《長楊賦》。北闕青雲不可期，東山

〔註95〕《秋夜獨坐懷故山》，《李太白全集校注》卷二十，第 6 冊，第 2970 頁。
〔註96〕《李太白全集校注·附錄》，第 8 冊，第 4219 頁。
〔註97〕《全唐詩》卷二百六十一，第 8 冊，第 2902 頁。
〔註98〕《舊唐書》卷八《玄宗紀上》，第 1 冊，第 171、181、194 頁。
〔註99〕《李太白全集校注》卷四，第 2 冊，第 615 頁。
〔註100〕《李太白全集校注》卷十六，第 5 冊，第 2371 頁。

白首還歸去。」〔註101〕獨孤及《送李白之曹南序》曰：「曩子之入秦也，上方覽《子虛》之賦，喜相如同時，由是朝詣公車，夕揮宸翰。」〔註102〕可見，天寶初供奉翰林時，李白曾向玄宗獻賦，賦的主題與司馬相如《子虛賦》和揚雄《長楊賦》相仿，很可能正是修訂過的《大獵賦》。李白在賦序中評論司馬相如《子虛賦》《上林賦》和揚雄《長楊賦》《羽獵賦》「當時以為窮壯極麗，迨今觀之，何齷齪之甚也」，而「今聖朝園池遶荒，殫窮六合」，已非漢朝可比，他希圖「以大道匡君，示物周博」，作賦頌美本朝。李白奇語迭出，極寫唐玄宗畋獵的規模、聲勢，試看：

於是攞倚天之劍，彎落月之弓。昆崙叱兮可倒，宇宙噫兮增雄。
河漢為之卻流，川嶽為之生風。羽旄揚兮九天絳，獵火燃兮千山紅。
殫地盧，空神居。斬飛鵬於日域，摧大鳳於天墟。龍伯釣其靈鼇，任公獲其巨魚。窮造化之譎詭，何神怪之有餘？〔註103〕

場面宏大，氣魄非凡，「雖秦皇與漢武兮，復何足以爭雄」。接著，作者筆鋒一轉，寫天子思無為而治，命令「去三面之網，示六合之仁」，「韜兵戈，火網罟」，以示不再圍獵。繼而以狩獵作比，諫天子「頓天網以掩之，獵賢俊以御極」，網羅賢士俊傑，「使天人宴安，草木蕃植」，如此則「皇猷允塞」，王道充盈天下。賦末，作者不僅頌美天子「延榮光於後昆，軼玄風於邃古」，與「七十二帝同條而共貫」，還以道教玄理迎合玄宗，云：「君王於是迴蚑旌，反鑾輿。訪廣成於至道，問大隗之幽居。使罔象掇玄珠於赤水，天下不知其所如也。」〔註104〕

也就是說，初入翰林喜沐天家恩寵的李白，確實真誠地潤色鴻業，頌美聖朝，並將大道匡君的理念融入到獻給皇帝的賦篇中。而且，這些看似媚上的舉措，並非僅僅出於功利目的，更多當源於詩人的一腔赤子之心。

三、書寫近臣體驗

最後，新變還體現在書寫近臣體驗上。天寶元年，李白懷著「游說萬乘」的抱負供奉翰林，這一前所未有的近臣經歷，不僅給他帶來無邊的榮耀，還讓他真切地感受到不遇的切膚之痛，不得不在理想與天性之間做出抉擇。

〔註101〕《李太白全集校注》卷十一，第4冊，第1628頁。
〔註102〕《全唐文》卷三百八十八，第4冊，第3943頁。
〔註103〕《李太白全集校注》卷二十四，第7冊，第3488、3506頁。
〔註104〕《李太白全集校注》卷二十四，第7冊，第3522頁。

（一）意氣雄豪

李白初入翰林即隨玄宗遊幸溫泉宮，他興沖沖地在《駕去溫泉宮後贈楊山人》中向友人傳達自己的喜悅之情，云：

> 少年落托楚漢間，風塵蕭瑟多苦顏。自言管葛竟誰許？長吁莫錯還閉關。一朝君王垂拂拭，剖心輸丹雪胸臆。忽蒙白日迴景光，直上青雲生羽翼。幸陪鸞輦出鴻都，身騎飛龍天馬駒。王公大人借顏色，金璋紫綬來相趨。當時結交何紛紛？片言道合惟有君。待吾盡節報明主，然後相攜臥白雲。〔註105〕

在強烈情感的驅使下，李白毫不修飾，直以過去、現在、將來為序，起筆便寫今昔的巨大差異：昔日懷經天緯地之才而無人賞識，落魄飄零，愁苦不堪；今朝蒙君王賞拔以竭忠盡智，侍從遊幸，意氣風發，王公大人爭相結交；今昔之差，強似雲泥之別。最後以功成身退作結，對自己的政治前景充滿信心。入朝前，李白既沒什麼政治建樹，又時時遭人們的誹謗，做食客也做不穩定，甚至於被妻妾輕視。所以，當徵召入京的消息傳來時，他欣喜若狂地自白「遊說萬乘苦不早」「仰天大笑出門去，我輩豈是蓬蒿人」〔註106〕，一吐胸中悶氣。相較之下，供奉翰林的榮耀尤甚於奉詔入京，無怪乎李白會濃墨重彩地描述初入翰林的生活狀態。再如《效古二首》其一：

> 朝入天苑中，謁帝蓬萊宮。青山映輦道，碧樹搖煙空。謬題金閨籍，得與銀臺通。待詔奉明主，抽毫頌清風。歸時落日晚，躞蹀浮雲驄。人馬本無意，飛馳自豪雄。入門紫鴛鴦，金井雙梧桐。佳人出繡戶，含笑嬌鉛紅。清歌弦古曲，美酒沽新豐。快意且為樂，列筵坐群公。光景不可留，生世如轉蓬。早達勝晚遇，羞比垂釣翁。〔註107〕

詩人效《雞鳴曲》《相逢行》古辭，寫自己待詔金門、筆如粲花、意氣雄豪、佳人迎候、歡歌宴飲、結交群臣的顯達景況，全篇洋溢著幸逢明時的得意之情，掃盡以往詩中愁苦。遇合人主帶來的名利效應讓李白沾沾自喜，不禁發出出名要乘早的慨歎，甚至將晚年得志的姜子牙奚落一番。

干謁數載，一朝青雲直上，得到玄宗的青睞和群臣的恭維，這對李白來

〔註105〕《李太白全集校注》卷七，第3冊，第1110～1111頁。敦煌寫本《唐人選唐詩》題作《從駕溫泉宮醉後贈楊山人》，「駕去」即「從駕」之意，參見徐俊纂輯《敦煌詩集殘卷輯考》，第76頁。

〔註106〕《南陵別兒童入京》，《李太白全集校注》卷十二，第4冊，第1887頁。

〔註107〕《李太白全集校注》卷二十一，第6冊，第3002頁。

說是一件很值得誇耀的事情。試看《溫泉侍從歸逢故人》：

漢帝長楊苑，誇胡羽獵歸。子雲叨侍從，獻賦有光輝。激賞搖
天筆，承恩賜御衣。逢君奏明主，他日共翻飛。〔註108〕

玄宗御筆激賞、親賜衣袍的舉措，使李白儼然以揚雄自許，聲稱要將故人推
薦給皇帝，二人一起飛黃騰達，甚是情熱。李白向來以文才自負，曾稱開元
大手筆蘇頲評價他「天才英麗，下筆不休，雖風力未成，且見專車之骨，若廣
之以學，可以相如比肩也」；安州馬都督稱讚他的文章「清雄奔放，名章俊語，
絡繹間起，光明洞澈，句句動人」〔註109〕；族弟李令問歎服他的才華：「兄心
肝五藏，皆錦繡耶！不然，何開口成文，揮翰霧散？」〔註110〕蘇頲、馬都督、
族弟的讚譽尚且讓李白銘記於心，更別說一國之君「美片言」「賜御衣」的稱
賞與肯定了。於是，李白憑藉過人的文學才華，在宮廷遊冶、宴飲中著意經
營詩句，希冀贏得玄宗在政治上對他的重用。沒成想，他高估了玄宗的激賞，
真的充當起文學侍從的角色。

不過，李白尚未意識到這一點，他還沉浸在時來運轉的興奮中，不厭其
煩地講述「王公大人借顏色，金璋紫綬來相趨」「快意且為樂，列筵坐群公」
「歸來入咸陽，談笑皆王公」〔註111〕，為結交王公大臣而感到洋洋得意。那
麼李白究竟有沒有和王公大人結交呢？檢其供奉翰林之作，我們發現此期與
他有來往的官員多是諫官、郎官、判官、司馬、校書朗、縣尉等中下層文官，
如《送程劉二侍御兼獨孤判官赴安西幕府》《朝下過盧郎中敘舊遊》《送竇司
馬貶宜春》《同族弟金城尉叔卿燭照山水壁畫歌》《贈薛校書》中的程、劉侍
御史〔註112〕、獨孤判官、盧郎中、宜春司馬竇某、金城尉李叔卿、校書朗薛
某等。能稱得上「王公大人」「金章紫綬」的多是武官，如《贈郭將軍》《羽

〔註108〕　《李太白全集校注》卷七，第 3 冊，第 1115 頁。
〔註109〕　《上安州裴長史書》，《李太白全集校注》卷二十五，第 7 冊，第 3706 頁。
〔註110〕　《冬日於龍門送從弟京兆參軍令問之淮南覲省序》，《李太白全集校注》卷二
　　　　　十六，第 8 冊，第 3861 頁。
〔註111〕　《東武吟》，《李太白全集校注》卷四，第 2 冊，第 615 頁。
〔註112〕　唐人將侍御史、殿中侍御史、監察御史通稱為侍御，儘管它品階不高，分別
　　　　　是從六品下、從七品上和從八品上，卻是極清貴的官，職望很高。除御史臺
　　　　　的侍禦外，方鎮使府中的文職幕僚也可能帶御史銜，如「兼侍御史」「兼殿
　　　　　中侍御史」「兼監察御史」等，這些都是沒有實職的虛銜。疑程某、劉某是
　　　　　安西都護府幕僚，侍御史、殿中侍御史或監察御史是他們的憲銜，故李白以
　　　　　「侍御」稱之。

林范將軍畫贊》《早夏於將軍叔宅與諸昆季送傅八之江南序》中的郭將軍、范將軍、李將軍等，以及外任的地方郡守，如《送長沙陳太守二首》中的長沙太守陳某，但唐人以京官為榮，不全憑品階論升黜，即使出為刺史、郡守，品階雖升，仍被以貶官視之，詩中「定王垂舞袖，地窄不回身。莫小二千石，當安遠俗人」〔註113〕即是明證。至於太子賓客、秘書監賀知章，他地位高，威望重，對李白有知遇之恩，但以他的身份和年齡，恐怕不太可能與李白有過多接觸，否則，李白供奉翰林期間不會只留下《送賀賓客歸越》一首詩。需要說明的是，這首詩不是應制之作，李白沒有資格參加天寶三載正月五日玄宗為賀知章在長樂坡餞別的那場盛會。玄宗《送賀秘監歸會稽序》云：「朕以其夙存微尚，年在遲暮，用修掛冠之事，俾遂赤松之遊。正月五日，將歸稽山，遂餞東路。乃命六卿庶尹三事大夫，供帳青門，寵行邁也。豈惟崇德尚齒，亦將勵俗勸人，無令二疏，獨光漢冊。乃賦詩贈行。凡預茲宴，宜皆屬和。」〔註114〕又，《舊唐書‧玄宗紀下》載：「三載正月……庚子，遣左右相已下祖別賀知章於長樂坡，上賦詩贈之。」〔註115〕可見，這次餞行的組織者是皇帝，參與者是「六卿庶尹三事大夫」，即宰相、三公、六部長官等高級官員，如李適之、李林甫、許王李瓘、席豫、韋堅等，應制送別詩全是五言律詩、五言排律和七言律詩。〔註116〕也就是說，沒有官職的李白根本沒資格參加這場盛會，他的七言絕句《送賀賓客歸越》也不可能是應制之作。況且，此詩敦煌寫本題作《陰盤驛送賀監歸越》〔註117〕，明確指出李白送別賀知章之地是昭應縣陰盤驛，而非長樂坡。總之，這些詩歌多是李白的應酬之作，從內容上看不出半點「金璋紫綬來相趨」的意思，若只就贈、別之人的地位來看，倒也稱得上「列筵坐群公」「談笑皆王公」。陸游因此評價李白「識度甚淺」「淺陋有索客之風」〔註118〕，譏刺未免太過。李白自視甚高卻沉淪半生，既無由一展長才，又備嘗人情冷暖，一朝供奉翰林，揚眉吐氣，以他天真直率的性格，難免會直白甚至有些誇張地在詩中展示他的生命衝動與欣喜，這在浸淫儒家禮

〔註113〕《李太白全集校注》卷十四，第 5 冊，第 2099 頁。
〔註114〕（宋）孔延之編，鄒志方點校《〈會稽掇英總集〉點校》，人民出版社 2006 年版，第 26 頁。
〔註115〕《舊唐書》卷九，第 1 冊，第 217 頁。
〔註116〕參見（宋）孔延之輯，鄒志方點校《會稽掇英總集》，第 26～37 頁。
〔註117〕參見徐俊纂輯《敦煌詩集殘卷輯考》，第 76 頁。
〔註118〕（宋）陸游《老學庵筆記》卷六，中華書局 1979 年版，第 79 頁。

法的士大夫看來，自然吃相難看有「索客之風」。有趣的是，李白只會跟隱士朋友、故人誇耀自己今非昔比的翰林待遇，而在面對舉子、同僚或朝中友人時，他會減弱自我描述中的誇張成分，並以訴說功成身退的志向為主要內容。但不管怎麼說，天子恩賞、結交官員是李白在朝生活的直接體驗，也是他對隱士入朝待遇的美好想像，並成為他書寫此類主題的慣用表達〔註119〕。

　　此時，李白意氣風發，躊躇滿志，對自己的政治前景滿懷憧憬，功成身退的主題一再在詩中呈現，如《金門答蘇秀才》：

　　　　獻書入金闕，酌醴奉瓊筵。屢忝白雲唱，恭聞黃竹篇。恩光照拙薄，雲漢希騰遷。銘鼎儻雲遂，扁舟方渺然。我留在金門，不去臥丹壑。未果三山期，遙欣一丘樂。……棲巖君寂蔑，處世余龍蠖。〔註120〕

該詩作於天寶二年春，距李白入朝已有半年之久。儘管李白很少參與政治活動，日常工作不過是為宮廷遊宴賦詩助興，但這不影響他對玄宗的感激和信任。李白自謂處世如龍蟄蠖屈，順時求伸，等待玄宗對他的仕途作進一步安排，實現由文士向「國士」的轉變。因此，他婉拒了蘇秀才的山林之邀，聲稱要留在朝廷，待鑄鼎刻銘、修成功業後，方學范蠡駕扁舟遠遁。即使被讒言中傷，李白仍然樂觀地、一廂情願地認為「功成謝人君，從此一投釣」〔註121〕的理想就在不遠處。

（二）遭讒失寵

　　天寶二年夏秋之際，李白「抽毫頌清風」「列筵坐群公」的翰林生活被「觀書散遺帙」「閑倚欄下嘯」的冷清場面所取代，不久前尚且「飛馳自豪雄」的他露出「屢貽褊促誚」的失意模樣。他將集賢學士引為同調，向他們傾訴衷腸，稱自己本性疏散，容易得罪人，這才被讒臣離間，遭遇變故。〔註122〕李

〔註119〕天寶三載離京後，李白以「天子分玉帛，百官接話言」誇讚參寥入朝後的待遇，即是用例。參見《贈參寥子》，《李太白全集校注》卷七，第3冊，第1143頁。
〔註120〕《李太白全集校注》卷十五，第5冊，第2286頁。
〔註121〕《翰林讀書言懷呈集賢院內諸學士》，《李太白全集校注》卷二十一，第6冊，第3090頁。
〔註122〕《翰林讀書言懷呈集賢院內諸學士》云：「晨趨紫禁中，夕待金門詔。觀書散遺帙，探古窮至妙。片言苟會心，掩卷忽而笑。青蠅易相點，《白雪》難同調。本是疏散人，屢貽褊促誚。云天屬清朗，林壑憶遊眺。或時清風來，閑倚欄下嘯。嚴光桐廬溪，謝客臨海嶠。功成謝人君，從此一投釣。」參見《李太白全集校注》卷二十一，第6冊，第3090頁。題中「學士」應該是

白才華橫溢，個性狂放，難免會陷入「世人見我恒殊調，見余大言皆冷笑」
〔註123〕的交際困境，對於別人的誤解和譏嘲，他似乎習以為常，起初並未將
遭妒一事看得很重，還寫詩挖苦道：

> 自古有秀色，西施與東鄰。蛾眉不可妒，況乃效其顰。所以尹
> 婕妤，羞見邢夫人。低頭不出氣，塞默少精神。寄語無鹽子，如君
> 何足珍！（《效古二首》其二）〔註124〕

李白矜才使氣，將自己比作美女西施、東鄰，以醜女無鹽子形容造謠誹謗之
人，哂笑他們碌碌無才，既沒條件妒忌他，更沒指望傚仿他。

直到「一惑登徒言，恩情遂中絕」〔註125〕，李白才意識到朝市的複雜和
可怕。他在酒後「忽然高詠涕泗漣」，忍不住哀訴「而我竟何辜？遠身金殿
旁。浮雲蔽紫闥，白日難回光。群沙穢明珠，眾草凌孤芳」〔註126〕，痛罵「世
人不識東方朔，大隱金門是謫仙。西施宜笑復宜顰，醜女傚之徒累身。君王
雖愛蛾眉好，無奈宮中妒殺人」〔註127〕。誇蛾眉而嗤醜女的李白消失了，他
又嘗到了複雜的人際交往中如影隨形的苦澀，甚至小心翼翼地告誡自己：「圓
光過滿缺，太陽移中昃。不散東海金，何爭西輝匿。」〔註128〕盈滿則溢，要
有所敬忌。況且，在這九重宮牆之內，看不見的中傷暗流湧動，流言被無限
放大，殺人於無形。李白甚至不知道讒毀他的人究竟是誰〔註129〕，一向膽大

泛稱，不僅指集賢學士、集賢直學士，還可能指集賢修撰、集賢校理、集賢
待制等。天寶初，可考知的集賢學士有李林甫、陳希烈、賀知章、韋斌、徐
安貞、呂向、韋述、余欽、衛包、劉餗，集賢直學士有鄭欽說、劉光謙、齊
光乂、陸善經，集賢修撰有盧若虛，集賢待制有梁令瓚等。參見（唐）韋述
著，陶敏輯校《集賢注記》，中華書局 2015 年版。儘管難以確知具體的寫作
對象，但從李白此期的行徑來看，他不太可能跟李林甫、陳希烈等高官有來
往。又，天寶十四載，李白在稱頌宣州太守趙悅的《趙公西候新亭頌》中提
到了齊光乂，云：「長史齊公光乂，人倫之師表。」參見《李太白全集校注》
卷二十八，第 8 冊，第 3939 頁。天寶初，齊光乂為集賢直學士，二人交往
或自此始。

〔註123〕《上李邕》，《李太白全集校注》卷七，第 3 冊，第 1127 頁。
〔註124〕《李太白全集校注》卷二十一，第 6 冊，第 3007 頁。
〔註125〕《感遇四首》其四，《李太白全集校注》卷二十一，第 6 冊，第 3087 頁。
〔註126〕《古風》其三十七，《李太白全集校注》卷一，第 1 冊，第 123 頁。
〔註127〕《玉壺吟》，《李太白全集校注》卷五，第 2 冊，第 790 頁。
〔註128〕《君子有所思行》，《李太白全集校注》卷三，第 2 冊，第 496 頁。
〔註129〕（唐）魏顥《李翰林集序》云：「以張垍讒逐，遊海岱間。」參見《李太
　　　　白全集校注·附錄》，第 8 冊，第 4215 頁。李白未在詩文中提過讒謗者的姓

心雄的他竟有些憂懼，作《懼讒》詩申述己意：

> 二桃殺三士，詎假劍如霜？眾女妬蛾眉，雙花競春芳。魏姝信
> 鄭袖，掩袂對懷王。一惑巧言子，朱顏成死傷。行將泣團扇，戚戚
> 愁人腸。〔註130〕

李白用屈原《離騷》之意，申明謠言出自「眾女」的妬忌，繼而用晏子以二桃
殺三士、鄭袖陷害魏美人使她被割鼻的典故，點出妬讒會帶來巨大的殺傷力。
遭讒見疏的親身經歷，使李白對這些千百年前的故事感同身受，於是，他放
低姿態，將自己比作失寵的美女，例如「泣團扇」的尹婕妤，期望以柔弱無助
的形象重新贏得君王的憐惜和愛顧。再如：

> 綠蘿紛葳蕤，繚繞松柏枝。草木有所託，歲寒尚不移。奈何天
> 桃色，坐歎葑菲詩？玉顏豔紅彩，雲髮非素絲。君子恩已畢，賤妾
> 將何為？（《古風》其四十四）

> 美人出南國，灼灼芙蓉姿。皓齒終不發，芳心空自持。由來紫
> 宮女，共妬青蛾眉。歸去瀟湘沚，沉吟何足悲！（《古風》其四十九）
> 〔註131〕

李白以「玉顏豔紅彩」「灼灼芙蓉姿」的美人自比，陳訴「紫宮女」的讒害使
他盛年失寵，難結君恩，全詩詞婉意微，怨而不怒。不過，就今本李白集來
看，詩人在供奉翰林之前從未使用過「以男女喻君臣」的比興手法，即使向
人干謁、求助，也是挺直腰杆兒驕傲地說些「獨酌聊自勉，誰貴經綸才？彈
劍謝公子，無魚良可哀」〔註132〕「前榮後枯相翻覆，何惜餘光及棣華」〔註
133〕之類的話，可謂「數十年為客，未嘗一日低顏色」〔註134〕。我們還沒忘

名，天寶三、四載與他同遊梁、宋的杜甫也沒提過，竊以為，李白不太清楚
玄宗疏遠他的原因，但他確實遭到了一些人的排擠，於是他主觀地將失寵歸
結於小人的讒害。又，李白離京前作《還山留別金門知己》，疑「金門知己」
指舊翰林院的翰林供奉、翰林待詔們，不包括學士院的翰林學士張垍、劉光
謙等。正如李白將集賢學士引為同調一樣，他也把翰林同僚們視為知己，而
非陷害他的敵人，故能在詩中坦誠地向他們表露心跡。

〔註130〕《李太白全集校注》卷二十二，第 7 冊，第 3239 頁。
〔註131〕《李太白全集校注》卷一，第 1 冊，第 142、156 頁。
〔註132〕《玉真公主別館苦雨贈衛尉張卿二首》其一，《李太白全集校注》卷七，第
　　　　 3 冊，第 1077 頁。
〔註133〕《豳歌行上新平長史兄粲》，《李太白全集校注》卷五，第 2 冊，第 805 頁。
〔註134〕任華《寄李白》，《全唐詩》卷二百六十一，第 8 冊，第 2902 頁。

記他「自言管葛竟誰許」的雄心壯志，誰成想接受過宮廷權勢富貴的「洗禮」後，常以呂尚、管仲、諸葛亮自許〔註135〕，聲稱要做帝王師、做宰相的李白，竟然會流露出失寵的妾婦心態。

李白的辯白似未收到成效，他又櫽栝《尚書·金縢》之事：「賢聖遇讒慝，不免人君疑。天風拔大木，禾黍咸傷萎。管蔡扇蒼蠅，公賦《鴟鴞》詩。金縢若不啟，忠信誰明之？」〔註136〕謂以周公之賢，尚且不免被中傷；以成王之明，尚且不免被蒙蔽；期待主上自悟，可玄宗的態度還是一味地冷淡下去。意識到轉換身份的途徑已被粗暴切斷，李白對作文邀寵的弄臣地位感到不甘甚至屈辱起來，他不再寫「小臣拜獻南山壽，陛下萬古垂鴻名」〔註137〕「仗出金宮隨日轉，天回玉輦繞花行」〔註138〕的頌聖之作和遊樂之辭了，形式自由的樂府重新成為言志抒情的首選體裁，讓他將滿腔的怨怒盡情拋灑。如《鞠歌行》：

> 玉不自言如桃李，魚目笑之卞和恥。楚國青蠅何太多？連城白璧遭讒毀。荊山長號泣血人，忠臣死為刖足鬼。……朝歌鼓刀叟，虎變磻溪中。一舉釣六合，遂荒營丘東。平生渭水曲，誰識此老翁？奈何今之人，雙目送飛鴻。〔註139〕

詩人慨然以姜子牙、孔丘自況，怨懟人主不能識士。李白並非有意挑戰皇帝，他的性格決定他難以忍氣吞聲，以致連前途都無暇顧及，定要剖白心跡，讓大家看到他的真情實意。比如在安陸被眾人讒毀時，李白曾作書向裴長史陳情；也在劉氏挑撥離間後，作《雪讒詩贈友人》賭咒發誓地向友人分辯。可是，這在明於處世之道的人看來，真是既愚蠢又可笑的行為。李白的感情那麼豐富，他太容易激動，又不懂得如何挽回，總是辭色凜然地要求別人相信他，如若不然，他便要離開。就像他對裴長史說的那樣：「若赫然作威，加以大怒，不許門下，逐之長途，白即膝行於前，再拜而去，西入秦海，一觀國

〔註135〕 如《贈瑕丘王少府》：「我隱屠釣下。」《贈從弟冽》：「他年爾相訪，知我在磻溪。」《留別王司馬嵩》：「余亦南陽子，時為《梁甫吟》。」《南都行》：「誰識臥龍客，長吟愁鬢斑。」參見《李太白全集校注》卷七、卷十、卷五，第3、4、2冊，第1065、1517、775頁。

〔註136〕 《寓言三首》其一，《李太白全集校注》卷二十一，第6冊，第3070頁。

〔註137〕 《春日行》，《李太白全集校注》卷二，第1冊，第301頁。

〔註138〕 《侍從宜春苑奉詔賦龍池柳色初青聽新鶯百囀歌》，《李太白全集校注》卷五，第2冊，第785頁。

〔註139〕 《李太白全集校注》卷三，第2冊，第388頁。

風，永辭君侯，黃鵠舉矣。何王公大人之門，不可以彈長劍乎？」〔註140〕久居文士之職，又面臨「白日掩徂暉，浮雲無定端。梧桐巢燕雀，枳棘棲鴛鸞」〔註141〕的現狀，看不到任何政治前途。二者之間的落差使李白心中鬱積起一股不平之氣，終於爆發為「乍向草中耿介死，不求黃金籠下生」〔註142〕，他「且復歸去來，劍歌《行路難》」〔註143〕，在這熱鬧場中隱然萌生去志。

（三）仕隱衝突

　　傲岸張揚、狂放不羈的李白本屬於山野林泉，可正由於個性張揚狂放，才渴望更熱烈的成功。但是，不盡如人意是生命的本色。當經世濟民、功成身退的理想變得遙不可及，李白陷入深沉的愁悶，不得不在強烈的功名心與自由的天性之間做出抉擇。天寶二年秋，他寫下了《秋夜獨坐懷故山》：

> 莊周空說劍，墨翟恥論兵。拙薄遂疏絕，歸閑事耦耕。顧無蒼
> 生望，空愛紫芝榮？寥落瞑霞色，微茫舊壑情。秋山綠蘿月，今夕
> 為誰明？〔註144〕

同樣在秋天的夜晚，同樣是獨自一人，去年他還在為侍從遊宿溫泉宮而欣喜難眠，今夜卻因君臣暌隔、恩寵斷絕而黯然傷神。想自己空懷文韜武略難為君王所用，不得不歸隱山林，難道是沒有匡濟之心、徒邀高隱之名嗎？不得已而為之罷了。其實，要在留京與歸隱之間做出抉擇，李白內心是很矛盾的，他最終選擇離開長安很是經過了一番心理掙扎。期間的心態變化不是「留京待時→遭讒見疏→歸隱求仙」的線性發展，而是（留京待時→歸隱求仙，+∞）的反覆縈回，這在天寶三載春表現得最為激烈。試看《同王昌齡送族弟襄歸桂陽二首》其一：

> 秦地見碧草，楚謠對清樽。把酒爾何思？鷓鴣啼南園。余欲羅
> 浮隱，猶懷明主恩。躊躇紫宮戀，孤負滄洲言。終然無心雲，海上
> 同飛翻。相期乃不淺，幽桂有芳根。〔註145〕

〔註140〕《上安州裴長史書》，《李太白全集校注》卷二十五，第 7 冊，第 3718 頁。
〔註141〕《古風》其三十九，《李太白全集校注》卷一，第 1 冊，第 128 頁。
〔註142〕《設辟邪伎鼓吹雉子班曲辭》，《李太白全集校注》卷三，第 2 冊，第 407 頁。
〔註143〕《古風》其三十九，《李太白全集校注》卷一，第 1 冊，第 128 頁。
〔註144〕《李太白全集校注》卷二十，第 6 冊，第 2971 頁。
〔註145〕《李太白全集校注》卷十四，第 5 冊，第 2048～2049 頁。安旗先生將此詩繫於天寶三載春，恰是。據傅璇琮先生考證，開元二十八年冬王昌齡赴任江寧縣丞，至天寶二、三年間，曾因公事來長安。參見《王昌齡事蹟考略》，

「余欲羅浮隱，猶懷明主恩」，李白既想歸隱，又深愧君恩未報，此時他已被冷淡了半年多，時日既久，怒火漸消，一肚皮的不得意化作揮不散的哀傷，玄宗復為知遇之人，是他藉以實現志向的明主。然而，「躊躇紫宮戀，孤負滄洲言」，若戀戀不忍歸去，為伸展抱負而忍氣吞聲，又違背自己「不屈己」的本性。前景已不再明朗，蟄伏待時意味著要接受不期而至的屈辱，如何抉擇呢？在自由舒卷的白雲的感發下，詩人似乎下定決心要歸去了。結果，「相期乃不淺，幽桂有芳根」，他不說何時歸去，無論是功成身返，還是落寞而去，總會歸去的，詩人似乎又陷入了矛盾之中。

　　這年春天，李白還寫下了著名的《月下獨酌四首》，其一云：「花間一壺酒，獨酌無相親。舉杯邀明月，對影成三人。月既不解飲，影徒隨我身。暫伴月將影，行樂須及春。」〔註146〕王公大人不見蹤跡，往日的熱鬧重歸冷清，詩人在花間置酒，如許春光卻無知己同賞，只能對月獨飲，與影為伴。可月不解飲酒之樂，影不能相與交接，同歌共舞之後，詩人仍歸於寂蔑，可謂淒涼之甚。李白看似豪邁疏曠，開心時縱情歡笑，憤怒時指斥譏訕，實際上，他既孤寂又悲傷，平日裏激烈的情緒、張揚的做派和傲岸跋扈的姿態掩蓋了他的生命本色。在等待的這些年中，人情冷暖，交道涼薄，甚或家庭之寡情，使李白陷入捉襟見肘的窘迫境地，飽嘗不被理解的痛苦，曾經不受任何人和環境強迫、約束的那種奔放退潮了，他強烈地想要證明自己。因此，一朝攀龍昇天後，便迫切地張揚自己的成功以反擊世人的輕視。但是，繁華有若夢幻泡影，急遽消散，他似乎又要跌入從前的生活了。究竟是為了名利留在長安，還是順從本性回歸自然，李白在人生的十字路口徘徊不前，猶豫未決。既然難以抉擇，索性逃入酒中去吧。試看：

　　　　三月咸陽城，千花晝如錦。誰能春獨愁？對此徑須飲。窮通與
　　修短，造化夙所稟。一樽齊死生，萬事固難審。醉後失天地，兀然
　　就孤枕。不知有吾身，此樂最為甚。（《月下獨酌四首》其三）

　　　　窮愁千萬端，美酒三百杯。愁多酒雖少，酒傾愁不來。所以知

　　　　《唐代詩人叢考》，中華書局1980年版，第125～130頁。竊以為至天寶三
　　載，王昌齡在江寧縣丞任上已歷四選，正可參加本年春季的吏部銓選，他進
　　京或是為此而來。郁賢皓先生將此詩繫於天寶二年春，恐過早。細味詩意，
　　李白在留京與歸隱之間躊躇難抉，同天寶二年春尚蒙恩遇時的心態不合。
〔註146〕《李太白全集校注》卷二十，第6冊，第2885頁。

酒聖，酒酣心自開。辭粟臥首陽，屢空飢顏回。當代不樂飲，虛名
安用哉？蟹螯即金液，糟丘是蓬萊。且須飲美酒，乘月醉高臺。（《月
下獨酌四首》其四）〔註147〕

李白熱愛現實生活，同時又覺得空虛，此刻，窮愁無緒，孤寂難遣，幸好還有
酒能驅逐愁悶：「酒傾愁不來」，「酒酣心自開」；帶來歡樂：「醉後失天地，兀
然就孤枕。不知有吾身，此樂最為甚。」非飲酒之人不能有此體會，非孤寂到
極致不能有此要求。李白甚至不吝以最高的稱譽禮讚酒：「蟹螯即金液，糟丘
是蓬萊。」醉鄉即是神仙世界。「已聞清比聖，復道濁如賢。賢聖既已飲，何
必求神仙」〔註148〕，既然清酒如聖，濁酒似賢，喝了清酒濁酒，還求什麼神
仙，要什麼虛名。孤寂之感，窮愁之緒，溢於言外。李白寫飲酒，從來只寫
「飲」至於「醉」的狀態，從未說酒醒之後如何。想必醉後的歡樂在酒醒後消
散，萬般愁思復現，苦痛難以言說，只能再去飲酒以獲得短暫的豁免。他甚
至不願醒來，要一股腦兒地投入到醉鄉中去。李白之耽於酒徒的生活，何嘗
不是日子過得不稱心的表現。可是，酒終歸會醒，歡樂也會歸於虛妄，那時
又該何去何從呢？「今日醉飽，樂過千春。仙人相存，誘我遠學」〔註149〕，
李白復轉向神仙世界，這也是他被賜金放還後第一階段的人生主題。

　　《來日大難》擬《善哉行》古辭：「來日大難，口燥脣乾。」〔註150〕寓意
人命不可常保，當求長生之術，是李白政治失意後希求遊仙的言志之作，也是
他與翰林生活的一首訣別詩。與初入朝時以仙人、仙宮比附皇帝、宮娥以及禁
中宮苑不同，獨自尋仙、求得長生的「我」重新成為遊仙詩的主人公。詩云：

　　　　來日一身，攜糧負薪。道長食盡，苦口焦脣。今日醉飽，樂過
　　千春。仙人相存，誘我遠學。海凌三山，陸憩五嶽。乘龍天飛，目
　　瞻兩角。授以神藥，金丹滿握。螻蛄蒙恩，深愧短促。思填東海，
　　強銜一木。道重天地，軒師廣成。蟬翼九五，以求長生。下士大笑，
　　如蒼蠅聲。〔註151〕

李白「嘗言興寄深微，五言不如四言，七言又其靡也」〔註152〕，可見，他對

〔註147〕《李太白全集校注》卷二十，第 6 冊，第 2893～2894、2896 頁。
〔註148〕《月下獨酌四首》其二，《李太白全集校注》卷二十，第 6 冊，第 2890 頁。
〔註149〕《來日大難》，《李太白全集校注》卷四，第 2 冊，第 540～541 頁。
〔註150〕（宋）郭茂倩編《樂府詩集》卷三十六，第 635 頁。
〔註151〕《李太白全集》卷五，第 345 頁。
〔註152〕（唐）孟棨《本事詩》，《唐五代筆記小說大觀》，第 1246 頁。

四言詩「興寄深微」的功用極為看重。所謂「興寄」，即《詩經》的美刺比興及主文譎諫，「深微」則指寄託的深刻忱摯與細膩幽微，由此營造出迷離渾化、難以捉摸的藝術效果。儘管有此論斷，若非處在人生的重要關頭，李白實不輕易作四言詩。就現存李詩而言，僅有《雪讒詩贈友人》《來日大難》和《上崔相百憂章》三首四言詩，且分別作於李白人生的三個重要轉捩點，可見其創作態度之慎重。《來日大難》遵循詩人倡導的「興寄幽微」，用隱喻的方式訴說他奉詔入京以至落魄失意的全過程。昔日懷才入京，本欲一展抱負，無奈時日既久，君恩疏絕，終不見用。只好以酒自娛，投入醉鄉，雖有一時之樂，然終歸虛妄。繼而接入遊仙一段，思與仙人上天入地，方深悟人命如蟪蛄般短促。自己曾像那精衛鳥，空懷區區報國之心，盡忠竭力而不見知，可這與天地至道相比，又何足論！但得長生，帝王之尊也不過輕如蟬翼，這些道理，那些追逐名利的凡俗世人又如何懂得。李白焦灼的內心在迷幻的神仙世界裏獲得片刻安寧，他似有了休憩之所，也終於下定決心要離開了。

　　總之，供奉翰林不僅使李白獲得前所未有的近臣體驗，還讓他對得志與失寵有了深刻體會。李白用詩歌記錄下這段嶄新的生命歷程：初入朝時意氣風發，毫不掩飾地誇耀自己受到的寵遇，對經世濟民、功成身退的理想充滿信心；遭讒見疏後，不再對朝中流言不以為意，而是放低姿態，以妾婦的形象陳訴憂懼，期待重新獲得君王的愛顧。但這些努力毫無成效，眼看著政治理想急遽遠去，他在留京待時與歸隱山林間徘徊不已，經過一番仕隱衝突、飲酒遣憂和求仙避世的掙扎後，他終於下定決心離開長安。相應地，這段嶄新的近臣體驗也豐富了李白的創作生命，使他的詩歌更加廣博和多元。

　　綜上所述，翰林供奉的近臣身份不僅使李白得以參加宮廷遊宴，主動或被動在這些場合中作一些單純或帶有諷喻的宮廷頌歌，還使初入翰林的他真誠地作文潤色鴻業，頌揚盛世，豐富了創作內容。不過，天子的疏遠讓李白對得志與失寵有了深刻體會，二者之間的強烈落差使他在留京與歸隱之間艱難抉擇，此期作品也因詩人心境的變化，形成仕隱衝突、飲酒遣憂和求仙避世三大主題，並在賜金放還以後持續演變。

第三節　賜金放還與李白創作之變

　　天寶三載春，李白被迫離開宮廷，史書美其名曰「賜金放還」。抱負一日

成空，李白很不甘心，他說自己「才力猶可倚，不慚世上雄」〔註153〕，卻落得個「能言終見棄，還向隴山飛」〔註154〕，懷才見棄的憂傷溢於言表。李白是被迫離去的，內心異常委屈，情緒十分悲慨，這影響到他隨後數年的創作。

一、主題和題材之變

李白遭讒見疏時，作品的主題多表現在仕隱衝突、飲酒遣憂和求仙避世等方面，而一旦離開，情況也就發生了變化。此時的隱逸和求仙，不自覺地流露出被迫的色彩。其行樂遣憂之作，流露著抑鬱不平之氣。真正離開後，李白開始留戀長安，創作中體現出明顯的戀闕情結。

（一）被迫仙隱

李白對自我的高度認同，在賜金放還後受到強烈衝擊。供奉翰林前，他的自我定位是「不滯於物，與時推移，出則以平交王侯，遁則以俯視巢、許」〔註155〕，出處進退於他並無妨礙，皆可做到恬然自洽。所以，這一時期志在隱逸求仙〔註156〕的詩歌，常常有一種生氣勃勃、悠然自得的意態。試看：

> 問余何意棲碧山，笑而不答心自閑。桃花流水窅然去，別有天地非人間。（《山中答俗人》）

> 雲臥三十年，好閑復愛仙。蓬壺雖冥絕，鸞鶴心悠然。歸來桃花巖，得憩雲窗眠。……獨此林下意，杳無區中緣。永辭霜臺客，千載方來旋。（《安陸白兆山桃花巖寄劉侍御綰》）

> 登高望蓬瀛，想像金銀臺。天門一長嘯，萬里清風來。玉女四五人，飄颻下九垓。含笑引素手，遺我流霞杯。稽首再拜之，自愧非仙才。曠然小宇宙，棄世何悠哉！（《遊泰山六首》其一）〔註157〕

前者作於開元十五年（727），是李白尚未入世、隱居安陸時的作品。詩人心

〔註153〕《東武吟》，《李太白全集校注》卷四，第 2 冊，第 615～616 頁。

〔註154〕《初出金門尋王侍御不遇詠壁上鸚鵡》，《李太白全集校注》卷二十二，第 7 冊，第 3155 頁。

〔註155〕《冬夜於隨州紫陽先生餐霞樓送煙子元演隱仙城山序》，《李太白全集校注》卷二十六，第 8 冊，第 3841 頁。

〔註156〕李白從未嚴格區分隱逸與遊仙，對他來說，遊仙是隱逸的一種表現，隱逸為遊仙提供了某種可能，所謂「魯連與柱史，可以躡清芬」，二者往往交織在一起，皆是他追慕的生活方式，相互之間並不矛盾。

〔註157〕《李太白全集校注》卷十五、十、十六，第 5、4、5 冊，第 2257、1568、2406 頁。

平氣定，謂棲隱出自本心，自己也非無志，只要「我」心自適，何必向人言說。全詩意淡而遠，不經思維而自成天籟，不可細說，亦不必細說。第二首作於開元二十一年（733），是李白初入長安落魄而歸後的作品。詩人用大量筆墨描繪隱居生活的悠然自得和乘鸞駕鶴的學仙之志，詩境清幽平和，末四句中明自己獨有林下之心而毫無用世之念，雖然流露出一絲「側身西望常諮嗟」〔註158〕的失意情緒，但詩人既喜好閒適，又傾慕神仙，並沒有把隱居當作不得已的人生選擇。後者作於天寶元年（742）奉詔入京之前。詩人在泰山上極目遠眺，長嘯生風，想像玉女從九天飄然而下，饋送仙酒，頓覺心胸開闊，小視宇宙，不以棄世為難。全詩境界壯闊，氣格雄渾，令人頓生羽翼之想。

　　即使求仕失敗，李白也不會悲哀到底。通常，他會發一番牢騷，如「大道如青天，我獨不得出」，「彈劍作歌奏苦聲，曳裾王門不稱情」〔註159〕，「停杯投筯不能食，拔劍四顧心茫然。欲渡黃河冰塞川，將登太行雪滿山」〔註160〕等，但他總會給生命一個巨大的希望：「閑來垂釣坐溪上，忽復乘舟夢日邊」，「長風破浪會有時，直掛雲帆濟滄海」〔註161〕，「東山高臥時起來，欲濟蒼生未應晚」〔註162〕，且去歸隱待時，伊尹應湯的徵兆終會應驗，高臥東山的謝安終會出山拯濟蒼生。此時，隱居於李白而言，不過是騰飛前的等待，他從未放棄對大空間、大未來的嚮往。

　　但是，賜金放還後，隱逸求仙被置於入世的對立面，明顯體現為仕進受挫後不得已的歸宿，而非自主的人生選擇。這一時期的隱逸詩也好，遊仙詩也罷，多傳達出一種不得已的情緒。比如《古風》其三十六：

　　　　抱玉入楚國，見疑古所聞。良寶終見棄，徒勞三獻君。直木忌
　　先伐，芳蘭哀自焚。盈滿天所損，沉冥道為群。東海泛碧水，西關
　　乘紫雲。魯連及柱史，可以躡清芬。〔註163〕

李白將沉淪之痛傾注在詩中，慨歎知己難尋、懷才不遇，即使才華橫溢，抱負遠大，也免不了被人主遺棄。繼而以直木、芳蘭自比，彼時惟知進以報國，卻不曉得退以保身，終於落得個喧謗四起，落寞離朝。於是幡然醒悟，盈滿

〔註158〕　《蜀道難》，《李太白全集校注》卷二，第1冊，第203頁。
〔註159〕　《行路難三首》其二，《李太白全集校注》卷二，第1冊，第278頁。
〔註160〕　《行路難三首》其一，《李太白全集校注》卷二，第1冊，第274頁。
〔註161〕　《行路難三首》其一，《李太白全集校注》卷二，第1冊，第274頁。
〔註162〕　《梁園吟》，《李太白全集校注》卷六，第3冊，第836頁。
〔註163〕　《李太白全集校注》卷一，第1冊，第119～120頁。

則虧，天道如此，何不仿傚魯仲連與老子沉冥隱晦，全身遠舉！

其實，李白沒有真正將用世的念頭放下，一時的自我開釋只能獲得片刻的安慰，隨後，他會再次陷入懷才見棄的悲痛之中。這種情緒在《送蔡山人》中表現地尤為強烈，詩云：

> 我本不棄世，世人自棄我。一乘無倪舟，八極縱遠柂。燕客期躍馬，唐生安敢譏？採珠勿驚龍，大道可暗歸。故山有松月，遲爾翫清暉。〔註 164〕

開端即是一聲浩歎，說棄世歸隱不是他的本意，他原不想這樣，可是小人讒害他，皇帝疏遠他，世人不讓他入世，他不能不離開朝廷。儘管牢騷滿腹，意氣難平，但「攀龍忽墮天」〔註 165〕的閱歷使李白對仕宦有了更深的認識，誠懇地告誡積極奮進的友人切勿貿然躁進以致禍，甚至勸誘蔡山人歸隱故山。李白也沒有失掉強烈的自我肯定精神，他常常作感憤之辭，如「且放白鹿青崖間，須行即騎訪名山。安能摧眉折腰事權貴，使我不得開心顏」〔註 166〕。又如：

> 鸞翮我先鎩，龍性君莫馴。樸散不尚古，時訛皆失真。勿踏荒溪波，朅來浩然津。薜帶何辭楚，桃源堪避秦。世迫且離別，心在期隱淪。(《酬王補闕惠翼莊廟宋丞泚贈別》)
>
> 若使巢由桎梏於軒冕兮，亦奚異乎夔龍蹩躠於風塵？哭何苦而救楚，笑何誇而卻秦。吾誠不能學二子沽名矯節以耀世兮，固將棄天地而遺身。白鷗兮飛來，長與君兮相親。(《鳴皋歌送岑徵君》)〔註 167〕

前者作於離長安時，詩人很嚴厲地使用「時訛」「辭楚」「避秦」等詞語，批評當時的澆漓世風，且以楚懷王、秦始皇喻指玄宗，稱自己鎩翮「隱淪」是出於「世迫」，言語中有怨望之意。後者乃李白出京後遊至梁園時所作，在形式自由的歌行體中，詩人的感情一瀉而下，他以巢由、夔龍為例，說明隱士被強迫入仕猶如賢人淪落風塵，皆不能適意其志。李白還對他一貫欣賞的申包胥、魯仲連予以嘲諷，認為他們以排楚患、解趙紛來彰顯自我，是沽名矯節之士，不如自己棄世遺身、高蹈世外來得乾淨。

〔註 164〕《李太白全集校注》卷十四，第 5 冊，第 2105 頁。
〔註 165〕《留別廣陵諸公》，《李太白全集校注》卷十二，第 4 冊，第 1811 頁。
〔註 166〕《夢遊天姥吟留別》，《李太白全集校注》卷十二，第 4 冊，第 1769～1770 頁。
〔註 167〕《李太白全集校注》卷十五、六，第 5、3 冊，第 2313、846～847 頁。

不僅如此，這一時期的遊仙詩也透露出一種不得已而為之的無奈。比如《同友人舟行遊台越作》：

> 願言弄倒景，從此煉真骨。華頂窺絕冥，蓬壺望超忽。不知青
> 春度，但怪綠芳歇。空持釣鼇心，從此謝魏闕。〔註 168〕

詩人既說願弄倒景，煉真骨，登華頂，望蓬萊，從此離世仙遊，可還是會為自己徒有濟世抱負卻只能辭別朝廷無所作為而感到傷心難過，不及《登峨眉山》《遊泰山》等飄逸、壯闊。再如《古風》其二十：

> 在世復幾時，倏如飄風度。空聞紫金經，白首愁相誤。撫己忽
> 自笑，沉吟為誰故？名利徒煎熬，安得閑餘步？終留赤玉舄，東上
> 蓬山路。秦帝如我求，蒼蒼但煙霧。〔註 169〕

詩人因世路艱險、名利煎熬才學道求仙、高舉出世，相比早年純出乎天性的好閒愛仙之舉，大抵是差了一截。他說要放下名利去學仙，末二句卻橫生枝節，稱皇帝若來尋他可就尋不著了，言下之意，正是希望皇帝來尋他，可見學仙是不得已的事情，他終究還是放不下用世之念。范傳正「好神仙非慕其輕舉，將不可求之事求之，欲耗壯心，遣餘年也」〔註 170〕，正可作這兩首詩的注腳。

（二）行樂遣憂

李白沒能在神仙世界中找到歸宿，他一次次地跌落塵網，回到現實人生。可是，生活中到處都是陷阱，每一步走下去都是歧路，每一步走下去都是困頓，每一步走下去都是挫折，詩人只好借助行樂排遣失志的痛苦。試看《秋獵孟諸夜歸置酒單父東樓觀妓》：

> 傾暉速短炬，走海無停川。冀餐圓丘草，欲以還頹年。此事不
> 可得，微生若浮煙。駿發跨名駒，雕弓控鳴弦。鷹豪魯草白，狐兔
> 多肥鮮。邀遮相馳逐，遂出城東田。一掃四野空，喧呼鞍馬前。歸
> 來獻所獲，炮炙宜霜天。出舞兩美人，飄颻若雲仙。留歡不知疲，
> 清曉方來旋。〔註 171〕

〔註 168〕《李太白全集校注》卷十七，第 5 冊，第 2432 頁。
〔註 169〕《李太白全集校注》卷一，第 1 冊，第 73 頁。
〔註 170〕（唐）范傳正《唐左拾遺翰林學士李公新墓碑並序》，《李太白全集校注·附錄》，第 8 冊，第 4221 頁。
〔註 171〕《李太白全集校注》卷十六，第 5 冊，第 2403 頁。

這首詩是天寶三載（744）遊梁宋時所作，李白慨歎時光消逝如百川赴海從無停歇，他想服食仙草求得長生不老，又深覺這樣的願望不可能實現。既然生命紗如浮煙，不如及時行樂。於是，他與友人跨良馬，控雕弓，攜豪鷹，驅狐兔，馳逐攔截，獵於孟諸。滿載而歸後，又置酒東樓，庖炙獵物，觀美妓起舞助興，與眾人尋歡達旦，何其風流快活。

李白放任自己，在駿馬美妾的娛樂生活中排遣寂寞，可賜金放還的創傷總令他難以忘懷。比如「余亦如流萍，隨波樂休明，自有兩少妾，雙騎駿馬行」，看似悠然自得，可開端「秋髮已種種，所為竟無成」〔註172〕的無奈與流萍之喻，已見出詩人歸隱、行樂的不得已。再如「謝公自有東山妓，金屏笑坐如花人」，看似風流繾綣，詩人卻「白髮對綠酒，強歌心已摧」〔註173〕，終究難掩離京的傷感。即使決意及時行樂，李白的情緒也比較消極。試看：

> 君不見梁王池上月，昔照梁王樽酒中。梁王已去明月在，黃鸝
> 愁醉啼春風。分明感激眼前事，莫惜醉臥桃園東。（《攜妓登梁王棲
> 霞山孟氏桃園中》）

> 明君越羲、軒，天老坐三台。豪士無所用，彈絃醉金罍。東風
> 吹山花，安可不盡杯？六帝沒幽草，深宮冥綠苔。置酒勿復道，歌
> 鍾但相催。（《金陵鳳凰臺置酒》）〔註174〕

前者作於天寶四載（744），李白攜妓遊春，排遣愁緒，卻被眼前之景觸動，悟到了個體生命與現世功業的短暫和渺小，不由得對酒強歌，悲不自甚，索性醉臥桃源，在酒中尋找寄託。後者作於天寶七載（748），李白登覽置酒，欣賞長河落日，可鳳凰臺的美景難以進入他心中，他仍然糾結於難酬的壯志，自傷英雄無用武之地，以美酒聲樂來排遣寂寞。

賜金放還之前，李白也有過歲月如流、功名難就的慨歎，但情緒遠沒有此期頹唐。比如「君不見高堂明鏡悲白髮，朝如青絲暮成雪。人生得意須盡歡，莫使金樽空對月。天生我材必有用，千金散盡還復來」〔註175〕，「人生達命豈暇愁，且飲美酒登高樓」，「持鹽把酒但飲之，莫學夷齊事高潔」，「連呼

〔註172〕《留別西河劉少府》，《李太白全集校注》卷十二，第 4 冊，第 1803 頁。
〔註173〕《攜妓登梁王棲霞山孟氏桃園中》，《李太白全集校注》卷十六，第 5 冊，第
　　　　2425 頁。
〔註174〕《李太白全集校注》卷十六、十七，第 5 冊，第 2425、2480 頁。
〔註175〕《將進酒》，《李太白全集校注》卷二，第 1 冊，第 245～246 頁。

五白行六博，分曹賭酒酣馳暉。酣馳暉，歌且謠，意方遠。東山高臥時起來，
欲濟蒼生未應晚」〔註176〕。同樣因懷才不遇而牢騷滿腔，同樣感慨人生苦短
應及時行樂，但旋又自我慰解「天生我材必有用」「東山高臥時起來」，他沒
有讓自己陷入徹底的悲哀。然而，賜金放還以後，李白及時行樂的詩歌中頗
多消沉，再加上詩人已過不惑之年，留給他實現政治抱負的時間越來越少。
所以，李白常常感歎日月迫促，年命有盡，神仙恍惚，不如酒中別有天地，當
年把酒高歌的豪情變作得過且過的行樂遣憂。試看：

> 石火無留光，還如世中人。即事已如夢，後來我誰身？提壺莫辭
> 貧，取酒會四鄰。仙人殊恍惚，未若醉中真。（《擬古十二首》其三）

> 今日風日好，明日恐不如。春風笑於人，何乃愁自居？吹簫舞彩
> 鳳，酌醴繪神魚。千金買一醉，取樂不求餘。（《擬古十二首》其五）

> 金丹寧誤俗，昧者難精討。爾非千歲翁，多恨去世早。飲酒入
> 玉壺，藏身以為寶。（《擬古十二首》其八）〔註177〕

要麼說光陰易逝，富貴神仙皆是虛妄，唯有痛飲轉入醉鄉才最真實；要麼說
沒必要發愁，應乘著天好，吹簫引鳳，酌酒膾魚，千金買醉，但求取樂；要麼
傚仿壺公，既飲酒，又學仙。李白不能清醒，醒著就會感知政治失意的痛苦，
借酒消愁成為詩人最大的歡樂。

　　需要說明的是，這一時期，隱逸求仙與及時行樂在李白的生活中並沒有
嚴格的先後順序，而是時時交織在一起，來回游移，遊仙不能治癒時便轉入
行樂，行樂遁入虛空後又去遊仙。所以，他會說「仙人殊恍惚，未若醉中
真」，神仙不可求，要飲酒取樂；也會說「世間行樂亦如此，古來萬事東流
水」〔註178〕，行樂不過是好夢一場，要去天姥山尋仙；還會說「飲酒入玉
壺，藏身以為寶」，要飲酒、學仙以排遣愁思；總是要避開讓他傷心寂寞的
現實世界。

〔註176〕《梁園吟》，《李太白全集校注》卷六，第 3 冊，第 836 頁。
〔註177〕《李太白全集校注》卷二十一，第 7 冊，第 3027、3031、3039～3040 頁。
　　　　安旗先生引《太平廣記》卷二○一：「李白……又於任城縣構酒樓，日與同
　　　　志荒宴，客至少有醒時。」認為李白借酒消愁在此期特甚，故將這三首《擬
　　　　古》詩繫於天寶四載，今依其說。參見安旗主編《李白全集編年箋注》，第
　　　　699～700 頁。
〔註178〕《夢遊天姥吟留別東魯諸公》，《李太白全集校注》卷十二，第 4 冊，第
　　　　1769 頁。

（三）戀闕情結

出長安後，李白漫遊梁、宋、青、齊，以隱逸求仙和及時行樂排遣賜金放還帶給他的失落和悲憤。可生活總是多情，往往製造機會讓詩人想起遠方的長安，於是，一個全新的詩歌主題——戀闕情結——應運而生。天寶四載秋，李白因送族弟李況入京，勾起一段心酸往事，遂借著酒興離情，盡興揮灑他的淪落之傷與對長安的思念之情。詩云：

> 爾從咸陽來，問我何勞苦。沐猴而冠不足言，身騎土牛滯東魯。況弟欲行凝弟留，孤飛一雁秦雲秋。……遙望長安日，不見長安人。長安宮闕九天上，此地曾經為近臣。一朝復一朝，白髮心不改。屈平顦顇滯江潭，亭伯流離放遼海。折翮翻飛隨轉蓬，聞弦虛墜下霜空。聖朝久棄青雲士，他日誰憐張長公？（《單父東樓秋夜送族弟況之秦》）〔註179〕

起首回答族弟「何自勞苦、不求仕進」之問，認為沐猴而冠者不足道，寧願身騎土牛滯留東魯，末二句轉而說朝廷遺棄高潔之士，自己雖抱張摯之操，卻無人肯相憐，言下之意，去朝還山實非本志，只是不得已的選擇，怨望之意和用世之念見於言外。「遙望」二句有雙重含義，表面上看，詩人說太陽可見，弟卻再難相見，實際上借用晉明帝「日近長安遠」的典故，以「長安日」比喻玄宗，進而由「長安」憶及供奉翰林的前塵往事，抒發對君主「一朝復一朝，髮白心不改」的眷念之情。再如：

> 客自長安來，還歸長安去。狂風吹我心，西掛咸陽樹。（《金鄉送韋八之西京》）

> 魯客向西笑，君門若夢中。霜凋逐臣髮，日憶明光宮。復羨二龍去，才華冠世雄。平衢騁高足，逸翰凌長風。（《魯中送二從弟赴舉之西京》）

> 長安如夢裏，何日是歸期？（《送陸判官往琵琶峽》）〔註180〕

三首詩分別作於天寶四、五、六載，李白或因送親友入京瞻望不及，或因友

〔註179〕《李太白全集校注》卷十三，第4冊，第1991頁。郁賢皓先生將其繫於天寶三載，安旗先生則繫於天寶四載。就賜金還山後李白的行蹤、心態來看，安先生的繫年更貼切。

〔註180〕《李太白全集校注》卷十三、十四、十五，第4、5、5冊，第1982、2086、2192頁。

人被貶同病相憐，而觸動自己對過去生活的懷念。「復羨」四句看起來是普通的祝福語，其實寄託了李白對自己的期待，他倒真當得起「才華冠世雄」「逸翰凌長風」。「長安」二句既為陸判官而發，稱其歸京杳遠，亦為自己一歎。

　　同樣是送人赴長安，天寶三載冬所作之《對雪奉餞任城六父秩滿歸京》云：「龍虎謝鞭策，鴛鸞不司晨。君看海上鶴，何似籠中鶉？獨用天地心，浮雲乃吾身。雖將簪組狎，若與煙霞親。」〔註181〕李白以狷介孤高、不受拘束的龍虎、鴛鸞和海上鶴自託，稱自己雖曾與達官顯宦交接，志向卻遠在山林煙霞之中。可見，賜金放還後的頭一年裏，李白尚決意隱逸求仙，不會一提及長安就生出許多感慨。但是，當他從神仙世界與享樂生活的麻醉中清醒以後，政治理想破碎的刺痛感又變得清晰起來，這讓詩人對長安、對自己的志向異常敏感，很容易被與之有關的一切觸動。比如在金陵鳳凰臺上，詩人有感於前朝的繁華皆已消散，不由觸景生愁，想起長安的翰林生涯，遂作激切語「總為浮雲能蔽日，長安不見使人愁」〔註182〕，以浮雲蔽日、不見長安喻指讒邪蔽君、賢人失路，有志難伸之悲和憂國戀君之意見於言外。又如登宣城敬亭山，「迴鞭指長安，西日落秦關。帝鄉三千里，杳在碧雲間」〔註183〕，詩人北望長安，帝鄉遙遠難見，失意之情蘊含其間。李白還因胡人吹奏秦聲《梅花落》《出塞》而「卻望長安道，空懷戀主情」〔註184〕，引發帝京之思和戀主之情。甚而寄言江水，「正西望長安，下見江水流。寄言向江水，汝意憶儂不？遙傳一掬淚，為我達揚州」〔註185〕，將自己的思闕之淚傳達給揚州的友人。

　　在傳統詩評中，李白於賜金放還後仍心繫長安通常被解釋成「睠顧宗國」「身在江海心存魏闕」〔註186〕，筆者卻以為，詩人追憶京城的重點不在玄宗，而在自身，戀闕情結既是他夭折的夢想，又是他前進的方向，只要皇帝在長安，功成身退的希望便在那裡。所以，李白會因想到長安而產生失落、悲憤

〔註181〕 《李太白全集校注》卷十三，第 4 冊，第 1965 頁。

〔註182〕 《登金陵鳳凰臺》，《李太白全集校注》卷十八，第 6 冊，第 2619 頁。

〔註183〕 《登敬亭北二小山余時送客逢崔侍御並登此地》，《李太白全集校注》卷十八，第 6 冊，第 2679～2680 頁。

〔註184〕 《觀胡人吹笛》，《李太白全集校注》卷二十二，第 7 冊，第 3243 頁。

〔註185〕 《秋浦歌十七首》其一，《李太白全集校注》卷六，第 3 冊，第 900 頁。

〔註186〕 （元）蕭士贇注《單父東樓秋夜送族弟沉之秦》《金鄉送韋八之西京》，參見《分類補注李太白詩》卷十六，《四部叢刊初編》第一〇六冊。

的情感，也會把追憶供奉翰林的近臣經歷當作干謁的手段。比如：

> 君乃輻軒佐，余叨翰墨林。高風摧秀木，虛彈落驚禽。不取回舟
> 與，而來命駕尋。扶搖應借便，桃李願成陰。(《贈崔侍御》) 〔註187〕

> 客曾與天通，出入清禁中。襄王憐宋玉，願入蘭臺宮。(《寄上
> 吳王三首》其三)

> 惟昔不自媒，擔簦西入秦。攀龍九天上，別忝歲星臣。布衣侍
> 丹墀，密勿草絲綸。才微惠渥重，讒巧生緇磷。一去已十年，今來
> 復盈旬。清霜入曉鬢，白露生衣巾。……欲折月中桂，持為寒者薪。
> 路傍已竊笑，天路將何因？垂恩儻丘山，報德有微身。(《贈崔司戶
> 文昆季》) 〔註188〕

在第一首詩中，李白深情回顧他與崔成甫侍御多年來的友誼，尤其是天寶初
在長安的交往，以拉近彼此的距離，繼而表露自己被迫離京的委屈，希望能
引起朋友的憐惜，並得到他的薦引。在第二首詩中，李白自謂曾供奉翰林，
出入禁中，是天子近臣，以此抬高身價，期望得到吳王的禮遇。第三首詩作
於宣城，李白時已五十三歲，清霜入鬢，秋露侵衣，生計似乎相當窘迫。即使
對方只是一位從七品下的司戶參軍，他也花費大量筆墨頗為誇張地追述十年
前的往事：不靠媒薦，以布衣之身入京供奉翰林，密草詔書，甚得玄宗恩寵，
因讒臣嫉妒，離開朝廷，還放低姿態說「垂恩儻丘山，報德有微身」，希冀天
子近臣的身價能讓他得到崔司戶的垂憐和薦引。需要指出的是，天寶七載前
後，徜徉在江南詩酒風流中的李白，已逐漸恢復了往日的自信與神采，如「我
來酌清波，於此樹名園。功成拂衣去，歸入武陵源」〔註189〕，充滿強烈的自
我肯定精神，又如「草裏烏紗巾，倒披紫綺裘。兩岸拍手笑，疑是王子猷。酒

〔註187〕 安旗先生認為，李白於天寶三載去朝以後，秋與杜甫、高適同遊梁、宋，繼
　　　　而北遊德州，請蓋寰為其造道籙，再後又從高天師受道籙於齊州，幾乎不在
　　　　東魯家中，一時亦無東山再起之志，而五載秋崔成甫已受韋堅案株連，因此，
　　　　他命駕去東魯尋訪李白只可能發生在天寶四載秋。參見安旗主編《李白全集
　　　　編年箋注》，第689頁。竊以為繫年過早，當作於天寶五載。天寶四載李白
　　　　仍沉浸在賜金放還的傷痛中，雖時有用世之念，但不至於如此熾熱。天寶五
　　　　載冬，李白已南下至梁園，或許正因崔成甫罹罪，他在東魯的等待更無希望，
　　　　故決意離開。
〔註188〕 《李太白全集校注》卷七、十一、八，第3、4、3冊，第1176、1686～1687、
　　　　1264頁。
〔註189〕 《登金陵冶城西北謝安墩》，《李太白全集校注》卷十八，第6冊，第2602頁。

客十數公，崩騰醉中流。譃浪掉海客，喧呼傲陽侯」〔註190〕，放達乃至於此，並沒有失掉生活和創作的樂天性與放縱性。

　　賜金放還後，李白大致經歷了隱逸求仙、及時行樂到懷念長安的心路歷程，每個階段以一種心態為主，其他行為、念頭為輔，它們相互交織，來回縈繞，對詩歌主題產生影響。首先，此期志在隱逸求仙的詩歌多表現為被迫出世，不得已、憤激和感傷是其主要的情感特徵。其次，意在及時行樂的詩歌豪氣減弱，表現為頹唐的行樂遣憂。最後，李白不息的入世之志催生了新的詩歌主題，具體表現為心繫長安、眷戀君王和以翰林生涯為干謁資本。

二、形象之變

　　變化還體現在抒情主人公的人物形象上。賜金放還後，李白的心態在隱逸求仙、懷念長安和及時行樂間來回遊走，相應地，作品的抒情主人公形象也呈現出道士、逐臣與客子的交替變化。

（一）道士

　　李白自稱「雲臥三十年，好閑復愛仙」〔註191〕，少年時即嚮往神仙世界，對道教的興趣終生未衰。我們看供奉翰林之前，他在詩文中塑造的抒情主人公形象：

　　　　煙容如在顏，塵累忽相失。儻逢騎羊子，攜手凌白日。（《登峨眉山》）

　　　　童顏益春，真氣愈茂。將欲倚劍天外，掛弓扶桑。（《代壽山答孟少府移文書》）

　　　　紫書儻可傳，銘骨誓相學。（《贈嵩山焦煉師並序》）

　　　　吾與霞子元丹、煙子元演，氣激道合，結神仙交。殊身同心，誓老雲海，不可奪也。歷行天下，周求名山，入神農之故鄉，得胡公之精術。（《冬夜於隨州紫陽先生餐霞樓送煙子元演隱仙城山序》）〔註192〕

〔註190〕《翫月金陵城西孫楚酒樓達曙歌吹日晚乘醉著紫綺裘烏紗巾與酒客數人棹歌秦淮往石頭訪崔四侍御》，《李太白全集校注》卷十六，第 5 冊，第 2339 頁。

〔註191〕《安陸白兆山桃花岩寄劉侍御綰》，《李太白全集校注》卷十，第 4 冊，第 1568 頁。

〔註192〕《李太白全集校注》卷十八、二十五、卷八、二十六，第 6、7、3、8 冊，第 2559、3637、1185、3837 頁。

修道的形象躍然紙上。而且，李白學道求仙的生活方式與周遊名山、結交道士緊密結合。他帶著朝聖的心情在傳說中的神仙之地峨眉山〔註193〕乘風餐霞，幻想尋得成仙之術，與仙人葛由攜手飛昇。出蜀後，一度在安陸壽山「虯蟠龜息」，棲隱修道。又訪道少室，希望拜見焦煉師，得她傳授道家秘典。還與道士元丹丘、元演結神仙交，聽胡紫陽「高談混元，金書玉訣」，堅定了他「誓老雲海」的學道之心。到了開元後期，人到中年的李白又存了燒煉外丹的心思，如：

> 終願惠金液，提攜凌太清。（《題隨州紫陽先生壁》）

> 我有錦囊訣，可以持君身。當餐黃金藥，去為紫陽賓。（《潁陽別元丹丘之淮陽》）

> 時命若不會，歸應煉丹砂。（《早秋贈裴十七仲堪》）

> 終當遇安期，於此煉金液。（《遊泰山六首》其五）〔註194〕

李白自稱有「錦囊訣」，可見他已經被傳授過煉丹秘訣，至於有沒有實踐，詩中並未明確指說。不過，從「終願」「當餐」「歸應」「終當」等詞彙來看，更像是指一種強烈的煉丹心願。

　　然而，這種熱切地追慕神仙、希圖煉丹的好道形象，在賜金放還後變為實實在在地遵循和踐行道教信條，受道籙、佩符籙、採藥煉丹的道士形象。天寶三載春，李白以道士的身份被賜金放還，他「角巾束出商山道，採秀行歌詠芝草」〔註195〕，聲稱要學道求仙，以此回應玄宗的處理方式。途中，李白受到好道的官員如商州裴太守、雍丘崔縣令的熱情接待〔註196〕，在洛陽新友杜甫看來，「李侯金閨彥，脫身事幽討。亦有梁宋遊，方期拾瑤草」〔註197〕，

〔註193〕《名山洞天福地記》：「峨眉山，周圍三百里，名靈陵太妙之天，在蜀嘉州。」參見王琦《李太白全集》卷八《上皇西巡南京歌十首》其七注，第522頁。

〔註194〕《李太白全集校注》卷二十二、十二、七、十六，第7、4、3、5冊，第3192、1807、1052、2417頁。

〔註195〕《答杜秀才五松山見贈》，《李太白全集校注》卷十六，第5冊，第2371頁。

〔註196〕《春陪商州裴使君遊石娥溪》云：「裴公有仙標，拔俗數千丈。澹蕩滄洲云，飄颻紫霞想。剖竹商洛間，政成心已閑。蕭條出世表，冥寂閉玄關。我來屬芳節，解榻時相悅。」《題雍丘崔明府丹竈》云：「美人為政本忘機，服藥求仙事不違。葉縣已泥丹竈畢，瀛洲當伴赤松歸。先師有訣神將助，大聖無心火自飛。九轉但能生羽翼，雙鳧忽去定何依。」參見《李太白全集校注》卷十七、二十二，第5、7冊，第2452、3161～3162頁。可見，裴使君、崔縣令都信奉道教，這可能跟當時自上而下的好道風氣有關。

〔註197〕（唐）杜甫《贈李白》，蕭滌非主編《杜甫全集校注》卷一，第1冊，第76頁。

他既是朝廷才士，又是修道之人。李陽冰《草堂集序》清楚記載了李白此後的舉動，云：「天子知其不可留，乃賜金歸之。遂就從祖陳留採訪大使彥允，請北海高天師授道籙於齊州紫極宮。將東歸蓬萊，仍羽人駕丹丘耳。」〔註198〕高天師特地從北海趕到齊州為李白傳授道籙，排場搞得這樣大，可見李白在道教系統中的名位應該不低。儀式結束後，李白作《奉餞高尊師如貴道士傳道籙畢歸北海》詩送別高天師，末句「離心無遠近，長在玉京懸」〔註199〕表示自己無論在何時何地，都會懷念尊師，情繫玉京仙境，真正按道士的要求修煉，踏上求仙的更深層面。是年冬，李白還北上安陵訪道，道士蓋寰親自為他造真籙，詩人盛讚真籙「七元洞豁落，八角輝星虹。三災蕩琁璣，蛟龍翼微躬。舉手謝天地，虛無齊始終」〔註200〕，將成為他的護翼，使三災不能相害，惡靈不敢侵身，並幫助自己得道高飛，脫離生死。不僅如此，李白還利用玄宗賞賜的金錢，把近些年存著的煉丹心思付諸實踐。試看：

> 煉丹費火石，採藥窮山川。(《留別廣陵諸公》)

> 閒劍琉璃匣，煉丹紫翠房。身佩豁落圖，腰垂虎盤囊。仙人借綵鳳，志在窮遐荒。(《留別曹南群官之江南》)

> 吾營紫河車，千載落風塵。藥物秘海嶽，採鉛青溪濱。(《古風》其四)

> 吾希風廣成，蕩漾浮世，素受寶訣，為三十六帝之外臣。……而嘗採姹女於江華，收河車於清溪，與天水權昭夷服勤爐火之業久矣。(《金陵與諸賢送權十一序》)〔註201〕

儼然是一副採藥煉丹、身佩符籙、周遊四海的道士模樣。李白還在詩中記錄煉丹過程，云：「姹女乘河車，黃金充轅軛。執樞相管轄，摧伏傷羽翮。朱鳥張炎威，白虎守本宅。相煎成苦老，消爍凝津液。髣髴明窗塵，死灰同至寂。鑄冶入赤色，十二周律曆。赫然稱大還，與道本無隔。」〔註202〕姹女、河車、黃金、朱鳥、白虎等煉丹術語層出不窮，詩人聲稱丹成之後，「白日可撫弄，

〔註198〕《李太白全集校注‧附錄》，第 8 冊，第 4214 頁。

〔註199〕《李太白全集校注》卷十四，第 5 冊，第 2089 頁。

〔註200〕《訪道安陵遇蓋寰為余造真籙臨別留贈》，《李太白全集校注》卷八，第 3 冊，第 1213 頁。

〔註201〕《李太白全集校注》卷十二、十二、一、二十六，第 4、4、1、8 冊，第 1811、1778、21～22、3755 頁。

〔註202〕《草創大還贈柳官迪》，《李太白全集校注》卷八，第 3 冊，第 1257 頁。

清都在咫尺。北酆落死名，南斗上生籍」，可服食飛昇，長生不死。這一時期，李白對服藥成仙、長生不老的追求最為狂熱，獨孤及稱其「仙藥滿囊，道書盈篋」〔註203〕，想來並不誇張。

（二）逐臣

天寶元年，李白興沖沖地奉詔入京，供奉翰林，滿以為能像管仲、晏嬰一樣輔佐君主，使國富民強，天下安定，海內清平。沒想到，他的主要工作竟是以詩文助興宮廷遊宴，這與他治國理政的理想實在差得太遠。再加上一些人不斷地進讒離間，李白逐漸被玄宗疏遠，他自覺實在待不下去，只好上疏請求還山，垂頭喪氣地離開長安。於是，逐臣作為一個全新的自我形象，出現在李白賜金放還以後的詩歌中。李白明確以「逐臣」自謂，如：

> 魯客向西笑，君門若夢中。霜凋逐臣髮，日憶明光宮。（《魯中送二從弟赴舉之西京》）

> 愁聞《出塞曲》，淚滿逐臣纓。卻望長安道，空懷戀主情。（《觀胡人吹笛》）〔註204〕

詩人一刻也放不下君王，一刻也忘不了只有在長安才可以實現的政治夢想，所以送從弟去京城參加科舉考試會勾起他深切的戀闕之情，胡人吹奏的秦曲笛音也會讓他淚流滿面，想起遠在長安的君王。

對於被放還山，李白不是沒有怨望，但是，他很少在詩文中懟憾玄宗，即使有所表露，也不過自傷曾為近臣，或悲慨無罪而被謗出朝廷。試看：

> 屈平顦顇滯江潭，亭伯流離放遼海。折翮翻飛隨轉蓬，聞弦虛墜下霜空。聖朝久棄青雲士，他日誰憐張長公？（《單父東樓秋夜送族弟沉之秦》）

> 去國難為別，思歸各未旋。空餘賈生淚，相顧共悽然。（《金陵送張十一再遊東吳》）

> 讒惑英主心，恩疏佞臣計。徬徨庭闕下，歎息光陰逝。未作仲宣詩，先流賈生涕。（《答高山人兼呈權顧二侯》）〔註205〕

〔註203〕（唐）獨孤及《送李白之曹南序》，《全唐文》卷三百八十八，第4冊，第3943頁。

〔註204〕《李太白全集校注》卷十四、二十二，第5、7冊，第2086、3243頁。

〔註205〕《李太白全集校注》卷十三、十四、十六，第4、5、5冊，第1991、2091、2365頁。

供奉翰林、賜金放還的經歷讓李白與歷史上有名的逐臣，如屈原、賈誼、崔駰等惺惺相惜，而援引他們比僅僅言說自己的遭遇更能喚起友人和讀者的理解。屈原明於治亂，嫻於詞令，很得楚懷王信任，卻遭讒人陷害，被懷王疏遠，流寓漢北，頃襄王時又被流放到更遠的沅水、湘水一帶。賈誼才識過人，一年即由博士超遷至太中大夫，深得漢文帝賞識，後為朝中權貴嫉害，被文帝疏遠，出為長沙王太傅。崔駰善著文章，被車騎將軍竇憲辟為掾，因諫幕主擅權驕縱，被竇憲疏遠，出為長岑長。在李白看來，他與屈原、賈誼、崔駰一樣，都才華橫溢，抱負不淺，都曾身為近臣，都因諸多原因被主上疏遠，都遠離了政治中心，儘管各人的身份、地位不同，可被棄絕的心情是相似的。因此，他以屈原、賈誼、崔駰自許，自謂遭讒離間、被放還山就像屈原遠滯江潭、賈誼左投長沙、崔駰被放遼海一樣，借著自喻抒發他忠而見棄、流落天涯的一腔幽憤。

對李白來說，只有在長安取得輝煌的成功，退隱山林才能成為最理想的人生選擇。可是，賜金放還讓他體驗到被君王棄而不用的滋味，這對自視甚高的詩人來說，無疑是極大的打擊和心理創傷，使他窮盡心力也難以平復理想難以實現的痛苦。於是，我們看到自傷逐臣與戀闕情結在李白的詩歌中相伴相生，難解難消，很難分清他是因懷君之思而想到自己的逐臣身份，還是因身世之歎才憶起君王所在的長安。

（三）客子

李白的自信與熱情使他不甘寂寞，積極用世，而天性的純真與不受拘檢的志行又使他難以妥協，四處碰壁，只好離開長安，去過「脫屣軒冕，釋羈韁鎖，因肆情性」〔註206〕的恣縱生活。可是，中年得意復被棄置的苦澀如影隨形，詩人因無人賞識而倍感孤寂，長久的漫遊生活又使他生出一股強烈的漂泊感，於是，客子作為抒情主人公頻頻出現在李白詩中，並隨著詩人境遇的變化呈現出不同的樣貌。

天寶三、四載間，李白時常會流露出無所歸依的寂寞哀傷，他自稱是天地間一株落拓無依的飛蓬：

> 一朝去金馬，飄落成飛蓬。賓友日疏散，玉樽亦已空。（《東武吟》）

〔註206〕（唐）范傳正《唐左拾遺翰林學士李公新墓碑並序》，《李太白全集校注·附錄》，第 8 冊，第 4221 頁。

折翮翻飛隨轉蓬，聞弦虛墜下霜空。(《單父東樓秋夜送族弟沉
之秦》)

　飛蓬各自遠，且盡手中杯。(《魯郡東石門送杜二甫》)〔註207〕

初入翰林時，李白入陪宴私，出侍輿輦，既蒙玄宗厚遇，又得王公俯就，聲名
驟起。一朝被放還山，飄零如蓬草，無依無靠，連舊日的酒友也再難尋見，又
何其蕭條冷落！盛衰之感，世態炎涼之痛，讓李白倍嘗挫傷折辱的寂寞深悲。
詩人被謗之餘，驚魂未定，不免有些消沉，自謂羽翼折損，如九秋寒風中隨
風飄轉的一株蓬草，哪裏還能再謀仕進，展翅高飛？杜甫也用「飄蓬」形容
李白，謂「秋來相顧尚飄蓬」〔註208〕，一句話「道盡了太白這一位天才詩人
之所有的一片飄零落拓的沉哀」〔註209〕，他看到了李白在「痛飲狂歌」「飛
揚跋扈」的不羈表象下所掩蓋的孤寂而落拓的心靈世界。在這樣的心境中，
李白不免會「以我觀物，故物皆著我之色彩」〔註210〕，小友杜甫也成了一株
「飛蓬」，和他一樣的積極用世，也一樣的飄零落拓，而這未嘗不是知己間一
種同病相憐的共鳴。

　李白還自稱是天地間一朵漂泊無定的浮萍：

　　余亦如流萍，隨波樂休明。自有兩少妾，雙騎駿馬行。東山春
　酒綠，歸隱謝浮名。(《留別西河劉少府》)〔註211〕

在綠酒美妾的隱逸生活中尋求暫時的麻醉和遺忘。除了及時行樂，他沒有別
的自我安頓和排遣的方法，可就算沉湎酒中：「醉客回橈去，吳歌且自歡」〔註
212〕，他依然是飄零的遠客。所以，李白常以「客」自居，或作曠達語，如「久
臥名山雲，遂為名山客」〔註213〕，「遠訪投沙人，因為逃名客」〔註214〕，聊

〔註207〕　《李太白全集校注》卷四、十三、十三，第 2、4、4 冊，第 615、1991、
　　　　　2009 頁。
〔註208〕　(唐) 杜甫《贈李白》，蕭滌非主編《杜甫全集校注》卷一，第 1 冊，第
　　　　　99 頁。
〔註209〕　葉嘉瑩《說杜甫〈贈李白〉詩一首》，《迦陵談詩》，生活‧讀書‧新知三聯
　　　　　書店 2016 年版，第 147 頁。
〔註210〕　(清) 王國維《人間詞話》，鳳凰出版社 2009 年版，第 2 頁。
〔註211〕　《李太白全集校注》卷十二，第 4 冊，第 1803 頁。
〔註212〕　《金陵三首》其一，《李太白全集校注》卷十九，第 6 冊，第 2806 頁。
〔註213〕　《日夕山中忽然有懷》，《李太白全集校注》卷二十，第 6 冊，第 2928 頁。
〔註214〕　《宣城九日聞崔四侍御與宇文太守遊敬亭余時登響山不同此賞醉後寄崔侍
　　　　　御二首》其一，《李太白全集校注》卷十一，第 4 冊，第 1724 頁。

慰自解；或觸物傷懷，如「魯客向西笑，君門若夢中」〔註215〕，「一為滄波
客，十見紅蕖秋」〔註216〕，「歎息兩客鳥，徘徊吳越間」〔註217〕，自傷淪落，
道不盡飄零落拓之苦。

李白又以孤鳳自喻，如「鳳飢不啄粟，所食唯琅玕。焉能與群雞，蹙促
爭一餐？……歸飛海路遠，獨宿天霜寒」〔註218〕，「鳳飛九千仞，五章備綵
珍。銜書且虛歸，空入周與秦。橫絕歷四海，所居未得鄰」〔註219〕，自傷懷
才入京卻被逐而歸，漫遊四海又未遇知音，孤寂悲戚之意見於言外。李白還
由一己之飄零落拓思及當時的社會狀況：

> 雞聚族以爭食，鳳孤飛而無鄰。螟蜒嘲龍，魚目混珍。嫫母衣
> 錦，西施負薪。(《鳴皋歌送岑徵君》)

> 鳳皇鳴西海，欲集無珍木。鷽斯得匹居，蒿下盈萬族。(《古風》
> 其五十四) 〔註220〕

鳳凰孤飛在野，難覓珍木棲身，群小結朋引類，在朝爭食。詩人以孤鳳喻指
跟自己一樣懷才不遇的賢人君子，以群雞、鷽斯比喻無德無才的小人，痛斥
群小在位、賢者在野、真偽混淆、妍媸失所的世風。

李白自謂「千鈞之弩，一發不中，則當摧幢折牙，而永息機用，安能傚
碌碌者蘇而復上哉」〔註221〕，可強烈的生命自信與政治熱情使他不甘寂寞，
當時光的涓涓細流緩緩沖散鬱結於心的不平之氣後，詩人重整旗鼓，再度干
謁。然而，漂泊無定的意識在李白心中扎下了根，他仍然以「客」自稱，如：

> 客曾與天通，出入清禁中。襄王憐宋玉，願入蘭臺宮。(《寄上
> 吳王三首》其三)

> 昔攀六龍飛，今作百鍊鉛。……安知慕群客，彈劍拂秋蓮。(《贈
> 宣城宇文太守兼呈崔侍御》)

〔註215〕 《魯中送二從弟赴舉之西京》，《李太白全集校注》卷十四，第 5 冊，第
2086 頁。
〔註216〕 《越中秋懷》，《李太白全集校注》卷二十一，第 6 冊，第 2999 頁。
〔註217〕 《金陵江上遇蓬池隱者》，《李太白全集校注》卷二十，第 6 冊，第 2922 頁。
〔註218〕 《古風》其四十，《李太白全集校注》卷一，第 1 冊，第 131 頁。
〔註219〕 《古風》其四，《李太白全集校注》卷一，第 1 冊，第 21 頁。
〔註220〕 《李太白全集校注》卷六、一，第 3、1 冊，第 846、169 頁。
〔註221〕 （唐）范傳正《唐左拾遺翰林學士李公新墓碑並序》，《李太白全集校注·附
錄》，第 8 冊，第 4221 頁。

　　　　應念金門客，投沙弔楚臣。(《贈崔秋浦三首》其三)〔註222〕

不過，「客」這一形象中的寂寞哀感已被往昔的榮耀淡化，供奉翰林的長安經驗成為詩人干謁的資本，他以宋玉、賈誼自託，希望得到吳王、宇文太守、崔侍御和崔縣令等人的照顧提攜。

　　可見，賜金放還對李白創作之影響，還體現在抒情主人公形象的新變上。其一，採藥煉丹、身佩符籙的道士形象取代了早期詩文中追慕神仙、希圖煉丹的修道者。其二，被放逐的生命體驗催生了嶄新的抒情主人公形象──逐臣。其三，飄零落拓的心靈在詩歌中外化為飛蓬、流萍、孤鳳、客等孤寂形象。

　　綜上所述，賜金放還對李白創作之影響，主要表現在詩歌主題和抒情主人公形象上，且以天寶三至六載最為明顯，並一直延續到他生命盡頭。儘管李白以採藥煉丹、身佩符籙的道士形象出現，但此期隱逸遊仙詩最常見的主題仍然是被迫仙隱，不得已、憤激和感傷是這類詩歌最主要的情感氛圍。再者，政治失意的打擊和青春消逝的無奈使李白寄情駿馬美姜、美酒佳餚，以此排遣他的愁悶，表現在創作中，則是主題上的行樂遣憂和情感上的豪氣減弱。其實，不論是隱逸求仙也好，及時行樂也罷，都是李白平復失志創痛的方式，詩中孤寂的飛蓬、流萍、孤鳳、客等形象，正可見出詩人飄零落拓的心靈。此外，李白被放逐的生命體驗和不放棄的入世之志催生了新的詩歌主題──戀闕情結，及抒情主人公形象──逐臣，它們將在詩人的餘生被反覆詠歎。

本章小結

　　供奉翰林與賜金放還是李白人生的重要轉捩，這段最接近其政治理想卻與之失之交臂的遺憾經歷，給他的創作帶來新變。

　　在論述人生轉捩與文學創作的關係之前，我們有必要對李白二入長安的身份作一番探討。李白名義上以文士的身份奉詔入京，但他為玉真公主所薦，有機會結識賀知章並獲其稱揚，進而引起玄宗的注意，得以供奉翰林，主要還是因其道士身份和道教信仰。對道士李白的期待使賀知章發現了李白驚人的文學才華，而對道教層面上「謫仙人」的好奇和期待，則是玄宗召見李白

────────────

〔註222〕《李太白全集校注》卷十一、十、八，第 4、4、3 冊，第 1686～1687、1460
　　　　～1467、1297 頁。

的主要原因。正是在文士和道士這兩重身份的幫助下，李白才有了難得的近臣與逐臣體驗。

供奉翰林使李白獲得前所未有的近臣體驗，他真誠地潤色鴻業，頌揚盛世，毫不掩飾地誇耀自己今非昔比的境遇，並主動或被動在宮廷遊宴中作些單純或帶有諷喻的頌歌，這類題材豐富了他的創作內容。然而，張揚的個性和讒臣的離間使李白逐漸被玄宗疏遠，感受到失寵與失志帶來的雙重痛苦，對宮廷題材產生更深的認識和體悟。李白在留京待時與歸隱山林之間徘徊不休，此期作品因詩人心境的變化，形成仕隱衝突、飲酒遣憂和求仙避世三大主題，並在賜金放還以後繼續演變。

賜金放還後，李白在隱逸求仙、懷念長安和及時行樂間來回遊走，使詩歌主題和抒情主人公形象產生新變。李白以隱逸求仙和及時行樂平復失志的創痛，表現在詩歌中，則是被迫仙隱、行樂遣憂的主題，無奈、憤激、自傷淪落的情感特徵，以及採藥煉丹的道士和飄零落拓的孤客形象。但是，他沒有失掉強烈的自我肯定精神。李白被放逐的生命體驗和不放棄的入世之志，催生出全新的詩歌主題和抒情主人公形象，即戀闕情結和逐臣，並在他的餘生被反覆詠歎。賜金放還對李白創作的影響，以天寶三至七載最為明顯，而潛在的浸潤，則一直延續到他生命盡頭。

第三章　入永王幕與繫獄流放

　　五十七歲的李白因投身永王李璘軍幕，先後被繫獄潯陽、流放夜郎，遭遇了人生中最嚴重的生存危機和最極致的生命體驗，身心受到重創。這段人生際遇粗暴地打斷了李白在免受戰火侵擾的江南避禍全身的漫遊和隱居生活，使他真正被捲入到安祿山叛亂以來的社會大動亂和殘酷的皇權鬥爭中，對他的思想和創作都產生了重要影響。因此，在論述這一人生轉捩與文學創作的關係之前，我們有必要對李白從璘事由作一番梳理和辨析。

第一節　李白自述入永王幕之心態辨析

　　從應辟入幕到流放遇赦，李白對入永王幕的情況作過三類敘述，分別是：至德元載（756）十二月應永王璘辟時，對說客韋子春和妻子宗氏的抒懷；至德二載正月至二月在永王軍中的談論，以及永王兵敗後對幕主的看法；至德二載春入獄至流放遇赦頭一年，對崔渙、宋若思、韋良宰等人的講述。由於目的不同、對象各異、境遇迥別，這些帶有自述性質的作品在內容上存在較大差異，比較其異同有助於我們探知李白在具體境遇中的心路歷程，盡可能地走近詩人的心靈世界。

一、應辟入幕前的自述

　　兩《唐書·李白傳》對李白入永王幕有不同記載，《舊唐書》稱「白在宣州謁見，遂辟為從事」〔註1〕，認為是李白主動投身永王，《新唐書》則云「永王

〔註1〕《舊唐書》卷一百九十下，第 15 冊，第 5054 頁。

璘辟為府僚佐」〔註2〕，看不出是李白主動還是被徵召入幕。而按照李白入幕前的表述，他是被「王命三徵」請到永王軍中去的，其《別內赴徵三首》云：

> 王命三徵去未還，明朝離別出吳關。白玉高樓看不見，相思須上望夫山。

> 出門妻子強牽衣，問我西行幾日歸？歸時儻佩黃金印，莫見蘇秦不下機。

> 翡翠為樓金作梯，誰人獨宿倚門啼？夜坐寒燈連曉月，行行淚盡楚關西。〔註3〕

舊注多將「王命」解釋為玄宗的徵召，認為這三首詩是天寶元年（742）李白奉詔入京時的作品。郭沫若先生對比《南陵別兒童入京》，此詩同樣被注家繫於天寶元年，指出「詩的情趣不一致，地望也講不通」〔註4〕，認為《別內赴徵》是至德元載李白應永王徵聘時所作，良是。首先，赴徵時「夜坐寒燈連曉月」，入京前「黃雞啄黍秋正肥」，時令不同。其次，赴徵時「妻子強牽衣」，萬般不捨，詩人亦是「行行淚盡」，想像妻子登樓遠望、倚門啼哭的相思情狀；入京前則是「會稽愚婦輕買臣」，透露出長久以來被妻妾輕視意的憋屈和一朝揚眉吐氣的喜悅，並無溫情纏綿可言。再次，赴徵時「王命三徵去未還，明朝離別出吳關」，時間緊迫，匆忙上路；入京前「游說萬乘苦不早，著鞭跨馬涉遠道」，急切前行。最後，赴徵時「行行淚盡楚關西」，從吳至楚，悲切難別；入京前，「余亦辭家西入秦，仰天大笑出門去，我輩豈是蓬蒿人」，自魯入秦，欣喜雀躍。顯然，被徵召的時間、心情、出發地、目的地以及夫妻間的關係迥然不同，二者斷非一時之作，《別內赴徵》只可能作於李白第二次被王室徵召的至德元載冬。

至於李白何以被永王徵召入幕，這得從天寶十五載（756）七月十五日玄宗於幸蜀途中發布的「制置」詔說起。據《資治通鑒》卷二百一十八記載：

> 上皇制：「以太子亨充天下兵馬元帥，領朔方、河東、河北、平盧節度都使，南取長安、洛陽。以御史中丞裴冕兼左庶子，隴西郡司馬劉秩試守右庶子；永王璘充山南東道、嶺南・黔中・江南西道節度都使，以少府監竇紹為之傅，長沙太守李峴為都副大使；盛王

〔註2〕《新唐書》卷二百二，第18冊，第5763頁。
〔註3〕《李太白全集校注》卷二十三，第7冊，第3351、3352、3354頁。
〔註4〕郭沫若《李白與杜甫》，第30頁。

琦充廣陵大都督，領江南東路及淮南、河南等路節度都使，以前江
陵都督府長史劉彙為之傅，廣陵郡長史李成式為都副大使；豐王珙
充武威都督，仍領河西、隴右、安西、北庭等路節度都使，以隴西
太守濟陰鄧景山為之傅，充都副大使。應須士馬、甲仗、糧賜等，
並於當路自供。其諸路本節度使號王巨等並依前充使。其署置官屬
及本路郡縣官，並任自簡擇，署訖聞奏。」時琦、珙皆不出閣，惟
璘赴鎮。〔註5〕

諸王中，盛王李琦、豐王李珙不出閣，號王李巨等諸路節度使依前充使，真
正赴鎮的只有六月十五日馬嵬兵變後分兵北上的太子李亨，以及繼續跟隨玄
宗入蜀的永王李璘。玄宗的用意非常明白，他居中指揮戰局，調動人手，委
託太子收復兩都，永王經略南方，並給予他們在治下招募兵馬、收納租賦、
補署官員的權力，以便集中全國的政治、軍事和經濟力量，完成平定叛亂、
統一全國的光復事業。但是，太子突然即位打亂了他的全盤戰略計劃，直到
八月十二日靈武的使臣抵達成都時，玄宗才知曉此事，為穩定大局起見，不
得不將平叛的主導權讓渡給肅宗，同時要求「皇帝未至長安已來，其有與此
便近，去皇帝路遠，奏報難通之處，朕且以誥旨隨事處置，仍令所司奏報皇
帝」〔註6〕，保留處置距成都近、去靈武遠的南方地區的軍政權力。

既然肅宗的使臣抵達成都需要一月之久，那麼，玄宗的「制置」詔傳到
靈武的時間很可能也在八月中旬，可想而知，已於七月十三日即位的李亨自
然不會接受天下兵馬元帥、朔方、河東、河北、平盧四道節度都使的職務。而
此時李璘已按照「制置」的規定赴鎮，「七月至襄陽，九月至江陵，召募士將
數萬人，恣情補署，江淮租賦，山積於江陵，破用巨億」〔註7〕，與兵力寡弱、
財力不足的李亨形成鮮明對照。再看馬嵬兵變後，李亨不欲西進，父子分路，
玄宗「分後軍二千人及飛龍廄馬從太子」〔註8〕。李亨北上靈武，「至渭濱，
遇潼關敗卒，誤與之戰，死傷甚眾。已，乃收餘卒，擇渭水淺處，乘馬涉度；
無馬者涕泣而返」，「自奉天北上，比至新平，通夜馳三百里，士卒、器械失亡
過半，所存之眾不過數百」，「至烏氏，彭原太守李遵出迎，獻衣及糧糧。至彭

〔註5〕《資治通鑑》第15冊，第7102～7103頁。
〔註6〕《明皇令肅宗即位詔》，時在至德元載八月十八日。參見宋人宋敏求編《唐大
　　　詔令集》卷三十，商務印書館1959年，第117頁。
〔註7〕《舊唐書》卷一百七《李璘傳》，第10冊，第3264頁。
〔註8〕《資治通鑑》卷二百十八，第15冊，第7095頁。

原，募士，得數百人。是日至平涼，閱監牧馬，得數萬匹，又募士，得五萬餘
人」〔註9〕，所有兵力加起來不過一千餘人，軍隊少得可憐。直至在靈武即位
後，肅宗「命河西節度副使李嗣業將兵五千赴行在」，「又徵兵於安西，行軍
司馬李棲筠發精兵七千人」〔註10〕，才使兵力增加到一萬餘人。七月底，又
有「郭子儀等將兵五萬自河北至靈武」，肅宗直接掌控的兵力驟然達到六萬餘
人，「靈武軍威始盛，人有興復之望」〔註11〕，先前舉步維艱的狀況才有所改
觀。但是，這種局面並沒有維持多久，隨著十月二十一日房琯在收復兩京的
陳濤斜之戰中遭遇慘敗，「官軍死傷者四萬餘人，存者數千而已」〔註12〕，肅
宗在北路的平叛事業受到重創。

　　相比之下，一邊是遵從玄宗詔令在富庶安定的南方招兵買馬的永王，一
邊是擅自即位在貧弱紛亂的北方艱苦作戰的肅宗，一南一北，不僅情勢懸殊，
政令還不一致，這無疑對唐王朝內部的團結穩定極為不利。〔註13〕假使永王
勢如破竹平定叛亂，儘管這對唐王朝來說是一件幸事，但參照太宗、玄宗榮
登大寶的經歷，肅宗的帝位必然岌岌可危。況且，就算永王沒有爭位的野心，
可「匹夫無罪，懷璧其罪」，擁有南路大半軍權的他已經對肅宗的帝位構成威
脅。李白正是在這一皇權過渡的敏感期，被永王的謀臣韋子春從廬山請到軍
中去的，其《贈韋祕書子春》云：

　　　　谷口鄭子真，躬耕在巖石。高名動京師，天下皆籍籍。其人竟
　　不起，雲臥從所適。苟無濟代心，獨善亦何益？惟君家世者，偃息
　　逢休明。談天信浩蕩，說劍紛縱橫。謝公不徒然，起來為蒼生。祕
　　書何寂寂？無乃羈豪英！且復歸碧山，安能戀金闕？舊宅樵漁地，

〔註9〕《資治通鑒》卷二百一十八，第15冊，第7096～7097頁。
〔註10〕《資治通鑒》卷二百一十八，第15冊，第7106頁。
〔註11〕《資治通鑒》卷二百一十八，第15冊，第7109頁。
〔註12〕《資治通鑒》卷二百一十九，第15冊，第7122頁。
〔註13〕陳濤斜之敗後，賀蘭進明面陳肅宗：「琯昨於南朝為聖皇制置天下，乃以永王
　　　為江南節度，潁王為劍南節度，盛王為淮南節度，制云『命元子北略朔方，
　　　命諸王分守重鎮』。且太子出為撫軍，入曰監國，琯乃以枝庶悉領大藩，皇儲
　　　反居邊鄙，此雖於聖皇似忠，於陛下非忠也。琯立此意，以為聖皇諸子，但
　　　一人得天下，即不失恩寵。」參見《舊唐書》卷一百一十一《房琯傳》，第10
　　　冊，第3322頁。其言雖別有用心，卻正好說中了肅宗的心事，反映出部分官
　　　員在二帝並存時對「制置」政策的另一種解讀，如此一來，必然會有觀望、
　　　投機之輩。因此，無論是為穩定帝位還是平定叛亂計，肅宗都不會允許諸弟
　　　封疆千里，手握重兵。

蓬蒿已應沒。卻顧女几峰，胡顏見雲月？徒為風塵苦，一官已白髮。

氣同萬里合，訪我來瓊都。披雲觀青天，捫虱話良圖。留侯將綺季，

出處未云殊。終與安社稷，功成去五湖。〔註14〕

詩人描述了韋子春的情操、名望、才能、宦歷以及二人的交誼，並以張良、謝安譽美子春，以四皓自喻，宣稱賢者宜濟世，不宜高隱，他將隨子春安邦定國，待功成之後再歸隱江湖。這首詩作於李白應永王辟時，偏重敘事，《別內赴徵》作於詩人離家入幕前，長於抒情，詩中隱含的重要信息及情感脈絡，很能反映出李白入永王幕前的作為和心態。

　　首先值得注意的是韋子春其人，以及他與李白的關係。玩味詩意，韋子春「談天信浩蕩，說劍紛縱橫」，具有戰國策士和江左名士的風采，他與李白「氣同萬里合」，在思想、情志上相契合。據兩《唐書》和《肇慶府志》知，韋子春是京兆人，以文學為著作郎，與咸寧太守趙奉璋厚善。天寶八載（749）四月，趙奉璋欲上奏李林甫隱惡二十事，被李林甫指使的御史構陷下獄，決杖而死，韋子春也因此事被貶為端溪尉。〔註15〕不難想見，韋子春被貶的主要原因並非是與趙奉璋友善，而是他也參與了搜集李林甫罪證的活動，可見，這是一位剛強正直、不畏權相、肝膽過人的有志之士。又，《宣室志》中有一則韋子春於開元中在臨淮館亭斬殺巨蛇的異事〔註16〕，雖是小說家言，亦可

〔註14〕 《李太白全集校注》卷七，第 3 冊，第 1085 頁。

〔註15〕 《舊唐書》卷九《玄宗紀下》載：「（天寶八載）夏四月，咸寧太守趙奉璋決杖而死，著作郎韋子春貶端陽尉，李林甫陷之也。」參見第 1 冊，第 223 頁。《新唐書》卷二百二十三上《李林甫傳》載：「咸寧太守趙奉璋得林甫隱惡二十條，將言之。林甫諷御史補系奉璋，劾妖言，抵死，著作郎韋子春坐厚善貶。」參見第 20 冊，第 6346 頁。《道光肇慶府志》卷十七載：「韋子春，京兆人，以文學為著作郎。時李林甫久柄國，咸寧太守趙奉璋得其隱惡二十事，將上之，林甫諷御史補系奉璋，劾其妖言，抵死。子春坐與璋善，貶端溪尉。」參見（清）屠英等修，胡森、江藩等纂《廣東省肇慶府志》，臺北成文出版社 1967 年版。

〔註16〕 （唐）張讀《宣室志》卷十有云：「臨淮郡有館亭，濱泗水上。亭有大木，周數十拱，突然勁拔，陰合百步。往往有甚風迅雷，夕發其中。人望見亭中有二光，對而上下，赫然若電。風雷既息，其光隨閉。開元中有韋子春，以勇力聞。會子春客於臨淮，有人語其事者，子春曰：『吾將伺之。』於是挈衣橐止於亭中以伺焉。後一夕，忽有大風雷振於地，亭屋搖撼，果見二光照耀亭宇。子春乃斂衣而下，果覺有物蟠繞其身，冷如冰凍，束不可解。回視，見二光在身後。子春即奮躍揮臂，奮然有聲，其縛亦解，遂歸亭中。未幾而風雨霽開，亭中腥若鮑肆。明日視之，見一巨蛇中斷而斃，血遍其地。里人相與來觀，謂子春且死矣，及見之，大驚。自是其亭無風雷患。」參見《唐五代筆記小說大觀》，第 1073～1074 頁。

見其勇力過人，並非尋常的文弱書生。復又，《唐越州焦山大歷寺神邕傳》
云：「釋神邕……倏遇祿山兵亂，東歸江湖，經歷襄陽，御史中丞庾光先出
鎮荊南，邀留數月。……著作郎韋子春，有唐之外臣也，剛氣而贍學，與之
詶抗。子春折角，滿座驚服。」〔註17〕以韋子春被駁倒來反襯神邕的學識
和辯才，可見在當時人看來，韋子春既博學又雄辯，這是他與「清論既抵
掌，玄談又絕倒。分明楚漢事，歷歷王霸道」〔註18〕的李白相契合的又一
例證。再者，安史亂起後，韋子春恰好在襄陽庾光先幕中，至德元載七月，
領山南東道等四道節度都使李璘至襄陽，韋子春大概在這時成為永王的幕
僚。是年十二月，韋子春來廬山游說李白，此事多被解釋為李白名氣很大，
韋子春是奉永王之命聘請名士李白入幕。不過，細味詩意，李白對韋子春的
生平經歷似乎很熟悉，他高度評價子春的志向、風度，「氣同萬里合，訪我
來瓊都」的韋子春對李白也很用心，二人可能早就遙相欽慕，或者是舊識也
未可知。我們知道，天寶元年秋至三載（744）春，李白在長安供奉翰林，
而八載四月以前，韋子春也在長安任著作郎，雖無確切的史料或作品證明
二人在天寶初已有交往，但從他們都自負其才，以天下為己任，也都懷才未
申，沉淪不遇，還都具有縱橫家和江左名士的風采來看，不排除有交往或相
互欣賞的可能。也就是說，永王徵召李白可能出於韋子春的提議，而李白與
韋子春在性格、思想、志向等方面相契合，也是他願意入永王幕的原因之
一。

其次，李白能夠被韋子春說動，主要在於他對現實政治有強烈的熱情，
渴望報效國家，為平叛貢獻力量，進而實現功成身退的人生理想。安史亂起
時，李白正好在梁園，因事發突然，難以顧及東魯的家小，只得先帶著妻子
宗氏經洛陽西奔潼關，上華山，之後又東奔江南避亂。李白親歷敵佔區，目
睹戰火紛起，叛軍氣焰囂張，接連攻陷城池，佔領東都洛陽，屠殺百姓，焚
毀宗廟，如「沙塵接幽州，烽火連朔方」，「奔鯨夾黃河，鑿齒屯洛陽」〔註
19〕，「俯視洛陽川，茫茫走胡兵。流血塗野草，豺狼盡冠纓」〔註20〕，「天
津流水波赤血，白骨相撐如亂麻」〔註21〕，「中原走豺虎，烈火焚宗廟」，

〔註17〕（宋）贊寧《宋高僧傳》卷十七，中華書局1987年版，第421～422頁。
〔註18〕（唐）崔宗之《贈李十二》，《李太白全集校注》卷十五，第5冊，第2280頁。
〔註19〕《北上行》，《李太白全集校注》卷四，第2冊，第631頁。
〔註20〕《古風》其十七，《李太白全集校注》卷一，第1冊，第66頁。
〔註21〕《扶風豪士歌》，《李太白全集校注》卷五，第2冊，第819頁。

「王城皆蕩覆，世路成奔峭」，「蒼生疑落葉，白骨空相弔」〔註22〕，為中原橫潰痛心疾首，謂「申包唯慟哭，七日鬢毛班」〔註23〕，即使身處困頓與流亡之中，也想傚仿申包胥痛哭秦庭以救國難。不過，在逃離戰區的路上，李白的心態一直表現得很矛盾。一方面，他對國家的前途命運充滿關切，希圖效勞卻苦於沒有機會，如「談笑三軍卻，交遊七貴疏。仍留一隻箭，未射魯連書」〔註24〕，以魯仲連談笑間勸退秦軍喻稱自己有退敵之策，只因無人向權貴引薦，才不得不待時而動。另一方面，卻說「連兵似雪山，破敵誰能料？我垂北溟翼，且學南山豹」〔註25〕，對不堪一擊的官軍缺乏信心，打算避禍高隱，獨善其身。其實，從李白的實際行動來看，南奔途中他一直在尋找報國的機會。比如「燕趙期洗清，周秦保宗社。登朝若有言，為訪南遷賈」〔註26〕，期望得到常侍御的引薦，為平叛亂、安社稷貢獻力量，還積極游說徐王李延年起兵勤王〔註27〕。但是，這些努力都以失敗而告終，報國無門讓李白的情緒變得消沉，他沮喪地說：「苦笑我誇誕，知音安在哉！大盜割鴻溝，如風掃秋葉。吾非濟代人，且隱屏風疊。……明朝拂衣去，永與海鷗群」〔註28〕，苦笑自己「誇誕」，不是「濟代人」，鬱鬱之下退入廬山隱居去了。李白並非真心避世，「吾非濟代人」「明朝拂衣去」「我從此去釣東海」〔註29〕等不過是他在「有策不敢犯龍鱗」〔註30〕「知音安在哉」這般四望無告的情形下發的牢騷語。因此，當韋子春與他「捫虱話良圖」時，詩人自以為「終與安社稷，功成去五湖」的機會終於到了，這就可以看出，韋子春為李白描繪的「良圖」是「安社稷」，而非永王的「異志」〔註31〕「窺

〔註22〕《經亂後將避地剡中贈崔宣城》，《李太白全集校注》卷十，第 4 冊，第 1550 頁。

〔註23〕《奔亡道中五首》其四，《李太白全集校注》卷十九，第 6 冊，第 2713 頁。

〔註24〕《奔亡道中五首》其三，《李太白全集校注》卷十九，第 6 冊，第 2712 頁。

〔註25〕《經亂後將避地剡中贈崔宣城》，《李太白全集校注》卷十，第 4 冊，第 1550 頁。

〔註26〕《贈常侍御》，《李太白全集校注》卷九，第 3 冊，第 1367 頁。

〔註27〕安旗《感時留別從兄徐王延年從弟延陵》按語，參見《李白全集編年箋注》，第 1242～1245 頁。

〔註28〕《贈王判官時余歸隱居廬山屏風疊》，《李太白全集校注》卷八，第 3 冊，第 1307 頁。

〔註29〕《猛虎行》，《李太白全集校注》卷五，第 2 冊，第 713 頁。

〔註30〕《猛虎行》，《李太白全集校注》卷五，第 2 冊，第 712 頁。

〔註31〕《舊唐書》卷一百七《李璘傳》，第 10 冊，第 3264 頁。

江左意」〔註32〕。況且，即使永王有謀求帝位的打算，但他既然要拉李白入幕，斷不會在徵辟時明言，至少對李白來說，追隨永王的初衷跟季廣琛等將領一樣，是因為「上皇播遷，道路不通，而諸子無賢於王者，如總江淮銳兵，長驅雍、洛，大功可成」〔註33〕。所以，李白毅然宣稱「苟無濟代心，獨善亦何益」，選擇捨棄高蹈之名，以天下蒼生為望，出山為永王效力。

再次，安史之亂造成的混亂割據局面，是學出縱橫且效法名士的李白踐行所學、建功立業的絕佳機會。李白「十五觀奇書」〔註34〕，「性倜儻，好縱橫術」〔註35〕，「擊劍，為任俠，輕財重施」〔註36〕，既學習縱橫家的權變之說，以俠士自任，又「慷慨自負，不拘常調」，「常欲一鳴驚人，一飛衝天」〔註37〕，希圖通過不凡的聲望為君王所重，一舉實現功成身退的人生理想。再看他欽慕的歷史人物，如姜尚、李斯、張良、諸葛亮等開國功臣，管仲、寧戚、樂毅、范蠡、文種等輔佐君王振興邦國的能臣，魯仲連、蘇秦、張儀、酈食其等游說諸侯的策士，全都在群雄爭戰、國家危亡時成就了一番豐功偉業，並沒有承平年代漸陸遷喬的賢相，比如本朝的房玄齡、杜如晦、姚崇、宋璟之流。李白生逢盛世，縱橫家的學說在當時既沒有市場，他也很難像傅說、姜尚或四皓一樣，獲得被君主從草間拔擢重用、力挽狂瀾的際遇。但是，安祿山的叛亂給李白提供了一展才略的機會，他的縱橫術有了用武之地，事君榮親的理想也成為可能。我們看李白此期的詩歌，不僅常常以楚漢相爭、晉室南渡來形容安史之亂，如「頗似楚漢時，翻覆無定止」〔註38〕，「雙鵝飛洛陽，五馬渡江徼」〔註39〕；還常常以拯溺扶危的張良、諸葛亮、謝安等自況，如「張良未逐赤松去，橋邊黃石知我心」〔註40〕，「蜀主思孔明，晉家望安石。

〔註32〕　《新唐書》卷八十二《李璘傳》，第 12 冊，第 3611 頁。
〔註33〕　《新唐書》卷八十二《李璘傳》，第 12 冊，第 3612 頁。
〔註34〕　《贈張相鎬二首》其二，《李太白全集校注》卷九，第 3 冊，第 1335 頁。
〔註35〕　（唐）劉全白《唐故翰林學士李君碣記》，《李太白全集校注‧附錄》，第 8 冊，第 4219 頁。
〔註36〕　《新唐書》卷二百二《李白傳》，第 18 冊，第 5762 頁。
〔註37〕　（唐）范傳正《唐左拾遺翰林學士李公新墓碑並序》，《李太白全集校注‧附錄》，第 8 冊，第 4220 頁。
〔註38〕　《猛虎行》，《李太白全集校注》卷五，第 2 冊，第 712 頁。
〔註39〕　《經亂後將避地剡中贈崔宣城》，《李太白全集校注》卷十，第 4 冊，第 1550 頁。
〔註40〕　《扶風豪士歌》，《李太白全集校注》卷五，第 2 冊，第 819 頁。

時來列五鼎，談笑期一擲」〔註41〕，「安石在東山，無心濟天下。一起振橫流，功成復蕭灑。大賢有舒卷，季葉輕風雅。匡復屬何人，君為知音者」〔註42〕；詩人意欲平亂建功的心跡了然可知。再如「歸時儻佩黃金印，莫見蘇秦不下機」，正可見出李白入永王幕是為了像蘇秦一樣成就功名，蔡寬夫評價李白「學本出縱橫，以氣俠自任，當中原擾攘時，欲藉之以立奇功耳」〔註43〕，恰是。

最後，從《別內赴徵》的情感氛圍來看，李白離家入幕前似乎心存憂慮。誠然，表現離愁別緒是「別內」詩的創作基調，但我們不能簡單地將其定義為愛情詩，而是應該考慮到詩人應召「赴徵」時複雜的心理狀態。至德元載初秋，李白在杭州游說徐王李延年起兵勤王未果，西歸途中與吳王李祗在金陵至九江一帶相遇，代作《為吳王謝責赴行在遲滯表》，兩番接觸，不可能對宗室成員在皇權交接、政出兩歧時明哲保身的觀望態度毫無察覺。況且，李白離家時的情狀是「出門妻子強牽衣，問我西行幾日歸」，顯然曾被憂心忡忡的宗氏加以勸阻，連妻子尚且知道此行有風險，遑論李白？前往永王軍途中更是「行行淚盡楚關西」，迥異於天寶元年奉詔入京時的欣喜若狂，詩人極少使用「淚盡」這般感情濃烈的字眼，可見其內心對妻子的眷戀愧怍以及對前途的隱憂。

李白對功成身退的企望過於強烈，對潛藏的王室危機卻過於樂觀。對他來說，永王率領舟師東下既是奉玄宗之命，又應了他游說徐王起兵勤王的初衷，天真的詩人被一腔報國建功的熱情驅使著捲入了皇室的內戰中，並為此付出下獄和流放的代價。

二、在永王軍中的自述

從至德二載（757）正月抵達永王水軍，到二月兵敗後自丹陽南奔彭澤，李白在永王幕中尚不足兩月。期間，詩人創作的一系列與永王有關的詩文，如《與賈少公書》《在水軍宴贈幕府諸侍御》《永王東巡歌十一首》《南奔書懷》《上留田》〔註44〕等，是我們探究李白從璘之真實心態最可信的原始文獻。

〔註41〕《贈友人三首》其三，《李太白全集校注》卷十，第 4 冊，第 1506 頁。

〔註42〕《贈常侍御》，《李太白全集校注》卷九，第 3 冊，第 1367 頁。

〔註43〕（宋）胡仔《苕溪漁隱叢話》前集卷五引《蔡寬夫詩話》，第 28 頁。

〔註44〕嚴格來說，《上留田》不能算是幕中之作，考慮到它的繫年，即永王被殺以後、李白繫獄之前，以及詩歌的主題和情感氛圍等，姑且附於此處。

（一）回應友人勸諭——《與賈少公書》新釋

首先需要廓清《與賈少公書》，此文不獨繫年存在爭議，作品用意及作者與賈縣尉的關係也值得深入辨析。文曰：

> 宿昔惟清勝。白縣疾疲薾，去期恬退，才微識淺，無足濟時。雖中原橫潰，將何以救之？王命崇重，大總元戎，辟書三至，人輕禮重。嚴期迫切，難以固辭。扶力一行，前觀進退。且殷深源盧嶽十載，時人觀其起與不起，以卜江左興亡。謝安高臥東山，蒼生屬望。白不樹矯抗之跡，恥振玄邈之風，混遊漁商，隱不絕俗。豈徒販賣雲壑，要射虛名？方之二子，實有慚德。徒塵忝幕府，終無能為。唯當報國薦賢，持以自免，斯言若謬，天實殛之。以足下深知，具申中款。惠子知我，夫何間然？勾當小事，但增悚惕。〔註45〕

王琦繫於至德元載，云：「書內有『中原橫潰』及『王命崇重，大總元戎，辟書三至』『嚴期迫切』等語，疑是永王璘脅行時所作。」〔註46〕詹鍈先生亦繫於至德元載冬，他指出「辟書三至」「嚴期迫切」等語，可證此書作於李白應徵之後、未赴幕府之前。安旗、郁賢皓先生根據「徒塵忝幕府，終無能為」所表現出的消極情緒，將此文繫於至德二載春李白在永王幕中作《永王東巡歌》之後不久。鄧小軍先生的繫年比較具體，為至德二載正月中旬李白登上永王水軍樓船之前不久。〔註47〕筆者認為，這篇文章既沿襲《贈韋祕書子春》的內容，又與《別內赴徵》的情感脈絡相接續，當是至德二載正月李白初入永王幕時，寫給勸他不要入幕的友人賈縣尉的回信，時間上要早於《永王東巡歌》。

就繫年而言，《舊唐書‧肅宗紀》載：「（至德元載十二月）甲辰，江陵大都督府永王璘擅領舟師下廣陵。」〔註48〕知十二月二十五日，永王率軍從治所江陵出發乘舟東下，而此時李白正好在盧山隱居，他被永王徵召當在水軍抵達江州以後。又據《元和郡縣圖志》，江州「西至鄂州五百九十三里」，鄂州「西南至岳州五百一十里」，岳州「西北至江陵府五百七十里」，〔註49〕知江陵距江州約一千六百餘里，再加上韋子春上盧山尋訪李白、李白離家赴

〔註45〕《李太白全集校注》卷二十五，第 7 冊，第 3662～3664 頁。

〔註46〕《李太白年譜》，《李太白全集》卷三十五，第 1866 頁。

〔註47〕鄧小軍《李白從璘之前前後後》，《北京大學學報》2015 年第 5 期。

〔註48〕《舊唐書》卷十，第 1 冊，第 244 頁。

〔註49〕（唐）李吉甫《元和郡縣圖志》，中華書局 1983 年版，第 676、644、656 頁。

潯陽〔註50〕的日程，李白入永王幕的時間最早當在至德二載正月初。此外，從「塵忝幕府」「勾當小事」來看，李白作此書時已入永王幕府供職。

就文章的內容、結構和情感氛圍而言，有六點需要詳細分析。第一，從李白直奔主題解釋他為何要入幕來看，這封「具申中款」的書信恐怕是應答之辭，而且並非完璧，王琦疑「宿昔惟清勝」上似有脫文，良是。李白集中有一篇題作《代壽山答孟少府移文書》的回信，作者先在開頭部分回顧孟縣尉移文的內容，即「一昨於山人李白處奉見吾子移文，責僕以多奇，叱僕以特秀，而盛談三山五嶽之美，謂僕小山，無名無德而稱焉」〔註51〕，說明此番作答的緣故，這才就「斯言何太謬之甚」發起議論。《與賈少公書》的形式大概與此類似，其中，開篇追述賈縣尉來信的那一部分內容，應該在很早之前就遺失了。至於題中無「答」字，竊以為書信本無題目，乃編集者根據正文等相關信息所擬，若正文缺失，擬定的題目自然不可能完整反映作者的本意。第二，關於入幕本末，此信與《別內赴徵》的敘述相符，且更詳細。「辟書三至」即「王命三徵」之意，前人或將其解釋為永王第三次遣使徵召時，李白才答應入幕；或將「三」釋作「多」，認為永王曾多次徵召李白。〔註52〕竊以為，「三」指的是「三讓而後受」的禮節。古人有「禮三讓而成一節」〔註53〕的說法，比如「湯以此三讓，三千諸侯莫敢即位，然後湯即天子之位」〔註54〕。李白傚仿古禮，推讓三次才接受聘請，足見雙方態度之莊重，故李白有「人輕禮重」之說。李白還補充了若干細節，諸如對永王的觀感，「王命崇重，大總元戎」謂其統帥眾兵，師出有名，使命莊重；「嚴期迫切」指赴徵的時間緊迫，這倒未必有強迫之意，而是指軍隊開拔之日臨近，畢竟永王

〔註50〕 流放夜郎遇赦後，李白有「半夜水軍來，尋陽滿旌旃。空名適自誤，迫脅上樓船」之說，可見，他是在潯陽登上永王樓船的。參見《經亂離後天恩流夜郎憶舊遊書懷贈江夏韋太守良宰》，《李太白全集校注》卷九，第 3 冊，第 1383 頁。又，《新唐書》卷六《肅宗紀》載：「二載正月，永王璘陷鄱陽郡。乙卯，安慶緒弒其父祿山。」參見第 1 冊，第 157 頁。乙卯是正月初六，故李白入永王幕當在六日以前。

〔註51〕 《李太白全集校注》卷二十五，第 7 冊，第 3630 頁。

〔註52〕 如郭沫若云：「（永王）第三次的聘使就是韋子春。」參見《李白與杜甫》，第 31 頁。松浦友久云：「永王的辟書幾度寄至。」參見《李白的客寓意識及其詩思——李白評傳》，第 198 頁。

〔註53〕 （漢）董仲舒《春秋繁露》卷七，中華書局 1975 年版，第 266 頁。

〔註54〕 （漢）伏勝撰，鄭玄注，（清）陳壽祺輯校《尚書大傳》卷一，商務印書館 1937 年版，第 45 頁。

肩負重任，不可能在潯陽滯留過久；「難以固辭」乃就「人輕禮重」而言，「扶力一行，前觀進退」顯然有躊躇顧慮之意，與「出門妻子強牽衣」「行行淚盡楚關西」的心態一致。第三，除「人輕禮重」難以推辭外，李白還因受到殷浩、謝安等為蒼生而起的精神之感召，故而「隱不絕俗」，選擇應辟入幕「報國薦賢」，這與他在《贈韋祕書子春》中的宣言——「苟無濟代心，獨善亦何益」一脈相承。第四，儘管李白以惠施喻賈縣尉，稱其為知己，但二人的關係遠非字面上那般近密。首先，李白不吝以知己稱許友人，其中，有意氣相投者，如「海內賢豪青雲客，就中與君心莫逆」〔註55〕的元演；更多的則是干謁對象，如「無令管與鮑，千載獨知名」〔註56〕，「長揖蒙垂國士恩，壯心剖出酬知己」〔註57〕，「昔為管將鮑，中奔吳隔秦」〔註58〕，作者以鮑叔牙期許長安縣尉崔叔封，以知己稱呼獨孤明駙馬，以管鮑之交形容他與宰相張鎬的關係，顯然是希望得到他們的汲引和幫助。所以，「惠子知我」可能只是「外交」辭令。其次，李白自負其才，傲岸不羈，常以大鵬、釣鼇客、管仲等自喻、自稱和自許，對政治有強烈的熱情和企望。安史亂起後，他尚且欲傚仿申包胥、張良、諸葛亮、謝安等解救國難、匡扶社稷，卻在此信中連連自謙「去期恬退」，「才微識淺，無足濟時」，「徒塵忝幕府，終無能為」，這或許與他「縣疾疲薾」的身體狀況有關，但主要還是因為賈縣尉不理解他，出於對關心他的朋友的感激，李白才「具申中款」，致以禮貌性的回答。最後，李白在信末賭咒發誓，云：「斯言若謬，天實殛之。」以常理推斷，這是對否定性聲音的回應。類似的用例還體現在《雪讒詩贈友人》中，詩人因劉氏播弄是非被友人誤解，激憤之餘，以「如或妄談，昊天是殛」自辨。可見，《與賈少公書》是一封寫給友人的回信。第五，從篇章結構來看，此信的敘述順序是：自謙→永王徵召→決定入幕→入幕原因→入幕現狀→結束語，且敘述重點是入永王幕的原因和經過。誠然，書信中的情緒比較消沉，但這與《別內赴徵》一樣，是因為李白應辟時心存顧慮，若憑此斷定它作於情緒高漲的《永王東巡歌》之後，那麼，意欲脫離永王幕府的作者，其敘述重點應該是入幕後不得意的情狀。第六，文末的「勾當小事，但增悚

〔註55〕《憶舊遊寄譙郡元參軍》，《李太白全集校注》卷十一，第4冊，第1619頁。
〔註56〕《讀諸葛武侯傳書懷贈長安崔少府叔封昆季》，《李太白全集校注》卷七，第3冊，第1103頁。
〔註57〕《走筆贈獨孤駙馬》，《李太白全集校注》卷七，第3冊，第1180頁。
〔註58〕《贈張相鎬二首》其一，《李太白全集校注》卷九，第3冊，第1327頁。

悵」二句很突兀，疑是錯簡，似在「終無能為」之後。

也就是說，《與賈少公書》是李白剛到永王軍中時，寫給勸他不要入幕的友人的回信，內容以應召的經過、緣由為主，措辭謙遜，似有缺文、錯簡。因作者對入幕一事心存顧慮，故而文章的情緒顯得比較消沉。

（二）宣永王命——《永王東巡歌》新釋

入幕預事後，李白對永王軍的戰略計劃有所瞭解，他的顧慮明顯減弱，不僅不再「前觀進退」，還熱情宣傳永王的使命，強調永王東巡的合法性和自己報國建功的正當性。試看《在水軍宴贈幕府諸侍御》：

> 月化五白龍，翻飛凌九天。胡沙驚北海，電掃洛陽川。虜箭雨宮闕，皇輿成播遷。英王受廟略，秉鉞清南邊。雲旗卷海雪，金戟羅江煙。聚散百萬人，弛張在一賢。霜臺降群彥，水國奉戎旃。繡服開宴語，天人借樓船。如登黃金臺，遙謁紫霞仙。卷身編蓬下，冥機四十年。寧知草間人，腰下有龍泉？浮雲在一決，誓欲清幽燕。願與四座公，靜談《金匱》篇。齊心戴朝恩，不惜微軀捐。所冀旄頭滅，功成追魯連。〔註59〕

詩歌每六句為一節，第一節以安祿山叛亂、皇輿播遷的時代背景領起，暗示永王出師的目的是北上「清幽燕」，平定叛亂，雪清國恥。第二節以「受廟略」即奉玄宗敕命擔任四道節度使、江陵大都督、江淮兵馬都督、揚州節度大使〔註60〕，明確永王「清南邊」即率軍東巡的合法性。其中，「英王」「一賢」等稱譽雖是社交場合的禮節性措辭，卻也反映出李白對永王的正面評價。第三節點題，詩人對宴會和幕府諸侍御略作修飾，便將話題轉向自己，用兩節的篇幅抒寫懷抱。他對自己的定位絕非「才微識淺，無足濟時」，而是「腰下

〔註59〕《李太白全集校注》卷八，第 3 冊，第 1311～1312 頁。

〔註60〕《舊唐書》卷一百九十下《李白傳》載：「祿山之亂，玄宗幸蜀，在途以永王璘為江淮兵馬都督、揚州節度大使，白在宣州謁見，遂辟為從事。」參見第 15 冊，第 5053～5054 頁。（宋）王欽若等編《冊府元龜》卷七三〇《幕府部・連累》云：「李白天寶末為永王璘江淮兵馬都督從事。」參見中華書局 1960 年版，第 9 冊，第 8684 頁。鄧小軍先生通過梳理上述史料，及元結《為董江夏自陳表》《新唐書・李璘傳》中有關永王璘案的若干未被刪改且未被研究者採用或未被充分採用的原始文獻，指出至德元載七月玄宗入蜀途中，曾對李璘有過第二次任命，即江淮兵馬都督、揚州節度大使，十二月永王璘率水軍下揚州時，玄宗的詔命完全合法，且早已提前通報肅宗並獲得認可。參見《永王璘案真相——並釋李白〈永王東巡歌十一首〉》，《文學遺產》2010 年第 5 期。

有龍泉」的「草間人」，雖潛棲遁跡於山澤，但從未忘卻廊廟之志，既得入幕效力，誓要與諸公著意兵略，齊心協力掃清幽燕，為此不惜捐軀報國，惟願消滅敵人，功成身退。可見，李白入永王幕的本意是為國效力，建功立業，同時，他也選擇相信追隨永王就有機會實現報國建功的志向。

再如《永王東巡歌十一首》，前人於詩中深意論述甚詳，惜未注意到其宣傳屬性。筆者以為，這是一組集中反映永王東巡使命、回應朝野質疑的帶有官方宣傳性質的聯章詩，應作於永王進駐丹徒後兩軍相持之初。詩云：

> 永王正月東出師，天子遙分龍虎旗。樓船一舉風波靜，江漢翻為雁鶩池。
>
> 三川北虜亂如麻，四海南奔似永嘉。但用東山謝安石，為君談笑靜胡沙。
>
> 雷鼓嘈嘈喧武昌，雲旗獵獵過尋陽。秋毫不犯三吳悅，春日遙看五色光。
>
> 龍盤虎踞帝王州，帝子金陵訪古丘。春風試暖昭陽殿，明月還過鳷鵲樓。
>
> 二帝巡遊俱未回，五陵松柏使人哀。諸侯不救河南地，更喜賢王遠道來。
>
> 丹陽北固是吳關，畫出樓臺雲水間。千巖烽火連滄海，兩岸旌旗繞碧山。
>
> 王出三江按五湖，樓船跨海次揚都。戰艦森森羅虎士，征帆一一引龍駒。
>
> 長風掛席勢難迴，海動山傾古月摧。君看帝子浮江日，何似龍驤出峽來。
>
> 祖龍浮海不成橋，漢武尋陽空射蛟。我王樓艦輕秦漢，卻似文皇欲渡遼。
>
> 帝寵賢王入楚關，掃清江漢始應還。初從雲夢開朱邸，更取金陵作小山。
>
> 試借君王玉馬鞭，指麾戎虜坐瓊筵。南風一掃胡塵靜，西入長安到日邊。〔註61〕

先看詩意，第一首交代時間，以「天子遙分龍虎旗」點明永王東巡是奉

〔註61〕《李太白全集校注》卷六，第3冊，第934～952頁。

天子之命，突出其合法性；第二首自抒抱負；第三首寫永王軍經江夏、潯陽到達三吳之地，軍紀嚴明，秋毫無犯；第四首寫永王到達金陵，六朝古都因之恢復生氣；第五首寫安祿山叛亂的後果，明確指出永王東巡的目的是「救河南地」，征討逆賊；第六首描繪永王軍駐地丹徒的壯麗景象〔註62〕；第七首寫永王的戰艦滿載著勇士和戰馬到達揚州，準備跨海出征，展示了具體的戰略部署；第八首寫永王浮江東下的盛大軍威，認為消滅叛軍指日可待；第九首頌揚永王泛海北上的聲勢，對直搗安祿山老巢滿懷信心；第十首回顧永王使命，指出其戰略計劃是以金陵為根據地繼續北伐以圖恢復；第十一首重申永王東巡的合法性和平定叛亂的目標，「西入長安到日邊」表明其對中央朝廷的擁護，非圖自立。

　　其次，《永王東巡歌》只有十首，是李白專力創作的聯章詩。就內容而言，第二首的主題和其他十首不一致，疑誤入聯章詩。又，郭沫若先生指出：「《東巡歌》應該只有十首，其後不久作的《上皇西巡南京歌》也只有十首，顯然是仿傚大小《雅》以十首為一『什』的辦法。第九首無疑是永王幕府中人所增益。」〔註63〕十首之說見解卓越，但以用典不倫將第九首斥為偽作則有待商榷。不難看出，問題的關鍵是「我王樓艦輕秦漢，卻似文皇欲渡遼」這兩句詩，李白用唐太宗之典，並非如郭老所言，是「把永王比成唐太宗，而且超過了秦皇、漢武」〔註64〕，而是以太宗渡海攻打高麗的軍事行動比擬永王跨海攻打幽州的戰略計劃，本體和擬體的相似點是跨海作戰以討不臣之人。這種擇取古典、今事相似之一端的用典方式，在李白詩中並不少見。比如「蘇武天山上，田橫海島邊。萬重關塞斷，何日是歸年」〔註65〕，蘇武被匈奴扣押，田橫兵敗後逃往海島，與詩人因安祿山叛亂而逃亡的性質完全不同，但關塞阻斷、歸年無期是其相似之處。再如「君看帝子浮江日，何似龍驤出峽來」，以西晉王濬統兵出峽伐吳的軍威比擬永王率軍浮江東巡的聲勢，二者的相似點是軍容盛大，而非對敵作戰屬性。又如「眉如松雪齊四皓，調笑可以安儲皇」〔註66〕，以永王幕僚錢少陽比擬商山四皓，不是說他效力的對象李璘是「儲皇」，而是說他像四皓一樣有安社稷的才能。其實，唐人用典不似後世那

〔註62〕丹陽，古郡名，唐時稱潤州，州治丹徒縣，即今江蘇省鎮江市。
〔註63〕郭沫若《李白與杜甫》，第67頁。
〔註64〕郭沫若《李白與杜甫》，第67頁。
〔註65〕《奔亡道中》其一，《李太白全集校注》卷十九，第6冊，第2709頁。
〔註66〕《贈潘侍御論錢少陽》，《李太白全集校注》卷八，第3冊，第1317頁。

般計較政治正確，例如杜甫在「汝陽讓帝子，眉宇真天人。虯鬚似太宗，色映塞外春」〔註67〕中，以唐太宗比擬汝陽王李璡，就沒有人指責他用事失敬。至於第二首，李白以謝安自況不足為異，絕非偽作，疑是詩人創作聯章詩時有感而發的抒懷之作。總之，《永王東巡歌》只有十首，第二首乃誤入，第九首絕非偽作。就結構而言，組詩的寫作邏輯是：承命出師→東巡路線→平叛意圖，首尾有節。第一首寫永王奉命東巡，是全篇總綱。第三、四、六、七首選擇沿途的重要地點，按照武昌、潯陽、金陵、丹陽、揚州的順序展開描寫，與以劍閣、成都、劍閣、長安為行文脈絡的聯章詩《上皇西巡南京歌十首》類似。至於為何在第五首中直言東巡之意，且著重書寫江南東道的金陵、丹陽、揚州，這與永王被質疑的處境和聯章詩的宣傳目的有關，詳見下文。最後四首寫永王軍的聲勢和目的，重申永王東巡之合法性，表明他擁護長安、非圖自立的態度。可見，《永王東巡歌》主題一致，結構完整，是一組整體性很強的聯章詩。

再看繫年。聯章詩提及金陵、丹徒、揚州，似指永王軍已到過這些地區，但就當時的情況來看，可能不盡如此。為了更清楚地把握問題，筆者綜合兩《唐書》中《永王璘傳》《肅宗紀》和《資治通鑒》的記載，分別加以論述。第一，至德二載正月〔註68〕，吳郡太守兼江南東路採訪使李希言以平牒對永王領兵東下提出詰問，永王一怒之下，派遣部將渾惟明去吳郡襲擊李希言，季廣琛去廣陵襲擊廣陵長史、淮南採訪使李成式，他自己則向當塗進發。當塗縣在江南西道宣州，屬永王管轄之地，與江南東道的潤州接壤，可見，永王尚未到達當塗便受到江南東道官軍的阻礙。第二，李希言派遣部將元景曜和丹徒太守閻敬之，李成式派遣部將李承慶迎戰。永王斬閻敬之，元景曜、李承慶相繼投降，江淮地區為之震動。可見，永王軍取得階段性勝利後方得

〔註67〕（唐）杜甫《八哀詩·贈太子太師汝陽郡王璡》，蕭滌非主編《杜甫全集校注》卷十四，第7冊，第3997頁。

〔註68〕《資治通鑒》卷二百一十九將李希言平牒李璘、李璘襲擊李希言一事置於至德元載十二月。參見第15冊，第7127～7128頁。但是，永王由江陵東巡已被確定在十二月二十五日，這就在時間上產生了矛盾。又，《新唐書》卷六《肅宗紀》載：「（至德）二載正月，永王璘陷鄱陽郡。」參見第1冊，第157頁。知二載正月永王尚在鄱陽。再者，至德二載二月二十日，永王兵敗被殺。從十二月二十五日至次年二月二十日，永王要在五十五天之內完成從江陵至丹徒，丹徒會戰，從丹徒經晉陵、鄱陽、餘干南奔嶺南等事，因此，他大敗李希言只可能發生在至德二載正月。

以進駐丹徒，而從當塗至丹徒，長江水路不僅便捷，也最適合水軍，這樣一來，金陵自然是必經之地。第三，宦官啖廷瑤、段喬福奉肅宗之命抵達廣陵，與李成式商討招諭永王部將之策。李成式與河北招討判官李銑聯合，李銑將兵數千至揚子津，李成式判官裴貌將兵三千至瓜步州。揚子津在瓜步州東北，瓜步州與永王軍本部丹徒隔江相對，永王不可能在大兵壓境、李成式坐鎮廣陵時抵達揚州。第四，永王麾下得力戰將季廣琛、渾惟明、馮季康等分別投奔廣陵、江寧、白沙（瓜步州與揚子津之間），率兵歸順肅宗朝廷。從渾惟明投奔江寧來看，江寧不受永王轄制，也就是說，永王從當塗經金陵前往丹徒時，並未派兵佔領金陵。若他果真如肅宗方面所言，有窺伺江左之心，何不在戰爭已經打響的情況下，進一步謀取金陵？可見，在永王方面看來，「平諜抗威」的李希言等人，與其說是代表肅宗朝廷的官軍，不如說是反抗玄宗敕命的正規軍的地方諸將的勢力。第五，季廣琛等離叛當夜，兩軍火把隔江相應，永王以為北軍已經渡江，便棄丹徒而逃，黎明發現無事，又回城備船收兵，沿運河向南逃往晉陵。李成式、李銑聯軍隨後追擊，永王軍潰敗，遂收集殘兵逃往都陽。都陽司馬陶備閉城相拒，永王下令焚城，收奪庫物甲兵，經餘干向嶺南逃奔。途中，受到江西採訪使皇甫侁的追擊，雙方在大庾領展開激戰，永王中箭被捕，二月二十日，被殺於傳舍。就這樣，當淮南節度使高適、淮南西道節度使來瑱和江東節度使韋陟在安陸集結的討伐永王的軍隊還未過江時，這場戰爭就已經結束了。可見，永王謀逆的罪名已經坐實，他不僅被在東巡途中教訓過的都陽郡背叛，還受到江南西道治下官員的追殺。再聯繫聯章詩，其一，風格雄健，氣勢豪邁，詞采壯麗，洋溢著樂觀精神和昂揚鬥志，故繫年不得晚於永王潰敗之時。其二，第四首表明永王已經到過金陵，而從當塗至丹徒，金陵是水軍必經之地。其三，第六首有「兩岸旌旗繞碧山」句，故繫年不得早於兩軍相持之時。其四，李成式、李銑在廣陵，永王不可能到達揚州，第七首應該是永王首戰告捷後，李白對抵達東巡的最後一站，也即北伐第一站的美好暢想。綜上所述，《永王東巡歌》當作於兩軍相持之初，此時，永王剛大敗李希言、李成式部下，進駐丹徒，士氣正盛。

　　最後看聯章詩的宣傳屬性。宣傳是個人或團體借助媒介表達自己的觀念或主張以影響受眾的態度和思想的社會活動。比如文字宣傳，要求提煉簡潔響亮、能夠鼓動人心的口號，而《永王東巡歌》全是七言絕句，形式簡潔，內容凝練，具有「口號響亮」的宣傳特點，且配樂比較容易，便於傳唱。再者，

這篇聯章詩主要包括三個方面的內容，其一，強調永王軍的正統性和永王東巡的合法性，見第一、十、十一首；其二，申明永王平定中原叛亂的目的和擁衛二帝的立場，見第五、八、九、十、十一首；其三，宣揚永王軍在江南東道秋毫不犯的嚴明作風和整肅盛大的軍容聲威，見第三、四、六、七、八、九首；有宣傳永王使命的意味。而之所以將其作為寫作重心，則與永王東巡時並不樂觀的處境有關。其實，早在永王坐鎮江陵時，肅宗已經開始打他的主意。至德元載，肅宗召見曾反對玄宗「制置」天下的諫議大夫高適，「適陳江東利害，且言璘必敗之狀。十二月，置淮南節度使，領廣陵等十二郡，以適為之；置淮南西道節度使，領汝南等五郡，以來瑱為之；使與江東節度使韋陟共圖璘」〔註69〕，在北部、東部部署人馬，對永王轄境形成夾擊包圍之勢。而永王對肅宗圖謀之事似乎並不知情〔註70〕，還於二十五日領兵東下。鑒於肅宗是一國之君，兩方的舉措勢必會引發永王謀反的傳言，如元結《為董江夏自陳表》「近日王以寇盜侵逼，總兵東下，傍牒郡縣，皆言巡撫。今諸道節度以為王不奉詔，兵臨郡縣，疑王之議，聞於朝廷」〔註71〕，就頗能反映當時的輿情。又，據《新唐書・肅宗紀》載：「（至德）二載正月，永王璘陷鄱陽郡。」〔註72〕鄱陽郡在江南西道，按「制置」規定，屬永王管轄之地，談不上「陷」。史臣在永王順利經過的江夏、潯陽等地不置一詞，卻在此處用春秋筆法，既成李璘罪證，又有褒獎鄱陽郡之意。可見，鄱陽郡在永王東下時曾加以抵抗，故而被永王派兵攻下。攻打鄱陽郡不僅反映出當時的社會輿論對永王的質疑，還給永王帶來嚴重的負面影響，使江南東道的官員對他高度戒

〔註69〕《資治通鑒》卷二百一十九，第15冊，第7125~7126頁。
〔註70〕《舊唐書》卷一百七《永王璘傳》載：「璘……以薛鏐、李臺卿、蔡坰為謀主，因有異志。肅宗聞之，詔令歸覲於蜀，璘不從命。十二月，擅引舟師東下，甲仗五千人趨廣陵。」參見第10冊，第3264~3265頁。又，元結《為董江夏自陳表》云：「頃者潼關失守，皇輿不安，四方之人，無所繫命。及永王承制，出鎮荊南，婦人童子，忻奉王教。意其然者，人未離心。臣謂此時，可奮臣節。王初見臣，謂臣可任，遂授臣江夏郡太守。」參見《全唐文》卷三百八十，第4冊，第3864頁。肅宗詔令永王歸覲於蜀，史書不見其文。若果有此詔，李璘能否通過江夏尚成問題，更別說任命董某為江夏郡太守，而董某全然不知永王是抗旨東下。疑肅宗詔令非信史，乃是李璘兵敗後為成其謀逆之罪而被追加的一項「證據」。肅宗放任李璘東下，同時又暗中部署，鄭伯之意自不待言，故而造詔令歸覲之說以文過飾非。
〔註71〕《全唐文》卷三百八十，第4冊，第3864頁。
〔註72〕《新唐書》卷六，第1冊，第157頁。

備，在他尚未入境時便平牒詰問東下之意。史稱永王被李希言的無禮舉措激怒，回牒申斥：「寡人上皇天屬，皇帝友於，地尊侯王，禮絕僚品，簡書來往，應有常儀，今乃平牒抗威，落筆署字，漢儀墮紊，一至於斯！」〔註73〕並立即採取軍事行動。這種記載很可疑，殊不論史臣擇取的回牒在內容上避重就輕，且對李希言的詰問隻字未提，更不用說李璘身邊不乏謀士，假使他真要謀逆，為大局計，也不可能因「落筆署字」就大動干戈挑起戰爭，此中的真正緣由恐怕已被有意遮蔽了。永王在照會中明確自己作為玄宗之子、肅宗之弟的正統性，在他眼裏，李希言等人與其說是朝廷官員，不如說是對抗中央的地方勢力，他自然有責任「掃清江漢」，穩定江南。經過這次交涉，永王不可能聽不到朝野對他領兵東下的非議，在軍事打擊的雷霆手段之外，採取告諭等書面或口頭的方式回應質疑，比如請天寶年間文名大盛的李白宣揚東巡之意，並非絕無可能。再者，從「侍筆黃金臺」〔註74〕來看，李白以文筆從事於永王，文字宣傳是其分內之事。因此，《永王東巡歌》不僅以永王東巡的合法性和平叛目的為主題，還著重表現永王在轄境以外的江南東道的行跡以及軍隊的作風和聲勢，既暗示過境去揚州赴任以北上平叛的原因，又有招降廣陵守軍的意圖。

（三）悲慨相煎太急

李白對永王東巡之合法性和平叛目的深信不疑，即使在諸將離叛、永王兵敗南逃時，他還追隨左右〔註75〕，沒有放棄這一基本立場。相應地，此期詩歌也最能反映李白入永王幕的本心和正直的操守。試看《南奔書懷》：

遙夜何漫漫！空歌白石爛。甯戚未匡齊，陳平終佐漢。機槍掃河洛，直割鴻溝半。歷數方未遷，雲雷屢多難。天人秉旄鉞，虎竹光藩翰。侍筆黃金臺，傳觴青玉案。不因秋風起，自有思歸歎。主將動讒疑，王師忽離叛。自來白沙上，鼓噪丹陽岸。賓御如浮雲，從風各消散。舟中指可掬，城上骸爭爨。草草出近關，行行昧前算。南奔劇星火，北寇無涯畔。顧乏七寶鞭，留連道邊翫。太白夜食昴，長虹日中貫。秦趙興天兵，茫茫九州亂。感遇明主恩，頗高祖逖言。

〔註73〕《舊唐書》卷一百七《永王璘傳》，第10冊，第3265頁。
〔註74〕《南奔書懷》，《李太白全集校注》卷二十一，第6冊，第3111頁。
〔註75〕松浦友久《關於李白離開永王軍的時間問題——以〈南奔書懷〉詩為中心》，《中國李白研究》一九九〇年集上，江蘇古籍出版社1990年版，第217～221頁。

過江誓流水，志在清中原。拔劍擊前柱，悲歌難重論。〔註76〕

此詩又題作《自丹陽南奔道中作》，是李白隨永王從丹徒逃往晉陵途中的作品，主要包括四個方面的內容。第一，李白入永王幕的初衷是「志在清中原」，平定安祿山的叛亂，為國盡力，這一點與之前的說法一致。第二，李白在永王幕中的複雜心態。一方面，詩人自稱「侍筆黃金臺，傳觴青玉案」，蒙受永王如燕昭王築黃金臺延士的禮遇。另一方面，卻用張翰離齊王司馬冏幕而免禍一事，謂「不因秋風起，自有思歸歎」，有感於王室內部潛藏的矛盾，想離軍歸去。可見，入幕以來，詩人從未打消「前觀進退」的念頭，但他既蒙玄宗、永王恩遇，又思報效國家，建功立業，終於未能勇決而行。第三，李白對作戰雙方及王室內訌的評價。先看永王方面，詩人在逃亡的危急關頭，依然將永王稱作「天人」，將永王軍稱作「王師」，堅持永王奉「虎竹」「秉旄鉞」即受玄宗詔令掌一方軍權以捍衛王室的正統性和合法性。再看肅宗方面，如果說兩軍對峙之初，李白還把李成式等視作對抗中央的地方勢力，那麼，隨著宦官啖廷瑤、段橋福在揚州展開招諭工作，並成功使季廣琛、渾惟明、馮季康、康謙等高級將領叛離永王，他不可能全然意識不到北軍乃是奉肅宗的旨意行事。李白的內心很矛盾，一方面，他說主將因讒動疑，被人離間，指責北軍是「北寇」，不願相信他們的官軍屬性，如此直言不諱的表達，難怪被前人目為偽作〔註77〕；另一方面，又說「秦趙興天兵」，秦、趙本是兄弟之國〔註78〕，卻興兵作戰，變成敵對關係，喻指肅宗與永王兄弟鬩牆，而且在李白看來，肅宗官軍和永王軍都是「天兵」，並無正、逆之分，明顯有指責肅宗的意味。第四，李白逃亡時的情狀和心境。彼時，永王軍中擾亂，主將叛離，賓客四散，北軍自白沙渡過長江，丹陽郡鼓聲震天，戰況慘烈。李白倉促間隨永王出城南走，一路上進退失措，不知該作何打算，而身後的追兵無邊無際，他們急切地奔逃，苦於沒有七寶鞭能讓追擊者稽留不進。詩人不勝悲憤，自謂報國的精誠同白起和荊軻一樣能上感天象，但是，隨著肅宗將永王視為「叛逆」並予以鎮壓，李白「清中原」的壯志遭到摧折，報國尚且不能，建功更是

〔註76〕《李太白全集校注》卷二十一，第 6 冊，第 3111～3112 頁。

〔註77〕（元）蕭士贇《分類補注李太白詩》卷二十四云：「此篇用事偏枯，句意倒離，絕非太白之作。」參見《四部叢刊初編》第一○六冊。

〔註78〕《史記》卷四十三《趙世家》云：「趙氏之先，與秦共祖。……其後世蜚廉有子二人，而命其一子曰惡來，事紂，為周所殺，其後為秦。惡來弟曰季勝，其後為趙。」參見第 6 冊，第 1779 頁。

枉談，還得背負「附逆」的污名，不由得拔劍擊柱，悲慨難言。

永王被殺後，肅宗對唐王朝的領導權得到進一步確認和鞏固，曾經位於對立面的李白，其處境自然不太樂觀，時時有被清算的風險。而他既沒有自白其狀以撇清跟舊主的關係，還站在永王這邊，對他的被害深感不平，並作《上留田》諷喻肅宗不能容弟，詞頗激切。詩云：

> 行至上留田，孤墳何崢嶸！積此萬古恨，春草不復生。悲風四
> 邊來，腸斷白楊聲。借問誰家地，埋沒蒿里塋。古老向余言，言是
> 上留田。蓬科馬鬣今已平，昔之弟死兄不葬，他人於此舉銘旌。一
> 鳥死，百鳥鳴；一獸走，百獸驚。桓山之禽別離苦，欲去回翔不能
> 征。田氏倉卒骨肉分，青天白日摧紫荊。交讓之木本同形，東枝顦
> 顇西枝榮。無心之物尚如此，參商胡乃尋天兵？孤竹、延陵，讓國
> 揚名，高風緬邈，頹波激清。尺布之謠，塞耳不能聽。[註79]

詩人敷衍古題，引出兄不葬弟、旁人為之立墳的故事作為一篇主旨。繼而列舉鳥獸相親、不忍離別，田氏兄弟欲分家截樹而紫荊枯死，交讓之木枯榮交替、不俱生俱枯，伯夷、叔齊和延陵季子以國相讓等事例，反覆申說骨肉至親的兄弟當友愛相讓，不應該像參、商和漢文帝、淮南王一樣，兵戎相見，難終兄弟之恩，意極沉痛。李白性雖疏闊，卻頗重義氣，他秉持「存交重義」不移心的交道，既沒在永王初敗時離他而去，也未在他被殺後落井下石，還敢於為永王發聲，很是難能可貴。

總的來說，初入幕時，李白因心存顧慮，情緒還比較消沉。待明確了永王東巡之正當性和北上平叛的戰略部署後，他的情緒明顯高漲，不僅對「誓欲清幽燕」「功成追魯連」的遠大志向滿懷信心，還站在永王這邊為其作讚歌以回應質疑。即使後來目睹諸將叛離、賓客星散、永王兵敗南逃，李白的立場也沒有改變，更多的是對相煎太急以致平叛無望、壯志難酬的激憤和悲慨。

三、入獄、出獄及流放歸來的自述

至德二載二月，李白離開永王軍後退居彭澤，不數日便被追及逮捕，繫入潯陽獄中。初秋，蒙江淮宣慰使崔渙、御史中丞宋若思等援救，得以脫囚出獄，並參謀宋若思幕。沒過多久，又因「上表」事件被朝廷追究從璘罪責，不得已離開宋幕，到宿松山避難。歲末，李白被判流放夜郎。乾元二年（759）

[註79]《李太白全集校注》卷二，第 1 冊，第 292～293 頁。

暮春，在巫山遇赦。從入獄、出獄到流放、赦還，近六十歲的李白經歷了人生
中最嚴重的一場危機，這直接影響到他對獲罪原因即從璘一事的講述。

先看李白在獄中對崔渙的自陳，云：

> 箭發石開，戈揮日迴。鄒衍慟哭，燕霜颯來。微誠不感，猶縶
> 夏臺。……穆逃楚難，鄒脫吳災。見機苦遲，二公所哈。驥不驟進，
> 麟何來哉？（《上崔相百憂章》）

> 虛傳一片雨，枉作陽臺神。縱為夢裏相隨去，不是襄王傾國人。
> （《繫尋陽上崔相渙三首》其三）〔註80〕

詩人全用隱言，較之先前的作品，表述及內容有一些變化。其一，「微誠不感」
與「太白夜食昴，長虹日中貫」迥異，自丹陽南奔途中，李白深信自己入幕報
國的精誠能上應天象，如今，卻接連引李廣以石為虎而箭發石開、魯陽揮戈而
日反三舍、鄒衍含冤而夏天降霜的故事，反襯自己報國的精誠不能感動上蒼，
至今還蒙冤被拘繫獄中。不過，就入永王幕以圖平叛報國的目的而言，李白的
講述自始至終未發生變動。類似的心態還體現在送張孟熊前往廣陵干謁御史中
丞兼揚州大都督府長史、淮南節度使高適的詩中，云：「我無燕霜感，玉石俱燒
焚。」〔註81〕通過張秀才向舊友轉達自己的冤情，希望能得到他的援助。其二，
穆生因楚元王劉戊偶失小禮，見微知著，稱病離開；鄒陽因吳王劉濞不聽其諫，
當機立斷，離開吳國；皆得躲過吳、楚謀反的災禍。李白用二人之典，顯然將
永王與謀反的楚元王、吳王等同，立場已完全不同。我們很難說李白對永王反
狀是後知後覺，還是為了一己之生存順應形勢，不過，從他流放遇赦後試圖為
李璘說話來看，這應該是他為求免責自保的說辭，故用筆隱晦而簡略。其三，
李白以良馬不求急用喻指自己不急於建功立業，以麒麟出非其時被害自比入幕
非時遭禍，前者與「功成去五湖」「功成追魯連」所體現的強烈政治企望不符，
後者正可反映李白在獄中的真實心態，其平叛報國的初衷和入世非時的悔恨著
實很真切。其四，劉克莊謂「縱為」二句「言迫脅而行，非其腹心上客」〔註82〕，
「迫脅」雖未必，但絕非永王幕府的核心人物卻是事實。史稱李璘「以薛鏐、
李臺卿、韋子春、劉巨鱗、蔡駉為謀主」〔註83〕，未見李白，且李白在永王幕

〔註80〕《李太白全集校注》卷二十一、九，第6、3冊，第3119、1351頁。
〔註81〕《送張秀才謁高中丞並序》，《李太白全集校注》卷十四，第5冊，第2154頁。
〔註82〕（宋）劉克莊《後村詩話》續集卷一，第82頁。
〔註83〕《新唐書》卷八十二《永王璘傳》，第12冊，第3611頁。

中並無官職，知詩人所言非虛。

　　再看李白出獄至流放前的敘述，云：

　　　　屬逆胡暴亂，避地盧山，遇永王東巡脅行，中道奔走，卻至彭
　　澤。其已陳首。（《為宋中丞自薦表》）

　　　　一生欲報主，百代期榮親。其事竟不就，哀哉難重陳！（《贈張
　　相鎬二首》其一）

　　　　劉琨與祖逖，起舞雞鳴晨。雖有匡濟心，終為樂禍人。我則異
　　於是，潛光皖水濱。（《避地司空原言懷》）〔註84〕

第一則是李白在宋若思幕中以宋的名義而寫的上奏朝廷的自薦表。據文中
「前後經宣慰大使崔渙及臣推覆清雪，尋經奏聞」知，崔渙和宋若思重審李
白從璘「附逆」案是李白得以出獄的主要原因，其中的關鍵證據正是他的證
詞，即「脅行」和「中道奔走」。比較李白入幕前和在幕中的作品，也是這兩
處改動最大。前已論及，李白是被「王命三徵」「辟書三至」，由永王的謀臣韋
子春鄭重請下盧山的。臨行前，詩人既被建功濟世的熱情所鼓舞，又對此行
心存顧慮，顯得頗為躊躇。入幕後，他的情緒很快高漲起來，不僅婉拒友人
的勸諭，還興致勃勃地與同僚宴飲談論，興高采烈地為永王東巡唱讚歌，看
不出任何被脅迫的意味。而且，《南奔書懷》記錄了兩軍在丹陽作戰的慘烈情
形，和永王軍中主將叛離、賓客星散的紛擾景象，以及永王敗軍被南渡的北
軍追擊的危急場面。也就是說，永王自丹陽南奔晉陵時，李白尚且追隨左右，
甚至在其西走鄱陽時，仍有可能同道，中途才折去彭澤，而非在東巡途中「中
道奔走」脫離永王。如此敘述，自是有意為從璘一事開脫，考慮到盛唐人沒
那麼講求儒家從一而終的君臣名節，我們既無須為詩人諱言，也沒必要在品
行上苛責李白。第二則是李白離開宋若思幕臥病宿松山時，對途經此處急救
睢陽的宰相張鎬的陳述，時在至德二載十月初。前兩句是李白的畢生之志，
早在三十年前即開元十五年（727），他就為「事君之道成，榮親之義畢」〔註
85〕的理想而努力。後兩句自傷壯志難酬，雖存報國建功之心入永王幕，但終
於事與願違，遭入獄之禍，哀痛難以言表。第三則是李白自宿松至司空山避
難時的抒懷之作。詩人舉劉琨、祖逖為救國北伐，先後兵敗身死、憂憤而亡，

〔註84〕《李太白全集校注》卷二十五、九、二十一，第 7、3、6 冊，第 3618、1327、
　　　　3105 頁。
〔註85〕《代壽山答孟少府移文書》，《李太白全集校注》卷二十五，第 7 冊，第 3637 頁。

卻被視為樂禍之人的事例，稱自己跟他們不一樣，實際上借二人發感慨，暗喻自己明知入永王幕有風險，仍執著於匡時濟世，終不免受繫獄之辱，造化弄人，盡瀉於詩。

最後看李白流放遇赦後的陳述，云：

> 得罪豈怨天？以愚陷網目。（《流夜郎半道承恩放還兼欣尅復之美書懷示息秀才》）

> 二聖出遊豫，兩京遂丘墟。帝子許專征，秉旄控強楚。節制非桓文，軍師擁熊虎。人心失去就，賊勢騰風雨。惟君固房陵，誠節冠終古。仆臥香爐頂，餐霞漱瑤泉。門開九江轉，枕下五湖連。半夜水軍來，尋陽滿旌旃。空名適自誤，迫脅上樓船。徒賜五百金，棄之若浮煙。辭官不受賞，翻謫夜郎天。（《經亂離後天恩流夜郎憶舊遊書懷贈江夏韋太守良宰》）

> 曩者永王以天人授鉞，東巡無名。利劍承喉以脅從，壯心堅守而不動。房陵之俗，安於太山；休奕列郡，去若始至。帝召岐下，深嘉直誠。（《天長節使鄂州刺史韋公德政碑并序》）〔註86〕

忽然在半道遇赦，這讓李白對肅宗感激不已，他甚至反躬自咎，稱自己獲罪是愚昧所致，沒理由怨天尤人，對入永王幕的選擇予以否定。在寫給江夏太守韋良宰的詩中，李白比較詳細地回顧了自己入永王幕的始末，其要有五：第一，永王作為上皇之子，在長安陷落、二聖西幸時，奉玄宗「制置」詔領四道節度使、江陵大都督，享有「專征」「秉旄」「控楚」即統兵征討、指揮軍隊、掌管古楚之地的權力，承認其正統性和東巡的合法性。值得玩味的是，為了突顯韋良宰堅守房陵、不屈從於永王的操行，李白在頌美其政績的碑文中，只承認永王的正統性而否認其東巡的合法性。可以說，李白在「時過境遷」後嘗試重新評價李璘的努力失敗了，而他還有求於韋良宰，不得不有選擇地採納時議。此後，他間或提及流夜郎事以抒冤憤，卻再未提過永王，也未詳談過從璘獲罪一事。第二，永王對部下約束無方，將領驕橫跋扈，軍中人心動搖，各懷異志。與宣傳永王軍秋毫不犯、聲勢浩大的《永王東巡歌》相比，這裡的說法有蓋棺定論的味道，當更符合當時的實際情況。第三，詩人在廬山隱居避亂時，恰逢永王軍抵達潯陽，他自稱因名氣太大，被脅迫加入

〔註86〕《李太白全集校注》卷九、九、二十九，第3、3、8冊，第1401、1381~1383、4027頁。

永王幕府。「迫脅」說與李白繫獄以來的口風一致，愛惜李白者遂為詩人辯護，比如蘇軾：「太白之從永王璘，當由迫脅。不然，璘之狂肆寢陋，雖庸人知其必敗也，太白識郭子儀之為人傑，而不能知璘之無成，此理之必不然者也。吾不可以不辨。」〔註87〕就是其中的代表。不過，分析李白入幕前和在幕中的作品，他加入永王幕是出於自願，而非被逼迫。鑒於永王兵敗後被視為「叛逆」〔註88〕，李白亦因「附逆」而遭到下獄、流放的處罰，在獄中時他不得不掩飾以求免責，流放遇赦後也不得不諱言以擺脫「世人皆欲殺」〔註89〕的輿論壓力，融入新的社交場域。第四，對永王賞賜的五百金卻而不受，補充了入幕時的細節。李白嘗言「辟書三至，人輕禮重」，如此看來，「禮」可能不止是三請之禮，還包括物質上的饋贈。至於李白是否收受這五百金，千載以後的讀者已經很難知曉了。第五，「辭官」應該是離開永王幕府的意思，為自己無罪反被流放夜郎張本。若李白果真被永王授予過官職，以他的性格不可能絕口不提，而且歷來無李白在永王幕中為官的記載。又，前已論及，永王兵敗丹陽時，李白仍然隨同南奔，末二句用筆簡易，省去獲罪的細節，既為自己諱，又易取信於人。

　　入獄以來，李白仍然承認永王的正統性，卻否認其領兵東巡的合法性；自悔從璘非時，未能及早發現永王反狀，又辯稱「迫脅」入幕，「中道」離去，申訴無辜被治罪的冤屈；還表白報國平叛的精誠和壯志難酬的哀痛，以示自己無虧於道義。遇赦歸來後，他曾試圖公允地評價李璘，可終究不得不屈從於時議。概言之，出於對自身安全和名譽的考慮，李白對從璘一事的講述既有其一貫性，又有改造和重構的痕跡。

　　綜上所述，李白自述入永王幕以入幕前和在幕中時最為可信。彼時，詩人被一腔報國熱情驅使，顧不及內心的隱憂，應辟加入永王幕。他熱情洋溢地宣傳永王東巡使命，對北上平叛充滿嚮往，期望實現建功濟世的遠大志向。直到永王兵敗被殺時，他的立場也沒有改變。但是，當清算「附逆」的行動展開後，李白被抓捕到潯陽獄中，處境十分危險，不得不掩飾從璘之事以求免

〔註87〕《李太白碑陰記》，張志烈、馬德富、周裕鍇主編《蘇軾全集校注》文集三，第 11 冊，第 1092 頁。

〔註88〕儘管《新唐書·永王璘傳》稱「肅宗以少所自鞠，不宣其罪」，但永王「叛逆」被殺已是朝野共識，他的謀臣「薛鏐等皆伏誅」，那些未響應招諭的幕僚也相繼在事後受到處罰。參見第 12 冊，第 3612 頁。

〔註89〕（唐）杜甫《不見》，蕭滌非主編《杜甫全集校注》卷八，第 4 冊，第 2418 頁。

責。加之社會輿論對李璘的否定態度，以及李白獲罪的尷尬處境，都使他難以秉持本心，故而此期的追憶有矯飾之嫌，不盡可信。對此，我們無須苛責，而應審視具體情境，作合乎情理的分析和評價。

第二節　繫獄流放與李白創作之變

　　至德二載二月，李白離開永王軍後退居彭澤，不數日便被追及逮捕，繫入潯陽獄中。初秋，蒙江淮宣慰使崔渙、御史中丞宋若思等援救，得以脫囚出獄，並參謀宋若思幕府。沒過多久，又因「上表」事件被朝廷追究從璘罪責，不得已離開宋幕，到宿松山避難。歲末，李白被判流放夜郎三年。大概在乾元元年（758）初春，詩人從潯陽啟程，開始他漫長的流謫之旅。乾元二年（759）暮春，五十九歲的李白在巫山遇赦，他滿懷喜悅之情，順著長江一氣回到江夏，躍躍欲試地施展詩才，期待被朝廷重新起用。自薦無果後，他轉而南下，本年秋至岳陽洞庭、零陵一帶，上元元年（760）早春返回江夏。秋天，他繼續東下，到達流放的出發地潯陽。從入獄到出獄，從流放到半道赦還，李白在短短的時間內兩落兩起，經歷了人生中最嚴重的生存危機和最極致的生命體驗，這無疑會影響到他的文學創作。考慮到詩人在垂暮之年因老病、貧困而四處向人乞貸的依附生活對其詩風產生的影響，本文將研究範圍限定在入獄至流放遇赦頭一年，即至德二載春至上元元年秋這四年內〔註90〕，著重論述繫獄、流放的極致體驗與李白創作之間的關係。

一、內容之變

　　無論是關照自我還是外部世界，李白此期的創作內容都呈現出跟以往大不相同的新變化。下面以創作主體為中心，由內向外分三個層次進行論述。

（一）陳訴冤憤和渴望放赦

　　在獄中生死未卜的情況下，李白沒有聽任命運無情的安排，而是主動寫詩向多方求助，陳訴他入獄的冤憤和渴望洗雪的心願。比如：

　　　　毛遂不墮井，曾參寧殺人？虛言誤公子，投杼惑慈親。白璧雙

〔註90〕作品編年主要依據安旗主編《李白全集編年箋注》，其中，《感興‧瑤姬天帝女》《鼓吹入朝曲》《送別‧水色南天遠》《臨江王節士歌》《草書歌行》《博平鄭太守自廬山千里相尋入江夏北市門見訪卻之武陵立馬贈別》《天馬歌》等作品的繫年比較牽強，故不包括在內。

明月，方知一玉真。(《繫尋陽上崔相渙三首》其二)

　　台星再朗，天網重恢。屈法申恩，棄瑕取材。冶長非罪，尼父
無猜。覆盆儻舉，應照寒灰。(《上崔相百憂章》)

　　好我者恤我，不好我者何忍臨危而相擠！子胥鴟夷，彭越醢醯。
自古豪烈，胡為此繫？蒼蒼之天，高乎視低。如其聽卑，脫我牢狴。
儻辨美玉，君收白珪。(《萬憤詞投魏郎中》)〔註91〕

李白聲稱自己入獄是遭人誣陷，他舉平民毛遂與平原君門客毛遂、殺人犯曾
參與孝子曾參重名以致迷惑君親的典故，並以無罪被囚的公冶長自況，希望
崔渙能像孔子一樣明辨是非，讓他從覆盆之下的獄中得到釋放。他還情緒激
動地指責「不好我者」落井下石，又引伍子胥、彭越為同調，痛惜自古豪烈被
小人陷害難得善終，希望魏郎中能明察下情「好我」「恤我」，識得蒙流言之
玷的美玉，助他脫離牢獄之苦。高層官員之外，李白還向官階較低的司馬、
判官和尚未進士及第的讀書人求助。在《送史司馬赴崔相公幕》中，李白向
即將赴江淮宣慰使崔渙幕的史司馬極言自己的艱危處境：「珍禽在羅網，微命
若遊絲。願託周周羽，相銜漢水湄。」〔註92〕希望能得到他的援助，或許投
贈給崔渙的詩也是經他代為轉陳。在《雜言用投丹陽知己兼奉宣慰判官》中，
李白以藺相如喻指丹陽友人和崔渙幕中的判官，云：「恭聞士有調相如，始從
鎬京還，復欲鎬京去。能上秦王殿，何時迴光一相昒？欲投君，保君年，幸君
持取無棄捐。無棄捐，服之與君俱神仙。」〔註93〕以卜和自託，求他們相助
營救。在《送張秀才謁高中丞》中，李白盛讚張孟熊繼承張良的智勇英謀，有
求於他向御史中丞高適申訴自己的冤案：「高公鎮淮海，談笑廓妖氛。……我
無燕霜感，玉石俱燒焚。」〔註94〕相應地，此期投贈、送別之作的比重也大
幅度提高。

　　至德二載（757）十二月，朝廷追究李白從璘罪責的決定下達，他被判處
流放夜郎三年。與初入獄時生死未卜的處境不同，明確的結局似乎讓詩人逃
亡的心安頓下來，比較容易對流謫的未來做好相應的心理準備。所以，儘管

〔註91〕《李太白全集校注》卷九、二十一、二十一，第 3、6、6 冊，第 1349～1350、
　　　　3119～3120、3127 頁。
〔註92〕《李太白全集校注》卷三十，第 8 冊，第 4135～4136 頁。
〔註93〕《李太白全集校注》卷九，第 3 冊，第 1219 頁。
〔註94〕《李太白全集校注》卷十四，第 5 冊，第 2154 頁。

他仍然為「竄逐我因誰」〔註95〕而感到悲憤，卻很少再說這樣的話，反倒更多地流露出渴望被朝廷赦免的一面。試看：

> 北闕聖人歌太康，南冠君子竄遐荒。漢酺聞奏鈞天樂，願得風吹到夜郎。（《流夜郎聞酺不預》）

> 我愁遠謫夜郎去，何日金雞放赦迴？（《流夜郎贈辛判官》）

> 我行望雷雨，安得霑枯散？（《流夜郎至西塞驛寄裴隱》）

> 天作雲與雷，霈然德澤開。東風日本至，白雉越裳來。獨棄長沙國，三年未許回。何時入宣室，更問洛陽才？（《放後遇恩不霑》）〔註96〕

還未啟程前往夜郎，李白就盼望著朝廷的恩澤。可是，至德二載十二月，天下大赦，賜民酺五日，他沒有資格享受。乾元元年十月，肅宗冊立太子，大赦天下，他依然不在被免之列。不過，詩人對自己的前途尚未完全絕望，長流途中一直渴望「金雞放赦」，「雷雨」普降，使「枯散」如他也能霑漑朝廷的恩澤。即使希望一次次落空，他仍然不放棄對赦免的嚮往，並以被棄長沙的賈誼自比，勸慰自己終有被朝廷召回的一天。正是這種樂觀的精神，支撐著他在愁苦的流謫之旅中等來遇赦的好消息。

（二）繫念親眷和懷思家園

天寶十二載（753），李白在《秋於敬亭送從姪耑遊廬山序》中首次提到自己的父親，云：「余小時，大人令誦《子虛賦》。」〔註97〕此時，距他離開綿州已經過去了二十八年。李白極少談說蜀中的家人〔註98〕，也不太熱心在作品中表現親情，至德二載（757）春，當他被捕入獄失去人身自由後，卻在不經意間流露出天性中對至親最深沉的牽念。試看：

〔註95〕《贈易秀才》，《李太白全集校注》卷九，第3冊，第1371頁。

〔註96〕《李太白全集校注》卷二十二、九、十一、二十二，第7、3、4、7冊，第3259、1359、1699、3261頁。

〔註97〕《李太白全集校注》卷二十六，第8冊，第3768頁。

〔註98〕李白一向以隴西李氏自居，他在《上安州裴長史書》《與韓荊州書》《贈張相鎬》中自述家世，皆未談及父祖輩。與他同時代的李陽冰、魏顥，在《草堂集序》《李翰林集序》中記其郡望、隸籍，卻未提其祖上情況。范傳正親見李白孫女，看過李白嫡子伯禽的手書，所作《唐左拾遺翰林學士李公新墓碑並序》最為詳備，但他對李白家世的瞭解，也只限於其父名李客，終生未仕。可見，李白從不輕易在作品或生活中表現和談論他的原生家庭。

南冠君子，呼天而啼。戀高堂而掩泣，淚血地而成泥。獄戶春
而不草，獨幽怨而沉迷。兄九江兮弟三峽，悲羽化之難齊。穆陵關
北愁愛子，豫章天南隔老妻。一門骨肉散百草，遇難不復相提攜。
（《萬憤詞投魏郎中》）

星離一門，草擲二孩。萬憤結緝，憂從中催。（《上崔相百憂章》）

聞難知慟哭，行啼入府中。多君同蔡琰，流淚請曹公。知登吳
章嶺，昔與死無分。崎嶇行石道，外折入青雲。相見若悲歎，哀聲
那可聞？（《在尋陽非所寄內》）〔註99〕

一方面，是作為兒子和兄弟的李白，對原生家庭中「高堂」、九江之兄和
三峽之弟的憶念〔註100〕。司馬遷云：「夫天者，人之始也；父母者，人之本
也。人窮則反本，故勞苦倦極，未嘗不呼天也；疾痛慘怛，未嘗不呼父母也。」
〔註101〕李白「呼天而啼」，「戀高堂而掩泣」，顯見困窘到了極點。他向來對
至親諱莫如深，在生死未卜的處境下，竟也有些脆弱，不由得思念亡故的父
母，悲歎兄弟天各一方，既不能相聚，又難以相救。儘管九江之兄和三峽之
弟早就難以稽考〔註102〕，但詩人由此透露現實生活中的家世狀況，很是難得。
另一方面，是作為父親和丈夫的李白，對以他為核心的新家庭中「愛子」和
「老妻」的掛念。安祿山叛亂後，李白顧不得東魯的家小，先帶著妻子宗氏
自梁園到江南避亂。至德元載（756）秋，他隱居廬山，年末與宗氏別過，參
加永王幕府。從「豫章天南隔老妻」來看，宗氏在李白入幕後離開廬山，寓居
豫章。聞知丈夫入獄後，宗氏四處奔走營救，這讓詩人極為感動，他將妻子
的苦心經營比作蔡文姬向曹操哭救董祀，懸想她攀登吳章嶺、崎嶇行山道的
艱苦狀況，以及二人相見時的情境，感激與哀痛之情交織纏繞，令人動容。
或許是患難見真情，此後，李白寫給宗氏的詩歌常常表現出少見的深情。同
樣在至德元載，李白委託武諤赴魯攜愛子伯禽南下，從「穆陵關北愁愛子」
來看，他的計劃沒有成功，伯禽、頗黎兩兄弟仍滯留兗州。身陷囹圄的詩人

〔註99〕《李太白全集校注》卷二十一、二十一、二十三，第6、6、7冊，第3126～
　　　　3127、3119、3369～3370頁。
〔註100〕王琦云：「此詩所云兄九江弟三峽，與下文愛子老妻並言，似指親兄弟而
　　　　言。」良是。參見《李太白全集》卷二十四，第1311頁。
〔註101〕《史記》卷八十四《屈原賈生列傳》，第8冊，第2482頁。
〔註102〕松浦友久認為，「兄」指的是獄中的李白，可備一說。參見《李白的客寓意
　　　　識及其詩思——李白評傳》，第222頁。

既為愛子是否平安而愁悶，又為倉促間拋棄他們而自悔，還為骨肉星散而傷懷，百憂萬憤鬱結於心，不勝悲慟。

而流放以來，李白對小家庭的牽念轉化為更寬泛的對家園的懷思，作品中表露出一種少見的想要結束漂泊、安頓下來的意願。比如：

予若洞庭葉，隨波送逐臣。思歸未可得，書此謝情人。（《送郗昂謫巴中》）

白日如分照，還歸守故園。（《流夜郎題葵葉》）

三載夜郎還，於茲煉金骨。（《憶秋浦桃花舊遊時竄夜郎》）

一為遷客去長沙，西望長安不見家。（《與史郎中欽聽黃鶴樓上吹笛》）

去國客行遠，還山秋夢長。（《贈別舍人弟臺卿之江南》）

感此瀟湘客，悽其流浪情。海懷結滄洲，霞想遙赤城。（《秋夕書懷》）

予非《懷沙》客，但美《採菱曲》。所願歸東山，寸心於此足。（《春滯沅湘有懷山中》）

余以鳥道計於故鄉兮，不知去荊吳之幾千。（《悲清秋賦》）[註103]

李白一生雲遊四方，開元、天寶年間，他常常以「客」自稱，以「飛蓬」「流萍」「孤鳳」「客鳥」等自喻，感慨自己懷才不遇、漂泊無定的生活狀態，可他並未想過要結束這種雖然孤獨但也逍遙自在的生活方式。但是，經歷過流放的被動「遠遊」之後，年邁的詩人卻想要安頓下來，結束這苦澀的漂泊，他屢屢在詩文中傾吐對家園的懷念，表達「思歸」「還歸」「還山」的心願，家園成了他心底最溫暖、最踏實的情感歸宿。不過，李白想要歸去的家園很寬泛，可能是舊時桃花盛開的秋浦遊處，是有機會實現政治夢想的長安，是讓他「旋覺天地輕」的神仙世界，是謝安曾經隱居的東山，也可能是模糊的「故園」「山」，或是蜀中、安西的「故鄉」，總歸是留下過美好回憶的所在，能夠讓他在無所依託的流謫生活中獲得片刻的精神寄託。

總之，入獄後生死不明的極端處境和長流夜郎的淒苦漂泊，讓李白對家

〔註103〕《李太白全集校注》卷十五、二十二、二十、二十、九、二十一、二十、二十四，第 5、7、6、6、3、6、6、7 冊，第 2199、3174、2995、2947、1434、3102、2992、3587 頁。

人和家園無比掛念，他把親情和鄉關之思作為重要的表現對象，不僅罕見地在詩中提及自己的原生家庭，無意中勾勒出較為完整的家庭狀況，還表示出想要安頓下來的意願，這在他以往的創作中很少體現。

（三）憂心時局

李白的用世之志一刻也未嘗少歇，即使身陷囹圄，病難交加，依然對安史之亂保持深切的關注，並將身世之痛與社會災難聯繫起來，作品中流露出強烈的憂世之心和濟民救國的願望。試看：

> 胡馬渡洛水，血流征戰場。千門閉秋景，萬姓危朝霜。(《獄中上崔相渙》)

> 共工赫怒，天維中摧。鯤鯨噴蕩，揚濤起雷。魚龍陷人，成此禍胎。火焚崑山，玉石相磓。仰希霖雨，灑寶炎煨。(《上崔相百憂章》)

> 海水渤潏，人羅鯨鯢。蓊胡沙而四塞，始滔天於燕齊。何六龍之浩蕩，遷白日於秦西。九土星分，嗷嗷悽悽。(《萬憤詞投魏郎中》)
> 〔註104〕

李白本為求崔渙、魏郎中的救助，卻以濃烈的家國之痛起筆，怒斥安祿山叛軍直渡洛水，殺人盈野，使唐王朝綱紀中斷，皇帝被迫西遷，九州分散，百姓淒慘逃難，性命危殆，仰告蒼天快點澆滅這場叛亂之火。詩中所反映的對時代災難的思考，對社會悲劇的關注，對平息戰亂的企盼，又可間接證明他被下獄的非正當性。而且，詩人雖在艱危困躓之中，仍不忘留心當世，其《送張秀才謁高中丞》序云：「余時繫尋陽獄中，正讀《留侯傳》。秀才張孟熊蘊滅胡之策，將之廣陵謁高中丞。余喜子房之風，感激於斯人，因作是詩以送之。」〔註105〕雖有借張秀才向高適求助之意，但愛惜人才，鼓勵「壯士懷遠略，志存解世紛」的愛國青年「長策掃河洛，寧親歸汝墳」〔註106〕的用心是赤忱的。

出獄之後，李白參謀宋若思幕府，將他在安史亂起後屢以永嘉南渡比擬現實的觀點細緻化，在《為宋中丞請都金陵表》中表達遷都金陵的政治主張，與前期泛泛而談個人理想抱負和揮斥政治熱情的作品很不一樣。如前所述，李白

〔註104〕 《李太白全集校注》卷九、二十一、二十一，第3、6、6冊，第1345、3119、3126頁。

〔註105〕 《李太白全集校注》卷十四，第5冊，第2153頁。

〔註106〕 《送張秀才從軍》，《李太白全集校注》卷十四，第5冊，第2075頁。

對形勢的錯誤估計使他不得不離開宋若思幕，詩人自傷「雄劍掛壁，時時龍鳴。不斷犀象，羞澀苔生」，有才卻不能為時所用，但他並沒有喪失為國雪恥、立功成名的志向和勇氣，謂「國恥未雪，何由成名。神鷹夢澤，不顧鷗鳶。為君一擊，搏鵬九天」〔註107〕，以搏擊九天之鵬的神鷹自喻，詞激氣壯。危殆的時局激盪著詩人對唐室的報恩之心和建功立業的壯志，他在干謁張鎬的詩中說：

> 一生欲報主，百代期榮親。其事竟不就，哀哉難重陳！臥病古松滋，蒼山空四鄰。風雲激壯志，枯槁驚常倫。聞君自天來，目張氣益振。亞夫得劇孟，敵國空無人。捫蝨對桓公，願得論悲辛。(《贈張相鎬二首》其一)〔註108〕

暮年之人痛切壯志未遂，即使抱病山中，形容憔悴，聞知張鎬率兵急救睢陽，忽然精神抖擻，「撫劍夜吟嘯，雄心日千里。誓欲斬鯨鯢，澄清洛陽水」，「滅虜不言功，飄然陟蓬壺」〔註109〕，意氣不衰，片刻不忘赴難濟時，報效國家，有所作為。

流放遇赦後，李白的用世之心再熾，他向韋良宰、史郎中等自薦，即使「報國有壯心，龍顏不回眷」〔註110〕，有才不能見用，也未放棄對時局的關注。一方面，李白時刻留意安史之亂的動態。乾元二年三月，九節度使軍被觀軍容的宦官牽制，不得前進，官軍在相州大敗。戰後，史思明密謀殺掉安慶緒，收編安氏遺眾，自立稱帝，叛軍繼續在黃河兩岸作亂。朝廷內外「桀犬尚吠堯，匈奴笑千秋」的局面讓詩人「中夜四五歎，常為大國憂」〔註111〕，期待出現后羿那樣的英雄「一箭落旄頭」，挽救這危亂的時局。另一方面，他對荊州的康張之亂憂心忡忡。試看：

> 歲晏天崢嶸，時危人枯槁。思歸阻喪亂，去國傷懷抱。郢路方丘墟，章華亦傾倒。風悲猿嘯苦，木落鴻飛早。日隱西赤沙，月明東城草。關河望已絕，氛霧行當掃。長叫天可聞，吾將問蒼昊。(《荊州賊亂臨洞庭言懷作》)〔註112〕

〔註107〕《獨漉篇》，《李太白全集校注》卷三，第 2 冊，第 362 頁。
〔註108〕《李太白全集校注》卷九，第 3 冊，第 1327 頁。
〔註109〕《贈張相鎬二首》其二，《李太白全集校注》卷九，第 3 冊，第 1335 頁。
〔註110〕《江夏寄漢陽輔錄事》，《李太白全集校注》卷十一，第 4 冊，第 1707～1708 頁。
〔註111〕《經亂離後天恩流夜郎憶舊遊書懷贈江夏韋太守良宰》，《李太白全集校注》卷九，第 3 冊，第 1392 頁。
〔註112〕《李太白全集校注》卷二十一，第 6 冊，第 3133 頁。

乾元二年八月，襄州將領康楚元、張嘉延據州作亂，康氏自稱南楚霸王。九月，張嘉延率領叛軍襲破荊州，向華容縣逼近。此時，李白正好在岳陽，他對時局動亂、百姓憔悴、荊州城破、關河望斷感到異常哀痛，洞庭湖的景致也因他的愁緒而變得寂寥蕭索。詩人仰天長呼，詰問上蒼為何不憐憫百姓，期盼官軍盡快掃除叛賊。所以，面對岳陽水軍時，他豪興大發，將討伐叛逆的場面描寫得極為雄壯，云：「今茲討鯨鯢，旌旆何繽紛！白羽落酒樽，洞庭羅三軍。黃花不掇手，戰鼓遙相聞。劍舞轉頹陽，當時日停曛。醉歌激壯士，可以摧妖氛。」〔註113〕認為「齷齪東籬下，淵明不足群」，在當前戰亂的形勢下，男兒應該奮起報國，體現出他一貫的濟世安民的志向。

總的來說，繫獄、流放的極致體驗使李白作品中出現了陳訴冤情、渴望洗雪以及被朝廷赦免的新主題。他把親情和思歸作為重要內容，罕見地表達了對安穩生活的嚮往。更為難得的是，他從未在困頓的環境中放棄對時局的關注，作品中顯現出更加深切、具體的憂國之意。

二、風格跌宕

從作品來看，至德二載春繫獄以前，李白「豪放飄逸」的主要詩風並未因安祿山叛亂而產生太大的變化。不過，在潯陽獄中經歷過生與死的威脅，在流放途中飽嘗棄臣的辛酸之後，李白似乎收起自己的部分棱角，他的傲氣、自信和激情明顯減弱，詩文豪情頓減，意氣低落，情緒哀傷到了極致。可貴的是，詩人從未放棄對命運的反抗與自救，天性中堅實的自信、狂放和樂天精神在他脫囚出獄和半道遇赦後迅速修復，作品氣勢也隨著他兩落兩起的人生境遇而呈現出由強轉弱、由弱漸強、由強到弱、由弱變強的交替變化。〔註114〕也就是說，不論是情感的頓挫抑揚，還是作品氣勢在這一階段的起伏升

〔註113〕《九日登巴陵置酒望洞庭水軍》，《李太白全集校注》卷十八，第 6 冊，第 2648 頁。

〔註114〕查屏球先生認為，李白晚年自信心逐漸低落，多數作品豪情頓減，勇氣下降，氣勢轉弱，詩歌風格由格高調逸轉變為沉重的淪落感、淒涼的落魄感和淒苦的漂泊感，高度概括了至德二載至寶應元年這六年內李白詩風的主要變化。參見《李白晚年詩風的變化》，《從遊士到儒士——漢唐士風與文風論稿》，復旦大學出版社 2005 年版，第 354～376 頁。筆者結合李白繫獄、流放的人生經歷，進一步細化研究，發現詩人並未在命運的打擊下失去樂觀、自負的天性，具體時段的作品風格隨著其遭際的變化呈現出起起伏伏的波動趨勢，不僅沒有一味的低沉下去，甚至還表露出縱誕的一面。

沉，都呈現出跌宕的風格特點。

（一）一落一起：從入獄到出獄

首先，階下囚的身份使李白尊嚴淪落，高傲的詩人不得不在尋求援助的詩歌中放低姿態，不遺餘力地歌頌對方。比如《獄中上崔相渙》：

> 賢相燮元氣，再欣海縣康。台庭有夔龍，列宿粲成行。羽翼三
> 元聖，發輝兩太陽。應念覆盆下，雪泣拜天光。〔註115〕

詩人把崔渙比作夔、龍那樣善於燮理陰陽元氣的賢相，頌揚他輔佐三聖，使海宇安康，百官得其所用，將兩位君主的光輝發揚光大，盼望他能為自己洗雪冤屈。李白還將丹陽知己和宣慰判官比作藺相如，以飛入鳳凰池、高棲瓊樹枝的瑤臺鶴譽美史司馬，稱讚高適談笑間便可平定安慶緒叛軍，對從軍獻策的張秀才也特別客氣，而以微弱、悲苦的形象，如覆盆下的「寒灰」、羅網中的「珍禽」、抱璞玉而泣的卞和、呼天而啼的南冠君子等自喻，極言自己處境之艱，希望能引起他們的垂憐。與繫獄前的干謁之作相比，這些投贈、送別之作中少了蔑視權貴的傲氣和自命不凡的銳氣，作品自信力不足，豪情退去，氣勢轉弱。試比較：

> 今天下以君侯為文章之司命，人物之權衡，一經品題，便作佳
> 士。而君侯何惜階前盈尺之地，不使白揚眉吐氣，激昂青雲耶？（《與
> 韓荊州書》）

> 黃河三尺鯉，本在孟津居。點額不成龍，歸來伴凡魚。故人東
> 海客，一見借吹噓。風濤儻相見，更欲凌崑墟。何當赤車使，再往
> 召相如。（《贈崔侍御》）

> 歲酒上逐風，霜鬢兩邊白。蜀主思孔明，晉家望安石。時來列
> 五鼎，談笑期一擲。虎伏避胡塵，漁歌遊海濱。弊裘恥妻嫂，長劍
> 託交親。夫子秉家義，群公難與鄰。莫持西江水，空許東溟臣。他
> 日青雲去，黃金報主人。（《贈友人三首》其三）〔註116〕

三者分別作於開元二十二年（734）、天寶五載（747）和至德元載（756），作品的風貌、格調與獄中之作差異很大。初入長安落魄而歸後，李白干謁荊州

〔註115〕《李太白全集校注》卷九，第 3 冊，第 1345 頁。
〔註116〕《李太白全集校注》卷二十五、七、十，第 7、3、4 冊，第 3683、1122～
　　　　1123、1506～1507 頁。

長史韓朝宗，卻長揖不拜，傲岸狂放，態度十分強硬，這篇文章寫得力量充沛，豪氣縱橫，咄咄逼人，體現出強烈的自信和昂揚奮發的激情。賜金放還後，李白雄心不戢，向崔成甫侍御尋求汲引，他在詩中高自標置，對自己的才華充滿信心，詩歌意氣放達，朗暢飄逸。安史亂起後，他已兩鬢斑白，生計似露出窘迫的光景，可向友人求助的詩中卻不多頌揚之辭，而是以諸葛亮、謝安自期，深信自己有銘鼎記功之機，待功成之日再回報主人的高義。不難看出，繫獄潯陽的苦難遭際遠遠比天寶末的這場戰爭對李白及其創作的影響來得更大。

其次，被營救出獄後，李白失落的自信有所回升，逐漸恢復了天性中的樂觀精神和明健激昂的生命熱情，表現在作品中，則是自我推許，雄心憤薄，繪景壯闊，氣勢增強。比如《中丞宋公以吳兵三千赴河南軍次潯陽脫余之囚參謀幕府因贈之》：

> 獨坐清天下，專征出海隅。九江皆渡虎，三郡盡還珠。組練明秋浦，樓船入郢都。風高初選將，月滿欲平胡。殺氣橫千里，軍聲動九區。白猿慚劍術，黃石借兵符。戎虜行當剪，鯨鯢立可誅。自憐非劇孟，何以佐良圖？〔註117〕

同樣是稱揚之作，起句卻「雄渾而嚴」〔註118〕「冠裳雄渾」〔註119〕，詩人連用東漢宋均治九江郡而虎豺遠遁、孟嘗到官而海珠復還合浦、白猿自慚劍術、黃石公傳授張良兵法的典故，頌美宋若思「清天下」的善政和「專征」的兵機謀略。其中，「組練」六句景象闊遠，精氣暗湧，畫出吳兵的雄壯聲威和將上戰場殺敵的非凡氣概。「行當剪」「立可誅」造語明快，剛健有力，對平叛懷抱信心。全詩體格清飭，氣魄宏大，劉辰翁評其「句句壯」〔註120〕，良是。剛出獄時，李白謂「自憐非劇孟」，對參謀宋若思幕府感到愧不敢當，這與他在安史之亂爆發後動輒以魯仲連、張良、諸葛亮、謝安等偶像自許，如「仍留一支箭，未射魯連書」〔註121〕「張良未逐赤松去，橋邊黃石知我心」〔註122〕

〔註117〕　《李太白全集校注》卷九，第3冊，第1354頁。

〔註118〕　（明）高棅編選《唐詩品匯》卷七十四引元人范檸評語，上海古籍出版社1988年版，第650頁。

〔註119〕　（明）胡震亨《唐音癸籤》卷十《評匯六》，第99頁。

〔註120〕　（明）高棅編選《唐詩品匯》卷七十四引宋人劉辰翁評語，第650頁。

〔註121〕　《奔亡道中五首》其三，《李太白全集校注》卷十九，第6冊，第2712頁。

〔註122〕　《扶風豪士歌》，《李太白全集校注》卷五，第2冊，第819頁。

「蜀主思孔明，晉家望安石。時來列五鼎，談笑期一擲」〔註123〕「但用東山謝安石，為君談笑靜胡沙」〔註124〕等很不一樣，而且之後的作品中再難見到以這些人物自擬的雄心。不過，天性中堅實的復原力讓李白很快就恢復了自我推許，試看：

> 臣所薦李白，實審無辜。懷經濟之才，抗巢、由之節。文可以變風俗，學可以究天人，一命不霑，四海稱屈。伏惟陛下大明廣運，至道無偏，收其希世之英，以為清朝之寶。昔四皓遭高皇而不起，翼惠帝而方來。君臣離合，亦各有數。豈使此人名揚宇宙，而枯槁當年！（《為宋中丞自薦表》）

> 亞夫得劇孟，敵國空無人。捫虱對桓公，願得論悲辛。大塊方噫氣，何辭鼓青蘋？斯言儻不合，歸老漢江濱。（《贈張相鎬二首》其一）〔註125〕

前者替宋若思代筆，以「希世之英」、商山四皓自許，極力宣揚自己的政治和文學才能，文中充斥著不甘沉淪的雄心和奮發進取的政治激情，末句有《與韓荊州書》中傲岸疏狂的個性風采。後者以劇孟、王猛自期，深信自己具有他們那樣的縱橫謀略。末四句悲歌慷慨，氣勢鼓蕩，被嚴羽評為「結語每每氣崛」〔註126〕，與開元年間所作之《贈從兄襄陽少府皓》的結尾相似，云：「吾兄青雲士，然諾聞諸公。所以陳片言，片言貴情通。棣華儻不接，甘與秋草同。」〔註127〕表現出詩人剛烈的至性。

最後，李白終未能如願「決良圖」，政治上的一事無成、下獄的屈辱及對從璘之禍再發的憂懼讓他以出世自遣，云：

> 龍鳳脫罔罟，飄颻將安託？去去乘白駒，空山詠場藿。（《古風》其四十五）〔註128〕

慨歎亂世不能用賢，要將心思轉向隱逸求仙，字裏行間透露出不甘寂寞而又不得不寂寞的無奈，以及不加掩飾的委屈和梗概不平之氣。與前期在現實中

〔註123〕《贈友人三首》其三，《李太白全集校注》卷十，第4冊，第1506頁。

〔註124〕《永王東巡歌》其二，《李太白全集校注》卷六，第3冊，第936頁。

〔註125〕《李太白全集校注》卷二十五、九，第7、3冊，第3621～3623、1327頁。

〔註126〕（宋）嚴羽評點《李太白詩集》卷十，轉引自《李太白全集校注》卷九，第3冊，第1334頁。

〔註127〕《李太白全集校注》卷七，第3冊，第1035頁。

〔註128〕《李太白全集校注》卷一，第1冊，第145頁。

受挫而在訪道學仙、及時行樂中尋求滿足、撫平創傷不同的是，道家仙境和
山水風光對他的吸引力大大下降了。我們不妨看看《江上望皖公山》：

> 奇峰出奇雲，秀木含秀氣。清宴皖公山，巉絕稱人意。獨遊滄
> 江上，終日淡無味。但愛茲嶺高，何由討靈異？默然遙相許，欲往
> 心莫遂。待吾還丹成，投跡歸此地。〔註129〕

詩人孑然一身，終日在滄江上游蕩，目光所及之處，惟有清峻挺拔的皖公山
能聊解愁悶，排遣心中的無聊和憂鬱。但是，「默然遙相許，欲往心莫遂」，李
白對皖公山的喜愛只是暫時的，復歸自然的生活已經不能像從前那樣給他帶
來飄逸的仙人意識，說什麼練就丹藥、投歸此地，不過是勸慰自己的空頭支
票罷了。李白不願意隱居，他割捨不下自己的拯世之心，也忘不掉建功立業
的理想和抱負。在他心中，寂寞的悲涼、沉淪的不甘和執著的熱情交織雜糅，
使他不能和自然完全融合。再如《避地司空原言懷》：

> 南風昔不競，豪聖思經綸。劉琨與祖逖，起舞雞鳴晨。雖有匡
> 濟心，終為樂禍人。我則異於是，潛光皖水濱。卜築司空原，北將
> 天柱鄰。雪霽萬里月，雲開九江春。俟乎太階平，然後託微身。傾
> 家事金鼎，年貌可長新。所願得此道，終然保清真。弄景奔日馭，
> 攀星戲河津。一隨王喬去，長年玉天賓。〔註130〕

不久前，李白還「頗高祖逖言，過江誓流水，志在清中原」〔註131〕，現在卻
評價祖逖和劉琨是「樂禍人」，認為「我則異於是」，打算在司空原避禍隱居，
韜光養晦，流連美景，潛心研求長生之術。但是，詩人「傾家事金鼎」的前提
是「俟乎太階平」，只有在「太階平」之後，他才能「託微身」，真正享受到
「雪霽萬里月，雲開九江春」的山林之樂和「弄景奔日馭，攀星戲河津」的修
道之趣。李白試圖迫使自己謹記劉琨、祖逖的教訓，忘掉安祿山叛亂給國家
造成的危害，給百姓帶來的災難，但是，他那有意識的心靈總會被不自覺的、
下意識的思維活動攪擾，縈繞在他腦海裏的是國難未平的現狀，是對挽救危
亂時局的期待。他的一腔熱情被報國無門的現實捆縛著，被朝廷追責的擔憂
壓抑著，作品中不得已的悲哀情愫更甚於開、天年間的「不遇」和「被放還
山」。

〔註129〕《李太白全集校注》卷十八，第6冊，第2636頁。
〔註130〕《李太白全集校注》卷二十一，第6冊，第3105～3106頁。
〔註131〕《南奔書懷》，《李太白全集校注》卷二十一，第6冊，第3112頁。

（二）二落二起：從流放到赦還

一方面，與入獄時奮起自救、陳訴冤憤不同，李白那種「已被現實牢籠，又不願意接受，反過來卻想征服現實」〔註132〕的生命意志在流放途中明顯消沉下去，多次表現出對現實不得已的順從和對變化無常的命運的憂戚，作品中籠罩著一種哀傷、沉痛的愁氛。試看：

> 願結九江流，添成萬行淚。寫意寄廬嶽，何當來此地！天命有所懸，安得苦愁思。（《流夜郎永華寺寄潯陽群官》）

> 竄逐勿復哀，慚君問寒灰。浮雲無本意，吹落章華臺。遠別淚空盡，長愁心已摧。三年吟澤畔，憔顇幾時迴？（《贈別鄭判官》）〔註133〕

長流夜郎不是李白的自主選擇，他像一朵「浮雲」，本無意西行，卻被無情的命運吹向夜郎的方向。詩人既難以理解，又無法反抗，只能用神秘莫測的「天命」寬慰自己。可是，他的自解毫無說服力。一面說「安得苦愁思」，一面卻願將江水添作他的眼淚，即使這般也無法沖去他心中的哀愁；一面說「竄逐勿復哀」，一面卻因竄逐流盡了眼淚，因愁苦摧損了心靈。面對命運無情的摧折，他不再試圖反抗自救，也不再有「天生我材必有用」「長風破浪會有時」的豪情自信，而是自怨自艾、日復一日地期盼朝廷的大赦。他以「寒灰」「枯槁」形容自己，常常使用「淚」「愁」「苦」「哀」「悲」「心斷」「鬢成絲」等消極的詞語，將主觀的憂愁的心情融入到客觀的景致之中，使詩歌籠罩著一層濃厚的哀傷、愁苦和憂抑的氛圍。

流放的行程並非一味的愁苦，李白受到沿途一些地方官員的熱情接待，與他們遊宴集會，詩酒酬唱。但他的興致本有些低落，又不得不迎合部分官員的文學審美，寫出的詩篇很少能達到「俱懷逸興壯思飛，欲上青天覽明月」〔註134〕的理想境界。而且，「恭陪竹林宴」〔註135〕「四坐醉清光」〔註136〕的歡樂畢竟

〔註132〕 程千帆著《程氏漢語文學通史》，莫礪鋒編《程千帆全集》第十二卷，第177頁。
〔註133〕 《李太白全集校注》卷十一、十二，第4冊，第1697、1854頁。
〔註134〕 《宣州謝朓樓餞別校書叔云》，《李太白全集校注》卷十五，第5冊，第2213頁。
〔註135〕 《流夜郎至江夏陪長史叔及薛明府宴興德寺南閣》，《李太白全集校注》卷十七，第5冊，第2496頁。
〔註136〕 《泛沔州城南郎官湖》，《李太白全集校注》卷十七，第5冊，第2499頁。

很短暫，不平、憤懣才是他心底最真實的情感。當他停止自怨自艾和自我懷疑，重新對抗不公的世界與無情的命運時，我們熟悉的那個詩人又回來了。請看：

鷙鶚啄孤鳳，千春傷我情。五岳起方寸，隱然詎可平！才高竟何施？寡識冒天刑。至今芳洲上，蘭蕙不忍生。（《望鸚鵡洲悲禰衡》）

蹉跎君自惜，竄逐我因誰？地遠虞翻老，秋深宋玉悲。空摧芳桂色，不屈古松姿。（《贈易秀才》）〔註137〕

前者看似傷悼禰衡，其實正以禰衡自況，表達痛惜相憐的情意。儘管詩歌深哀傷情之極，但「沉痛語以駿快出之」〔註138〕，自有一種慷慨淋漓的痛快。後者更是直抒無罪被流放的冤憤，詩人毫不屈服，認為困苦的環境只會摧殘芳華，卻不能令古松屈撓而虧失昭質，被《唐宋詩醇》評為「氣骨清蒼，自成高調」〔註139〕。正是在這種心境下，李白的胸襟得以舒展，再度萌生「巴水忽可盡，青天無到時」〔註140〕的奇想和「天空綵雲滅，地遠清風來」〔註141〕的詩興，其曠逸、雄渾固不及開、天年間的「月隨碧山轉，水合青天流」〔註142〕和「天門一長嘯，萬里清風來」〔註143〕，但詩人的高情遠致是相似的。

　　另一方面，當遇赦的消息傳來時，李白驚喜過望，長久以來被入獄和流放的痛苦壓抑著的詩情瞬間得到釋放，他滿懷高昂的自信熱情高歌，以整個身心感受重獲自由的喜悅，不少作品豪情陡增，逸興飛揚，氣勢轉強。其中，最有名的莫過於被詩評家譽為「神來之調」〔註144〕的《早發白帝城》。李白的心情飛上雲霄，詩筆一氣奔放，揮灑出瞬息千里的迅疾場面，格調俊逸，迥異於「水驛苦不緩」〔註145〕的愁苦滯澀。最值得注意的莫過於被稱為「豪氣依然如故」〔註146〕的《自漢陽病酒歸寄王明府》：

〔註137〕《李太白全集校注》卷十九、九，第 6、3 冊，第 2828、1370～1371 頁。
〔註138〕高步瀛《唐宋詩舉要》卷一，上海古籍出版社 1978 年版，第 35 頁。
〔註139〕（清）愛新覺羅・弘曆編《唐宋詩醇》，中國文學出版社 2000 年版，第 96 頁。
〔註140〕《上三峽》，《李太白全集校注》卷十九，第 6 冊，第 2727 頁。
〔註141〕《古風》其五十八，《李太白全集校注》卷一，第 1 冊，第 178 頁。
〔註142〕《月夜江行寄崔員外宗之》，《李太白全集校注》卷十一，第 4 冊，第 1635 頁。
〔註143〕《遊泰山六首》其一，《李太白全集校注》卷十六，第 5 冊，第 2406 頁。
〔註144〕（清）應時《李詩緯》卷四引丁谷雲評語，裴斐、劉善良編《李白資料彙編（金元明清之部）》，第 703 頁。
〔註145〕《流夜郎至西塞驛寄裴隱》，《李太白全集校注》卷十一，第 4 冊，第 1699 頁。
〔註146〕（清）趙翼著，江守義、李成玉校注《甌北詩話校注》卷一，人民文學出版社 2013 年版，第 30 頁。

去歲左遷夜郎道，琉璃硯水長枯槁。今年敕放巫山陽，蛟龍筆
翰生輝光。聖主還聽《子虛賦》，相如卻欲論文章。願掃鸚鵡洲，與
君醉百場。嘯起白雲飛七澤，歌吟綠水動三湘。莫惜連船沽美酒，
千金一擲買春芳。〔註147〕

長流途中枯槁的詩筆因重獲自由而再生光輝，詩人胸膽開張，豪情滿懷，自
以為當年供奉翰林蒙天子恩遇的場景即將復現，他要創作耀眼的文章，要痛
痛快快地醉酒嘯歌享受眼前的歡樂，頗露出「主人何為言少錢，徑須沽取對
君酌」〔註148〕中的傲岸神態。在自由和美酒的雙重作用下，李白很快恢復了
強烈的文學自信、政治期待和及時行樂的生命熱情。於是，詩與酒的琉璃世
界，報國建功的人生理想，全都化作熾熱的火焰，在詩人心中閃耀、躍動，使
他揮動如椽巨筆，創作了一首首淋漓酣恣、慨當以慷、縱橫跌宕的詩篇。

先看李白的政治期待。起初，他確實以為「聖主還聽《子虛賦》」，作《上
皇西巡南京歌》迴護玄宗，祝賀兩京收復，二帝回鑾；以為「今聖朝已舍季
布，當徵賈生。開顏洗目，一見白日」〔註149〕，期盼再次獲得朝廷的徵召。
等待之餘，他向即將回京的韋良宰寄言「君登鳳池去，勿棄賈生才」〔註150〕，
積極自薦。即使這些希望都破滅了，他依然不放棄，主動贈詩感念史郎中「不
以逐臣疏」，表達「希君生羽翼，一化北溟魚」〔註151〕的夙願。不幸的是，這
些努力都以失敗告終，但他的意志並沒有因此消沉下去。比如《江夏寄漢陽
輔錄事》：

君草陳琳檄，我書魯連箭。報國有壯心，龍顏不迴春。西飛精
衛鳥，東海何由填？鼓角徒悲鳴，樓船習征戰。抽劍步霜月，夜行
空庭徧。長呼結浮雲，埋沒顧榮扇。〔註152〕

李白以魯仲連自許，這是入獄以來再也沒有過的事情，可見他的政治勇氣已
大為增強。詩人懷揣雄心，自負有顧榮之才，卻被埋沒不用，不能為防備康
張之亂貢獻力量。他徘徊月下，為國事憂心，既然不能直接參與戰事，索性

〔註147〕《李太白全集校注》卷十一，第 4 冊，第 1702 頁。

〔註148〕《將進酒》，《李太白全集校注》卷二，第 1 冊，第 246 頁。

〔註149〕《江夏送倩公歸漢東并序》，《李太白全集校注》卷十五，第 5 冊，第 2181
頁。

〔註150〕《經亂離後天恩流夜郎憶舊遊書懷贈江夏韋太守良宰》，《李太白全集校注》
卷九，第 3 冊，第 1392 頁。

〔註151〕《江夏使君叔席上贈史郎中》，《李太白全集校注》卷九，第 3 冊，第 1398 頁。

〔註152〕《李太白全集校注》卷十一，第 4 冊，第 1707～1708 頁。

將一腔報國之情化作歌詩，激勵將士們奮勇擊敵。於是，我們看到了氣勢雄壯的《司馬將軍歌》，詩中「手中電曳倚天劍，直斬長鯨海水開」「揚兵習戰張虎旗，江中白浪如銀屋」「將軍自起舞長劍，壯士呼聲動九垓」〔註153〕云云，駭目壯心，慷慨激昂，正可見出詩人的胸襟氣魄。

上述這些，並不是說李白在遇赦後一直雄心憤薄，畢竟他生命中最大的不幸和最多的不平皆來自政治上的不得意，而晚年繫獄、流放的創傷又遠甚於前期的懷才不遇。所以，一方面，他的作品中不時顯現出年老無成的沉痛，如「瞻光惜頹髮，閱水悲徂年」〔註154〕，「良圖委蔓草，古貌成枯桑」〔註155〕，「歎我萬里遊，飄颻三十春。空談霸王略，紫綬不掛身。雄劍藏玉匣，陰符生素塵。廓落無所合，流離湘水濱」〔註156〕，情緒低落。而另一方面，他似乎破罐破摔，以狂放不羈的姿態迎擊迫隘的現實，大踏步邁向縱誕，在詩與酒中去過及時行樂的生活。我們再看李白的文學自信，當他將建功立業的政治理想束之高閣，在美酒歡宴中愉悅自己，「文竊四海聲」就不再是「兒戲不足道」，而是他流傳千古的資本。比如這首《江上吟》：

> 木蘭之枻沙棠舟，玉簫金管坐兩頭。美酒樽中置千斛，載妓隨波任去留。仙人有待乘黃鶴，海客無心隨白鷗。屈平詞賦懸日月，楚王臺榭空山丘。興酣落筆搖五岳，詩成笑傲凌滄洲。功名富貴若長在，漢水亦應西北流。〔註157〕

詩人嘲笑憑藉黃鶴才能高舉的仙人，輕視楚王崢嶸一時的宮殿樓臺，認為屈原雖然遭讒被逐，可他的辭賦如同高懸的日月，照耀千古依舊光輝燦爛。他把功名富貴看作浮雲，將文學視為亘古不朽的盛事，標舉自己興酣落筆能使五嶽搖撼、詩成笑吟可令神仙俯首的才華。詩歌氣魄雄邁，風格遒健，詞調豪放，被郭沫若先生比作「詩與酒的聯合戰線，打敗了神仙丹藥和功名富貴的凱歌」〔註158〕。又如「一州笑我為狂客，少年往往來相譏」，「作詩調我驚逸興，白雲繞筆窗前飛」〔註159〕，少年的調笑反倒見出詩人引以為傲的豪語、

〔註153〕 《李太白全集校注》卷三，第 2 冊，437～438 頁。

〔註154〕 《秋登巴陵望洞庭》，《李太白全集校注》卷十八，第 6 冊，第 2652 頁。

〔註155〕 《贈別舍人弟臺卿之江南》，《李太白全集校注》卷九，第 3 冊，第 1435 頁。

〔註156〕 《門有車馬客行》，《李太白全集校注》卷三，第 2 冊，第 491～492 頁。

〔註157〕 《李太白全集校注》卷五，第 2 冊，第 779～780 頁。

〔註158〕 郭沫若《李白與杜甫》，第 102 頁。

〔註159〕 《醉後答丁十八以詩譏予搥碎黃鶴樓》，《李太白全集校注》卷十六，第 5 冊，第 2359 頁。

奇思和飄逸的筆調。

最後看李白及時行樂的生命熱情。他說「白雲歸去來，何事坐交戰」〔註160〕，要與王縣令「醉百場」，不以塵俗之事為念；跟裴侍御彈琴對酒，「曲盡酒亦傾，北窗醉如泥。人生且行樂，何必組與珪」〔註161〕，將功名富貴盡數拋卻。他要沉浸在美酒中，借助酒的力量擺脫現實的束縛，用狂放的詩語排遣心中的愁悶，比如《江夏贈韋南陵冰》：

> 人悶還心悶，苦辛長苦辛。愁來飲酒二千石，寒灰重暖生陽春。
> 山公醉後能騎馬，別是風流賢主人。頭陀雲月多僧氣，山水何曾稱
> 人意？不然鳴笳按鼓戲滄流，呼取江南女兒歌棹謳。我且為君搥碎
> 黃鶴樓，君亦為吾倒卻鸚鵡洲。赤壁爭雄如夢裏，且須歌舞寬離
> 憂。〔註162〕

詩人借酒宣洩心中的苦悶，可苦悶凝結於心，難以排遣。他醉遊頭陀寺，寺中的風光偏偏沾染著「僧氣」，不能令他稱心。他轉而遨遊江上，呼喚江南的女子來唱歌解悶，卻依然不能奏效。於是，他要搥碎黃鶴樓，要友人為他推倒鸚鵡洲，「以必不可行之事，抒必當放浪之懷，氣吞雲夢，筆掃霓虹」〔註163〕，好像這樣方可稍解他滿腔的悲憤，實際上，他仍放不下「赤壁爭雄」的政治生活。

李白用醉眼看世界，往往生出許多奇思，如「雁引愁心去，山銜好月來。雲間連下榻，天上接行杯」〔註164〕，語言俊爽，風格清逸；許多豪氣，如「剗卻君山好，平鋪湘水流。巴陵無限酒，醉殺洞庭秋」〔註165〕，他要鏟平君山，讓湘水毫無阻礙地平穩奔流，將洞庭湖想像成美酒池，要醉倒在這巴陵的秋色之中，氣魄非凡，放曠豪邁。儘管篇篇有不平之氣，但詩人已無需壓抑自己的傷痛，他的感情噴湧而出，化作縱橫恣肆的筆墨，這樣的長歌當哭自有一種酣暢淋漓的快慰。他還迫不及待地尋求歡樂，常常用「醉殺」「恨」「狂殺」等程度激烈的詞語形容自己的心情，比如：

〔註160〕《贈王漢陽》，《李太白全集校注》卷九，第3冊，第1420頁。
〔註161〕《夜泛洞庭尋裴侍御清酌》，《李太白全集校注》卷十七，第5冊，第2510頁。
〔註162〕《李太白全集校注》卷五，第3冊，第1427頁。
〔註163〕（清）延君壽《老生常談》，裴斐、劉善良編《李白資料彙編（金元明清之部）》，第1062頁。
〔註164〕《與夏十二登岳陽樓》，《李太白全集校注》卷十八，第6冊，第2655頁。
〔註165〕《陪侍郎叔遊洞庭醉後三首》其三，《李太白全集校注》卷十七，第5冊，第2506頁。

憶昨新月生，西簷若瓊鉤。今來何所似？破鏡懸清秋。恨不三五明，平湖泛澄流。此歡竟莫遂，狂殺王子猷。（《答裴侍御先行至石頭驛以書見招期月滿泛洞庭》）

春風狂殺人，一日劇三年。乘興嫌太遲，焚卻子猷船。夢見五柳枝，已堪掛馬鞭。何日到彭澤，長歌陶令前？（《寄韋南陵冰余江上乘興訪之遇尋顏尚書笑有此贈》）〔註166〕

詩人恨不能馬上就到十五月圓之夜，實現與裴侍御同遊洞庭的約定。他的相思太甚，恨不得燒掉乘興相訪的小船，在夢裏快馬加鞭，與韋冰醉酒高歌。造語雖粗疏，意氣卻放暢旺盛。

　　總的來說，以繫獄潯陽和流放夜郎為節點，李白的自信力和生命激情呈曲線波動，即繫獄後驟降、出獄後上升、面臨被朝廷追責的風險時回落、流放途中再度下降、遇赦後迅速恢復。相應地，作品的氣勢、情感基調也隨之起伏頓挫，不論在作品內部，還是在這一階段的創作中，都呈現出跌宕的風格特點。

三、形式之變

　　至德二載（757）是李白一生中最跌宕起伏的一個年頭，這一年，他五十七歲。正月，李白意氣風發追隨永王平叛建功，卻因站錯政治隊伍，在永王敗亡後的春天，被囚禁在潯陽獄中，直到初秋才被宋若思、崔渙等援救出獄。沒等他在宋若思幕府中重振旗鼓，又面臨被朝廷追究從璘罪責的風險，不得不逃入山中避難。李白終究未能幸免，十二月，朝廷的決定下達，他被判處流放夜郎三年。在耳順之年飽嘗死亡的威脅、流貶的辛酸、遭難的冤憤、罪臣的屈辱等等極致的人生體驗，除了對他的創作題材、立意、風格等產生重要影響外，還在體裁、結構等方面，給詩歌帶來不同於前期的顯著變化。下面試從三個方面展開討論。

（一）數量驟減且篇幅變短

　　從接到流放的處罰決定到乾元二年（759）春在巫山遇赦，這一年多的時間裏，李白只留下了二十三首詩歌〔註167〕，創作量急遽下降不說，詩歌的篇

〔註166〕《李太白全集校注》卷十六、十一，第5、4冊，第2362、1646頁。

〔註167〕作品編年主要依據安旗主編《李白全集編年箋注》。安先生將五絕《醉題王漢陽廳》繫於乾元元年，但從「南遷懶北飛」句來看，不太像是流放途中的作品，今從郁賢皓先生，將其置於乾元二年遇赦至江夏后。

幅也明顯變短。請看下圖：

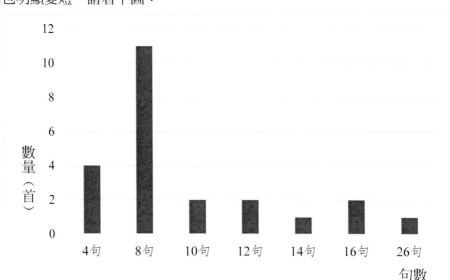

圖1：流放途中的詩歌篇幅和數量對應圖

其中，篇幅較短的詩歌共有19首，分別是4首絕句、5首律詩、1首十二句的五排、6首五言八句的古詩、2首五言十句的古詩和1首十二句的樂府詩。而篇幅較長的詩歌僅有4首，即1首七言十四句的古詩、2首五言十六句的古詩和1首五言二十六句的古詩，且都作於流放初。

實際上，李白也意識到自己詩情的匱乏。流放遇赦後，他曾感慨：「去歲左遷夜郎道，玻璃硯水常枯槁。今年敕放巫山陽，蛟龍筆翰生輝光。」〔註168〕可見，失去人身自由、壓抑而痛苦的環境確實限制了他的文學創作。類似的影響在他的創作生涯中並不少見，比如安祿山叛亂後他從北方倉皇南奔，途中斷斷續續創作了組詩《奔亡道中五首》，包括三首五絕、一首五律和一首五言八句的古詩，篇幅都很短。但是，一旦到達安定的江南地區，處在熱鬧、優裕的環境中時，他那緊繃的神經很快放鬆下來，心膽開張，詩情澎湃，不僅提高了創作量，樂府、歌行和古詩的篇幅也大幅度增加。值得注意的是，李白身為流犯，卻在江夏逗留至少達三月之久，還與沿途的官員、文士徜徉勝景，酒宴歡會，一路上緩緩前行，直到來年遇赦時尚未抵達夜郎，處境看起來不算淒苦。但是，地方官員的款待，山光水色的撫慰，皆無法消除他內心

〔註168〕 《自漢陽病酒歸寄王明府》，《李太白全集校注》卷十一，第4冊，第1702頁。

的冤憤和傷痛，「五岳起方寸，隱然詎可平」〔註169〕才是他真實的心理狀態，他不可能完全融入盛會，也不是真正感到快樂。所以，當我們品讀這些酬唱贈答、流連光景的詩歌時，常常會感到詩思的短促，詩境的滯礙，以及一種提不起興致、敷衍塞責的意味。比如《張相公出鎮荊州尋除太子詹事余時流夜郎行至江夏與張公相去千里公因太府丞王昔使車寄羅衣二事及五月五日贈余詩余答以此詩》：

> 張衡殊不樂，應有《四愁詩》。慚君錦繡段，贈我慰相思。鴻鵠
> 復矯翼，鳳皇憶故池。榮樂一如此，商山老紫芝。〔註170〕

張鎬從千里之外託人給李白寄去羅衣和贈詩，李白的答覆卻頗草草，直接用張衡及其《四愁詩》表達稱揚和感激之情，對老友榮居內職的祝福也是淡淡的，既不注重剪裁，又不精心鎔鑄詩意，篇幅也過於簡短。嚴羽評曰：「據題當有感激語，而淡傲如此，乃見胸懷。」〔註171〕固然看到了李白傲岸不羈的一面，卻沒有綜合考量他在流放途中的處世態度和寫作狀態。李白是喜歡熱鬧的，他學著和光同塵，在不盡如人意的流途中尋求快慰，接納江夏長史、薛縣令、沔州刺史、漢陽王縣令等人的好意，作一些工整的詩篇應景，沒道理對雪中送炭的故交這般冷淡。究其緣由，主要在於他被殘酷的命運捉弄後心情抑鬱，詩思不暢，即使置身美景歡宴，也很難再有「陽春召我以煙景，大塊假我以文章」〔註172〕的驅馭萬象的氣勢和「俱懷逸興壯思飛，欲上青天覽明月」〔註173〕的雄奇壯大的境界。比如這首《泛沔州城南郎官湖》：

> 張公多逸興，共泛沔城隅。當時秋月好，不減武昌都。四坐醉
> 清光，為歡古來無。郎官愛此水，因號郎官湖。風流若未減，名與
> 此山俱。〔註174〕

李白在詩序中稱，當夜「水月如練，清光可掇」，他受尚書郎張謂之邀，給沔州城南的湖泊冠以「郎官湖」的美名，四座「賦詩紀事」，以為「知言」，命

〔註169〕《望鸚鵡洲悲禰衡》，《李太白全集校注》卷十九，第 6 冊，第 2828 頁。

〔註170〕《李太白全集校注》卷十六，第 5 冊，第 2356 頁。

〔註171〕（宋）嚴羽點評《李太白詩集》卷十六，轉引自《李太白全集校注》卷十六，第 5 冊，第 2357 頁。

〔註172〕《秋夜宴從弟桃花園序》，《李太白全集校注》卷二十六，第 8 冊，第 3832 頁。

〔註173〕《將進酒》，《李太白全集校注》卷二，第 1 冊，第 246 頁。

〔註174〕《李太白全集校注》卷十七，第 5 冊，第 2499 頁。

「刻石湖側」,「與大別山共相磨滅」。詩序作得明秀清雅,詩歌卻表現平平,似將散體的序文概括為韻文,故明人譚元春評曰:「詩略不稱,以序佳留之。然『四座醉清光』,尤可入選。若其題與事俱妙,而詩太狼狽者,反添一可恨也。」〔註175〕夜郎之行對他的影響可見一斑。

（二）趨今:格律詩比重增加

　　從至德二載春入獄到上元元年（760）秋流放遇赦歸至潯陽,李白終於走完了他生命中最坎坷的一段旅程。近四年的顛沛流離,驚風駭浪,除了令他的創作風格發生變化外,還影響到他慣用的詩歌體裁。詩人近乎游離於「復古」和「趨今」之間,樂府、歌行的創作量驟減,古詩的比重稍有上升,格律詩的比重則顯著提高。〔註176〕請看下表:

表1:古詩、格律詩、樂府和歌行的創作量及占比

詩　　體	數　　量（首）	占　　比
古詩	63	56%
格律詩	42	37%
樂府和歌行	8	7%

　　與前兩次人生轉捩期相比,古詩占比較為穩定,從 43%、53%緩步增長到 56%,樂府和歌行的比重卻從 43%、22%下降到 7%,格律詩的比重則從 14%、25%提高到 37%。〔註177〕就創作量而言,現存李白集中以古詩居多。他曾說:「梁陳以來,豔薄斯極,沈休文又尚以聲律,將復古道,非我而誰與?」又說:「興寄深微,五言不如四言,七言又其靡也,況使束於聲調俳優哉!」〔註178〕推崇古雅的詩體,努力使詩歌擺脫聲律的羈絆,恢復古詩的自由抒寫。

〔註175〕（明）譚元春《唐詩歸》卷十五,《續修四庫全書》第一五九〇冊,第21頁。

〔註176〕數量統計主要依據安旗主編《李白全集編年箋注》。其中,《感興·瑤姬天帝女》《鼓吹入朝曲》《送別·水色南天遠》《臨江王節士歌》《草書歌行》《博平鄭太守自廬山千里相尋入江夏北市門見訪卻之武陵立馬贈別》和《天馬歌》的繫年比較牽強,故不包括在內,而被繫於開元十三年的《荊門浮舟望蜀江》,依詹鍈先生之見,當作於流放遇赦途中。

〔註177〕前兩次人生轉捩期分別是一入長安與落魄而歸的開元十八年（730）——開元二十二年（734）,以及供奉翰林與賜金放還的天寶元年（742）——天寶七載（748）。

〔註178〕（唐）孟棨《本事詩·高逸》,《唐五代筆記小說大觀》,第1246頁。

繼陳子昂之後，李白「參與了當時文壇的復古思潮」〔註179〕，何以在其文學思想業已成熟的晚年，出現大量寫作格律詩的情況？究其原因，繫獄、流放的不幸遭遇關係頗大。

李白曾在潯陽獄中急切地四處投詩求援，也在流放途中作詩形容沿途官員的關切和款待，囚徒和流人的屈辱經歷與窘迫處境，使他不得不稍稍低下高傲的頭顱，主動調整自己的寫作方式，以迎合援助者的身份、審美標準和文學偏好，融入當地的交際圈。所以，此期絕大部分格律詩是以交遊詩的面貌出現的，題材範圍不外乎寄贈留別、文人唱酬、描摹風物、流連光景等，內容或雄渾，或閒雅，格調高華，詩律頗為整飭。比如五排《中丞宋公以吳兵三千赴河南軍次尋陽脫余之囚參謀幕府因贈之》，李白特意採用應制詩最常見的體裁，鄭重表達他對宋若思施以援手的感激之情。詩歌平仄和諧，對仗精工，聲律嚴謹，被嚴羽評為「氣格清飭，政排體所難」〔註180〕，劉辰翁贊曰「句句壯，末韻更佳」〔註181〕，范梈稱美「真長律起辭也，雄渾而嚴」〔註182〕，黃克瓚推舉「可與王摩詰《和賈從溫湯》詩伯仲」〔註183〕。再如五律《流夜郎至江夏陪長史叔及薛明府宴興德寺南閣》：

> 紺殿橫江上，青山落鏡中。岸迴沙不盡，日映水成空。天樂流
> 香閣，蓮舟颺晚風。恭陪竹林宴，留醉與陶公。〔註184〕

風致清脫，音節瀏亮，對偶、平仄和用韻都很嚴格。由於史料難徵，我們無法詳考宋若思、江夏長史、薛縣令等文官的出身。不過，唐代的科舉考試在玄宗朝已頗為成熟。比如進士科，自高宗永隆二年起被定為三場，分別是帖經、雜文和試策。其中，雜文有兩篇，開元、天寶年間主要為一賦一詩，詩的定式是五言六韻的排律，賦通常以八字韻腳為主。此外，吏部試博學宏詞、文藻宏麗等科也要考詩賦。科舉考試對詩賦的重視，無疑會使舉子們著意錘鍊詩賦，並在當時的社會上形成一種風會，進而促進律詩與律賦的成熟。即使宋

〔註179〕 王運熙、楊明《中國文學批評通史：隋唐五代卷》，上海古籍出版社1996年版，第235頁。
〔註180〕 （宋）嚴羽評點《李太白詩集》卷十，轉引自《李太白全集校注》卷九，第3冊，第1357頁。
〔註181〕 （明）高棅《唐詩品匯》卷七十四引，第650頁。
〔註182〕 （明）高棅《唐詩品匯》卷七十四引，第650頁。
〔註183〕 （明）黃克瓚《全唐風雅》，轉引自《李太白全集校注》卷九，第3冊，第1357頁。
〔註184〕 《李太白全集校注》卷十七，第5冊，第2496頁。

若思、江夏長史、薛縣令等並非進士出身,但他們在學習成長的青壯年時期,很可能也受到這種風會的影響,對格律詩有所偏愛。李白受他們款待,表面上看,似乎毫不客氣,全無逐客之態,其實,他的傲氣本就遠超常人,即使受到命運的摧折,氣勢仍然不輸時賢。不過,若與過去那個以歌行《侍從宜春苑奉詔賦龍池柳色初青聽新鶯百囀歌》應制,以「魯縞如白煙,五縑不成束」「他日見張祿,綈袍懷舊恩」〔註185〕譏諷劉長史所贈微薄,以「主人何為言少錢,徑須沽取對君酌。五花馬,千金裘,呼兒將出換美酒,與爾同銷萬古愁」〔註186〕這般將賓作主的任誕豪邁相比,顯然已馴順不少。至於他投合地方官員的文學偏好,則要數在岳州與賈至的酬唱最為典型,留下了五律《與賈舍人於龍興寺剪落梧桐枝望灉湖》和七絕《巴陵贈賈舍人》《陪族叔刑部侍郎曄及中書賈舍人至遊洞庭五首》。乾元二年秋,賈至被貶為岳州司馬,至寶應元年(762)夏被起復舊官之前,他在貶所的詩歌創作非常活躍〔註187〕,且以七絕和五律最為常見,比如《初至巴陵與李十二白裴九同泛洞庭湖三首》《洞庭送李十二赴零陵》,就是以七絕體式寫就的。此外,還有一種可能是「同題共作」,限定詩歌的體裁和韻腳,李白在獄中寫下的五排《賦得鶴送史司馬赴崔相公幕》就是這樣的作品。

　　交遊詩之外,尚有一小部分以絕句為主的格律詩,將題材範圍延伸到遣興抒懷。絕句篇幅短小,容量有限,易於在移動的空間中表現詩人隨性而發的片刻詩情。李白或觸目興歎,如《流夜郎題葵葉》:

　　　　慚君能衛足,歎我遠移根。白日如分照,還歸守故園。〔註188〕

在前往夜郎的途中,他偶然被面向太陽努力張開葉子護住根部的葵花吸引,不由勾起一段愁腸,慨歎自己不能像它們一樣懂得保全自己。或即事生情,比如名篇《早發白帝城》:

　　　　朝辭白帝彩雲間,千里江陵一日還。兩岸猿聲啼不盡,輕舟已

〔註185〕　《送魯郡劉長史遷弘農長史》,《李太白全集校注》卷十三,第 4 冊,第 2003 頁。

〔註186〕　《將進酒》,《李太白全集校注》卷二,第 1 冊,第 246 頁。

〔註187〕　《全唐詩》卷二百三十五錄賈至詩一卷,其中半數是岳州之作。又,獨孤及有《賈員外處見中書賈舍人〈巴陵詩集〉覽之懷舊代書寄贈》一詩,知賈至曾將岳州詩編為《巴陵詩集》,可見數量絕非寥寥。參見《全唐詩》卷三百八十八,第 8 冊,第 2762 頁。

〔註188〕　《李太白全集校注》卷二十二,第 7 冊,第 3174 頁。

過萬重山。〔註189〕

忽然在半途遇到大赦，詩人驚喜交加，詩興飛揚，以神來之筆抒發他愉悅暢快的心情。再者，就文本載體而言，在不穩定的流放途中，短章更便於書寫、攜帶和保存。

（三）聯章體的成熟

繫獄、流放前後，李白的聯章詩從「隨所興觸，一章一意，分觀錯雜，總述累累」向「有起，有結，有倫序，有照應，若闕一不得，增一不得」〔註190〕發展，無論在形式還是內容上，都表現得更為完整，關聯得更加緊密，體現出詩人在人生轉捩期對詩體變革的新思考和新嘗試。

1. 樂府聯章

開元年間和天寶初，李白用樂府舊題和當世詞曲創作了大量聯章詩。除極少數如《白紵辭三首》亦步亦趨模仿前人體式，或倚聲作《清平調詞三首》〔註191〕外，大多數如《襄陽曲四首》《前有樽酒行二首》《子夜吳歌四首》〔註192〕等，在詩歌的體裁和用意上有所創變。到了天寶後期，李白表現出對聯章詩體發展的新嘗試。他自制新題樂府聯章，比如《橫江詞六首》，以長短句和七絕的形式，描摹橫江上的險惡風波，寄託自己的身世之感和家國之憂，豐富了樂府聯章的題材範圍。但是，同題之下，各首詩的獨立性仍然比較強，彼此間的聯繫不甚緊密，體裁也不完全一致。值得注意的是，上述現象自李白決意加入永王幕府，進一步參與政治之後，發生了很大變化，出現了首尾完整、體裁一致、政治意圖明確的《永王東巡歌十首》〔註193〕和《上皇西巡南京歌十首》。

首先，就體裁和結構而言，《永王東巡歌》和《上皇西巡南京歌》都是十

〔註189〕《李太白全集校注》卷十九，第 6 冊，第 2735 頁。

〔註190〕（清）沈德潛《說詩晬語》，《清詩話》，上海古籍出版社 1978 年版，第 551～552 頁。

〔註191〕據任半塘先生考證，「清平調」是唐代曲牌名，「本曲既以楊妃為主題，創於天寶間，疑已入法曲」，「李白三章乃倚聲而成，李龜年之歌乃循譜而發」。參見《唐聲詩》下，鳳凰出版社 2013 年版，第 337 頁。

〔註192〕西曲《襄陽樂》歌詠大堤女郎，李白《襄陽曲》轉而描寫襄陽土風。傅玄、陳後主、張正見《前有一罇酒行》皆是五言，寫置酒以祝賓主長壽之意；李白《前有樽酒行》是七言，主題是歎息光陰虛度。《子夜四時歌》本是四句，李白《子夜吳歌》擬為六句。

〔註193〕前已論及，《永王東巡歌》應該只有十首，第二首疑誤入聯章詩。

首一組、次第敘事、首尾完整的七絕聯章。前者歌詠永王出師，首章交代奉天子之命東巡，是全篇總綱。繼而按照東巡路線，描寫水軍經武昌、潯陽、金陵抵達丹陽、揚州的情形及其軍威聲勢。最後二章照應開頭，重申永王東巡的合法性和北上平叛的政治意圖。後者歌詠玄宗幸蜀，云：

> 胡塵輕拂建章臺，聖主西巡蜀道來。劍壁門高五千尺，石為樓閣九天開。
>
> 九天開出一成都，萬戶千門入畫圖。草樹雲山如錦繡，秦川得及此間無。
>
> 華陽春樹似新豐，行入新都若舊宮。柳色未饒秦地綠，花光不減上林紅。
>
> 誰道君王行路難？六龍西幸萬人歡。地轉錦江成渭水，天回玉壘作長安。
>
> 萬國同風共一時，錦江何謝曲江池？石鏡更明天上月，後宮親得照蛾眉。
>
> 濯錦清江萬里流，雲帆龍舸下揚州。北地雖誇上林苑，南京還有散花樓。
>
> 錦水東流繞錦城，星橋北掛象天星。四海此中朝聖主，峨眉山上列仙庭。
>
> 秦開蜀道置金牛，漢水元通星漢流。天子一行遺聖跡，錦城長作帝王州。
>
> 水淥天青不起塵，風光和暖勝三秦。萬國煙花隨玉輦，西來添作錦江春。
>
> 劍閣重關蜀北門，上皇歸馬若雲屯。少帝長安開紫極，雙懸日月照乾坤。〔註194〕

首章交代西巡原因和路徑，點出安祿山叛亂的時代背景。繼而描寫天子駐蹕成都的情景，著重讚美蜀中的山川風物，且處處與三秦對比，表示寬慰上皇和不忘故都之意。末章寫上皇自蜀返京的盛況，不僅在空間上照應開頭，形成長安、劍門、成都、劍門、長安的迴環，還以「雙懸日月」結束全篇，頌美兩京收復，二帝回鑾，君臨天下。

其次，就內容而言，李白在《永王東巡歌》和《上皇西巡南京歌》中記錄

〔註194〕《李太白全集校注》卷六，第 3 冊，第 956～972 頁。

時事，宣傳自己的政治主張，表達重大的政治情感，以詩存史，擴展了聯章詩的表現範圍。前者清楚記述了永王東巡的時間、路線和永王軍的作風、聲勢，強調軍隊的正統性和東巡的合法性，申明永王平定中原叛亂的政治目的和擁衛二帝的政治立場，在當時具有宣傳永王使命、回應朝野質疑的政治意圖。後者以壯麗的語言敘寫潼關失守、西巡避亂、駐蹕蜀中、兩京收復、二帝回鑾的悲涼歷史，「雙懸日月」云云，對玄宗幸蜀、肅宗即位以及成都、鳳翔這兩個政治中心在穩定局面、平定叛亂中的重要性給予同等地位的正面評價，對二帝臨朝的政治前景作出展望，被《唐宋詩醇》評為：「述當時事，何等明白，可作詩史。」〔註195〕詩人作歌頌美，使之傳唱四方，既有感激玄宗恩遇之意，又有希冀獲得肅宗赦免，重新被朝廷起用的政治意圖。

　　最後，就題目而言，李白繼承樂府傳統，以「歌」命題，注重詩歌入樂演唱的特性。前已論及，《永王東巡歌》有宣傳永王東巡、回應朝野質疑的使命。詩人根據寫作時的實際情況，有意選取形式簡潔、內容凝練且在當時常常被配樂演唱的七言絕句組成聯章詩，這樣既便於傳播，又極大地擴充了絕句的容量，使他能夠較為全面地闡述自己的觀點。同樣的，這種變革樂府聯章的新嘗試還體現在《上皇西巡南京歌》中。需要說明的是，自清人王琦以來，注家多將此詩繫於至德二載十二月玄宗從成都返回長安之後。竊以為，玄宗回輿的史實只能確定它的作年上限，這組詩未必有這麼強的時效性。又，李白有《流夜郎半道承恩放還兼欣尅復之美書懷示息秀才》一詩，在兩京收復近兩年之後才「欣尅復之美」，這不能不讓人感到奇怪。聯繫詩中「愧無秋毫力，誰念瞿鑠翁」二句，詩人隱隱有用世之意。再者，「遙欣克復美，光武安可同。天子巡劍閣，儲皇守扶風。揚袂正北辰，開襟攬群雄。胡兵出月窟，雷破關之東。左掃因右拂，旋收洛陽宮。迴輿入咸京，席卷六合通。叱咤開帝業，手成天地功。大駕還長安，兩日忽再中。一朝讓寶位，劍璽傳無窮」〔註196〕云云，與《上皇西巡南京歌》的政治情感一致，二者很有可能是先後之作。李白熟練運用《永王東巡歌》的創作經驗，以便於傳唱、內容豐富的七絕聯章創作《上皇西巡南京歌》，大概有將其作為被朝廷起用的敲門磚的用意。況且，初遇赦時，他著實以為「今聖朝已舍季布，當徵賈生」〔註197〕，對入世報國滿懷期待。

〔註195〕（清）愛新覺羅·弘曆編《唐宋詩醇》，第 86 頁。
〔註196〕《李太白全集校注》卷九，第 3 冊，第 1401 頁。
〔註197〕《江夏送倩公歸漢東序》，《李太白全集校注》卷十五，第 5 冊，第 2181 頁。

2. 紀行聯章

　　再看以寫景、抒情為主的紀行聯章。天寶年間，這類詩的體裁、結構還比較自由，詩人「隨所興觸」，同題諸篇以行動所見簡單勾連，首尾既沒有照應，相互之間的邏輯意脈也不甚緊密。比如五古《遊泰山六首》，體裁雖然一致，篇幅卻不盡相同，有十二、十四、十八和二十四句。其中，首篇以「四月上泰山」點明時間，餘下各詩或寫天門山，或寫日觀峰，或寫山行夜景，最後往往歸結於遊仙。再如七絕《魯東門泛舟二首》，前者近觀月下水波縈回，後者遠望兩岸桃花盛開，一章一意，惟皆用王子猷雪夜訪戴之典形容此次泛舟的風流瀟灑，從「疑是」到「何啻」，遊賞的興致、意氣層層遞進。又如《秋浦歌十七首》，篇數說法不一〔註 198〕，體裁以五言古絕句居多，內容駁雜，記述詩人在秋浦的所見所感，或寫水車嶺、江祖石、平天湖的景致，或寫秋浦的特產錦鴕鳥、白猿，或寫田家郎、採菱女、冶煉工人和捕魚的老夫婦，或抒思闕之情、不遇之悲和久客之愁，沒有一個明確的主題。但是，李白在流放遇赦後創作的紀行聯章，不但意脈清楚，每首之間聯繫緊密，在首尾布局和內部層次方面有所突破，還從偏重寫景向即景抒懷發展，無論就結構還是表現範圍而言，都發展得更為成熟。試比較《陪從祖濟南太守泛鵲山湖三首》和《陪族叔刑部侍郎曄及中書賈舍人至遊洞庭五首》，前者作於天寶四載（745），云：

> 初謂鵲山近，寧知湖水遙？此行殊訪戴，自可緩歸橈。
>
> 湖闊數千里，湖光搖碧山。湖西正有月，獨送李膺還。
>
> 水入北湖去，舟從南浦迴。遙看鵲山轉，卻似送人來。〔註 199〕

後者作於乾元二年（759），云：

> 洞庭西望楚江分，水盡南天不見雲。日落長沙秋色遠，不知何處弔湘君。
>
> 南湖秋水夜無煙，耐可乘流直上天。且就洞庭賒月色，將船買酒白雲邊。
>
> 洛陽才子謫湘川，元禮同舟月下仙。記得長安還欲笑，不知何

〔註 198〕（宋）劉克莊《後村詩話》新集卷一云：「《秋浦》十五首。」參見第 159 頁。（明）朱諫《李詩選注》卷五：「按《秋浦歌》原一十七首，以第十首辭氣不相類，故闕之，故得十六首也。」參見《續修四庫全書》第一三〇五冊，第 625 頁。

〔註 199〕《李太白全集校注》卷十七，第 5 冊，第 2457～2459 頁。

處是西天。

> 洞庭湖西秋月輝，瀟湘江北早鴻飛。醉客滿船歌《白紵》，不知霜露入秋衣。

> 帝子瀟湘去不還，空餘秋草洞庭間。淡掃明湖開玉鏡，丹青畫出是君山。〔註200〕

　　首先，就體裁而言，每題內部完全一致，便於比較。其次，就結構而言，前者按照遊賞次序，第一首寫去程，後兩首寫歸程，詩人「隨所興觸」，將景致說得或遠或近，沒有明顯的謀篇布局的意圖。後者也以遊賞行跡為線索，如清人潘稼堂所言：「遊湖於今日之晡，而月，而月下人，而將曉月；想客散於明日天曉以後，故首尾不言月也。章法極有次第可觀。」〔註201〕一首一尾，不但在景致上相互照應，還在寓意——遷謫之感上相呼應，以弔湘君娥皇起，以傷帝子女英結，含情無限。詩人精心布局，使全篇次序井然，每首之間聯繫緊密，缺一不可。最後，就表現範圍而言，前者以寫景為主，題材比較單一；後者則是景中含情，情中寓意，真情實景，互相映發，內容更加豐富。這種變化與李白流放以來的心境密切相關。乾元二年剛遇赦時，他天真地以為「聖主還聽《子虛賦》」〔註202〕，「今聖朝已舍季布，當徵賈生」〔註203〕，可夢想很快就落空了，他既沒等來朝廷的徵召，在江夏的干謁也無成效，失意之下，打算去衡山散心。途經岳陽時，正好碰到被貶官的賈至、李曄，逐臣相遇，自有一種惺惺相惜的共鳴。於是，遊賞更多地表現為遣懷，詩人和醉客們一刻也忘不了長安，詩歌首首都在說思君戀主，連洞庭湖的景致也被他們心底的愁緒抹上一層隱約的哀情，變得清寥縹緲，蕭瑟蒼茫。這種結構上的完整性和內容上的豐富性，在他之前創作的紀行聯章中極少見到。

3. 紀事聯章

　　李白集中還有不少寄、贈、送別的紀事聯章。總的來說，同題之作在內容上相互補充，體裁、篇幅卻多不一致。比如《贈范金鄉二首》，二詩皆是五古，惟篇幅有二十句和十句之差。前一首自述「我有結綠珍，久藏濁水泥」，「拂拭欲贈之，申眉路無梯」，表達自薦之意；後一首讚美范縣令「為邦默自

〔註200〕《李太白全集校注》卷十七，第 5 冊，第 2513～2523 頁。
〔註201〕〔日〕近藤元粹《李太白詩醇》卷四引，轉引自《李太白全集校注》卷十七，第 5 冊，第 2525 頁。
〔註202〕《自漢陽病酒歸寄王明府》，《李太白全集校注》卷十一，第 4 冊，第 1702 頁。
〔註203〕《江夏送倩公歸漢東序》，《李太白全集校注》卷十五，第 5 冊，第 2181 頁。

化，日覺冰壺清。百里雞犬靜，千廬機杼鳴。浮人少蕩析，愛客多逢迎」〔註204〕的政績；分別從自己和主人著眼，結構完整。再如《送長沙陳太守二首》，前一首是五古，讚美陳太守「逸氣凌青松」的脫俗氣概，稱他因被天子賞識才榮膺太守之命；後一首是五律，因唐人以京官為榮，詩人以「莫小二千石」「遙羨錦衣春」〔註205〕安慰他；各有側重。又如《宣城九日聞崔四侍御與宇文太守遊敬亭余時登響山不同此賞醉後寄崔侍御二首》，前一首是五古，寫自己不能參與重陽遊賞的遺憾，埋怨崔侍御「咫尺不可親，棄我如遺舃」〔註206〕；後一首是五排，著重頌美宇文太守，並讚美崔侍御的重陽詩作；意緒迥然不同。

　　這樣的書寫方式在李白繫獄、流放後並無太大變化，但是，紀事聯章的體裁卻似有意安排，表現為古詩與格律詩的組合〔註207〕。比如《贈從弟南平太守之遙二首》，前一首是雜言古詩，通過對比供奉翰林時被天子恩寵、群臣奉承的生活，以及「一朝謝病遊江海」後「前門長揖後門關」的炎涼世態，反襯李之遙待他「心不移」的情誼；後一首是五律，以阮籍愛酒求為步兵校尉比擬李之遙因飲酒過度被貶武陵，將友人貶官的原因風雅化，安慰他「秦人如舊識，出戶笑相迎」〔註208〕，將友人的前途溫情化。再如《贈漢陽輔錄事二首》，前一首是五律，「聞君罷官意」，「借問久疏索」，對友人罷官閒居表示慰問；後一首是七古，由登樓引出「君今罷官在何處」「令傳尺素報情人」，抒發對友人「秪是相思秋復春」〔註209〕的思念之情。

　　值得注意的是，李白晚年的紀事聯章具有次第敘事的鮮明特徵，這是他將樂府聯章和紀行聯章中成熟的創作經驗運用到其他聯章詩中的表現。試看《送殷淑三首》：

> 海水不可解，連江夜為潮。俄然浦嶼闊，岸去酒船遙。惜別耐取醉，鳴根且長謠。天明爾當去，應有便風飄。
>
> 痛飲龍筇下，燈青月復寒。醉歌驚白鷺，半夜起沙灘。

〔註204〕《李太白全集校注》卷七，第3冊，第1057、1062頁。
〔註205〕《李太白全集校注》卷十四，第5冊，第2099頁。
〔註206〕《李太白全集校注》卷十一，第4冊，第1724頁。
〔註207〕《贈張相鎬二首》其二亦作《書懷重寄張相公》，見宋本、繆本、王本、咸本校語，此二詩當非聯章詩。
〔註208〕《李太白全集校注》卷九，第4冊，第1446頁。
〔註209〕《李太白全集校注》卷九，第4冊，第1423～1424頁。

白鷺洲前月，天明送客迴。青龍山後日，早出海雲來。流水無
情去，征帆逐吹開。相看不忍別，更進手中盃。〔註210〕

第一首是五古，詩人於夜間與友人在酒船上對飲高歌，祝他明日舟行一路順
風。第二首是五絕，寫他們的歌聲驚起了沙灘上的白鷺。第三首是五律，天
已破曉，詩人目送友人揚帆遠去。從深夜至天明，從對飲到獨飲，時事次第
展開，敘述分明。

總的來說，繫獄、流放的沉重打擊使李白的詩思受到壓抑，他的創作熱
情有所下降，尤其在流放途中，詩歌數量驟減，篇幅變短。囚徒和流人的窘
迫處境還使他放低姿態，主動調整自己的寫作方式以迎合援助者的審美需求，
創作了不少以交遊題材為主的格律詩，從而在一定程度上偏離了文學復古之
路。此期，他的樂府聯章、紀行聯章和紀事聯章表現得更加成熟，體現出詩
人在個體命運轉關時對詩體變革的新思考和新嘗試。

綜上所述，相較於安史之亂，繫獄潯陽和流放夜郎這種切身的不幸對李
白及其創作影響更大。就內容而言，出現了陳訴冤情、渴望洗雪以及被朝廷
赦免的新主題，親情和鄉關之思成為重要的表現對象，在困境中對時局的關
注反而更加深切和具體。就風格而言，不論是情感的頓挫抑揚，還是作品氣
勢在這一階段由強轉弱、由弱漸強、由強到弱、由弱變強的起伏升沉，都呈
現出跌宕的特點。就體裁而言，流放途中，詩歌數量減少，篇幅變短；繫獄至
遇赦期間，詩人偏離復古之路，以交遊題材為主的格律詩比重增加，其樂府
聯章、紀行聯章和紀事聯章則發展得更為成熟。

第三節　復古：身世書寫與自我建構

脫囚出獄和流放遇赦後，李白在困境中被壓抑的詩思和詩情得到解放，
那些在流放途中常作的短篇古詩和格律詩已難以表達他內心的喜悅和期待，
他下意識重新回到天寶十二載（753）以來的文學復古之路〔註211〕，以長篇
古詩為主，排遣他內心的動盪，表現絢爛多姿的情采。當我們仔細檢點這些

〔註210〕《李太白全集校注》卷十四，第 5 冊，第 2115～2117 頁。第二首今本《李
　　　　白集》皆置於第三首，據詩意看，疑是編集人誤排。
〔註211〕查屏球先生認為：「李白詩風的變化是在無意識中自然出現的。」參見《李
　　　　白晚年詩風的變化》，《從遊士到儒士──漢唐士風與文風論稿》，第 376 頁。
　　　　筆者進而認為，李白的文學「復古」之路也是在無意識中自然形成的。

作品時，發現它們籠罩著一種濃厚的懷舊情愫和強烈的用世之志，體現出由現在回溯過去以調整當下處境和重新建構自我形象的訴求。而且，詩人的寫作目的不同，追憶的側重點也呈現出鮮明的差異性，下面試從感懷和薦達兩個方面展開討論。

一、追憶身世

（一）翰林榮光

天寶初供奉翰林的光輝歲月，是李白遭罹入獄、流放的重創後，反覆追憶的一道美麗的風景線。詩人在現實生活中蒙受打擊，難免會避開現實，讓過去那些令人懷念和激動的日子來慰藉哀愁的、痛苦的心靈，這種心理上的流向是很自然的，容易理解的。比如《流夜郎贈辛判官》：

> 昔在長安醉花柳，五侯七貴同杯酒。氣岸遙凌豪士前，風流肯落他人後。夫子紅顏我少年，章臺走馬著金鞭。文章獻納麒麟殿，歌舞淹留玳瑁筵。與君自謂長如此，寧知草動風塵起。函谷忽驚胡馬來，秦宮桃李向胡開。我愁遠謫夜郎去，何日金雞放赦迴。〔註212〕

辛判官是李白在長安結識的朋友，他的出現勾起詩人對往昔榮光的回憶：結交豪門，沉醉花柳，朝貴相邀，淹留歌舞，在章臺街跑馬，在麒麟殿獻詩，氣岸軒揭，風流才華不讓人後，何其瀟灑快活！可是，現實的痛感過於強烈，詩人的心靈喘息只延續片刻，馬上便被流人的哀愁所代替。「寧知草動風塵起」，安祿山的突然叛亂打碎了他長享太平逸樂的願景，也改變了他的命運。他在國難中站出來，懷著一腔濟世熱情入幕平叛，竟落得個「遠謫夜郎」的下場，這不能不讓他感到痛心。

其實，以過人的文學才華獲得玄宗的寵遇，也是李白在政治上的一次失敗經歷，賜金放還後，他還常常為此感到憤憤不平。但是，當現實生活中的劫難接二連三地出現時，他才發現那是自己迄今為止的人生中最榮耀的一段時光。隨著他一遍遍地重溫，一遍遍地回味，昔日不得志的痛苦漸漸被淡化，而享受榮寵的得意與歡樂卻被無限放大。試看《贈從弟南平太守之遙二首》其一：

〔註212〕《李太白全集校注》卷九，第3冊，第1359頁。這首詩辭氣粗豪，直而不婉，應該作於豪情、氣勢再次由強轉弱的流放初，風格與流放途中的其他詩歌很不一樣，可作為過渡階段的作品來看。

　　少年不得意，落拓無安居。願隨任公子，欲釣吞舟魚。常時飲酒逐風景，壯心遂與功名疏。蘭生谷底人不鋤，雲在高山空卷舒。漢家天子馳駟馬，赤軍蜀道迎相如。天門九重謁聖人，龍顏一解四海春。彤庭左右呼萬歲，拜賀明主收沉淪。翰林秉筆迴英眄，麟閣崢嶸誰可見？承恩初入銀臺門，著書獨在金鑾殿。龍駒雕鐙白玉鞍，象床綺食黃金盤。當時笑我微賤者，卻來請謁為交歡。一朝謝病遊江海，疇昔相知幾人在？前門長揖後門關，今日結交明日改。愛君山嶽心不移，隨君雲霧迷所為。夢得「池塘生春草」，使我長價登樓詩。別後遙傳臨海作，可見羊何共和之。〔註213〕

詩人帶著強烈的感情色彩參與到往事之中，選取金碧輝煌、聲勢浩大的詞語，用他最擅長的開合頓挫的長句和誇張的筆墨，極力渲染天寶初奉詔入京供奉翰林時被天子恩寵、群臣奉承的情景和不可一世的氣概，懷舊的情緒一瀉千里。陸游以此譏諷李白「識度甚淺」，稱：「又如以布衣得一翰林供奉，此何足道，遂云『當時笑我微賤者，卻來請謁為交歡』，宜其終身坎壈也。」〔註214〕實際上，他沒有意識到記憶的天然屬性和李白寫作時的境遇。現代心理學研究表明，記憶是對往事的想像性質的重構，回憶活動不僅決定於特定往事的內容，同樣也決定於回憶者的「態度」。〔註215〕時光的流逝和回憶活動的運作，使往事漸漸被過濾掉不如意，添加上新內容，描畫出新色彩，還被回憶者信以為真，而且當下的處境越糟糕，往日的榮耀就顯得越美好。此外，李白將往事寫得愈熱鬧，將旁人的趨附寫得愈勢力，就愈凸顯出「一朝謝病遊江海」後「前門長揖後門關」的炎涼世態，也愈反襯出李之遙不以他為失節之人，仍然關心他、厚待他的情誼。類似的追述方式還出現在《江夏贈韋南陵冰》一詩中，云：「昔騎天子大宛馬，今乘款段諸侯門。賴遇南平豁方寸，復兼夫子持清論。有似山開萬里雲，四望青天解人悶。」〔註216〕往昔天子賞賜恩寵，如今卻曳裾地方，今昔的強烈對比讓詩人感到屈辱和悲傷，這就使故交韋冰的未曾離棄——以「清論」排解他心頭的苦悶，顯得更加可貴。

〔註213〕《李太白全集校注》卷九，第 3 冊，第 1441～1442 頁。
〔註214〕（宋）陸游《老學庵筆記》卷六，第 79 頁。
〔註215〕〔美〕丹尼爾·夏克特著，高申春譯《找尋逝去的自我：大腦、心靈和往事的記憶》，吉林人民出版社 1998 版，第 96～97 頁。
〔註216〕《李太白全集校注》卷五，第 3 冊，第 1427 頁。

（二）繫獄流放

　　至德二載（757）以來先後入獄、流放的悲慘遭遇，是李白晚年無法釋懷的一段傷心往事。乾元二年（759）遇赦初，詩人還沉浸在對朝廷感恩戴德的情緒中，為半道赦還不勝慶幸，追憶流謫夜郎的經過時，更多地體現出反躬自咎的一面。比如《流夜郎半道承恩放還兼欣剋復之美書懷示息秀才》：

> 黃口為人羅，白龍乃魚服。得罪豈怨天？以愚陷網目。鯨鯢未剪滅，豺狼屢翻覆。悲作楚地囚，何由秦庭哭？遭逢二明主，前後兩遷逐。去國愁夜郎，投身竄荒谷。半道雪屯蒙，曠如鳥出籠。遙欣剋復美，光武安可同。天子巡劍閣，儲皇守扶風。揚袂正北辰，開襟攬群雄。胡兵出月窟，雷破關之東。左掃因右拂，旋收洛陽宮。迴輿入咸京，席卷六合通。叱咤開帝業，手成天地功。大駕還長安，兩日忽再中。一朝讓寶位，劍璽傳無窮。愧無秋毫力，誰念糜鑠翁？弋者何所慕？高飛仰冥鴻。棄劍學丹砂，臨爐雙玉童。寄言息夫子，歲晚陟方蓬。〔註217〕

流放途中，詩人常常盼望朝廷早日降下「雷雨」，讓他這「枯散」之人也能沾溉天家的恩澤。所以，當赦免流刑的消息傳來時，他高興地如同飛鳥出籠，不僅不再為「竄逐我因誰」而憤憤不已，怏怏難平，還告訴息秀才，自己獲罪流放是愚昧所致，沒理由怨天尤人。而且，他用一半的篇幅頌揚肅宗，稱讚其收復兩京、中興唐室的功績空前絕後，連漢光武帝都不能及，對皇室傳之無窮寄予誠摯的祝福，被《唐宋詩醇》評曰：「引罪自咎，無怨尤之心，有眷顧之誠，不失忠厚本旨。」〔註218〕但是，我們無法對李白「遭逢二明主，前後兩遷逐」的身世之痛和「愧無秋毫力，誰念糜鑠翁」中報國無門的黯然神傷視而不見。原來，「高飛仰冥鴻」竟是一聲無可奈何的慨歎。詩人感激朝廷的恩典，壓抑著自己的委屈和憤懣，可是，波動的心靈承受不住他的不甘和不平，這些難以排遣的感情從壓抑的縫隙中迸發，帶著一種不加掩飾的悲憤。壓抑得越久——李白本不擅長壓抑自己，感情噴湧得越痛快，試看《酬裴侍御對雨感時見贈》：

> 雨色秋來寒，風嚴清江爽。孤高繡衣人，蕭灑青霞賞。平生多感激，忠義非外獎。禍連積怨生，事及徂川往。楚邦有壯士，鄢郢

〔註217〕《李太白全集校注》卷九，第3冊，第1401頁。
〔註218〕（清）愛新覺羅‧弘曆編《唐宋詩醇》，第101頁。

翻掃蕩。申包哭秦庭，泣血將安仰？鞭屍辱已及，堂上羅宿莽。頗
似今之人，蠹賊陷忠讜。渺然一水隔，何由稅歸鞅？日夕聽猿愁，
懷賢盈夢想。〔註219〕

詩人慷慨淋漓，長歌當哭，對「情親不避馬，為我解霜威」〔註220〕的裴侍御
大聲唱出自己的委屈和怨憤。他念念不忘國家在戰亂中的命運，以楚國申包
胥為榜樣，入永王幕為平叛復國效力。他的忠義出乎本性，卻接連遭遇入獄、
流放的禍事，平生志向付諸流水，這怎能不讓他悲痛生怨？他的情緒是那麼
的激憤，他的不平是那麼的強烈，這才是李白的本來面目。可是，他的惓惓
憂國之思沒有因抒憤而少解，他放不下國家，放不下自己的政治理想。在他
心中，時不我用的愁鬱和執著用世的熱情奇妙地糅合在一起，使他的這類作
品激蕩著一股鬱鬱不平之氣。李白的這番心事，在遇到未受刑的同僚——永
王的謀主李臺卿時，表現得更為沉痛，云：「覺罷把朝鏡，鬢毛颯已霜。良圖
委蔓草，古貌成枯桑。欲道心下事，時人疑夜光。因為洞庭葉，飄落之瀟湘。」
〔註221〕共同的經歷不禁讓詩人談起入永王幕一事，他感慨報國的長策萎同蔓
草，如今自己兩鬢斑白，年貌日衰，雖然壯心不已，思為國家效力，卻被時人
見疑，無所作為，只能「登真朝玉皇」，以學仙自解。當半道遇赦的喜悅和感
激漸漸淡去，入獄和流放帶給李白的痛感便越來越強烈，他的冤屈、怨望在
年老無成、世不我知的加持下，凝結成悲憤沉鬱的情感，使詩歌顯示出蒼涼
的色調。

二、自薦中的自我形象建構

（一）脫囚出獄後的自我建構

　　至德二載秋，經江淮宣慰使崔渙、御史中丞宋若思推覆昭雪，李白被無
罪釋放，並參謀宋若思幕府。但是，「附逆」繫獄畢竟有損聲譽，重新出現在
公眾視野中的詩人不能不有所表白。先看《為宋中丞自薦表》，這是李白在宋
若思幕中以宋的名義而寫的上奏朝廷的自薦表，表中敘述了他的人生經歷，
曰：

〔註219〕《李太白全集校注》卷十六，第 5 冊，第 2331 頁。
〔註220〕《至鴨欄驛上白馬磯贈裴侍御》，《李太白全集校注》卷十九，第 6 冊，第
　　　　2722 頁。
〔註221〕《贈別舍人弟臺卿之江南》，《李太白全集校注》卷九，第 3 冊，第 1434～
　　　　1435 頁。

　　　　臣伏見前翰林供奉李白，年五十有七。天寶初，五府交辟，不
　　　求聞達，亦由子真谷口，名動京師。上皇聞而悅之，召入禁掖。既
　　　潤色於鴻業，或間草於王言。雍容揄揚，特見褒賞。為賤臣詐詭，
　　　遂放歸山。閑居制作，言盈數萬。屬逆胡暴亂，避地盧山，遇永王
　　　東巡脅行，中道奔走，卻至彭澤。具已陳首。前後經宣慰大使崔渙
　　　及臣推覆清雪，尋經奏聞。〔註222〕

前者是天寶初供奉翰林備受玄宗優寵的榮耀史，後者是被永王脅迫、案情已
經昭雪的近況，單單在表章中反映這兩段往事，可見它們對李白參政的重要
性。就前者而言，這是李白在政治上最輝煌的一段過往，也是他首次在作品
中完整而全面地講述供奉翰林始末，明顯具有總結生平的意味。其實，從天
寶十二載（753）起，李白詩中的翰林形象就從「入侍瑤池宴，出陪玉輦行」
〔註223〕的侍從文人轉變為起草政書、密參朝政的政治人才。誠然，他可能因
道士身份被玄宗詢問政事，也可能獲得過草詔禁中的機會，但這絕非他的主
要工作。大腦和神經科學領域近些年的研究成果表明，個體記憶是一個重構
的過程，人可以根據其處境和具體需求建構和再現現在，每一次回憶都是一
次全新的重建，對同一事件的前後兩次回憶無論從角度和在內容上都是不盡
相同的。〔註224〕也就是說，李白將實際生活中的細節誇張化、抽象化，既是
記憶的天然屬性使然，也與他謀求汲引的處境緊密相關。他特意在表章中提
到五府徵召、名動京師、潤色鴻業、草擬王言諸事，明顯是為宣揚自己「懷經
濟之才，抗巢、由之節，文可以變風俗，學可以究天人」的品節和政治文學才
能，進而達到被肅宗收為「清朝之寶」「以光朝列」的目的。就後者而言，李
白因從璘一事被捕入獄，即使經多方援助被無罪釋放，處境仍難免尷尬。況
且，在皇室內部的權力歸屬漸趨明朗的情況下，為生計故，他不得不站隊，
與永王劃清界限，這次上表就是借宋若思之名，把自己塑造成被永王脅迫的
受害者，向朝廷表明自己的政治立場。前已論及，李白入永王幕純屬自願，
所謂「東巡脅行」「中道奔走」，不過是永王東巡事件被定性為「叛逆」後為求
免責的飾詞，這樣他才能被「推覆清雪」，恢復政治清白，作為「名揚宇宙」

〔註222〕《李太白全集校注》卷二十五，第 7 冊，第 3618 頁。
〔註223〕《秋夜獨坐懷故山》，《李太白全集校注》卷二十，第 6 冊，第 2970 頁。
〔註224〕金壽福《評述揚·阿斯曼的文化記憶理論》，陳新、彭剛主編《文化記憶與
　　　　歷史主義》，浙江大學出版社 2014 年版，第 33 頁。

的人才被推薦給肅宗，請求「拜一京官」。

薦表奏上後，李白非但沒有如願被朝廷授予官職，還可能因「昔四皓遭高皇而不起，翼惠帝而方來」等不恰當的表述，以及《為宋中丞請都金陵表》在政治判斷上的失誤而引起肅宗的關注，面臨被朝廷追究從璘罪責的風險。總之，他離開了宋若思幕府，「逃難」臥病在宿松山中，向途經此地的故交——宰相張鎬贈詩，以示投傚之意。值得注意的是《贈張相鎬二首》其二，這是李白第一次在詩歌中自述家世，也是他在《上安州裴長史書》《與韓荊州書》之後，第一次比較全面地、有意識地介紹和總結自己的生平經歷與志向，詩云：

> 本家隴西人，先為漢邊將。功略蓋天地，名飛青雲上。苦戰竟不侯，當年頗惆悵。世傳崆峒勇，氣激金風壯。英烈遺厥孫，百代神猶王。十五觀奇書，作賦凌相如。龍顏惠殊寵，麟閣憑天居。晚途未云已，蹭蹬遭讒毀。想像晉末時，崩騰胡塵起。衣冠陷鋒鏑，戎虜盈朝市。石勒窺神州，劉聰劫天子。撫劍夜吟嘯，雄心日千里。誓欲斬鯨鯢，澄清洛陽水！六合灑霖雨，萬物無凋枯。我揮一杯水，自笑何區區！因人恥成事，貴欲決良圖。滅虜不言功，飄然陟蓬壺。惟有安期舃，留之滄海隅。〔註225〕

圍繞身世經歷，李白從三個方面展示自己，期望被張鎬收入麾下效力。其一，從世系說起，自稱隴西李氏，特別提到先祖李廣的功績謀略，讚揚他的英勇壯烈之氣傳承百代仍然很旺盛，表明自己作為後輩繼承了祖上的勇武，以迎合當下的用人標準。其二，回顧天寶初供奉翰林備受玄宗榮寵的光輝歲月，既以天子賞識凸顯自己過人的文學才華，又稱當年離京是遭人讒毀，以示自己從未停止過入世進取之心。其三，分析安祿山之亂的形勢，認為頗似西晉之末王室崩頹、士庶罹難的動盪局面，詩人有意略過從璘入獄一節，以規避此事帶給他的不良影響，著重表現自己誓欲平叛的雄心壯志。儘管在天寶中李白便常以供奉翰林作為干謁的資本，向新結識的官員尋求援引，可他與張鎬「昔為管將鮑」〔註226〕，是堪稱知己的老朋友，如此鄭重地敘述家世和重要履歷，明顯帶有重塑個人形象的意味。李白帶著強烈的感情色彩參與到往事之中，通過敘說身世，將自己塑造成文武兼備、胸懷大志的正面人物，既

〔註225〕《李太白全集校注》卷九，第 3 冊，第 1335 頁。
〔註226〕《贈張相鎬二首》其一，《李太白全集校注》卷九，第 3 冊，第 1327 頁。

在意識中形成和穩固了對自我形象的認同，又將自我認同傳達給外部世界，以矯正當時的社會輿論對他的偏見。可以說，入獄的創痛和年老無成的事實更容易讓李白回想起往昔的榮耀，使他在參考過去的過程中有選擇地重新構建自我形象，以調節當下的窘迫處境，爭取入仕機會。

（二）流放遇赦後的自我建構

乾元二年秋遇赦至江夏后，李白受到即將回京〔註227〕的江夏太守兼故交韋良宰的熱情招待。有感於老友「深仁恤交道」的高情厚誼，詩人作《經亂離後天恩流夜郎憶舊遊書懷贈江夏韋太守良宰》詩，抒發他的感激之情。這首詩有 166 句 830 字，是李白集中現存篇幅最長的一首五言古詩。詩人以三段「舊遊」為線索，通過敘述他與韋良宰之間的交情，將人生中的重要行跡串聯起來，有意識地向世人解釋他的遭際，展示他的志向和個人形象，表達希求舊友入朝引薦的訴求。表面上看，詩歌的主題是懷舊，實際上，建構擁有「賈生才」的政治形象，抒發他的憂國之情，以獲得朝廷的徵召和時人乃至後世的理解，才是他的主要目的。下面試從兩個方面展開論述。

先看他的用意，詩末云：

> 君登鳳池去，勿棄賈生才。桀犬尚吠堯，匈奴笑千秋。中夜四五歎，常為大國憂。旌旆夾兩山，黃河當中流。連雞不得進，飲馬空夷猶。安得羿善射，一箭落旄頭？〔註228〕

這是一篇主旨。堂上宴飲歡娛之際，詩人卻為國事憂心忡忡。縈繞在他腦海裏的是黃河兩岸旌旗密布，安慶緒、史思明等叛軍仍在作亂，而朝中李輔國、魚朝恩等宦官亂政，節度使軍被觀軍容的宦官牽制，不得前進。〔註229〕他熱

〔註227〕《經亂離後天恩流夜郎憶舊遊書懷贈江夏韋太守良宰》云：「君登鳳池去。」《天長節使鄂州刺史韋公德政碑並序》亦云：「鶴髮之叟，雁序而進曰：『恭聞天子無戲言，恐轉公以大用。老父不畏死，願留公以上聞。』」知韋良宰不日將入朝。又，李白《江夏使君叔席上贈史郎中》中有「昔放三湘去，今還萬死餘」句，知是遇赦歸至江夏后的作品。參見《李太白全集校注》卷九、二十九、九，第 3、8、3 冊，第 1392、4038、1398 頁。可見，韋良宰離任後，這位李某人接替他做了江夏太守。

〔註228〕《李太白全集校注》卷九，第 3 冊，第 1392 頁。

〔註229〕王琦注：「千秋，喻宰相若苗晉卿、王璵輩。」「連雞喻當時諸節度使輩。」參見《李太白全集》卷十一，第 679 頁。查屏球先生認為兩注皆不甚準確，此處主要指斥宦官亂政之事，筆者深以為然。參見《李白晚年詩風的變化》，《從遊士到儒士──漢唐士風與文學論稿》，第 374～375 頁。

切地企盼出現后羿那樣的英雄來挽救這危亂的時局，其中隱隱有自期之意。因此，他以賈誼的政治才具自負，希望韋良宰入朝後，能向朝廷舉薦他這竄逐之人，使他也能為平叛復國效力。其實，遇赦歸來的頭一年，李白一直天真地以為「今聖朝已舍季布，當徵賈生，開顏洗目，一見白日」〔註230〕，「聖主還聽《子虛賦》，相如卻欲論文章」〔註231〕，夢想著一展宏圖，被肅宗重用。明白了李白的深意，我們回過頭來看他對自身行止的講述，會發現詩人通篇都在圍繞自己的政治形象來談。

　　再看他的追述，主要包括三次重要的政治活動。第一，平生之志和失敗的翰林之行。詩歌開篇云：

　　　　天上白玉京，十二樓五城。仙人撫我頂，結髮受長生。誤逐世間樂，頗窮理亂情。九十六聖君，浮雲掛空名。天地賭一擲，未能忘戰爭。試涉霸王略，將期軒晃榮。時命乃大謬，棄之海上行。學劍翻自哂，為文竟何成？劍非萬人敵，文竊四海聲。兒戲不足道，《五噫》出西京。臨當欲去時，慷慨淚沾纓。〔註232〕

詩人自謂年少入道學仙，因不能忘懷致治之道，入世學習霸王之略，對天下治亂頗有研究，希望能以此成就功名富貴。可是，他的政治事業並不順利，反而因文學才華博得天下盛名，被玄宗召入長安，供奉翰林。他目睹朝中潛藏的危機，空有一身抱負卻不能在政治上得到重用，只好傚仿梁鴻慷慨悲歌，離開京城。同樣是遇赦初的作品，這首詩與《贈從弟南平太守之遙》的表述很不一樣。詩人不再說「常時飲酒逐風景，壯心遂與功名疏」，也不再以司馬相如自負，誇耀他在「麟閣」「秉筆」，「金鑾殿」「著書」，憑藉文才得到玄宗寵遇的光輝事蹟。而是將舞文弄墨視為「兒戲」，不值得稱道，以作《五噫歌》譏刺漢章帝的梁鴻自況，強調他的政治識見、憂國憂民的情懷和在政治上的不得意。之所以區別對待，很可能是因為李白需要獲得江夏最高行政長官韋良宰的引薦，而李之遙剛因飲酒過度被貶官武陵，自然沒有干謁他的必要，故而贈詩中的追憶部分會少一些加工的痕跡，顯得更加隨意和真誠。類似的追述方式在李白天寶後期的詩中反覆出現，比如在天寶十二載所作之《贈崔司戶文昆季》中，詩人偏重敘述他在翰林院的政治際遇，云：「攀龍九天上，別忝歲星臣。布衣侍丹墀，

〔註230〕　《江夏送倩公歸漢東序》，《李太白全集校注》卷十五，第5冊，第2181頁。
〔註231〕　《自漢陽病酒歸寄王明府》，《李太白全集校注》卷十一，第4冊，第1702頁。
〔註232〕　《李太白全集校注》卷九，第3冊，第1373頁。

密勿草絲綸。」〔註233〕希望獲得崔司戶的「垂恩」。而在面對尚未及第的書生，比如天寶十四載（755）所作之《答杜秀才五松山見贈》中，詩人著重講述他在翰林院的文學際遇，云：「昔獻《長楊賦》，天開雲雨歡。當時待詔承明裏，皆道揚雄才可觀。敕賜飛龍二天馬，黃金絡頭白玉鞍。」〔註234〕我們考察李白對往事的追憶時，也應注意他的寫作對象和寫作目的。

第二，幽州之行。詩云：

> 十月到幽州，戈鋋若羅星。君王棄北海，掃地借長鯨。呼吸走百川，燕然可摧傾。心知不得意，卻欲棲蓬瀛。彎弧懼天狼，挾矢不敢張。攬涕黃金臺，呼天哭昭王。無人貴駿骨，綠耳空騰驤。樂毅儻再生，於今亦奔亡。蹉跎不得意，驅馬過貴鄉。〔註235〕

按照李白的敘述，他在幽州目睹安祿山的囂張氣焰，深知此人必將謀亂，憂心如焚，苦於無路進言，情有所畏，只得失意而返。可問題在於，天寶十載（751）十月李白到達幽州時，是否真的已經預感到安祿山會起兵謀反？李芳民先生通過考察和分析李白幽州之行前後的相關作品，並結合唐天寶以來東北邊境不寧的形勢，尤其是十載八月安祿山在攻討契丹的軍事行動中遭到慘敗的歷史，認為李白北上幽州是為了「出奇謀、靖邊塞、建殊勳」，很難說他當時就能夠明確判定安祿山日後的反叛之舉。而且，安史之亂爆發後，「社會公眾對安祿山的認知業已形成一種群體性的集體記憶」，李白受這種集體記憶的影響，加之報國之赤誠未改，在晚年對韋良宰回顧自己北上幽燕的經歷時，他的「自我記憶隨之有意或無意被改寫」，形成在贈詩中對這段往事的記憶重構。〔註236〕總之，通過對幽州之行的記憶改寫，李白重塑了具有高度政治敏感性的個人形象，有力地回應了社會輿論對他「附逆」永王李璘的負面評價。

第三，永王東巡，迫脅入幕，含冤流放夜郎。詩云：

> 二聖出遊豫，兩京遂丘墟。帝子許專征，秉旄控強楚。節制非桓文，軍師擁熊虎。人心失去就，賊勢騰風雨。惟君固房陵，誠節冠終古。仆臥香爐頂，餐霞漱瑤泉。門開九江轉，枕下五湖連。半夜水軍來，尋陽滿旌旃。空名適自誤，迫脅上樓船。徒賜五百金，

〔註233〕 《李太白全集校注》卷八，第3冊，第1264頁。
〔註234〕 《李太白全集校注》卷十六，第5冊，第2371頁。
〔註235〕 《李太白全集校注》卷九，第3冊，第1376頁。
〔註236〕 李芳民《李白暮年身世經歷之自我記憶重構考論——以〈經亂離後憶舊遊書懷〉中相關記述的讀解為中心》，《四川大學學報》2019年第4期。

棄之若浮煙。辭官不受賞，翻謫夜郎天。夜郎萬里道，西上令人老。

掃蕩六合清，仍為負霜草。日月無偏照，何由訴蒼昊？〔註237〕

前已分析，李白入永王幕純屬自願。所謂「迫脅上樓船」「辭官不受賞」，不過是他考慮到永王兵敗後被視為「叛逆」，他亦因「附逆」而遭到下獄、流放的處罰，不得不調整說法，將主動入幕、隨軍南逃改為被動入幕、中途辭歸，跟永王劃清界限，以表白自己受刑的無辜和在道義上的無虧，緩解「世人皆欲殺」〔註238〕的輿論壓力，重塑個人形象，爭取再次為國效力的機會。也就是說，李白對自我形象的表述處在主觀經歷、客觀事實和官方意識形態之間的張力之中，既受到他所處的社會環境的影響，又被當時占主導地位的政治因素所左右。

通過前面的討論，我們可以看出，李白在脫囚出獄和流放遇赦後，十分重視對五、七言長篇古詩的創作。一方面，「去歲左遷夜郎道，琉璃硯水長枯槁。今年敕放巫山陽，蛟龍筆翰生輝光」〔註239〕，脫離了不幸的拘禁和流貶之旅後，他那被壓抑的詩思得以再度飛躍；另一方面，老友的厚待和寬慰緩解了他「苦心不得申長句」〔註240〕的愁悶，使他沉浸在對往事無盡的回憶之中，非長句不能表達他動盪的情感，非長篇不能盡瀉他深廣的詩情，展示他出眾的政治才華和熱忱報國的政治形象。正如程千帆、張宏生先生所言：「作品的形式和內容是一對不可分割的、互相制約的範疇，前者對後者既是『傳達』的關係，又是組成的關係。為了表現內容，作家總是要選取最完美的形式，因此，從本質上看，作品的形式是由內容獲得的。」〔註241〕顯然，格律自由、拘束較少的長篇古詩，是李白找到的最適合表現當時心情和訴求的完美形式。

本章小結

繫獄潯陽與流放夜郎是李白人生的重要轉捩點。在暮年經歷最嚴重的生存危機和最極致的生命體驗，使李白身心受到重創，這對他的思想和創作都

〔註237〕《李太白全集校注》卷九，第 3 冊，第 1381～1383 頁。

〔註238〕（唐）杜甫《不見》，蕭滌非主編《杜甫全集校注》卷八，第 4 冊，第 2418 頁。此詩約作於上元二年（761），可見，當時的主流意識形態對李白的態度並不友好，他在流放歸來後的處境仍然不太樂觀，甚至很危險。

〔註239〕《自漢陽病酒歸寄王明府》，《李太白全集校注》卷十一，第 4 冊，第 1702 頁。

〔註240〕《江夏贈韋南陵冰》，《李太白全集校注》卷五，第 3 冊，第 1427 頁。

〔註241〕程千帆、張宏生《晚年：回憶和反省——讀杜甫在夔州的長篇排律和聯章詩箚記》，《程千帆全集》第九卷《被開拓的詩世界》，第 186 頁。

產生了重要影響。

在論述這一人生轉捩與文學創作的關係之前，我們有必要對引發這場悲劇的從璘事由作一番梳理和辨析。由於目的不同、對象各異、境遇迥別，李白自述入永王幕在內容上存在較大差異，尤以入幕前和在幕中的表述，即應辟入幕、期待平叛立功和宣永王東巡之命最為可信，「迫脅」入幕是他在入獄後為求免責並期再度融入政治社會的飾詞，不盡可信。值得注意的是，《與賈少公書》應該是李白剛到永王軍中時，寫給勸他不要入幕的友人的回信，題目疑是編集者所加，似有缺文、錯簡；《永王東巡歌十一首》是一組集中反映永王東巡使命、回應朝野質疑的帶有官方宣傳性質的聯章詩，它有招降廣陵守軍的意圖，當作於永王進駐丹徒後兩軍相持之初，其中第二首疑被誤編入組詩。

繫獄、流放的不幸遭遇使李白飽嘗死亡的威脅、流貶的辛酸、遭難的冤憤和罪臣的屈辱，對他的寫作題材、立意和風格都產生了重要影響，並在體裁、結構等方面，給詩歌帶來不同於前期的顯著變化。就內容而言，出現了全新的創作主題，即陳訴冤情和渴望洗雪放赦，罕見地將親情和思歸作為重要的表現對象，在困境中對時局的關注反而更加深切和具體。就風格而言，詩人自信與激情的變化，即繫獄後驟降、出獄後上升、面臨被朝廷追責的風險時回落、流放途中再度下降、遇赦後迅速恢復，使這一階段作品的情感和氣勢，都呈現出起伏跌宕的特點。就體裁和結構而言，流放途中，詩歌數量減少，篇幅變短；繫獄至遇赦期間，詩人偏離復古之路，以交遊題材為主的格律詩比重增加，其樂府聯章、紀行聯章和紀事聯章則發展得更為成熟，體現出他在個體命運轉關時對詩體變革的新思考和新嘗試。脫囚出獄和流放遇赦後，李白回歸天寶十二載以來的文學復古之路，自覺選取最適合表現他心情和訴求的長篇古詩，通過追憶人生中最輝煌的翰林時光和因入永王幕而獲罪流放的悲慘遭遇，在參考過去的過程中有選擇地重新構建自我形象，以調節自己的窘迫處境，爭取入仕機會。

第四章　李白的婚姻與文學

第一節　李白婚姻考

　　魏顥《李翰林集序》（以下簡稱魏《序》）云：「白始娶於許，生一女、一男曰明月奴。女既嫁而卒。又合於劉，劉訣。次合於魯一婦人，生子曰頗黎。終娶於宋（宗）〔註1〕。」這是記載李白婚姻狀況最全面的原始文獻。魏顥是李白的鐵杆粉絲，天寶十二載（753）秋，他乘興去東魯、梁園尋訪李白，得知李白已南下遊歷，便一路追到江東，次年五月方與李白在廣陵相逢，二人一見如故，不忍別過，復相攜同遊金陵。〔註2〕臨別之際，李白「盡出其文，命顥為集」，對魏顥頗為信賴。不幸的是，這些詩文在安史之亂中蕩然無存，上元末，魏顥才積薪刊錄李白集，援筆作序。詳察序文，金陵一別後，魏顥與

〔註1〕清人王琦最早指出「宋」是「宗」的訛誤，云：「太白《竄夜郎留別宗十六璟》詩有『君家全盛日，臺鼎何陸離。斬鼇翼媧皇，三入鳳凰池』，『令姊忝齊眉』等語，是其終娶者乃宗楚客之家也。而此云宋，蓋是宗字之訛耳。」參見《李太白全集》卷三十一，第 1701 頁。

〔註2〕魏萬《金陵酬翰林謫仙子》云：「去秋忽乘興，命駕來東土。謫仙遊梁園，愛子在鄒魯。二處一不見，拂衣向江東。……雪上天台山，春逢翰林伯。……一長復一少，相看如弟兄。愾然意不盡，更逐西南去。同舟入秦淮，建業龍盤處。」魏萬後改名魏顥。李白《送王屋山人魏萬還王屋並序》：「王屋山人魏萬，云自嵩、宋沿吳相訪，數千里不遇。乘興遊台越，經永嘉，觀謝公石門。後於廣陵相見。……東浮汴河水，訪我三千里。……身著日本裘，昂藏出風塵。五月造我語，知非儓儗人。……吾友揚子雲，絃歌播清芬。雖為江寧宰，好與山公群。乘興但一行，且知我愛君。」參見《李太白全集校注》卷十三，第四冊，第 1906～1927 頁。

李白再無會面之機，那麼，魏《序》所載李白家室應該是天寶十三載（754）及以前的景況，此中既有魏顥尋訪所見，更多當出於李白的講述。魏顥的敘述順序是許氏及其子女，劉氏、魯婦母子和宗氏，時間順序一目了然。[註3]他對許氏、宗氏使用「娶」字，對劉氏、魯一婦人使用「合」字，顯然已將四人的身份作了區分，即許氏、劉氏是李白的正妻和繼室，劉氏、魯婦則是有同居事實的妾。這是中國古代社會極為普通的一夫一妻多妾的家庭結構，研究者依此多按「許氏—劉氏—魯一婦人—宗氏」這種妻迎妾廢的單線順序推察李白的婚配對象，但筆者傾向於「許氏、劉氏、魯一婦人—魯一婦人、宗氏」的複線式理解，認為妻、妾在時間上是並存的。

一、李白與許氏

許氏是李白的第一位夫人，這一點魏《序》的記載與李白自述完全一致。《上安州裴長史書》於李白早年行跡勾畫甚詳，云：「少長江漢，五歲誦六甲，十歲觀百家。軒轅以來，頗得聞矣。常橫經籍書，製作不倦，迄於今三十春矣。……乃杖劍去國，辭親遠遊。南窮蒼梧，東涉溟海。見鄉人相如大誇雲夢之事，云楚有七澤，遂來觀焉。而許相公家見招，妻以孫女，便憩跡於此，至移三霜焉。」[註4]開元十二年（724），二十四歲的李白離開蜀地，沿長江順流而下，浮洞庭，過襄漢，登廬山，遊金陵，涉吳越，訪揚州，之後溯江西上，定居安陸。上書裴長史時，他已至而立之年，由此上推三年即開元十五年（727），二十七歲的李白始與已故宰相許圉師之孫女成婚。[註5]據魏《序》載，許氏為李白育有一女一子，子名明月奴。但是，有限的史料和文獻理解的差異性造成了頗有爭議的子女名字問題。

郭沫若先生認為「明月奴」是女孩的小名，不像男孩的名字，魏《序》中

〔註3〕 在生母之後敘及子女是慣常的行文方式，並不是說許氏生育一雙兒女且女兒去世以後，李白才與劉氏結合，也不是說魯婦生子之後，李白才與宗氏婚配。

〔註4〕 《李太白全集校注》卷二十五，第7冊，第3696～3699頁。

〔註5〕 清人黃錫珪認為《上安州裴長史書》作於開元二十二年冬杪，時李白三十四歲，文中「迄於今三十春矣」是以「五歲誦六甲」而非李白生年為計算基點，那麼，李白與許氏結婚的年齡自然是三十二歲，而非二十七歲。參見《李太白年譜》，作家出版社1958年版，第9頁。日本學者松浦友久先生從李白長女、長男的年齡差以及第一子出生的大多數情形（婚後一二年）推測，李白於三十二歲前後結婚最為自然。參見《李白的客寓意識及其詩思——李白評傳》，第108頁。筆者依從學界的主流說法，認為「迄於今三十春矣」是以李白生年為計算基點。

的「一男」是後人加上去的。又改「嫁」為「笄」，認為許氏在女兒十五歲或將近十五歲時去世。〔註6〕如此一來，上述引文當作：「白始娶於許，生一女曰明月奴，女既笄而卒。」這樣釋讀，證據不足外，亦頗顯武斷。況且魏《序》又云：「白相見泯合，有贈之作，謂余：『爾後必著大名於天下，無忘老夫與明月奴。』」〔註7〕很難想像身處封建社會的李白，會把自己和女兒託付給一位新近結識的男子，卻完全不提承接宗祧的兒子，這不僅不符合社會常態，還與他心繫愛子的態度相違。再者，「女既嫁而卒」的主語是許氏，指的是女兒出嫁後不久許氏去世，而不是女兒出嫁不久後去世，這才符合魏顥依李白婚合對象為序的敘述邏輯。竊以為，開元末，李白帶一雙兒女離開安陸、移居東魯時，許氏並未隨行。李白曾在《山鷓鴣詞》中以鷓鴣的口吻自述：「嫁得燕山胡雁壻，欲銜我向雁門歸。山雞翟雉來相勸，南禽多被北禽欺。紫塞嚴霜如劍戟，蒼梧欲巢難背違。我心誓死不能去，哀鳴驚叫淚霑衣。」〔註8〕表面上看，這首詩寫南禽鷓鴣不願跟隨夫婿胡雁北上，實際上李白託辭於物以欒栝家事，婦人不願追隨夫婿北上未嘗不是詩人自己的生命體驗。也就是說，李、魏相見時，平陽已經出嫁，那麼「明月奴」必定是李白嫡子無疑。

可是，現存李白作品中未見「明月奴」三字，李白心心念念的孩子只有平陽和伯禽。天寶三載（744）春，李白被玄宗賜金放還，隨後漫遊梁、宋，蹉跎魯中，直至天寶五載冬，方告別東魯諸公，經梁園南下游越。在江南的這段日子，李白寫下不少憶念兒女的詩歌，如《送楊燕之東魯》（天寶六載）：「一辭金華殿，蹭蹬長江邊。二子魯門東，別來已經年。」〔註9〕《寄東魯二稚子》（天寶八載）：「嬌女字平陽，折花倚桃邊。折花不見我，淚下如流泉。小兒名伯禽，與姊亦齊肩。雙行桃樹下，撫背復誰憐？」〔註10〕顯然，「二子魯門東」中的「二子」即「東魯二稚子」中的平陽和伯禽。此時，許氏尚在安陸，一雙兒女無慈母撫育，故李白有「撫背復誰憐」的哀吟；且頗黎尚未出生，否則二詩當作「三子魯門東」「寄東魯三稚子」。由此推知，《南陵別兒童入京》（天寶元年）詩中「兒女嬉笑牽人衣」〔註11〕的「兒童」「兒女」，正是

〔註6〕　郭沫若《李白與杜甫》，第24～25頁。
〔註7〕　《李太白全集校注‧附錄》，第8冊，第4215頁。
〔註8〕　《李太白全集校注》卷六，第3冊，第1022頁。
〔註9〕　《李太白全集校注》卷十四，第5冊，第2101頁。
〔註10〕　《李太白全集校注》卷十一，第4冊，第1657頁。
〔註11〕　《李太白全集校注》卷十二，第4冊，第1887頁。

平陽和伯禽姐弟倆。跟女兒平陽相比，李白更加牽掛兒子伯禽，稍有機會便託友人探詢、救助。如《送蕭三十一之魯中兼問稚子伯禽》（天寶八載）：「我家寄在沙丘傍，三年不歸空斷腸。君行既識伯禽子，應駕小車騎白羊。」〔註12〕《贈武十七諤》（至德元載）云：「余愛子伯禽在魯，許將冒胡兵以致之。……愛子隔東魯，空悲斷腸猿。」〔註13〕

　　除此之外，唐人所作李白碑誌皆言其身後只有一子伯禽。李華《故翰林學士李君墓誌並序》（以下簡稱李《碑》）〔註14〕載：「有子曰伯禽，天然長能，持幼能辯，數梯公之德，必將大其名也已矣。」〔註15〕劉全白《唐故翰林學士李君碣記》（以下簡稱劉《碑》）載：「有子名伯禽。」〔註16〕范傳正《唐左拾遺翰林學士李公新墓碑並序》（以下簡稱范《碑》）載：「公之孫女搜於箱篋中，得公之亡子伯禽手疏十數行，紙壞字缺，不能詳備。……問其所以，則曰：「父伯禽以貞元八年不祿而卒，有兄一人，出遊一十二年，不知所在。父存無官，父歿為民，有兄不相保，為天下之窮人。」〔註17〕

　　清人王琦最早提出疑問：「太白後只一子伯禽，則未知其明月奴與，其頗黎與？」〔註18〕詹鍈先生認為伯禽是明月奴，松浦友久先生亦持此說。〔註19〕

〔註12〕《李太白全集校注》卷十四，第5冊，第2107～2108頁。

〔註13〕《李太白全集校注》卷八，第3冊，第1320頁。

〔註14〕李從軍先生在《李白卒年辨》中提出四點依據，首倡李華《墓誌》是偽作。參見《吉林大學社會科學學報》1983年第5期。張晰、陳建平二先生在《〈李白卒年辨〉存疑》中一一予以駁斥，謂李華《墓誌》所云「青山北址」，乃指「龍山東麓」之舊墓；文獻載與不載，可以存疑，但不能直接證偽；至於長短、風格，更不是辨別真偽的理由和證據；認為李從軍之說不成立。參見《唐代文學論叢》第八輯，陝西人民出版社1986年版，第209～210頁。當以張、陳之說為是。

〔註15〕此段文字還有三種標讀：一，有子曰伯禽、天然，長能持，幼能辯。參見王琦注《李太白全集》，詹鍈主編《李白全集校注匯釋集評》，郁賢皓校注《李太白全集校注》。二，有子曰伯禽，天然長能持，幼能辯。參見瞿蛻園、朱金城校注《李白集校注》，安旗主編《李白全集編年箋注》。三，有子曰伯禽，天然，長能持（侍），幼能辯（貶）。參見郭沫若《李白與杜甫》。筆者依楊栩生先生的讀法，參其《唐人之李白序志碑傳辨讀》，《綿陽師範學院學報》2012年第1期。

〔註16〕《李太白全集校注·附錄》，第8冊，第4219頁。

〔註17〕《李太白全集校注·附錄》，第8冊，第4220～4222頁。

〔註18〕《李太白全集》卷三十一，第1701頁。

〔註19〕詹鍈《李白詩文繫年》，《詹鍈全集》卷五，第86頁；松浦友久《李白的客寓意識及其詩思——李白評傳》，第103～105頁。

郭沫若先生則認為伯禽、頗黎是伯離之訛,「伯」「頗」發音相近,「黎」本作「離」,後人誤讀為「禽」,「伯離」便誤為「伯禽」。[註20] 他們都認為許氏是伯禽的生母,這也是學界的主流說法。[註21] 再者,「伯者,長也。伯者,子最長,迫近父也」[註22],伯禽之「伯」正用此意,可見他是李白長子。

綜上,許氏為李白育有一子一女,子名明月奴,是李白嫡子。開元末,李白移居東魯時,許氏並未隨行。又,李白長子名伯禽,天寶八載前他只有平陽、伯禽這一雙兒女,庶子頗黎尚未出生。因此,伯禽即明月奴,是李白嫡長子。

二、李白婚合與生育時間蠡測

伯禽(明月奴)的嫡長子身份既經確認,便可順勢推算李白與妻妾婚合、生育的大致時間。正如本文開篇所論,魏《序》所載李白家室的時間上限是天寶十三載。也就是說,婚配許氏、劉氏分手、平陽出嫁、許氏亡故、魯婦生子、續娶宗氏都是天寶十三載以前的事情。

就《寄東魯二稚子》詩描繪的情況來看,天寶八載李白只有兩個孩子——平陽、伯禽,且平陽尚未出嫁。再看李白此後的行程:天寶九至十載(750～751),輾轉東魯、梁園之間,十載冬自梁園北上幽州,十一載(752)年末方還,十二載(753)復由梁園啟程南下,在宣城、金陵、秋浦一帶漫遊,十四載(755)十二月安祿山起兵反叛後,再無東魯之行。因此,李白只可能在天寶九載或十載長住東魯,也最有可能在這段時間操辦平陽的婚事。也就是說,天寶九或十載,平陽的生母許氏去世。按照當時的風俗,平陽成婚時正當或已過及笄之年。假定在十五至十八歲之間,上推其生年,約在開元二十一至二十五年(733～737)之間。又,開元十八年(730)夏秋之際,李白離開安陸到長安求仕,繼而北遊邠、坊,東至洛陽,二十年(732)末歸家,二十二年(734)自春徂秋,在襄陽、江夏一帶活動,二十三年(735)八月已至

〔註20〕郭沫若《李白與杜甫》,第 26 頁。

〔註21〕部分日本學者認為,現有文獻不足以證明平陽、伯禽乃許氏所生,二人既然住在東魯,生母應當是「魯一婦人」。參見田中克己《李太白》,日本評論社《東洋思想叢書》第 15 輯,1944 年,第 52、75 頁;大野實之助《李太白研究》,早稻田大學出版部,1959 年,第 247 頁;高島俊男《李白和杜甫》,尚學圖書,1972 年,第 22～25 頁。

〔註22〕(漢)班固《白虎通德論》卷八《姓名》,上海古籍出版社 1990 年版,第 65 頁。

太原，二十五年（737）前後方還家。可知，開元二十一至二十二年春、二十二年秋至二十三年夏，李白閒居安陸，那麼，他與許氏的長女平陽最有可能出生在開元二十一至二十四年（733～736）間。《寄東魯二稚子》詩有「小兒名伯禽，與姊亦齊肩」句，這是李白的想像之辭：離家三載，伯禽的個頭大概趕得上姐姐了。由此看來，姐弟倆大約相差三、四歲，推算知伯禽約生於開元二十四至二十八年（736～740）間。又，開元二十五年李白才閒居安陸，二十六年（738）有江淮之行，二十七年（739）夏尚在蘇、杭一帶，二十八年（740）已移家東魯。因此，伯禽的生年可限定在開元二十五至二十七年（737～739）間。也就是說，天寶元年，平陽約七至十歲，伯禽約四至六歲，貼合「兒女嬉笑牽人衣」的形象；天寶八載，平陽約十四至十七歲，伯禽約十一至十三歲，但在對兒女印象還停留在三年前的父親看來，他們仍然是需要憐愛的未長大的「稚子」。

　　至於李白何以舉家離開安陸，詳細動機已難查明，與許氏或許家不睦大概是主要原因。定居兗州後，李白與魯地的一位婦人結合，他出外遊歷時，應該是這位魯婦在照顧兩個年幼的孩子。天寶元年，李白由東魯奉詔入京，臨別作詩云：「會稽愚婦輕買臣，余亦辭家西入秦。仰天大笑出門去，我輩豈是蓬蒿人。」〔註23〕郭沫若先生認為，李白大罵的這位「會稽愚婦」應該是與朱買臣妻同籍的江東人劉氏。〔註24〕竊以為著眼於「會稽」籍貫，恐失於穿鑿。這個典故側重於妻子對落魄丈夫的輕視，「會稽愚婦」可能是當時與李白同居的婦人，也可能是曾經輕視過他的許氏、劉氏、魯婦。既然被婦人輕視的憤懣以及揚眉吐氣的激昂情緒是真實的，沒必要同時也很難將「會稽愚婦」確切地落實在某一位妻妾身上。

　　考李白行跡，天寶九至十載，他輾轉於梁園、兗州之間，此後無論是北上幽燕，還是再下江南，皆以梁園為首途。可見，至遲在天寶十載，李白婚配宗氏並隨妻子居住梁園，此時，原配許氏應該已經過世。至於「一朝去京國，十載客梁園」〔註25〕句，是指作此詩時李白已隨妻宗氏定居梁園，而非天寶三載離京後即在梁園婚娶宗氏，故以「在野」的「梁園」來對「在朝」的「京國」，強調的是閒居十載不得伸展抱負。又，《贈武十七諤并序》（至德元載）

〔註23〕《南陵別兒童入京》，《李太白全集校注》卷十二，第4冊，第1887頁。
〔註24〕郭沫若《李白與杜甫》，第25頁。
〔註25〕《書情贈蔡舍人雄》，《李太白全集校注》卷八，第3冊，第1199頁。

中有「余愛子伯禽在魯」句，可見李白續弦後，伯禽等仍留兗州，並未隨李白移居梁園。

　　既然天寶十載李白已婚配宗氏，較少踏足兗州，而天寶八載前又只有平陽、伯禽兩個孩子，那麼，頗黎極有可能出生在天寶九至十載（750～751）間。至德二載（758），李白在潯陽獄中作《上崔相百憂章》《萬憤詞投魏郎中》詩，中有「星離一門，草擲二孩」〔註26〕「穆陵關北愁愛子，豫章天南隔老妻」〔註27〕四句，穆陵關在兗州東北方的沂州沂水縣北〔註28〕，可見，李白的「愛子」尚在東魯，而平陽早已出嫁，所以「二孩」「愛子」應該是伯禽、頗黎兄弟倆。李白對伯禽更為看重，至德元載（757）委託武諤攜子南下時，他的說辭是「余愛子伯禽在魯」，「愛子隔東魯，空悲斷腸猿」，似未顧及頗黎和魯婦。筆者揣度：一，以嫡長子伯禽代指兗州的家人，包括頗黎和魯婦。二，只帶伯禽離開戰區，將頗黎留與生母。〔註29〕可能早在與宗氏結婚時，李白便已知曉魯婦不願離開東魯的決心，正如許氏當初不願離開安陸一樣，這不是詩人第一次有這樣的人生經歷。然而，我們並未在李白遇赦以前的作品中發現愛子陪侍在側的跡象，他與武諤的計劃終究還是落空了。流放途中，李白自傷「吳宮又焚蕩，雛盡巢亦空」〔註30〕，他甚至不知道愛子是否還活著。等到流放遇赦後，李白方有餘力打聽愛子的存亡，從他身後僅存伯禽一子來看，大概只有伯禽曾順利南下陪伴在老父身邊。

　　此外，婚娶許氏後，李白曾納劉氏為妾，至遲在開元十八年二人離異，起因可能是劉氏的誹謗引發了一場輿論風波。李白雪讒未果，不得已離開安陸，轉而西入長安求仕。相關論述已見第一章第一節，茲不贅述。

　　綜上，開元十五年，李白與許氏成婚。至遲在開元十八年以前，李白納劉氏為妾。開元二十一至二十四年間，許氏生長女平陽，二十五至二十七年間生長子伯禽。開元二十七或二十八年，李白帶一雙兒女離開安陸，移居東魯，妻子許氏並未隨行。開元末，李白與魯婦結合，天寶九或十載生庶子頗

〔註26〕《李太白全集校注》卷二十一，第 6 冊，第 3119 頁。
〔註27〕《李太白全集校注》卷二十一，第 6 冊，第 3127 頁。
〔註28〕參見《新唐書》卷三十八《地理志》，第 4 冊，第 996 頁。
〔註29〕留子於母，唐史有之。《舊唐書》卷一百二十四《令狐彰傳》載：「令狐彰，京兆富平人也。……父濞……初任范陽縣尉，通幽州人女，生彰，及秩滿，留彰於母氏，彰遂少長范陽。」參見第 11 冊，第 3527 頁。李白與令狐濞的情況自然不同，但不排除將頗黎留與魯婦的可能性。
〔註30〕《雙燕離》，《李太白全集校注》卷三，第 2 冊，第 378 頁。

黎。天寶九、十載間，平陽出嫁，許氏亡故，李白婚娶宗氏，隨繼室定居梁園，魯婦與伯禽、頗黎仍留兗州。

三、李白非入贅許家、宗家辨

李白曾自述「許相公家見招，妻以孫女」，郭沫若先生依此斷言李白與許氏結婚是入贅許家。〔註31〕章培恒先生據繆本《自代內贈》中「女弟爭笑弄，悲羞淚盈巾」二句，懷疑李白與宗氏結婚很可能是入贅宗家。〔註32〕周勳初先生推進一步，認為李白相繼入贅許家、宗家，還從文化學的角度分析了這種異常的婚姻方式造就的家庭悲劇。〔註33〕概言之，「許相公家見招」以及婚後定居女方所在地，是「李白入贅相府」這一論斷的主要依據。上述措辭和行為看似與贅婿的身份相符，其實是唐代婚姻禮儀中比較特殊的一種現象，即「夫隨妻居」。查屏球先生於此論述甚詳，茲不贅述，僅略引相關史論稍作闡釋。

三十多年前，周一良先生從敦煌文獻 S1725 號寫本「吉凶書儀」中發現了唐人「不親迎入室」「就婦家成禮」的婚姻風習。〔註34〕書儀云：

> 曰：何名「婦人疏」？答曰：婦人於夫黨相識曰書，不相識曰疏。……婦人親迎入室，即是於夫黨相識。若有吉凶覲問，曰即作書也。近代之人多不親迎入室，即是遂就婦家成禮，累積寒暑，不向夫家。或逢誕育男女，非止一二。道途或遠，不可日別〔？〕通參姑舅。其有吉凶，理須書疏。婦人雖已成禮，即於夫黨元（原）不相識，是各（名）疏也。〔註35〕

「就婦家成禮」「不向夫家」是說男子在女方家成婚，婚後妻子不住夫家，那麼，婦女與夫家的人不相識便是情理之中的事情。隨後，陳弱水先生對唐人「寄室妻家」婚俗作了補充研究，還進一步探析了婦女婚後因諸多原因長住本家的婚姻現象。〔註36〕可見，「夫隨妻居」包含兩種情況，即男到女家成婚

〔註31〕 郭沫若《李白與杜甫》，第 18 頁。
〔註32〕 章培恒《被妻子所棄的詩人——〈南陵別兒童入京〉與李白的婚姻生活》，《中國典籍與文化》1992 年第 1 期。
〔註33〕 周勳初《李白兩次就婚相府所鑄成的家庭悲劇》，《文學遺產》1994 年第 6 期。
〔註34〕 周一良《敦煌寫本書儀中所見的唐代婚喪禮俗》，《文物》1985 年第 7 期。
〔註35〕 周紹良主編《敦煌文獻分類校錄叢刊》，江蘇古籍出版社 1998 年版。
〔註36〕 陳弱水《試探唐代婦女與本家的關係》，《「中央」研究院歷史語言研究所集刊》第六十八本，「中央」研究院歷史語言研究所，1996 年，第 169～190 頁。

並長住女家，以及婦女婚後長期歸寧。李白就婚許家、宗家，婚後常住安陸、梁園，顯然屬於前一種情況。再者，《唐律疏議》卷十四《戶婚》曰：

> 諸卑幼在外，尊長後為定婚，而卑幼自娶妻，已成者，婚如法；未成者，從尊長。違者，杖一百。
>
> 疏議曰：卑幼，謂子孫、弟姪等，在外，謂公私行詣之處，因自娶妻，其尊長後為定婚。若卑幼所娶妻，已成者，婚如法；未成者，從尊長所定。違者，杖一百。尊長，謂祖父母、父母及叔伯父母、姑、兄姊。〔註37〕

李白出蜀後從未回過家鄉，婚後定居的地方離蜀地又很遠，正是唐律規定的「卑幼在外」「自娶妻」之類。男子在外獨自成婚，婚後長住妻家，這在當時應該並不少見，所以執政者才將「卑幼自娶妻」納入律法，也會有人專門作文說明「書」與「疏」的區別和用途。至於李白能與相府結親，大概如查屏球先生所言：「唐時土籍管理相對寬鬆，李白可以自報家門，這也縮短了布衣與相府的距離，從而可以取得門當戶對的名義與資格。」〔註38〕

　　值得注意的是，中國古代社會中，贅婿的地位很低，且備受歧視。試看與李白同時的司馬貞對「贅婿」的解釋，曰：「女之夫也，比於子，如人肬贅，是餘剩之物也。」〔註39〕又如敦煌變文《鷰子賦》中贅婿自道：「可惜英雄大夫兒，如今被使不如奴。」〔註40〕可見唐人對贅婿的態度並不友好。以李白奇偉傲岸之性格、入相輔弼之雄心，不太可能選擇贅婿這種壓抑個性、妨害政治前途的婚姻方式。又，據陳弱水先生研究，「贅婿與妻子所生的子女通常隨妻姓，有時自己也要改姓。」〔註41〕而從魏顥、李華、劉全白、范傳正的表述來看，李白子孫自然隨父姓李，這是宗法社會的家庭常態，無需特意說明。再者，魏顥稱李白「始娶於許」「終娶於宗」，「娶」對應的主體是男性，這就明確了李白在婚姻家庭中的核心地位。此外，在李白歿後的一千兩百年

〔註37〕（唐）長孫無忌等撰，岳純之點校《唐律疏議》卷十四，上海古籍出版社 2013年版，第 223 頁。

〔註38〕查屏球《唐人婚姻習俗與李白成名前的家庭生活——李白〈寄遠十二首〉考釋》，《復旦學報》2010 年第 5 期。

〔註39〕司馬遷《史記》卷一百二十六《滑稽列傳》司馬貞索隱，第 10 冊，第 3198 頁。

〔註40〕王重民等編《周紹良批校〈敦煌變文集〉》下，國家圖書館出版社 2017 年版，第 793 頁。

〔註41〕陳弱水《試探唐代婦女與本家的關係》，《「中央」研究院歷史語言研究所集刊》第六十八本，「中央」研究院歷史語言研究所，1996 年，第 169～190 頁。

間，尚未發現對其婚姻形式存在質疑的古代文獻，子隨父姓顯然是無數詩人、學者的共識。如《太平廣記》卷三〇五有「李伯禽」條，雖事涉神異，頗類小說家言，亦可窺知宋人對李白後嗣姓氏的看法。

可見，李白並未入贅許家、宗家，他與許氏、宗氏結婚後定居安陸、梁園，是唐代「夫隨妻居」的一種婚姻現象，其子孫仍然隨父姓李。

綜上所述，開元十五年，李白與許氏成婚，隨妻定居安陸。大概一二年後，納劉氏為妾，至遲在開元十八年二人離異。開元二十一至二十四年間，許氏為李白生長女平陽，二十五至二十七年間生嫡長子伯禽，即明月奴。開元二十七或二十八年，李白移家東魯，許氏並未隨行。開元末，李白與魯婦結合，天寶九或十載生庶子頗黎。天寶九、十載間，平陽出嫁，許氏亡故，李白續娶宗氏，隨妻定居梁園，子女仍留兖州。

第二節　李白的人生轉捩與婚戀詩的創作之變

婚戀詩是關於男女戀愛及婚姻家庭的詩，它在李白詩中占比很大，保守統計有一百首之多。其中，李白以妻、妾、倡優為書寫對象，反映自身戀愛情事及婚姻家庭的婚戀詩大約佔了一半，這部分詩歌是本文主要研究對象。

一、《寄遠十二首》新釋

《寄遠十二首》是李白婚戀詩的重要內容，多數學者認為，這組詩是李白在十年安陸時期寫給妻子許氏的詩歌。〔註42〕誠然，從詩歌的內容、格調來看，《寄遠十二首》多屬李白早期之作，但是，這組詩的寫作對象並不固定，可能是妻、妾、情人或倡優，稱之為「戀人」似乎更合適。再者，在現存最早的李詩版本中，這十二首詩已被歸為一組，編者似乎因其共同的詩歌主題，即男女的戀情愛意與離思別緒，而非特定的寄贈對象，才將它們匯為一處。歷來解李詩者對《寄遠十二首》多有發明，然囿於李白的婚戀對象只有妻子或該組詩為情詩的觀念，一些細節尚未論及，部分關鍵點也未及詳述。因此，我們有必要對文本作進一步的考察和詮釋。

第一，《寄遠十二首》是一組寫作對象不止一人且非作於一時、一地的情

〔註42〕參見詹鍈主編《李白全集校注匯釋集評》，第 3647 頁；安旗主編《李白全集編年箋注》，第 210 頁；郁賢皓校注《李太白全集校注》，第 3274 頁。

詩。諸如「秦心與楚恨」〔註43〕「陽臺隔楚水，春草生黃河」〔註44〕等，說明李白在秦地、黃河流域遊歷，其相思之人在南方的楚地，她可能是妻子許氏，也可能是小妾劉氏或別的相好。

李白的寫作地點可能在江夏，《寄遠十二首》其七云：

> 妾在舂陵東，君居漢江島。百里望花光，往來成白道。一為雲雨別，此地生秋草。秋草秋蛾飛，相思愁落輝。何由一相見，滅燭解羅衣？〔註45〕

舂陵，唐時屬山南東道隨州。杜佑《通典》卷一七七載：「隨州棗陽，又有漢舂陵故城，在今縣東。」〔註46〕不過，李白《贈從兄襄陽少府皓》云：「小節豈足言，退耕舂陵東。」〔註47〕該詩作於初入長安落魄而歸的開元二十二年，「舂陵東」顯然是李白婚後定居之地安陸，安陸在棗陽東南約三百里處，稱作「舂陵東」自無問題。又，詩云「秋草秋蛾」，點明時令在秋季。「漢江島」不知所指，從「百里望花光」〔註48〕看，應該是距安陸不遠的漢水一帶，很有可能是江夏。從「滅燭解羅衣」這般大膽、直率的描寫看，該女子可能是劉氏或倡優之流，畢竟在李白寫給妻子的詩歌中，從未出現如此大膽俗豔的字眼，而在與倡優歡會時，卻會有「高堂月落燭已微，玉釵掛纓君莫違」〔註49〕「玳瑁筵中懷裏醉，芙蓉帳底奈君何」〔註50〕等輕豔筆調。

李白的寫作地點還可能在湖陽，《寄遠十二首》其四云：

> 玉筯落春鏡，坐愁湖陽水。聞與陰麗華，風煙接鄰里。青春已復過，白日忽相催。但恐荷花晚，令人意已摧。相思不惜夢，日夜向陽臺。〔註51〕

〔註43〕《寄遠十二首》其一，《李太白全集校注》卷二十三，第 7 冊，第 3275 頁。
〔註44〕《寄遠十二首》其六，《李太白全集校注》卷二十三，第 7 冊，第 3284 頁。
〔註45〕《李太白全集校注》卷二十三，第 7 冊，第 3286～3287 頁。
〔註46〕（唐）杜佑《通典》，第 944 頁。
〔註47〕《李太白全集校注》卷七，第 3 冊，第 1034 頁。
〔註48〕蕭本、玉本、郭本、朱本、劉本、嚴評本、全唐詩本俱作「一日望花光」。「一日」「百里」，當皆指路程而言，與筆者所解詩意無礙。然「一日望花光」與下一聯「一為雲雨別」首字重複，且李白詩中再無此類用例，當依宋本「百里望花光」為是。又，胡震亨《唐詩通》作「日日採蘼蕪，上山成白道」，未知所本，疑胡氏覺「百里」句費解，遂依詩意擅改之。
〔註49〕《白紵辭三首》其三，《李太白全集校注》卷三，第 2 冊，第 476 頁。
〔註50〕《對酒》，《李太白全集校注》卷二十三，第 7 冊，第 3324 頁。
〔註51〕《李太白全集校注》卷二十三，第 7 冊，第 3281 頁。

詩人以女子的口吻，講述她在春日對鏡垂淚時的心理過程。湖陽，唐時屬山南東道唐州。陰麗華是東漢光武帝的皇后，《後漢書·光烈陰皇后傳》載：「光烈陰皇后諱麗華，南陽新野人。初，光武適新野，聞後美，心悅之。後至長安，見執金吾車騎甚盛，因歎曰：『仕宦當作執金吾，娶妻當得陰麗華。』」〔註52〕可見，陰麗華是南陽新野的一位美人。新野，唐時屬山南東道鄧州。湖陽與新野、南陽接壤，相距皆不過百里，想必也有陰麗華那般美貌的女子，這便是「風煙接鄰里」的意思。因此，這裡的「坐」當解作「因」，湖陽是遊子而非抒情主人公的所在地。她既擔心遊子在湖陽移情別戀，畢竟那裡與美人陰麗華的故鄉毗鄰，又憂愁青春流逝、容華易老，相思別怨更深了幾分。可見，李白時在湖陽，詩中的女子可能是安陸家中的許氏、劉氏，也可能是她在外面的情人，難以繫於一人。

　　第二，疑《寄遠十二首》其十乃編者誤編，它的寫作對象應該是李白在安西的親人或朋友，而非妻子或戀人。詩云：

　　　　魯縞如玉霜，筆題月支書。寄書白鸚鵡，西海慰離居。行數雖
　　不多，字字有委曲。天末如見之，開緘淚相續。千里若在眼，萬里
　　若在心。相思千萬里，一書直千金。〔註53〕

據首句知，李白時在魯地，這應該是他離開安陸到達東魯後才寫的詩，不會早於開元二十八年。就詩意來說，表面上是詩人在魯地思念遠在「西海」的「月氏」女，故寄書一解相思之苦，這也是歷來解詩者的共識。再者，《寄遠十二首》中其餘十一首皆是情詩，遙想編者之意，似亦將此詩作情詩來解。不過，詩中的「月氏」「西海」「天末」等字眼頗難解，我們未在李白詩文中看到他有西域之行，也未見他有西域戀人，那這首詩的寫作對象會是誰呢？詹鍈先生謹慎地稱作「他人」〔註54〕，郁賢皓先生認為是李白在西域的親人〔註55〕，查屏球先生懷疑是李白的亡妻許氏，「月氏書」「西海」「天末」指的是天國或極遠之地，〔註56〕皆可備一說。然解詩者或因詩中婉轉纏綿的意緒而囿於男女之情的主題，或因李白生於中亞碎葉的說法而作情理之中的推測，不

〔註52〕《後漢書》卷十上，第2冊，第405頁。
〔註53〕《李太白全集校注》卷二十三，第7冊，第3292頁。
〔註54〕詹鍈主編《李白全集校注匯釋集評》，第7冊，第3647頁。
〔註55〕《李太白全集校注》，第3295頁。
〔註56〕查屏球《唐人婚姻習俗與李白成名前的家庭生活——李白〈寄遠十二首〉考釋》，《復旦學報》2010年第5期。

盡令人信服，故仍有進一步研究的必要。

　　先說詩歌主題。《唐宋詩醇》稱此詩「與古為化，不以模擬為工，而寄託自遠」〔註57〕，並未將詩歌主題限於一端，品評頗為中肯。末二句云：「相思千萬里，一書值千金。」「相思」在古典詩文及漢語語境中，往往指向男女之間的戀愛思慕，如「上言長相思，下言久離別」〔註58〕「著以長相思，緣以結不解」〔註59〕等，因此，讀者很容易將這首詩看作情詩。其實，「相思」不止限於男女之情，還包括親友間的思念懷想，如曹植《贈白馬王彪》「踟躕亦何留，相思無終極」〔註60〕、沈約《別范安成》「夢中不識路，何以慰相思」〔註61〕、謝朓《與江水曹至干濱戲》「別後能相思，何嗟異封壤」〔註62〕等。在李白詩中，「相思」的用例約有一半指向友朋之思，如「漢口雙魚白錦鱗，令傳尺素報情人。其中字數無多少，秖是相思秋復春」〔註63〕，「上朝三十六玉皇，下窺夫子不可及，矯手相思空斷腸」〔註64〕，「他日相思一夢君，應得『池塘生春草』」〔註65〕等。寫得哀感動人者亦有之，如「相思若煙草，歷亂無冬春」〔註66〕，「及此北望君，相思淚成行」〔註67〕，「我苦惜遠別，茫然使心悲。黃河若不斷，白首長相思」〔註68〕，「相思兩不見，流淚空盈巾」〔註69〕等。可見，《寄遠》其八的寫作對象不止是李白的妻子或戀人，還有可能是他的親友。

　　再說詩中的地名、方位。李白生於中亞碎葉（今吉爾吉斯斯坦的托克馬克附近），碎葉時屬安西都護府管轄，五歲時才隨家人遷居蜀中，住在綿州昌

〔註57〕　（清）愛新覺羅・弘曆編《唐宋詩醇》，第 192 頁。

〔註58〕　《古詩十九首・孟冬寒氣至》，（梁）蕭統編，（唐）李善注《文選》卷二十九，上海古籍出版社 1986 年版，第 3 冊，第 1350 頁。

〔註59〕　《古詩十九首・客從遠方來》，《文選》卷二十九，第 3 冊，第 1350 頁。

〔註60〕　逯欽立輯校《先秦漢魏晉南北朝詩》，中華書局 2017 年版，第 453 頁。

〔註61〕　逯欽立輯校《先秦漢魏晉南北朝詩》，第 1649 頁。

〔註62〕　逯欽立輯校《先秦漢魏晉南北朝詩》，第 1450 頁。

〔註63〕　《贈漢陽輔錄士二首》其二，《李太白全集校注》卷九，第 3 冊，第 1424 頁。

〔註64〕　《酬殷佐明見贈五雲裘歌》，《李太白全集校注》卷六，第 3 冊，第 1001～1002 頁。

〔註65〕　《送舍弟》，《李太白全集校注》卷十四，第 5 冊，第 2147 頁。

〔註66〕　《送韓準裴政孔巢父還山》，《李太白全集校注》卷十三，第 4 冊，第 1955 頁。

〔註67〕　《留別曹南群官之江南》，《李太白全集校注》卷十二，第 4 冊，第 1778 頁。

〔註68〕　《送王屋山人魏萬還王屋》，《李太白全集校注》卷十三，第 4 冊，第 1924 頁。

〔註69〕　《酬裴侍御留岫師彈琴見寄》，《李太白全集校注》卷十六，第 5 冊，第 2353 頁。

隆縣（今四川江油），這是學界的主流說法。李白曾在《江西送友人之羅浮》中自道：「鄉關眇安西，流浪將何之？」〔註70〕詩中的鄉關安西宜坐實來看。同樣，「月氏」「西海」「天末」不止是極遠之地的代稱，還指詩人遙遠的家鄉安西，故安、郁二先生有思親之作的推測。至於「白鸚鵡」，《禽經》云：「鸚鵡出隴西，能言鳥也。」〔註71〕又，《漢書·武帝紀》顏師古注云：「萬震《南州異物志》云有三種，一種白，一種青，一種五色。交州以南諸國盡有之。白及五色者，其性尤慧解。」〔註72〕李白以白鸚鵡喻信使，蓋取其性慧能言之意。郁先生將「筆題月氏書」解作用月氏文字寫信，認為此詩的寄贈對象是李白留居西域的親人，他們當年並未隨詩人一家遷入蜀中。竊以為，「月氏書」當解作寄往月氏的書信，「行數雖不多，字字有委曲」指書信內容，此詩應是隨信附贈之物，類似序言，有說明原委的意思，《秋浦寄內》的性質與此相似。筆者還注意到，天寶二年前後，李白在長安送程侍御、劉侍御、獨孤判官、族弟李綰遠赴安西，留下兩首詩作，云：

> 安西幕府多才雄，喧喧唯道三數公。繡衣貂裘明積雪，飛書走檄如飄風。朝辭明主出紫宮，銀鞍送別金城空。天外飛霜下蔥海，火旗雲馬生光彩。胡塞塵清計日歸，漢家草綠遙相待。（《送程劉二侍御兼獨孤判官赴安西幕府》）

> 漢家兵馬乘北風，鼓行而西破犬戎。爾隨漢將出門去，剪虜若草收奇功。君王按劍望邊色，旄頭已落胡天空。匈奴繫頸數應盡，明年應入蒲桃宮。（《送族弟綰從軍安西》）〔註73〕

既是赴邊，自有建功立業之想，故詩人在此處著意，或突出友人才幹，或勉勵族弟殺敵，字裏行間壯氣洋溢，希冀親友在戰場立功，一舉平定邊塞，早日歸來。由於材料短缺，我們不知道李白與程侍御、劉侍御、獨孤判官、李綰交情如何，長安一別後是否還有來往。考慮到天寶三載春李白被玄宗賜金放還，約於年末回到東魯，上距送友人、族弟遠赴安西不久，且《寄遠十二首》其八作於魯中，此詩或即歸家後思及安西親友所作？姑且提出備考。

　　第三，《寄遠十二首》其三與《秋浦寄內》約作於同時，是李白代宗氏贈

〔註70〕《李太白全集校注》卷十五，第 5 冊，第 2208 頁。
〔註71〕（春秋）師曠撰，（晉）張華注《師曠禽經》，中華書局 1991 年版，第 12 頁。
〔註72〕《漢書》卷六，第 1 冊，第 176 頁。
〔註73〕《李太白全集校注》卷十三、十四，第 4、5 冊，第 2029、2066 頁。

己之作。天寶九、十載間，李白在梁苑婚娶宗氏，知命之年新納嬌妻，本該最是纏綿不捨，可十載冬詩人便北上幽燕，十一載末才歸家，數月後又匆匆南下，在金陵、宣城一帶漫遊。從日程上看，李白與宗氏聚少離多，相思別怨自是難免，加之詩人年事漸高，閱過無數人事滄桑、山水風月，玩心漸收，對眼前人更添了幾分珍重憐愛，連懷想宗氏的詩也寫得纏綿深切，悽惋動人。李白在秋浦時思念宗氏最甚，接連作《秋浦寄內》《自代內贈》《秋浦感主人歸燕寄內》等詩，抒發夫妻離居相思之苦。《秋浦寄內》云：

> 我今尋陽去，辭家千里餘。結荷見水宿，卻寄大雷書。雖不同辛苦，愴離各自居。我自入秋浦，三年北信疏。紅顏愁落盡，白髮不能除。有客自梁宛，手攜五色魚。開魚得錦字，歸問我何如？江山雖道阻，意合不為殊。〔註74〕

從詩意看，李白離家三年未歸，忽得宗夫人家書慰藉，遂作詩相答。詩中多述詩人行蹤及生活情狀，家書數句襲自樂府古辭《飲馬長城窟行》：「客從遠方來，遺我雙鯉魚。呼兒烹鯉魚，中有尺素書。長跪讀素書，書中竟何如？上言加餐飯，下言長相憶。」〔註75〕惟末二句進入正題，抒發情投意合不會因山河阻隔而有差別之意，整首詩倒似一篇才寫了開頭的情書。明人早有察覺，批曰：「『寄內』謂宜委曲綿至乃快，何乃局促數語？殊吶塞未暢。『有客』四句，語意全襲古，有何趣味？」〔註76〕單就此詩而言，評價不可謂不中肯，然綜合來看，此中當另有原委。首先，李白承襲古意，與其晚期復古的詩歌理念有關。李白早期的婚戀詩或秀麗，或輕豔，含冶情無限，自天寶三載被玄宗賜金放還後，詩人極少作豔詞麗句，轉而有意識地化用古辭、古意表達情思。《秋浦寄內》如此，《自代內贈》亦如此，其中「猶有舊歌管，凄清聞四鄰。曲度入紫雲，啼無眼中人」〔註77〕諸句，便化自《西北有高樓》和《東城高且長》。其次，在李白贈內諸作中，以詩人自己作為抒情主人公的詩歌通常寫得莊重矜持，但以妻子作為抒情主人公的代言體詩歌卻寫得纏綿哀婉，譬如《自代內贈》中「寶刀截流水，無有斷絕時。妾意逐君行，纏綿亦如之」

〔註74〕《李太白全集校注》卷二十三，第7冊，第3355頁。
〔註75〕（宋）郭茂倩編《樂府詩集》卷三十八，第556頁。
〔註76〕（宋）嚴羽評點《李太白詩集》載明人批，轉引自詹鍈主編《李白全集校注匯釋集評》，第7冊，3717頁。
〔註77〕《李太白全集校注》卷二十三，第7冊，第3358頁。

的情思意緒，甚至「梁苑空錦衾，陽臺夢行雨」〔註78〕的床幃之思，絕不會直白地表現在《秋浦寄內》中，這樣的寫作心理很值得琢磨。

《寄遠十二首》其三應該是李白收到宗夫人的家書後，擬妻子口吻而作的一首代言體詩歌，詩云：

> 本作一行書，殷勤道相憶。一行復一行，滿紙情何極！瑤臺有黃鶴，為報青樓人。朱顏凋落盡，白髮一何新！自知未應還，離居經三春。桃李今若為？當窗發光彩。莫使香風飄，留與紅芳待。〔註79〕

首四句畫面感十足，詩人遙想妻子本打算寫一封短信聊寄情思，誰知寫了一行又一行，紙張寫滿了也未寫盡相思之情。這封信應該就是《秋浦寄內》中宗夫人託梁客帶給李白的「錦字」。「朱顏凋落盡，白髮一何新」與「紅顏愁落盡，白髮不能除」相似，都是說因相思而紅顏凋、白髮生，這是閨情詩常見的託意方式，如「感此傷妾心，坐愁紅顏老」〔註80〕「但恐荷花晚，令人意已摧」〔註81〕「坐思行歎成楚越，春風玉顏畏銷歇」〔註82〕等，感歎別離日久，青春流逝，韶華不再。所不同者，「紅顏愁落盡」二句是實寫，李白時年五十五歲，難免會紅顏凋落、白髮叢生；「朱顏凋落盡」二句則是虛寫，且側重在「新」字上，謂因相思而愁出的白髮在滿頭青絲中觸目驚心，愈顯離思深重。「自知未應還，離居經三春」與「我自入秋浦，三年北信疏」在時間上相合，當作於同一時期。「自知未應還」是妻子斷言，取曹植《雜詩七首》其三「自期三年歸，今已歷九春」〔註83〕之意，與下一句「離居經三春」之間形成一種張力，謂分別已有三個年頭，可丈夫歸家的日子仍然遙遙無期，別情更甚。若解作李白自道不應還家，未免有些奇怪，且詩意不暢。末四句作寬慰語，與「棄捐勿複道，努力加餐飯」〔註84〕的用意相似，勸勉自己護持青春，等待丈夫歸來。

第四，《寄遠十二首》其八與《久別離》在主題、構思、用意上相似，疑

〔註78〕《李太白全集校注》卷二十三，第 7 冊，第 3358 頁。
〔註79〕《李太白全集校注》卷二十三，第 7 冊，第 3278～3279 頁。
〔註80〕《長干行》，《李太白全集校注》卷三，第 2 冊，第 452 頁。
〔註81〕《寄遠十二首》其四，《李太白全集校注》卷二十三，第 7 冊，第 3281 頁。
〔註82〕《寄遠十二首》其八，《李太白全集校注》卷二十三，第 7 冊，第 3289 頁。
〔註83〕逯欽立輯校《先秦漢魏晉南北朝詩》，第 457 頁。
〔註84〕《文選》卷二十九，第 3 冊，第 1343 頁。

是贈予一人之作。詩云：

> 憶昨東園桃李紅碧枝，與君此時初別離。金瓶落井無消息，令
> 人行歎復坐思。坐思行歎成楚越，春風玉顏畏銷歇。碧窗紛紛下落
> 花，青樓寂寂空明月。兩不見，但相思。空留錦字表心素，至今緘
> 愁不忍窺。（《寄遠十二首》其八）

> 別來幾春未還家，玉窗五見櫻桃花。況有錦字書，開緘使人嗟。
> 至此腸斷彼心絕。雲鬟綠鬢罷攬結，愁如回飆亂白雪。去年寄書報
> 陽臺，今年寄書重相催。胡為乎東風，為我吹行雲使西來。待來竟
> 不來，落花寂寂委青苔。（《久別離》）〔註85〕

首先，二詩的抒情主人公都是思婦，屬代言體詩歌，主題都是怨別離。其次，
首句皆從別情寫起，前者追憶分別情景，後者敘述離居日久，惟角度不同而
已。由「憶昨」知，前者乃別後數月或一年之作；由「幾春」「五見」知，後
者乃別後數年之作；時間上有先後之分。接著寫別後相思情狀。前者，思婦
行坐間常有相思之歎，會因落花紛紛而起紅顏衰落之思，然別後未久，尚可
忍耐遊子的杳無音訊，意境含蓄。後者，思婦腸斷心絕，鬟鬢紛亂，早沒了梳
妝打扮的心思，又因別離日久，數度寄信相催，仍不見遊子歸來，辭色哀怨。
人物行止和心理描寫體貼入微，好似其情態神貌真是如此，詩人也可聊此慰
藉心懷別緒、身為遊子的愁抱。再次，前者云「坐思行歎成楚越」，似思婦與
遊子有楚、越之隔；後者云「胡為乎東風，為我吹行雲使西來」，蓋思婦在西，
遊子在東，西來正是歸家之意；疑二詩乃開元後期詩人遊江東時所作，寄贈
對象應該是妻子許氏。最後，「空留錦字表心素，至今緘愁不忍窺」與「況有
錦字書，開緘使人嗟」的語詞、用意極為相似。「錦字」，蕭士贇、瞿蛻園、朱
金城、詹鍈、安旗、郁賢皓等先生皆釋作迴文錦，用前秦竇滔妻蘇蕙織錦作
迴文詩贈夫一事。竊以為，「錦字」從鮑令暉《代葛沙門妻郭小玉詩二首》其
二中翻出，詩云：「君子將遙役，遺我雙題錦。臨當欲去時，復留相思枕。題
用常著心，枕以憶同寢。行行日已遠，轉覺心彌甚。」〔註86〕雙題錦雖然也
是迴文錦，但與蘇蕙迴文錦不同的是，雙題錦是男子臨行前贈給女子以表兩
心相悅的情書，可慰女子別後相思之苦。觀李白二詩，錦書亦是男子夙昔所

〔註85〕《李太白全集校注》卷二十三、三，第7、2冊，第3288～3289、415頁。
〔註86〕（南朝陳）徐陵編，（清）吳兆宜注，（清）程琰刪補，穆克宏點校《玉臺新
　　　　詠箋注》卷四，中華書局1985年版，第154～155頁。

留，本意在「常著心」，詩人翻出新意，言思婦睹物思人，念及往日情分，更添幾分憂愁幽思。

第五，《寄遠十二首》其十二與《代寄情人楚詞體》體裁相似，詩意一唱一和，疑是作於一時且贈予一人之作。詩云：

> 愛君芙蓉嬋娟之豔色，若可餐兮難再得。憐君冰玉清迥之明心，情不極兮意已深。朝共琅玕之綺食，夜同鴛鴦之錦衾。恩情婉變忽為別，使人莫錯亂愁心。亂愁心，涕如雪。寒燈厭夢魂欲絕，覺來相思生白髮。盈盈漢水若可越，可惜凌波步羅襪。美人美人兮歸去來，莫作朝雲暮雨兮飛陽臺。（《寄遠十二首》其十二）

> 君不來兮，徒蓄怨積思而孤吟。雲陽一去，以遠隔巫山渌水之沉沉。留餘香兮染繡被，夜欲寢兮愁人心。朝馳余馬於青樓，怳若空而夷猶。浮雲深兮不得語，卻惆悵而懷憂。使青鳥兮銜書，恨獨宿兮傷離居。何無情而雨絕，夢雖往而交疏。橫流涕而長嗟，折芳洲之瑤華。送飛鳥以極目，怨夕陽之西斜。願為連根同死之秋草，不作飛空之落花。（《代寄情人楚詞體》）〔註87〕

首先，這兩首詩都用楚辭的參差句式，音情頓挫，婉轉流連。其次，二詩在情感上遙相呼應。前者以男子的口吻敘述昔日恩愛纏綿與別後相思愁緒，後者以女子的口吻訴說情人遠去後的刻骨相思。兩首詩都寫到相思一夢，前者是「寒燈厭夢魂欲絕，覺來相思生白髮」，夢中尚見麗影，醒後只有寒燈一點，由不得悽愴神傷，思念之情更甚；後者是「何無情而雨絕，夢雖往而交疏」，久別生怨，哪曉得情人相思情狀，甚至對他的心意產生懷疑，即使夢中相逢也似生疏了一般。末二句，前者呼喚女子莫棄己而去，後者則傾訴與情人連根同死的願望，似對前者的回應，詩題中的「代寄」疑是詩人自代情人寄己之意。最後，古代妻莊而妾豔，妻有其位需備禮，妾或妓則以色事人，男子的性需求更多地在妾、妓的一方得到滿足。二詩語涉床幃，辭意纏綿，寄贈之人可能是妾或倡優之流。

第六，《寄遠十二首》中有一詩多題者。比如其五：

> 遠憶巫山陽，花明渌江暖。躊躇未得往，淚向南雲滿。春風復無情，吹我夢魂斷。不見眼中人，天長音信短。〔註88〕

〔註87〕《李太白全集校注》卷二十三，第 7 冊，第 3296～3297、3334～3335 頁。
〔註88〕《李太白全集校注》卷二十三，第 7 冊，第 3283 頁。

王琦注云：「此詩與樂府《大堤曲》相同，惟首三句異耳，編者重入。」〔註89〕《大堤曲》云：「漢水臨襄陽，花開大堤暖。佳期大堤下，淚向南雲滿。春風復無情，吹我夢魂散。不見眼中人，天長音信斷。」〔註90〕可見，二詩惟前三句相異外，只第六、第八句有兩字之差，故注家懷疑是一詩兩傳。郭茂倩引《古今樂錄》云：「《襄陽樂》者，宋隨王誕之所作也。……又有《大堤曲》，亦出於此。簡文帝《雍州十曲》有《大堤》《南湖》《北渚》等曲。」〔註91〕《襄陽樂》古辭主要表現襄陽繁華之景、女兒之美和男女纏綿之情，簡文帝《大堤》言大堤繁華行樂之景，張柬之、楊巨源《大堤》則寫男女愛慕相思之情。李白用唐人之意，寫男女別後相思，言情、傳神不落雕琢，品格清幽秀麗。從「佳期大堤下」「吹我夢魂斷」看，《大堤曲》疑是李白遊襄陽時，有感於行人閨婦離居之苦，遂代婦人立言之作。《寄遠》其五大概是《大堤曲》的改寫本，詩人將漢水、襄陽、大堤抹去，換作有象徵意味的「巫山」和方位模糊的「淥江」，又將「佳期大堤下」改作「躊躇未得往」，抒情主人公便從大堤思婦變成詩人自己，正可遙寄遠方的愛人。

再如《寄遠十二首》其十一：

> 美人在時花滿堂，美人去後餘空牀。牀中繡被卷不寢，至今三
> 載聞餘香。香亦竟不滅，人亦竟不來。相思黃葉盡，白露濕青苔。
> 〔註92〕

宋本詩下注：「一作《贈遠》。」〔註93〕詩歌正文與宋本《長相思》後半部分雷同。《又玄集》《樂府詩集》《全唐詩》題作《長相思》；《唐文粹》題作《寄遠》，題下注云：「一作《長相思》。」〔註94〕胡震亨《李詩通》題作《長相思三首》其三，注云：「此首一作《寄遠》。」〔註95〕《全唐詩》收《寄遠十一首》，無此詩。儘管題目說法眾多，但對詩歌主題的理解並無影響。與《代寄情人楚詞體》一樣，這首詩也是以女子的口吻訴說別後孤棲之景與相思之情。

〔註89〕　《李太白全集》卷二十五，第 1365 頁。

〔註90〕　《李太白全集校注》卷四，第 2 冊，第 562 頁。

〔註91〕　（宋）郭茂倩編《樂府詩集》卷四十八，第 703 頁。

〔註92〕　《李太白全集校注》卷二十三，第 7 冊，第 3295 頁。

〔註93〕　《李太白全集校注》卷二十三，第 7 冊，第 3296 頁。

〔註94〕　（宋）姚鉉編，（清）許增校《唐文粹》卷十五下，浙江人民出版社 1986 年版，第 1 冊。

〔註95〕　（明）胡震亨《李詩通》，轉引自《李太白全集校注》卷二十三，第 7 冊，第 3296 頁。

其中，「牀中繡被卷不寢，至今三載聞餘香」與「留餘香兮染繡被，夜欲寢兮
愁人心」，在遣詞、用意等方面頗為相似，可能亦是一時寄贈之作。

總的來說，《寄遠十二首》不寫於一時、一地，寄贈對象也不止一人。其
中，其一、其六疑是李白在秦地寫給妻子許氏的詩歌；其八疑是在江東寫給
妻子許氏的詩歌；其三是在秋浦寫給妻子宗氏的詩歌；其四疑是在湖陽寫給
妻、妾或情人的詩歌；其七疑是在江夏寫給妾室劉氏或安陸相好的詩歌；其
十二疑是寫給妾或倡優的詩歌；其十疑是在東魯寫給安西親友的詩歌。這組
詩中有李白早期之作，如其一、其六、其七等，也有中後期之作，如其十、其
三等；有詩人自書情思者，如其一、其六、其十二等，也有代情人立言者，如
其三、其八、其九等；還有一詩多題者，如其五、其十一。因係後人所編，故
其十非關情愛卻被收入組詩，而體裁、內容、寄贈對象與其八、其十二相近
的《久別離》《代寄情人楚詞體》反倒未被收入。

二、人物形象之變

李白一生婚合四次，他對妻、妾、倡優等婚戀對象的書寫，以其人生轉
捩為界，呈現出複雜而微妙的心理變化。

（一）太常妻‧彼婦人‧如花人

開元十五年（727），李白與已故宰相許圉師的孫女成婚，並隨許氏定居
安陸達十年之久。十八年（730）之前，詩人又納劉氏為妾，後因其搬弄是非，
二人分手。揆以常情，新婚夫婦當有一段歡娛繾綣的溫情歲月，想必才華橫
溢的詩人會為新婦寫一些情意綿綿的詩歌，可現存李詩中並無這樣的詩例。
相反，這段時間裏，李白筆下的妻、妾竟是不幸或不忠的形象。試看：

> 三百六十日，日日醉如泥。雖為李白婦，何異太常妻？（《贈
> 內》）

> 彼婦人之猖狂，不如鵲之彊彊。彼婦人之淫昏，不如鶉之奔奔。
> （《雪讒詩贈友人》）〔註96〕

前已論及，李白以暫住者的身份寄居妻家。婚後數年，他功未成，名不就，還
常常沉湎於酒，又因讒言風波難以在安陸立足。如此行徑，難免會遭遇妻族
的冷臉，感受到寄人籬下的痛苦，《贈內》大概就作於這一時期。詩中的「太

〔註96〕《李太白全集校注》卷二十三、七，第 7、3 冊，3368、1134 頁。

常妻」出自《後漢書・周澤傳》，這是一個極其不幸的女性形象。李白以「太常妻」對「李白婦」，稱妻子的處境與太常妻無異，為整首詩定下了低沉的情感基調。表面上看，是妻子獨守空閨，難得一見清醒的他，實際上隱含了更深的情緒，即詩人以酒逃愁的無奈和沉湎於酒的歉疚。詹鍈、安旗、郁賢皓等先生認為這首詩是李白與許氏的戲謔之詞，之所以這樣解釋，可能與劉克莊「篤於伉儷」之論及嚴評本明人批「是戲語」〔註97〕有關。

劉克莊在《後村集》中評道：「《尋陽非所寄內》云：『多君同蔡琰，流淚請曹公。』又《贈內》云：『三百六十日，日日醉如泥。雖為李白婦，何異太常妻？』世稱太白名姬駿馬，若放蕩者，然於倫紀尤厚。別篇云『姜家三作相』，為許氏，《潯陽寄內》則為宗氏作矣。終始篤於伉儷如此。」〔註98〕現代學者如詹鍈、郭沫若先生等，已證實《自代內贈》乃為宗氏而作，詩中「估客發大樓，知君在秋浦。梁苑空錦衾，陽臺夢行雨。姜家三作相，失勢去西秦」云云，分別從天寶末李白的秋浦之遊、妻子定居的梁苑和宗楚客的三次入相，將女主人公指向宗氏。〔註99〕令人費解的是，劉克莊何以引《贈內》詩來證實「倫紀尤厚」「篤於伉儷」之論？疑其先已認定李白夫婦情深，或此詩亦為宗氏而作，故詩人能以「太常妻」打趣妻子。又，明人李開先《寄繼內》云：「娶妻娶德非專色，吾娶齊東兩得之。勤儉有如貧士女，家風克稱太常妻。非恩無以懷諸婢，不妒方能處眾姬。前子雖傷今有望，母儀胎教汝須知。」「太常妻」下自注：「李詩：雖為李白婦，不異太常妻。」〔註100〕可見，陳氏將「太常妻」立為賢妻的標準，乃源自李白《贈內》詩而非《周澤傳》，從這一點看，他對此詩的解讀乃至對李白夫妻關係的看法，皆與劉克莊類似。再者，明清人常以「太常妻」戲稱妻子以顯親密，如「老去真成鹿門侶，醉來曾笑太常妻」〔註101〕，「我跡萍浮水，君情絮著泥。清齋已如許，何異太常

〔註97〕轉引自詹鍈主編《李白全集校注匯釋集評》，第 7 冊，第 3729 頁。

〔註98〕（宋）劉克莊《後村先生大全集》，裴斐、劉善良編《李白資料彙編（金元明清之部）》，第 583 頁。

〔註99〕詹鍈《李白詩文繫年》，《詹鍈全集》卷五，第 126～127 頁；郭沫若《李白與杜甫》，第 29 頁。

〔註100〕（明）李開先《寄繼內》，《李中麓閒居集》詩卷三，《四庫全書存目叢書》集部第九十二冊，齊魯書社 1997 年版，第 419 頁。

〔註101〕（明）許谷《贈內》，參見（清）錢謙益撰集，許逸民、林淑敏點校《列朝詩集》丁集卷七，中華書局 2007 年版，第 8 冊，第 4590 頁。

妻？」〔註102〕詩人往往以「戲」字命題，用典或是自嘲取樂，如清胡承珙《戲寄西莊乞綠萼梅花·其二》：「暫罷清齋醉似泥，不諧空累太常妻。」〔註103〕或是調笑友人，如清王士禎《又戲呈二絕句》其二：「若便清齋三百日，簡儂何異太常妻？」〔註104〕如此一來，明人批註《贈內》詩「是戲語」便容易理解了。

然考唐人詩文中「太常妻」的用法，實無戲謔之意。譬如儲光羲以女子的口吻哀訴「棄置誰複道，但悲生不諧」〔註105〕，「生不諧」即自《周澤傳》化用而來。又如權德輿，他在太常時經常宿齋，《太常寺宿齋有寄》云：

> 轉枕挑燈候曉雞，相君應歎太常妻。長年多病偏相憶，不遣歸
> 時醉似泥。〔註106〕

同樣用周澤的典故，權德輿的關注點卻在太常妻對多病丈夫的關懷上。在這一維度，歷史上的周澤妻與詩人的妻子相互重合，傳統鏡象與生活感悟彼此激蕩，詩人不由流露出無奈與歉疚之感，對妻子的關懷倍加感銘，使得詩歌深婉誠摯，充滿溫情。相比之下，不諧為妻以及主體對客體的感念與歉疚，才是「太常妻」最常見的用意。前者多見於閨怨詩，如宋人薛季宣「嫁婿得蕩子，猶如太常妻」〔註107〕，明人孫蕡「生世不諧遭遠別，妾身何異太常妻」〔註108〕；或將太常妻與舉案齊眉的孟光夫婦對立，如明人曹學佺「更羨齊眉孟光氏，寧須怨作太常妻」〔註109〕，張鳳翼「琱盤舉案眉可齊，豈若漢世太常妻」〔註110〕等，「太常妻」皆不是一個令人嚮往的女性形象。後者則擇取「太常妻」形象中長齋、孤棲、關懷丈夫等特質，如元人戴良「失學已憐元亮子，長齋應愧太常妻」〔註111〕，明人陳函輝「一句五更聽不得，如何錯怪太

〔註102〕（清）柏葰《戲寄家人》，《薛菻吟館鈔存》卷三，清同治三年鍾濂寫刻本。
〔註103〕（清）胡承珙《求是堂詩集》卷四《授經集》，清道光十三年刻本。
〔註104〕（清）王士禎《帶經堂集》卷三十四《漁陽續詩》十二，《續修四庫全書》第一四一四冊，第257頁。
〔註105〕《同王十三維偶然作十首》，《全唐詩》卷一百三十七，第4冊，第1385頁。
〔註106〕《全唐詩》卷三百二十九，第10冊，第3681頁。
〔註107〕（宋）薛季宣《石上可種麻》，傅璇琮等主編《全宋詩》，北京大學出版社1995年版，第46冊，第28701頁。
〔註108〕（明）孫蕡《閨怨》，《西菴集》卷十，《景印文淵閣四庫全書》第一二三一冊。
〔註109〕（明）曹學佺《弟修誕日茹齋宴客走筆致之》，《石倉詩稿》卷三十二《西峰集》，《四庫禁燬書叢刊》第一四三冊，北京出版社1998年版。
〔註110〕（明）張鳳翼《唐清卿伉儷偕壽》，《處實堂集》後集卷一，《續修四庫全書》第一三五三冊，第568頁。
〔註111〕（元）戴良《偶書》，《九靈山房集》卷十七，中華書局1985年版。

常妻」〔註112〕，清人陳瑚「消渴懶題司馬柱，清齋貧欠太常妻」〔註113〕，陶元藻「歎我久荒京兆筆，笑君長類太常妻」〔註114〕等，表達對清貧或遠行生活的無奈，以及對妻子的感懷和歉疚。所以，李白的《贈內》詩絕非「篤於伉儷」的閨中戲謔之詞，而是詩人生活不得意的表現。

　　此外，《雪讒詩贈友人》約作於開元十八年，李白用「猖狂」「淫昏」這類字眼形容劉氏，憤怒地指責她搬弄是非，不安於室。不過，婚姻中的矛盾從來就不是單方面的，李白肯定也有責任，但掌握話語權的詩人讓我們看到的是，他並未在婚姻生活中感受到多少安全和溫暖。

　　或許是時空距離過濾了現實婚姻中的不完滿，也可能是不如意的干謁生活使詩人的內心變得柔軟，容易被感動，許氏的形象在李白西入長安求仕後發生了變化。試看：

　　　　三鳥別王母，銜書來見過。腸斷若剪絃，其如愁思何！遙知玉窗裏，纖手弄雲和。奏曲有深意，青松交女蘿。寫水落井中，同泉豈殊波！秦心與楚恨，皎皎為誰多？（《寄遠十二首》其一）〔註115〕

前四句寫詩人收到家書後，對妻子甚是思念。他想像妻子在窗前彈琴，琴聲中寄託著女蘿纏繞青松的伉儷摯情。末四句是對家書的回應，詩人用水瀉入井匯為一處比喻兩地相思相同，自己的「秦心」與妻子的「楚恨」一樣多。再如：

　　　　陽臺隔楚水，春草生黃河。相思無日夜，浩蕩若流波。流波向海去，欲見終無因。遙將一點淚，遠寄如花人。（《寄遠十二首》其六）〔註116〕

直接傾吐他對妻子的思念如流水般從不停息，幻想將相思之淚遙寄如花的妻子，使她知道自己的相思之苦。許氏不再是悲苦的「太常妻」，她被加上一層理想化的色彩，成為詩人念念不忘的「如花人」。可見，儘管曾遭遇妻族的冷眼，李白對結髮妻子的感情還是很深厚的。

〔註112〕（明）陳函輝《春夜旅中聞杜宇遙憶內人》，《小寒山子集》，《四庫禁燬書叢刊》第一八五冊。

〔註113〕（清）陳瑚《秋孫不應科舉書此懷之》，《確庵文稿》卷三下，《四庫禁燬書叢刊》第一八四冊。

〔註114〕（清）陶元藻《寄懷內子》，《泊鷗山房集》卷二十三，《續修四庫全書》第一四四一冊，第683頁。

〔註115〕《李太白全集校注》卷二十三，第7冊，第3275頁。

〔註116〕《李太白全集校注》卷二十三，第7冊，第3284～3285頁。

（二）會稽愚婦·東山妓

天寶元年（742）秋，李白由東魯奉詔入京，臨別時醉酒高歌：

> 遊說萬乘苦不早，著鞭跨馬涉遠道。會稽愚婦輕買臣，余亦辭家西入秦。仰天大笑出門去，我輩豈是蓬蒿人。（《南陵別兒童入京》）〔註117〕

意氣風發，狂態可掬。詩中的「會稽愚婦」出自《漢書·朱買臣傳》：「朱買臣字翁子，吳人也。家貧，好讀書，不治產業，常艾薪樵，賣以給食，擔束薪，行且誦書。其妻亦負戴相隨，數止買臣毋歌謳道中。買臣愈益疾歌，妻羞之，求去。買臣笑曰：『我年五十當富貴，今已四十餘矣。女苦日久，待我富貴報女功。』妻恚怒曰：『如公等，終餓死溝中耳，何能富貴？』買臣不能留，即聽去。……上拜買臣會稽太守。……妻自經死。」〔註118〕郭沫若先生認為，李白大罵的這位「會稽愚婦」應該是與朱買臣妻同籍的江東人劉氏〔註119〕，這一觀點得到許多李白研究者的認同。筆者以為，將「會稽」二字坐實了看，恐失於穿鑿。「會稽愚婦」側重於妻子對落魄丈夫的輕視以及丈夫的顯貴和妻子的愧赧上，這種夾雜著屈辱與得意的情感體驗引發了李白的強烈共鳴，所以，他在「辭家西入秦」、一展抱負之際，借用這個典故譴責妻妾對他的不理解。也就是說，「會稽愚婦」可能是當時與李白同居的婦人，也可能是曾經輕視過李白的許氏、劉氏、魯婦，既然被輕視的憤懑以及揚眉吐氣的激昂情緒是真實的，沒必要也很難將「會稽愚婦」確切地落實在某一位妻妾身上。

不幸的是，李白終未能如朱買臣那般顯貴，天寶三載（744）春，他被玄宗賜金放還，落寞地離開長安。詩人再沒提「會稽愚婦」，也沒寫情意綿綿的詩歌，他將兩性的情感拋卻，在娛樂生活中排遣他的苦悶。試看《攜妓登梁王棲霞山孟氏桃園中》：

> 碧草已滿地，柳與梅爭春。謝公自有東山妓，金屏笑坐如花人。今日非昨日，明日還復來。白髮對綠酒，強歌心已摧。君不見梁王池上月，昔照梁王樽酒中。梁王已去明月在，黃鸝愁醉啼春風。分明感激眼前事，莫惜醉臥桃園東。〔註120〕

〔註117〕《李太白全集校注》卷十二，第4冊，第1887頁。
〔註118〕《漢書》卷六十四上，第9冊，第2791～2793頁。
〔註119〕郭沫若《李白與杜甫》，第25頁。
〔註120〕《李太白全集校注》卷十六，第5冊，2425頁。

這首詩作於天寶四載（745），詩人雖寫攜妓出遊，卻無意刻畫這些女子，只是潦草地稱她們為「東山妓」「如花人」，沒半點縱情風月的心思。她們不像李白早年結交的段七娘、陌上美人那樣，能在詩人的文字中留下鮮活的身影，她們只是詩人失意生活中的調劑品，即使被寫入詩中，也不過是作為單調的符號來引發詩人景似人非的感慨和有限與無限的哲思。吟到「梁王已去明月在」時，李白與永恆猝然相遇，他感悟到個體生命的短暫和渺小，他被刺痛了，索性「莫惜醉臥桃園東」，及時行樂罷了。

（三）思婦・蔡琰・愛人

李白寫給繼室宗氏的詩歌最多，情意也最深厚。按照李白的說法，宗氏曾在他遇難時奔走營救，這讓我們的詩人很是感動。且看《在尋陽非所寄內》：

> 聞難知慟哭，行啼入府中。多君同蔡琰，流淚請曹公。知登吳
> 章嶺，昔與死無分。崎嶇行石道，外折入青雲。相見若悲歎，哀聲
> 那可聞？〔註121〕

至德二載（757），李白因入永王幕被囚於尋陽監獄，此詩即獄中之作。李白聞知宗氏為營救他而四處奔走求告，遂以蔡文姬向曹操求救丈夫董祀一事比附妻子。接著，詩人懸想宗氏攀登吳章嶺、崎嶇行山道的艱苦狀況，以及二人相見時的情境，感激與哀痛之情交織纏繞，令人動容。

蒙宋若思、崔渙等援助，李白得以脫囚出獄，卻在不久後被朝廷追究從璘罪責，判處流放夜郎三年。流放途中，李白非常想念宗夫人，他在《南流夜郎寄內》中說：

> 夜郎天外怨離居，明月樓中音信疏。北雁春歸看欲盡，南來不
> 得豫章書。〔註122〕

詩人思念宗夫人心切，卻遲遲等不到妻子的音訊，這讓他對夫妻離居的現狀悲憤不已，甚至埋怨妻子不寫信給他，情緒真實，表現出少見的深情。不過，這首詩與安史之亂前李白寫給宗氏的《寄遠十二首》其三、《自代內贈》《別內赴徵三首》等一樣，看起來更像是詩人的單相思。

李白續娶宗氏時已五十出頭，婚後旋即北上幽燕，南下江東，與妻子聚少離多，很少有時間培養感情。我們看李白寫給宗氏的詩歌，感受到的更多

〔註121〕《李太白全集校注》卷二十三，第 7 冊，3369～3370 頁。
〔註122〕《李太白全集校注》卷二十三，第 7 冊，3372 頁。

是他對妻子的相思愛戀,而非妻子對他的感情的回應。李白還自充宗氏,極寫妻子對他的相思之情,以此獲得某種替代性滿足。《自代內贈》云:

> 寶刀截流水,無有斷絕時。妾意逐君行,纏綿亦如之。別來門前草,秋黃春轉碧。掃盡更還生,萋萋滿行跡。鳴鳳始相得,雄驚雌各飛。遊雲落何山?一往不見歸。估客發大樓,知君在秋浦。梁苑空錦衾,陽臺夢行雨。妾家三作相,失勢去西秦。猶有舊歌管,淒清聞四鄰。曲度入紫雲,啼無眼中人。女弟爭笑弄,悲羞淚盈巾。妾似井底桃,開花向誰笑?君如天上月,不肯一回照!窺鏡不自識,別多憔悴深。安得秦吉了,為人道寸心![註123]

這是李白代妻子宗氏贈己之作。「寶刀」四句,寫宗氏的思夫之情如截不斷的流水纏綿不絕;「梁苑」二句甚至引向床幃之思;「曲度」十句,寫別後日久,宗氏難展歡顏,以淚洗面,容顏日漸憔悴。從抒情主體的角度看,是宗氏自傷離別日久,想念遠遊未歸的丈夫,實際上,是李白幻想宗氏能這般懷念自己。而且,抒情主人公越是哀傷愁苦,越顯得相思深切,情意綿長,也越可慰藉執筆之人的思妻之情。不僅如此,詩人還將自己的無情、無奈(久別不歸的事實及理由)以及由此引發的妻子的責怨隱藏起來,通過極寫宗氏的相思之苦、情意之深,將她塑造成忠貞與摯情的化身。李白寫「遊雲落何山,一往不見歸」,不過是為宗氏的相思張本,這從他層層推進妻子的悲戚思夫情狀,並且略去「不歸」可能引發的怨望之意便可看出。

　　總的來說,李白好用歷史人物如「太常妻」「會稽愚婦」「東山妓」「蔡琰」等比附妻妾、倡優,儘管典故具有的類型化特徵使她們與現實生活產生一定距離,但我們還是清楚地看到,這些形象以人生轉捩為界呈現出鮮明的變化,比較清晰地反映了詩人在不同時期的婚姻和情感狀況。

三、書寫方式之變

　　我們發現,大致以第一次和第二次人生轉捩為界,李白的婚戀詩呈現出頗有差異的兩種書寫方式。

(一)抒情典型化

　　初入長安前,李白樂於將現實生活中的愛慕對象和情感體驗較為細緻地

表現在詩中。比如在「吳姬十五細馬馱，青黛畫眉紅錦靴，道字不正嬌唱歌」
〔註124〕中，精細地描畫吳姬的嬌態；在「千杯綠酒何辭醉？一面紅妝惱殺人」
〔註125〕中，真誠地表露對段七娘的情思；在《贈內》中傳神地再現婚姻生活
的一個片段：日日爛醉如泥，自嘲妻子的處境跟太常妻沒什麼差別。但西入
長安求仕後，他極少在婚戀詩中作細節描寫，而是傾向於運用經典主題、特
定情境和典型意象抒發感情，使詩歌呈現出典型化的抒情特徵。如《寄遠十
二首》其二：

> 青樓何所在？乃在碧雲中。寶鏡掛秋水，羅衣輕春風。新妝坐
> 落日，悵望金屏空。念此送短書，願因雙飛鴻。〔註126〕

詩人想像妻子獨坐高樓，妝扮一新，在落日的餘暉中悵然望著屏風，懷念遠
別的自己，於是寄詩給妻子，表達雙宿雙飛的願望。其中，「青樓」二句化自
「西北有高樓，上與浮雲齊」，與寶鏡、羅衣、新妝、金屏等，都是傳統閨情
詩的經典意象。「念此」二句化自「願為雙鴻鵠，奮翅起高飛」〔註127〕，與
「遙知玉窗裏，纖手弄雲和」〔註128〕的用意相同，而彈琴寄意也是《西北有
高樓》和《東城高且長》中的典型意象。

　　李白還通過渲染淒清冷寂的情感氛圍，或者用傳統閨情詩的經典意象，
如流淚、日思夜想、衣帶漸寬、同生共死等代替細節描寫，表達別愁相思的
典型主題。前者綴景淒涼，如「碧窗紛紛下落花，青樓寂寂空明月」〔註129〕
「相思黃葉盡，白露濕青苔」〔註130〕「絡緯秋啼金井闌，微霜淒淒簟色寒」
〔註131〕等，通過描繪蕭瑟孤寂的環境來烘托氣氛。後者善於用閨情詩的經典
意象，如「空留錦字表心素，至今緘愁不忍窺」〔註132〕「況有錦字書，開緘
使人嗟」〔註133〕，用迴文錦之典；「雲鬟綠鬢罷攬結」〔註134〕「莫使香風飄，

〔註124〕《對酒》，《李太白全集校注》卷二十三，第 7 冊，第 3324 頁。
〔註125〕《贈段七娘》，《李太白全集校注》卷二十三，第 7 冊，3349 頁。
〔註126〕《李太白全集校注》卷二十三，第 7 冊，第 3277 頁。
〔註127〕《古詩十九首・西北有高樓》，逯欽立輯校《先秦漢魏晉南北朝詩》，第 330 頁。
〔註128〕《寄遠十二首》其一，《李太白全集校注》卷二十三，第 7 冊，第 3275 頁。
〔註129〕《寄遠十二首》其八，《李太白全集校注》卷二十三，第 7 冊，第 3289 頁。
〔註130〕《寄遠十二首》其十一，《李太白全集校注》卷二十三，第 7 冊，第 3295 頁。
〔註131〕《長相思》，《李太白全集校注》卷二，第 1 冊，288 頁。
〔註132〕《寄遠十二首》其八，《李太白全集校注》卷二十三，第 7 冊，第 3289 頁。
〔註133〕《久別離》，《李太白全集校注》卷三，第 2 冊，第 415 頁。
〔註134〕《久別離》，《李太白全集校注》卷三，第 2 冊，第 415 頁。

留與紅芳待」〔註135〕，用《詩經·衛風·伯兮》《行行重行行》中的無心妝飾和自我勉勵之意；「青春已復過，白日忽相催。但恐荷花晚，令人意已摧」〔註136〕「春風玉顏畏銷歇」〔註137〕，用青春流逝、紅顏易老的意象；「相思不惜夢，日夜向陽臺」〔註138〕「天長路遠魂飛苦，夢魂不到關山難」〔註139〕，用魂牽夢繞的意象等。不難看出，典型化的寫實方式具有廣泛的情感意義，也能產生打動人心的藝術魅力，但不大容易塑造獨特鮮活的人物形象，較難將李白與其他詩人的閨情詩明確區分開來。

典型化的書寫方式在「妾婦自擬」的婚戀詩中表現地更為突出。所謂「妾婦自擬」，是指詩人用第一人稱的表達方式，以女子的身份、口吻、心境寫她耳目所聞之事和心中所感之情。試看《寄遠十二首》其九：

長短春草綠，緣階如有情。卷葹心獨苦，抽卻死還生。睹物知妾意，希君種後庭。閑時當採掇，念此莫相輕。〔註140〕

抒情主人公「妾」感物傷情，自比拔心不死、性質堅韌的卷葹草，表達對丈夫的相思之苦和憶念之情。不難看出，纏綿相思、離愁別緒的典型主題，和偏重發抒情感、忽視生活細節的表現方式，使詩歌具有高度的典型化特徵。換句話說，抒情主人公缺乏個性，她可以是李白的愛人，也可以是任何一個思念丈夫或戀人的女子。而且，李白代妻妾設辭，主觀上傾向於將她們塑造成忠貞摯情的形象，這與「男子作閨音」的傳統有關，也與寫作對象跟詩人關係近密有關。她們對丈夫從無怨言，只有無盡的思念和愛戀，即使「腸斷彼心絕」，「愁如回颷亂白雪」，還要說「胡為乎東風，為我吹行雲使西來」〔註141〕，企盼男子歸家；即使歎息「何無情而雨絕，夢雖往而交疏」，依然會發出「願為連根同死之秋草，不作飛空之落花」〔註142〕的誓言。所以，她們不會像李白筆下的民間女子，敢於自陳「悔作商人婦」〔註143〕，也不會在懸想

〔註135〕《寄遠十二首》其三，《李太白全集校注》卷二十三，第 7 冊，第 3279 頁。
〔註136〕《寄遠十二首》其四，《李太白全集校注》卷二十三，第 7 冊，第 3281 頁。
〔註137〕《寄遠十二首》其八，《李太白全集校注》卷二十三，第 7 冊，第 3289 頁。
〔註138〕《寄遠十二首》其四，《李太白全集校注》卷二十三，第 7 冊，第 3281 頁。
〔註139〕《長相思》，《李太白全集校注》卷二，第 1 冊，288 頁。
〔註140〕《李太白全集校注》卷二十三，第 7 冊，第 3291 頁。
〔註141〕《久別離》，《李太白全集校注》卷三，第 2 冊，第 415 頁。
〔註142〕《代寄情人楚詞體》，《李太白全集校注》卷二十三，第 7 冊，第 3335 頁。
〔註143〕《江夏行》，《李太白全集校注》卷六，第 3 冊，第 987 頁。

丈夫留情燕支美女後，做出「焚之揚其灰，手跡自此滅」〔註144〕的舉措。

（二）表現具體化

賜金放還後，李白的婚戀詩中多了些細節性、具體化的描寫。首先，變化直觀地體現在詩題上。與《寄遠》《長相思》《久別離》等題目相比，《示金陵子》《寄東魯二稚子》《秋浦寄內》《秋浦感主人歸燕寄內》《別內赴徵》《在尋陽非所寄內》《南流夜郎寄內》等，比較清楚地反映了詩人的寫作對象、寫作地點、寫作時間和寫作緣由等信息。

其次，李白在婚戀詩中對他與妻子、子女的關係，以及他們各自的狀況，進行過比較具體的描寫，儘管就藝術水準和創作風格而言，這些作品不足以代表文學史意義上的李白，但它提供了更加私人化的婚姻和情感生活中的李白形象。李白漫遊一生，看似沒有定性，也不曾顧念家庭，實際上，他對子女的感情深厚而濃烈。天寶八載（748），他在金陵附近寫下《寄東魯二稚子》，表達對兒女的牽掛和思念，詩云：

> 吳地桑葉綠，吳蠶已三眠。我家寄東魯，誰種龜陰田？春事已不及，江行復茫然。南風吹歸心，飛墮酒樓前。樓東一株桃，枝葉拂青煙。此樹我所種，別來向三年。桃今與樓齊，我行尚未旋。嬌女字平陽，折花倚桃邊。折花不見我，淚下如流泉。小兒名伯禽，與姊亦齊肩。雙行桃樹下，撫背復誰憐？念此失次第，肝腸日憂煎。裂素寫遠意，因之汶陽川。〔註145〕

雖是些家常話語，可毫不家常瑣屑，反而情意誠摯，淒婉動人。其中，「樓東」十四句細緻描繪了印象中的家園一景，以及想像中嬌女、愛子的動作、神情、體態和心理活動：樓東那株桃樹是「我」居家時所種，眼看分別已有三年，桃樹長得快要超過樓頂，「我」卻還在他鄉未及歸家。女兒平陽倚著桃樹攀折桃花，因為想念父親不住地掉眼淚，兒子伯禽長高了許多，個頭已經跟姐姐齊肩。姐弟倆在桃樹下雙雙行走，可有誰撫著他們的肩背疼愛他們？想到這裡，詩人不由舉止失態，肝腸寸斷，於是匆匆寫下這封家書。他寫得這樣具體、生動，可見對子女記憶之深刻，感情之濃烈，讓我們看到縱酒狂歌的李白也有舐犢情深的一面。

〔註144〕《代贈遠》，《李太白全集校注》卷二十三，第 7 冊，第 3311 頁。
〔註145〕《李太白全集校注》卷十一，第 4 冊，第 1656～1657 頁。

　　與其他妻妾相比，李白對宗夫人的描寫最具體，感情也最為深摯。至德元載（756）十二月，李白應辟入永王李璘幕府，臨行前作《別內赴徵三首》，表達與妻子分別時的複雜心情。試看其二：

　　　　出門妻子強牽衣，問我西行幾日歸？歸時儻佩黃金印，莫見蘇秦不下機。〔註146〕

分明是一組夫妻相別的特寫鏡頭：出門前，宗氏強拉著李白的衣服，問他西行後何時歸家。「強牽衣」的細節描寫，正畫出宗氏不願丈夫離去的不捨情態。後二句是李白的答語，他戲謔地說：「倘若我佩戴著黃金印回家，你可別因我追逐名利而不理睬我。」通過反用「蘇秦說秦王」的典故，塑造出淡薄功名富貴、依戀丈夫的妻子形象。又如「行行淚盡楚關西」〔註147〕，說自己一路上因思念妻子不斷掉眼淚，行止描寫雖有些誇張，相思的感情卻很真實。再如在《南流夜郎寄內》中，李白罕見地從自己的角度寫「怨離居」「音信疏」，對宗氏的情意不可謂不深沉。

　　最後，儘管這一時期的婚戀詩還未完全脫去典型化的抒情特徵，但詩中個別化、具體化的描寫和抒情成分明顯增多，某種程度上加強了作品的獨立性。例如「有客自梁苑，手攜五色魚。開魚得錦字，歸問我何如？江山雖道阻，意合不為殊」〔註148〕諸句，化自漢樂府《飲馬長城窟行》：「客從遠方來，遺我雙鯉魚。呼兒烹鯉魚，中有尺素書。長跪讀素書，書中竟何如？上言加餐食，下言長相憶。」〔註149〕雖仍用典型意象敘事抒情，但表明妻子居住地的「梁苑」，點明詩人行蹤的「我今尋陽去，辭家千里餘」「我自入秋浦」，交代夫妻離居的「雖不同辛苦，愴離各自居」，自述現狀的「三年北信疏，紅顏愁落盡，白髮不能除」等，反映了李白的實際狀況。再如「聞難知慟哭，行啼入府中」「知登吳章嶺」「崎嶇行石道」〔註150〕諸句，雖是想像之辭，但「慟哭」「行啼」、登嶺、行道等語，使妻子的形象變得立體，迥異於「纖手弄雲和，奏曲有深意」〔註151〕「新妝坐落日，悵望金屏空」〔註152〕中的思

〔註146〕　《李太白全集校注》卷二十三，第7冊，第3351頁。
〔註147〕　《別內赴徵三首》其三，《李太白全集校注》卷二十三，第7冊，第3354頁。
〔註148〕　《秋浦寄內》，《李太白全集校注》卷二十三，第7冊，第3355頁。
〔註149〕　（宋）郭茂倩編《樂府詩集》卷三十八，第556頁。
〔註150〕　《在尋陽非所寄內》，《李太白全集校注》卷二十三，第7冊，3369頁。
〔註151〕　《寄遠十二首》其一，《李太白全集校注》卷二十三，第7冊，第3275頁。
〔註152〕　《寄遠十二首》其二，《李太白全集校注》卷二十三，第7冊，第3277頁。

婦。而吳章嶺「與廬山相接，嶺路峻隘」〔註153〕，是宗氏前往潯陽營救丈夫的必經之地，李白以實景入詩，虛實結合，書寫更真實，更容易打動人心。此外，「妾婦自擬」的作品中也多了些具體化、細節性的描寫。比如《自代內贈》中交代妻子家世的「妾家三作相，失勢去西秦」，點明夫妻行止、居所的「知君在秋浦」「梁苑空錦衾」，表露婚姻中難言之隱的「鳴鳳始相得，雄驚雌各飛」，想像妻子因相思落淚卻被姊妹們撞見的「啼無眼中人，女弟爭笑弄，悲羞淚盈巾」，展示妻子內心世界的「妾似井底桃，開花向誰笑。君如天上月，不肯一回照」〔註154〕等，將這首詩同其他詩人的婚戀詩區分開來。

　　可見，以初入長安、賜金放還為界，李白在婚戀詩的書寫方式上作過兩次調整。第一次調整主要表現為抒情典型化，詩人較少在婚戀詩中作細節描寫，而是傾向於運用經典主題、特定情境和典型意象抒發感情，與他三十歲以前的作品差異頗大。第二次調整主要體現為表現具體化，詩中具體、個別的描寫和抒情成分明顯增多，不僅較為真實地呈現了詩人私人化的婚姻和情感生活，還在某種程度上增強了作品的獨立性。

　　綜上所述，李白婚戀詩的創作與人生轉捩關係密切。在深入探討之前，我們辨析了《寄遠十二首》這組情詩，它是李白婚戀詩的重要組成部分。就人物形象而言，以三次人生轉捩為界，李白對妻妾形象的塑造差異很大，比較清晰地反映了詩人在不同時期的婚姻和情感狀況。就書寫方式而言，以第一次、第二次人生轉捩為界，李白的婚戀詩呈現出由抒情典型化向表現具體化過渡的特徵。

第三節　李白婚戀詩的文學淵源

　　即使是天才作家，也需要依傍前人的經驗，在積累與創作中形成自己的語言和風格，這一點李白也不例外。就婚戀詩〔註155〕而言，李白雖承漢樂府、《古詩十九首》的風力、情致，但也沒有輕易從六朝浮豔纖巧的情詩上跨過，

〔註153〕王琦注引《江西通志》，參見《李太白全集》卷二十五，第1392頁。

〔註154〕《李太白全集校注》卷二十三，第7冊，第3358頁。

〔註155〕為論述的客觀性起見，那些反映民間女子婚戀生活的作品如《春怨》《烏夜啼》等，與描寫妃嬪感情生活的作品如《長門怨》《怨歌行》等，以及假託美人或模擬古意言男女之情的作品如《古風》其四十四、《擬古》其一等，將作為廣義的婚戀詩被納入到文學藝術淵源的研究中來。

他是一位新、舊兼具的詩人。

一、李白與漢代五言情詩

王瑤先生在《擬古與作偽》中指出，擬作如同臨帖學書，是「一種主要的學習屬文的方法」〔註 156〕。作家從經典範本中揣摩、模仿，有助於學古人之長，發展自己的風格。李白也經歷過這樣的學習階段，試看《古意》：

> 君為女蘿草，妾作兔絲花。輕條不自引，為逐春風斜。百丈託
> 遠松，纏綿成一家。誰言會面易？各在青山崖。女蘿發馨香，兔絲
> 斷人腸。枝枝相糾結，葉葉竟飄揚。生子不知根，因誰共芬芳？中
> 巢雙翡翠，上宿紫鴛鴦。君識二草心，海潮亦可量。〔註 157〕

主題、意象皆擬《冉冉孤生竹》：「冉冉孤生竹，結根泰山阿。與君為新婚，兔絲附女蘿。兔絲生有時，夫婦會有宜。千里遠結婚，悠悠隔山陂。」〔註 158〕惟用意稍有不同，言兔絲、女蘿衝破山崖之阻，延伸百丈之遠，才託青松纏繞在一起，足見情深意重。「枝枝」與「中巢」四句，字仿句效《古詩為焦仲卿妻作》中「枝枝相覆蓋，葉葉相交通」與「中有雙飛鳥，自名為鴛鴦」〔註159〕，並無新意。明人朱諫評此詩：「意淺辭俗，結語散而不收，非白作也。」〔註 160〕「意淺辭俗」「渙然無味」不可謂不中肯，但僅因詩歌的藝術水平不高，就斷定這首詩非李白作，似乎有些武斷。誠然，李白是一位天才詩人，可天才未必生來就會寫詩，所寫的詩也不可能全是精品，天才也需要一段提升詩藝的成長過程。細讀李白《擬古十二首》其一、其二、其四、其十一、其十二、《折荷有贈》《長相思》其一、《秋浦寄內》《自代內贈》等情詩，不難發現詩人對《古詩十九首》《飲馬長城窟行》《古詩為焦仲卿妻作》等漢代五言情詩的擬作和化用。不僅如此，這種模擬還呈現出從句句步趨、規摹意調到秘響旁通的變化。

（一）句句步趨

句句步趨，即整首詩或部分詩句在主題、體裁、結構、意象、遣詞造句

〔註 156〕 王瑤《擬古與作偽》，《中古文學史論集》，古典文學出版社 1956 年版，第 73 頁。

〔註 157〕 《李太白全集校注》卷六，第 3 冊，第 1019～1020 頁。

〔註 158〕 《文選》卷二十九，第 3 冊，第 1346 頁。

〔註 159〕 《玉臺新詠箋注》卷一，第 53 頁。

〔註 160〕 （明）朱諫《李詩辨偽》，《續修四庫全書》第一三〇六冊，第 196 頁。

上與範本大致相同。比如《折荷有贈》：

> 涉江玩秋水，愛此紅蕖鮮。攀荷弄其珠，蕩漾不成圓。佳人彩
> 雲裏，欲贈隔遠天。相思無因見，悵望涼風前。〔註161〕

該詩一氣呵成，有情有致，似即景生情，隨口道來，實則擬《涉江採芙蓉》而作。古詩云：

> 涉江採芙蓉，蘭澤多芳草。採之欲遺誰？所思在遠道。還顧望
> 舊鄉，長路漫浩浩。同心而離居，憂傷以終老。〔註162〕

跟古詩一樣，李白詩也是五言八句，也採用涉江——採荷——懷思的敘述結構，也以折荷相贈作為關鍵情境，以欲見不得相見結束全篇，也抒發了遊子對遠方戀人的相思之情。不論是主題、意象，還是體裁、結構，皆與古詩相類，《擬古十二首》其二與《西北有高樓》的關係亦是如此。又如《秋浦寄內》：「有客自梁苑，手攜五色魚。開魚得錦字，歸問我何如。江山雖道阻，意合不為殊。」〔註163〕前四句襲用《飲馬長城窟行》的意境，後兩句化自《客從遠方來》：「相去萬餘里，故人心尚爾。」〔註164〕再者，嚴羽評「攀荷弄其珠」中「其」字虛得好〔註165〕，實則此句亦淵源有自，句法、用字皆與「攀條折其榮」〔註166〕相似。類似的例子還有「我悅子容艷，子傾我文章」〔註167〕，句法承繁欽《定情詩》「我既媚君姿，君亦悅我顏」〔註168〕，只是省去了虛詞而已。

　　不管李白是有意倣傚，還是無意得之，他對漢代五言情詩應該很熟悉，也很善於學習和化用古詩，甚至能夠在句句步趨後略略改換面貌。比如《擬古十二首》其十二：

> 去去復去去，辭君還憶君。漢水既殊流，楚山亦此分。人生難稱

〔註161〕（清）王琦《李太白全集》卷二十五，第 1383 頁。此詩與《擬古十二首》其十一一詩兩傳，云：「涉江弄秋水，愛此荷花鮮。攀荷弄其珠，蕩漾不成圓。佳人綵雲裏，欲贈隔遠天。相思無由見，悵望涼風前。」參見《李太白全集校注》卷二十一，第 6 冊，第 3047 頁。

〔註162〕《文選》卷十九，第 3 冊，第 1345 頁。

〔註163〕《李太白全集校注》卷二十三，第 7 冊，第 3355 頁。

〔註164〕《文選》卷二十九，第 3 冊，第 1350 頁。

〔註165〕轉引自詹鍈主編《李白全集校注匯釋集評》，第 7 冊，第 3430 頁。

〔註166〕《古詩十九首·庭中有奇樹》，《文選》卷二十九，第 3 冊，第 1347 頁。

〔註167〕《代別情人》，《李太白全集校注》卷二十三，第 7 冊，第 3320 頁。

〔註168〕《玉臺新詠箋注》卷一，第 40 頁。

意，豈得長為群！越燕喜海日，燕鴻思朔雲。別久容華晚，琅玕不能

飯。日落知天昏，夢長覺道遠。望夫登高山，化石竟不返。〔註169〕

不論是起筆運用疊字，句仿字效「胡馬依北風，越鳥巢南枝」〔註170〕，還是採用山川阻隔不得相會以致容華易老、飲食不寧的故事模式，表達女子對遠遊戀人的懷思，都與《行行重行行》相似。儘管詩歌極寫愁思，情緒卻未一路走低，結句望夫化石語意仍健，有悲壯之氣，與古詩「浮雲蔽白日，遊子不顧返」「棄捐勿複道，努力加餐飯」的情感基調不同。

（二）規摹意調

規摹意調，即模擬範本的主題、意象、情境，卻能自出己意，不全為範本所縛。比如《擬古十二首》其四：

清都綠玉樹，灼爍瑤臺春。攀花弄秀色，遠贈天仙人。香風送

紫蕊，直到扶桑津。恥攜世上豔，所貴心之珍。相思傳一笑，聊欲

示情親。〔註171〕

儘管前四句句比字擬《庭中有奇樹》：「庭中有奇樹，綠葉發華滋。攀條折其榮，將以遺所思。」〔註172〕但不同的是，古詩的情緒轉入低沉，云：「馨香盈懷袖，路遠莫致之。」李詩不提路遠難致，反說「香風送紫蕊，直到扶桑津」，語意昂揚。李白「十五遊神仙」〔註173〕，有濃厚的神仙思想，其擬古之作常用遊仙之辭，一些意象如「清都」「瑤臺」「天仙」「扶桑」等與古詩迴別，帶有鮮明的個人色彩。

再如《擬古十二首》其一：

青天何歷歷，明星白如石。黃姑與織女，相去不盈尺。銀河無

鵲橋，非時將安適？閨人理紈素，遊子悲行役。瓶冰知冬寒，霜露

欺遠客。客似秋葉飛，飄颻不言歸。別後羅帶長，愁寬去時衣。乘

月託宵夢，因之寄金徽。〔註174〕

該詩不像《擬古十二首》其四、其十二一樣，以某一首古詩為「模板」，它擬寫的是《古詩十九首》中最普遍的「居與遊」的詩歌主題，情感基調也同古詩

〔註169〕《李太白全集校注》卷二十一，第 6 冊，第 3050 頁。
〔註170〕《文選》卷二十九，第 3 冊，第 1343 頁。
〔註171〕《李太白全集校注》卷二十一，第 6 冊，第 3029 頁。
〔註172〕《文選》卷二十九，第 3 冊，第 1347 頁。
〔註173〕《感興八首》其五，《李太白全集校注》卷二十一，第 6 冊，第 3063 頁。
〔註174〕《李太白全集校注》卷二十一，第 6 冊，第 3020 頁。

一樣，既悲傷又纏綿悱惻。前六句以比興起，詩人擬《迢迢牽牛星》的主旨，引出室家之思。首句化用古詩「眾星何歷歷」〔註175〕，次句以白石比明星，想像奇特，頗有童趣。「相去不盈尺」化自「河漢清且淺，相去復幾許，盈盈一水間」〔註176〕，亦是詩人仰望星空時所見，虛實相映，造語誇張。「閨人理紈素，遊子悲行役」是一篇主旨，詩人以待歸者的口吻訴寂寞，道相思，並遙想遊子漂泊在外的淒苦日子。「瓶冰」二句的意境化自《凜凜歲雲暮》「涼風率已厲，遊子寒無衣」〔註177〕，「霜露」句自出機杼，言古人所未言。「客似」二句化自《行行重行行》「浮雲蔽白日，遊子不顧返」〔註178〕，襲用居人對遊子出遊的不信任態度，襯出女子憐惜與懷疑交錯的複雜心情。「別後」二句亦化自《行行重行行》「相去日已遠，衣帶日已緩」〔註179〕。末二句言乘月託夢以寄幽思，情意綿長，別出心裁。《唐宋詩醇》評李白《擬古十二首》「體雖仿古，意乃自運」〔註180〕，於此可見一斑。再如《自代內贈》「猶有舊歌管，淒清聞四鄰。曲度入紫雲，啼無眼中人」〔註181〕，祖《西北有高樓》「上有絃歌聲，音響一何悲！誰能為此曲？無乃杞梁妻。清商隨風發，中曲正徘徊。一彈再三歎，慷慨有餘哀」〔註182〕的情境，卻非託言知音難覓，而是著眼於妻子的相思之苦，一虛一實，結撰大別。

（三）秘響旁通

秘響旁通，即自造新語，在體裁、意境、情致、辭采上別開生面，豐富了範本的內容。比如《長相思》：

> 長相思，在長安。絡緯秋啼金井欄，微霜淒淒簟色寒。孤燈不明思欲絕，卷帷望月空長歎。美人如花隔雲端。上有青冥之高天，下有淥水之波瀾。天長路遠魂飛苦，夢魂不到關山難。長相思，摧心肝！〔註183〕

〔註175〕《古詩十九首·明月皎夜光》，《文選》卷二十九，第 3 冊，第 1346 頁。
〔註176〕《古詩十九首·迢迢牽牛星》，《文選》卷二十九，第 3 冊，第 1347 頁。
〔註177〕《文選》卷二十九，第 3 冊，第 1349 頁。
〔註178〕《文選》卷二十九，第 3 冊，第 1343 頁。
〔註179〕《文選》卷二十九，第 3 冊，第 1343 頁。
〔註180〕（清）愛新覺羅·弘曆編《唐宋詩醇》，第 182 頁。
〔註181〕《李太白全集校注》卷二十三，第 7 冊，第 3358 頁。
〔註182〕《文選》卷二十九，第 3 冊，第 1345 頁。
〔註183〕《李太白全集校注》卷二，第 1 冊，288 頁。

《長相思》是樂府舊題，郭茂倩《樂府詩集》將其列入《雜曲歌辭》，云：「古詩曰：『客從遠方來，遺我一書札。上言長相思，下言久離別。』李陵詩曰：『行人難久留，各言長相思。』蘇武詩曰：『生當復來歸，死當長相思。』長者久遠之辭，言行人久戍，寄書以遺所思也。古詩又曰：『客從遠方來，遺我一端綺。文采雙鴛鴦，裁為合歡被。著以長相思，緣以結不解。』謂被中著綿以致相思綿綿之意，故曰長相思也。」〔註184〕知《長相思》源出漢代五言詩。李白對漢代詩歌很熟悉，以「長相思」入詩者甚多，如「為言嫁夫婿，得免長相思」〔註185〕「願因三青鳥，更報長相思」〔註186〕「挹君去，長相思，雲遊雨散從此辭」〔註187〕等。六朝時，出現了以「長相思」命題的詩歌，宋吳邁遠，梁蕭統、張率，陳後主、徐陵、蕭淳、陸瓊、王瑳、江總等均有同題之作。梁人張率始以「長相思」發端，一改吳邁遠、蕭統的通篇五言為三、五、七言雜糅，變革了詩歌體式，如：「長相思，久離別。所思何在苦天垂，鬱陶相望不得知。玉階月夕映羅帷，羅帷風夜吹。長思不能寢，坐望天河移。」〔註188〕陳後主、徐陵、陸瓊、江總等詩皆仿此例，李白詩也不例外。

　　李詩首二句是實寫，點出相思之人正在長安。造語看似信手拈來，實則化自傅玄《西長安行》：「所思兮何在？乃在西長安。」〔註189〕惟句式承襲張率同題之作。「絡緯」二句辭清意婉，綴景幽絕，「簟色寒」用意尤巧，詩人移用視覺語言形容觸覺，青玉色的竹簟彷彿有了涼意，令人愈覺秋夜淒冷難眠。李詩以「長相思」發端，體裁與張詩相似，又承舊題之意，道男女纏綿相思之情，故前人認為此詩在形式、內容與風格上沿襲了樂府民歌。這種說法固然不錯，不過，「孤燈」數句顯然脫胎於《蘭若生春陽》：「美人在雲端，天路隔無期。夜光照玄陰，長歎戀所思。誰謂我無憂？積念發狂癡。」〔註190〕「孤燈」二句承自「夜光」二句，畫出閨婦在月下歎息和懷思之景，孤寂情狀如溢目前。「美人」五句如泣如訴，意氣咆勃，李白通過空間上的青冥高天、淥水波瀾，以及情感上的夢魂難遇，將戀人因山川阻隔不能相見的悲傷層層推進，

〔註184〕　（宋）郭茂倩編《樂府詩集》卷六十九，第990～991頁。
〔註185〕　《江夏行》，《李太白全集校注》卷六，第3冊，第986頁。
〔註186〕　《相逢行》，《李太白全集校注》卷四，第2冊，第657頁。
〔註187〕　《下途歸石門舊居》，《李太白全集校注》卷十九，第6冊，第2699頁。
〔註188〕　（宋）郭茂倩編《樂府詩集》卷六十九，第992頁。
〔註189〕　《玉臺新詠箋注》卷二，第78頁。
〔註190〕　《蘭若生春陽》，逯欽立輯校《先秦漢魏晉南北朝詩》，第335頁。

只覺相思益深，比古詩「天路隔無期」的樸拙表達更為動人。李白不僅自運己意，代思婦寫目中所見和心中所感，還以七言句式為主，革新了《長相思》的體裁。其中，「上有」二句用文章中頓挫之法，體格與《蜀道難》「上有六龍回日之高標，下有沖波逆折之回川」〔註191〕近似，情致跌盪有態。末了，李白以「長相思，摧心肝」收束全篇，五內摧裂的情感力量與「積念發狂癡」異曲同工，題中之意盡在言外。

可見，李白對漢代五言情詩很熟悉，也很善於學習和化用這些作品，並在借鑒中呈現出從句句步趨、規摹意調到秘響旁通的變化。其中，《擬古》諸作是李白對《古詩十九首》的擬作，這些詩歌雖寫男女相思別情，卻未必有特定的寫作對象。

二、李白與魏晉六朝詩歌

李白曾公開宣稱「自從建安來，綺麗不足珍」〔註192〕，「梁陳以來，豔薄斯極，沈休文又尚以聲律，將復古道，非我而誰與？」〔註193〕李陽冰也稱李白「不讀非聖之書，恥為鄭、衛之作」，「凡所著述，言多諷興，自三代已來，風騷之後，馳驅屈宋，鞭撻揚馬，千載獨步，唯公一人」，評價「今朝詩體，尚有梁、陳宮掖之風，至公大變，掃地並盡」〔註194〕。於是，在後世評論家眼中，李白成了反對六朝詩風和復古的代表。然而，就婚戀詩的創作來看，李白既從漢樂府、《古詩十九首》中汲取養分，追媲兩漢，還深受魏晉六朝詩歌的影響，對《玉臺新詠》很熟悉，部分作品流露出豔情傾向。

（一）樂府詩

李白對魏晉六朝詩歌傳統的接受，突出地體現在樂府詩的擬作和化用上。明人許學夷早已發現李白的「《烏夜啼》《烏棲曲》《長相思》《前有樽酒行》《陽春歌》《楊叛兒》等，出自齊、梁《擣衣篇》」〔註195〕，據筆者統計，李白以樂府體裁寫男女之情的詩歌有四十多首，其中約一半以上詩題源自六朝樂府。譬如《楊叛兒》，本是蕭齊時童謠，據《舊唐書·音樂志二》載：「齊隆

〔註191〕《李太白全集校注》卷二，第 1 冊，第 202 頁。
〔註192〕《古風》其一，《李太白全集校注》卷一，第 1 冊，第 3 頁。
〔註193〕（唐）孟棨《本事詩·高逸》，《唐五代筆記小說大觀》，第 1246 頁。
〔註194〕（唐）李陽冰《草堂集序》，《李太白全集校注·附錄》，第 8 冊，第 4213～4214 頁。
〔註195〕（明）許學夷《詩源辯體》卷十八，人民文學出版社 1987 年版，第 200 頁。

昌時，女巫之子曰楊旻，旻隨母入內，及長，為後所寵。童謠云：『楊婆兒，共戲來。』而歌語訛，遂成楊伴兒。」〔註196〕後來演變為《西曲歌》的樂曲之一。古辭今存八首，其二云：「暫出白門前，楊柳可藏烏。歡作沉水香，儂作博山爐。」〔註197〕李白化用其意，敷衍為：

君歌《楊叛兒》，妾勸新豐酒。何許最關人？烏啼白門柳。烏啼

隱楊花，君醉留妾家。博山爐中沉香火，雙煙一氣凌紫霞。〔註198〕

這首詩作於初遊金陵時，是詩人青年時代風流生活的真實寫照，也是他繼承六朝樂府進行藝術再創造的一首情詩，直可作「暫出白門前」四句的注解。其中，「博山」二句檃栝古辭的後半部分，用「煙」「氣」「紫霞」等道教意象對性生活作象徵性的描寫。

魏晉六朝文人採用樂府詩的主題、形式，或學習、改制民歌式的詩，在文學史上意義重大。李白不僅在樂府詩中襲用魏晉六朝文人的樂府詩句，還用他們改制的樂府詩題進行創作。前者如傅玄《朝時篇怨歌行》「情思如循環」〔註199〕，李白《去婦詞》作「相思若循環」〔註200〕；鮑照《代白紵歌辭二首》其一「催弦急管為君舞」〔註201〕，李白《前有樽酒行二首》其二作「催絃拂柱與君飲」〔註202〕；蕭衍《冬歌四首》其一「賣眼拂長袖，含笑留上客」〔註203〕，李白《越女詞五首》其二作「賣眼擲春心，折花調行客」〔註204〕；蕭衍《子夜歌二首》其一「含羞未肯前」〔註205〕，李白《越女詞五首》其三作「佯羞不出來」〔註206〕；蕭綱《烏棲曲四首》其一「採蓮渡頭礙黃河，郎今欲渡畏風波」〔註207〕，李白《橫江詞六首》其五作「郎今欲渡緣何事，如此風波不可行」〔註208〕。

〔註196〕 《舊唐書》卷二十九，第4冊，第1066頁。

〔註197〕 （宋）郭茂倩編《樂府詩集》卷四十九，第721頁。

〔註198〕 《李太白全集校注》卷三，第2冊，第374頁。

〔註199〕 《玉臺新詠箋注》卷二，第76頁。

〔註200〕 （清）王琦《李太白全集》卷六，第435頁。

〔註201〕 《玉臺新詠箋注》卷九，第413頁。

〔註202〕 《李太白全集校注》卷二，第1冊，第308頁。

〔註203〕 《玉臺新詠箋注》卷十，第525頁。

〔註204〕 《李太白全集校注》卷二十三，第7冊，第3375頁。

〔註205〕 《玉臺新詠箋注》卷十，第506頁。

〔註206〕 《李太白全集校注》卷二十三，第7冊，第3376頁。

〔註207〕 《玉臺新詠箋注》卷九，第426頁。

〔註208〕 《李太白全集校注》卷六，第3冊，第886頁。

　　後者如《白紵辭》,《宋書·樂志》載:「《白紵舞》,按舞詞有巾袍之言,紵本吳地所出,宜是吳舞也。」〔註209〕《舊唐書·音樂志二》載:「梁帝又令(沈)約改其辭,其《四時白紵》之歌,約集所載是也。」〔註210〕《樂府詩集》卷五十五引《樂府解題》云:「古詞盛稱舞者之美,宜及芳時為樂。」〔註211〕並錄晉、宋《白紵舞歌詩》、齊、梁《白紵辭》及劉鑠、鮑照、湯惠休、張率諸人詩作。可見,《白紵辭》本是吳地民間舞辭,後為朝廷樂府採用。李白《白紵辭三首》寫歌舞之盛,不出舊題之意,然其一、其三之句意、字面,與鮑照《代白紵歌辭二首》其一、《代白紵舞歌詞四首》其一相出入。鮑照《代白紵歌辭二首》其一云:

　　　　朱唇動,素腕舉,洛陽少童邯鄲女。古稱《綠水》今《白紵》,
　　催弦急管為君舞。窮秋九月荷葉黃,北風驅雁天雨霜,夜長酒多樂
　　未央。〔註212〕

李詩其一云:

　　　　揚清歌,發皓齒,北方佳人東鄰子。且吟《白紵》停《綠水》,
　　長袖拂面為君起。塞雲夜卷霜海空,胡風吹天飄塞鴻,玉顏滿堂樂
　　未終。〔註213〕

不論是句法、結構,還是意象、內容,皆擬鮑詩而來。

　　再如《大堤曲》《烏夜啼》《採蓮曲》,都是六朝樂府《西曲歌》舊題。《大堤》是蕭綱《雍州曲》十曲之一,本辭記述襄陽大堤送往迎來的繁華之景,其源流可追溯至宋隨王劉誕的《襄陽樂》。李白以《大堤曲》寫男女相思之情,較前人之作含蓄蘊藉。又,《舊唐書·音樂志二》載:「《烏夜啼》,宋臨川王義慶所作也。」〔註214〕古辭今存八首,多寫男女離別相思之情,蕭綱、劉孝綽、庾信等均有詩作。李白《烏夜啼》云:

　　　　黃雲城邊烏欲棲,歸飛啞啞枝上啼。機中織錦秦川女,碧紗如
　　煙隔窗語。停梭悵然憶遠人,獨宿孤房淚如雨。〔註215〕

〔註209〕（南朝梁）沈約《宋書》卷十九,中華書局1974年版,第552頁。
〔註210〕《舊唐書》卷二十九,第4冊,第1064頁。
〔註211〕（宋）郭茂倩編《樂府詩集》,第797～798頁。
〔註212〕《玉臺新詠箋注》卷九,第412～413頁。
〔註213〕《李太白全集校注》卷三,第2冊,第471頁。
〔註214〕《舊唐書》卷二十九,第4冊,第1065頁。
〔註215〕《李太白全集校注》卷二,第1冊,第229頁。

主題與六朝之作相同，句法似本庾信《烏夜啼》：「御史府中何處宿，洛陽城頭那得棲。彈琴蜀郡卓家女，織錦秦川竇氏妻。詎不自驚長淚落，到頭啼烏恒夜啼。」〔註216〕不過，李詩語淺意深，繪聲繪影皆含蘊無窮，能自出機杼，故黃周星有雖「六朝豔曲之常耳」但「以移人則有餘」〔註217〕的評價。這類詩例還有不少，如《荊州歌》「荊州麥熟繭成蛾。繰絲憶君頭緒多，撥穀飛鳴奈妾何」〔註218〕，雖自蕭綱「紀城南里望朝雲，雉飛麥熟妾思君」〔註219〕化來，但詩境渾樸，有民歌風韻，故楊慎《李詩選》謂「唐人詩可入漢魏樂府者，惟太白此首」〔註220〕。《採蓮曲》始創於梁，屬《江南弄》七曲之一，《樂府詩集》引《古今樂錄》云：「梁天監十一年冬，武帝改西曲，制……《江南弄》七曲：……三曰《採蓮曲》。」〔註221〕蕭衍、蕭統、蕭綱、蕭繹、劉孝威、朱超、沈君攸、吳均、陳叔寶等均有詩作。李白《採蓮曲》自出機杼，全用七言，記述遊會稽時的所見所感，詩云：

> 若耶溪傍採蓮女，笑隔荷花共人語。日照新粧水底明，風飄香袖空中舉。岸上誰家遊冶郎，三三五五映垂楊。紫騮嘶入落花去，見此踟躕空斷腸。〔註222〕

前四句描寫採蓮女愉悅採蓮的情景，逼肖如畫。後四句既是實寫，又有《丹陽孟珠歌》的餘韻。《丹陽孟珠歌》云：「陽春二三月，草與水同色。道逢遊冶郎，恨不早相識。」〔註223〕對愛情的表達大膽而直白。李白反從岸上游冶的青年切入，設想他們對採蓮女萌生的愛慕之意，情致含蓄，別有滋味。王夫之《唐詩評選》謂：「卸開一步，取情為景，詩文至此只存一片神光，更無形跡矣。」〔註224〕評論可稱人心。

　　李白還襲用六朝人自制的樂府詩題。譬如《前有一樽酒行》，用晉人傅玄

〔註216〕《玉臺新詠箋注》卷九，第 465 頁。
〔註217〕（明）黃周興《唐詩快》，轉引自《李太白全集校注》卷二，第 1 冊，第 231 頁。
〔註218〕《李太白全集校注》卷三，第 2 冊，第 404 頁。
〔註219〕（宋）郭茂倩編《樂府詩集》卷七十二，第 1028 頁。
〔註220〕（明）楊慎《李詩選》，轉引自《李太白全集校注》卷三，第 2 冊，第 405 頁。
〔註221〕（宋）郭茂倩編《樂府詩集》卷五十，第 726 頁。
〔註222〕《李太白全集校注》卷三，第 2 冊，第 418 頁。
〔註223〕《玉臺新詠箋注》卷十，第 485 頁。
〔註224〕（明）王夫之著，陳書良校點《唐詩評選》，上海古籍出版社 2011 年版，第 21 頁。

之題。傅詩意在置酒以祝賓主長壽，張正見詩亦同，惟陳後主詩言為歡行樂，云：「殿高絲吹滿，日落綺羅鮮。莫論朝漏促，傾卮待夕筵。」〔註225〕李白《前有樽酒行二首》與《白紵辭三首》《楊叛兒》一樣，都是詩人隨筆付予歌姬舞伎之作，其二云：「琴奏龍門之綠桐，玉壺美酒清若空。催絃拂柱與君飲，看朱成碧顏始紅。胡姬貌如花，當壚笑春風。笑春風，舞羅衣，君今不醉欲安歸？」〔註226〕及時行樂的情態頗似陳意。再如《夜坐吟》《北風行》，皆用鮑照詩題，卻不為本詞所縛，翻案而出新意。《夜坐吟》云：

　　冬夜沉沉夜坐吟，含聲未發已知心。霜入幕，風度林。朱燈滅，朱顏尋。體君歌，逐君音。不貴聲，貴意深。（鮑照）

　　冬夜夜寒覺夜長，沉吟久坐坐北堂。冰合井泉月入閨，金釭青凝照悲啼。金釭滅，啼轉多。掩妾淚，聽君歌。歌有聲，妾有情。情聲合，兩無違。一語不入意，從君萬曲梁塵飛。（李白）〔註227〕

二詩都寫寒夜愁坐，因聲託意，聽曲知心。鮑照「霜入幕」八句，言男子領會女子歌中之意；李白沿襲其句法，擬作「金釭滅」八句，以女子的口吻體察男子之情。末二句與鮑詩稍異，謂心意若不合，縱有萬曲也無情，語意爽快聰俊。《北風行》雖沿用鮑詩的閨怨主題，卻以閨婦連接邊塞，云：「幽州思婦十二月，停歌罷笑雙蛾摧。倚門望行人，念君長城苦寒良可哀。別時提劍救邊去，遺此虎文金鞞靫。中有一雙白羽箭，蜘蛛結網生塵埃。箭空在，人今戰死不復回。不忍見此物，焚之已成灰。黃河捧土尚可塞，北風雨雪恨難裁！」〔註228〕摧心剖肝，悲歌激楚，情韻中隱含微諷，翻出新意。

　　需要說明的是，有些樂府古辭難考，然六朝人有同題之作，李白用這些題目進行創作時，用意與六朝人的擬作相似，因此，我們將這部分詩題也歸入六朝之下。如《折楊柳》本漢代橫吹曲辭，《舊唐書·音樂志二》載：「梁胡吹歌云：『快馬不須鞭，反插楊柳枝。下馬吹橫笛，愁殺路傍兒。』此歌辭元出北國。」〔註229〕蕭繹、柳惲、劉邈用此題寫女子相思別情，陳後主、岑之敬、徐陵、張正見、王瑳、江總均作閨人思念戍夫之辭。李白《折楊柳》云：

〔註225〕逯欽立輯校《先秦漢魏晉南北朝詩》，第2510頁。

〔註226〕《李太白全集校注》卷二，第1冊，第308頁。

〔註227〕逯欽立輯校《先秦漢魏晉南北朝詩》，第1280頁；《李太白全集校注》卷二，第1冊，第310～311頁。

〔註228〕《李太白全集校注》卷二，第1冊，第348頁。

〔註229〕《舊唐書》卷二十九，第4冊，第1075頁。

　　　　垂楊拂漾水，搖艷東風年。花明玉關雪，葉暖金窗煙。美人結

　　長想，對此心悽然。攀條折春色，遠寄龍庭前。〔註230〕

主題與陳人之作相同，亦由春閨出發，以想像為中介連接邊塞。又如《雙燕
離》，《樂府詩集》卷五十八引《琴集》曰：「《獨處吟》《流漸咽》《雙燕離》《處
女吟》四曲，其詞俱亡。」〔註231〕蕭綱、沈君攸均有詩作，李白詩以燕自喻，
主題襲自沈君攸詩。再如《邯鄲才人嫁為厮養卒婦》，蕭士贇曰：「《樂府遺聲》
佳麗四十八曲有《邯鄲才人嫁為厮養卒婦》，蓋古有是事也。」〔註232〕此題
本辭不存，本事亦難詳考，謝脁詩是現存最早之作，曰：「生平宮閣裏，出入
侍丹墀。開筒方羅縠，窺鏡比蛾眉。初別意未解，去久日生悲。憔悴不自識，
嬌羞余故姿。夢中忽彷彿，猶言承謏私。」〔註233〕謝脁以邯鄲才人自喻，抒
發臣子的淪擲之感。李白依其結構、主題，作：「妾本叢臺女，揚蛾入丹闕。
自倚顏如花，寧知有凋歇。一辭玉階下，去若朝雲沒。每憶邯鄲城，深宮夢秋
月。君王不可見，惆悵至明發。」〔註234〕李白借助閨情詩的題材自敘君臣睽
遇始末，將供奉翰林與賜金放還的經歷打併入詩中，末四句有眷戀君王、心
懷魏闕的深意。

（二）其他婚戀詩

　　除樂府情詩外，李白的其他情辭也深受魏晉六朝文人作品的影響。一方面，
李白在情詩的遣詞造句上多襲用魏晉六朝人的詩文。比如「羅襪凌波生網塵」
〔註235〕「可惜凌波步羅襪」〔註236〕「香塵動羅襪」〔註237〕，脫胎於曹植《洛
神賦》「凌波微步，羅襪生塵」〔註238〕；「皓齒終不發」〔註239〕，反用曹植《雜
詩》「誰為發皓齒」〔註240〕；「君子恩已畢，賤妾將何為」〔註241〕，化自曹植

〔註230〕　《李太白全集校注》卷四，第 2 冊，第 673 頁。
〔註231〕　（宋）郭茂倩編《樂府詩集》卷五十八，第 842 頁。
〔註232〕　（元）蕭士贇《分類補注李太白詩》卷五，《四部叢刊初編》第一○六冊。
〔註233〕　《玉臺新詠》題作《詠邯鄲故才人嫁為厮養卒婦》，參見《玉臺新詠箋注》
　　　　　卷四，第 162～163 頁。
〔註234〕　《李太白全集校注》卷四，第 2 冊，第 622 頁。
〔註235〕　《贈段七娘》，《李太白全集校注》卷二十三，第 7 冊，3349 頁。
〔註236〕　《寄遠十二首》其十二，《李太白全集校注》卷二十三，第 7 冊，第 3297 頁。
〔註237〕　《感興八首》其二，《李太白全集校注》卷二十一，第 6 冊，第 3056 頁。
〔註238〕　《文選》卷十九，第 2 冊，第 899 頁。
〔註239〕　《古風》其四十九，《李太白全集校注》卷一，第 1 冊，第 156 頁。
〔註240〕　《玉臺新詠箋注》卷二，第 62 頁。
〔註241〕　《古風》其四十四，《李太白全集校注》卷一，第 1 冊，第 142 頁。

《七哀詩》「賤妾當何依」〔註242〕和江淹《班婕妤》「君子恩未畢」〔註243〕；
「妾在春陵東，君居漢江島」〔註244〕，用張華《情詩五首》其四「君居北海陽，
妾在南江陰」〔註245〕和陸雲《為顧彥先贈婦往返四首》其一「我在三川陽，子
居五湖陰」〔註246〕的句法。再如傅玄《西長安行》「香亦不可燒，環亦不可沉」
〔註247〕，李白《寄遠十二首》其十一作「香亦竟不滅，人亦竟不來」〔註248〕；
陸機《為周夫人贈車騎一首》「聞君在高平」「聞君在京城」〔註249〕，李白《自
代內贈》作「知君在秋浦」〔註250〕；吳邁遠《長別離》「妾心空自持」〔註251〕，
李白《古風》其四十九作「芳心空自持」〔註252〕；沈約《效古》「單雄憶故雌」
〔註253〕，李白《雙燕離》作「孀雌憶故雄」〔註254〕；江淹《李都尉陵從軍》「袖
中有短書，願寄雙飛燕」〔註255〕，李白《寄遠十二首》其二作「念此送短書，
願因雙飛鴻」〔註256〕；王僧孺《夜愁》「看朱忽成碧」〔註257〕，李白《前有
樽酒行二首》其二作「看朱成碧顏始紅」〔註258〕；庾成師《遠期篇》「愁帶減
寬衣」〔註259〕，李白《擬古十二首》其一作「別後羅帶長，愁寬去時衣」〔註
260〕；《估客樂》「莫作瓶落井，一去無消息」〔註261〕，李白《寄遠十二首》

〔註242〕 《文選》卷二十三，第 3 冊，第 1086 頁。《玉臺新詠》題作《雜詩》，參見
卷二，第 59 頁。
〔註243〕 《玉臺新詠箋注》卷五，第 178 頁。
〔註244〕 《寄遠十二首》其七，《李太白全集校注》卷二十三，第 7 冊，第 3286 頁。
〔註245〕 《玉臺新詠箋注》卷二，第 80 頁。
〔註246〕 《玉臺新詠箋注》卷三，第 107 頁。
〔註247〕 《玉臺新詠箋注》卷二，第 78 頁。
〔註248〕 《李太白全集校注》卷二十三，第 7 冊，第 3295 頁。
〔註249〕 《玉臺新詠箋注》卷三，第 101 頁。
〔註250〕 《李太白全集校注》卷二十三，第 7 冊，第 3358 頁。
〔註251〕 《玉臺新詠箋注》卷四，第 150 頁。
〔註252〕 《李太白全集校注》卷一，第 1 冊，第 156 頁。
〔註253〕 《玉臺新詠箋注》卷五，第 194 頁。
〔註254〕 《李太白全集校注》卷三，第 2 冊，第 378 頁。
〔註255〕 《文選》卷三十一，第 3 冊，第 1453 頁。
〔註256〕 《李太白全集校注》卷二十三，第 7 冊，第 3277 頁。
〔註257〕 《玉臺新詠箋注》卷六，第 238 頁。
〔註258〕 《李太白全集校注》卷二，第 1 冊，第 308 頁。
〔註259〕 《玉臺新詠箋注》卷八，第 374 頁。
〔註260〕 《李太白全集校注》卷二十三，第 7 冊，第 3275 頁。
〔註261〕 《玉臺新詠箋注》卷十，第 477 頁。《樂府詩集》以為釋寶月作，參見卷四
十八，第 700 頁。

其八作「金瓶落井無消息」〔註 262〕；徐陵《奉和簡文帝山齋詩》「荷開水殿香」〔註 263〕，李白《口號吳王美人半醉》作「風動荷花水殿香」〔註 264〕；詞句多踵武前人。

　　另一方面，李白在情詩中化用魏晉六朝詩的用意和詩境。先看化用詩意，《自代內贈》「妾似井底桃，開花向誰笑？君如天上月，不肯一回照」〔註 265〕，借鑒曹植《七哀詩》「君若清路塵，妾若濁水泥」〔註 266〕；《寄遠十二首》其十二「愛君芙蓉嬋娟之豔色，若可餐兮難再得」〔註 267〕，倣仿陸機《豔歌行》「鮮膚一何潤，彩色若可餐」〔註 268〕；《寄遠十二首》其四「聞與陰麗華，風煙接鄰里」〔註 269〕，用陸雲《為顧彥先贈婦往返四首》其二「京師多妖冶，粲粲都人子。雅步嫋纖腰，巧笑發皓齒。佳麗良可羨，衰賤焉足紀」〔註 270〕之意，擔心丈夫在外移情別戀；《寄遠十二首》其一「寫水落井中，同泉豈殊波」〔註 271〕，化自謝惠連《代古》「瀉酒置井中，誰能辨斗升？合如杯中水，誰能判淄澠」〔註 272〕；《春怨》「飛花入戶笑牀空」〔註 273〕，用蕭子範《春望古意》「落花徒入戶，何解妾床空」〔註 274〕之意。再如何遜《詠照鏡》「啼妝坐沾臆」〔註 275〕，李白《代美人愁鏡二首》其二作「玉筯併墮菱花前」〔註 276〕；蕭綱《和蕭侍中子顯春別四首》其二「故人雖故昔經新，新人雖新復應故」〔註 277〕，李白《怨情》作「故人昔新今尚故，還見新人有故時」〔註 278〕；江總《和衡陽殿下高樓看妓》「掛纓銀燭下，

〔註 262〕　《李太白全集校注》卷二十三，第 7 冊，第 3288～3289 頁。
〔註 263〕　逯欽立輯校《先秦漢魏晉南北朝詩》，第 2534 頁。
〔註 264〕　《李太白全集校注》卷二十三，第 7 冊，第 3343 頁。
〔註 265〕　《李太白全集校注》卷二十三，第 7 冊，第 3358 頁。
〔註 266〕　《文選》卷二十三，第 3 冊，第 1086 頁。
〔註 267〕　《李太白全集校注》卷二十三，第 7 冊，第 3296 頁。
〔註 268〕　《玉臺新詠箋注》卷三，第 102 頁。
〔註 269〕　《李太白全集校注》卷二十三，第 7 冊，第 3281 頁。
〔註 270〕　《玉臺新詠箋注》卷三，第 107 頁。
〔註 271〕　《李太白全集校注》卷二十三，第 7 冊，第 3275 頁。
〔註 272〕　《玉臺新詠箋注》卷三，第 125 頁。
〔註 273〕　《李太白全集校注》卷二十三，第 7 冊，第 3309 頁。
〔註 274〕　《玉臺新詠箋注》卷八，第 362 頁。
〔註 275〕　《玉臺新詠箋注》卷五，第 213 頁。
〔註 276〕　《李太白全集校注》卷二十三，第 7 冊，第 3347 頁。
〔註 277〕　《玉臺新詠箋注》卷九，第 429 頁。
〔註 278〕　《李太白全集校注》卷二十三，第 7 冊，第 3327 頁。

莫笑玉釵長」〔註279〕，李白《白紵辭三首》其三敷衍為「高堂月落燭已微，玉釵掛纓君莫違」〔註280〕。至於點化詩境，劉鑠《代孟冬寒氣至》「先敘懷舊愛，末陳夕離居。一章意不盡，三復情有餘」〔註281〕，李白化作「本作一行書，殷勤道相憶。一行復一行，滿紙情何極」〔註282〕，情致通快自然；鮑照《夢還詩》「寐中長路近，覺後大江違。驚起空歎息，恍惚神魂飛」〔註283〕，李白變化為「寒燈厭夢魂欲絕，覺來相思生白髮」〔註284〕，綴景幽寂，更覺情意纏綿深摯。再如謝靈運《東陽溪中贈答二首》：「可憐誰家婦，緣流洗素足。明月在雲間，迢迢不可得。可憐誰家郎，緣流乘素舸。但問情若為，月就雲中墮。」〔註285〕李白將二詩融為一首，云：「東陽素足女，會稽素舸郎。相看月未墮，白地斷肝腸。」〔註286〕既祖謝詩語言、意境，又以「月未墮」反用「雲中墮」，翻出新意。由此推想，李白對魏晉六朝的作品應該讀得很熟，潛移默化中已受到他所宣稱的「綺麗不足珍」的詩歌的影響。

再次，李白借鑒魏晉六朝詩體，情詩中頗多擬古及代擬之作。擬古之作前已論及，李白《擬古十二首》《古意》等詩在構句方式、用意命思、風格上與《古詩十九首》接近。代擬即代他人寫作，作者必須體貼物情，發揮想像，用文字構築一個與所代之人切身相應的情境。代擬在文章中比較常見，如中書舍人、翰林學士代擬王言，幕僚、清客為幕主操刀作文等，李白《為趙宣城與楊右相書》《為吳王謝責赴行在遲滯表》即屬此類。部分樂府詩也具備這一特質，比如《長門怨》《白頭吟》等，詩人們總是站在陳皇后、卓文君的立場立意設辭。但是，這都不是我們將要討論的範疇。樂府詩以外的代擬之作，如曹丕《於清河見挽船士新婚與妻別》、陸機《為顧彥先贈婦二首》《為周夫人贈車騎》、陸雲《為顧彥先贈婦往返四首》、鮑令暉《代葛沙門妻郭小玉作詩二首》等，是李白《代贈遠》《代別情人》《代美人愁鏡二首》《代寄情人楚

〔註279〕逯欽立輯校《先秦漢魏晉南北朝詩》，第 2589～2590 頁。
〔註280〕《李太白全集校注》卷三，第 3 冊，第 476 頁。
〔註281〕《玉臺新詠箋注》卷三，第 128 頁。
〔註282〕《寄遠十二首》其三，《李太白全集校注》卷二十三，第 7 冊，第 3278 頁。
〔註283〕《玉臺新詠箋注》卷四，第 144 頁。
〔註284〕《寄遠十二首》其十二，《李太白全集校注》卷二十三，第 7 冊，第 3297 頁。
〔註285〕《玉臺新詠箋注》卷十，第 473 頁。
〔註286〕《越女詞五首》其四，《李太白全集校注》卷二十三，第 7 冊，第 3378 頁。

詞體》《代秋情》《怨歌行》〔註287〕的先聲。代他人作詩，尤其是代作情詩，除駱賓王的名篇《豔情代郭氏答盧照鄰》《代女道士王靈妃贈道士李榮》外，在初、盛唐尚不多見，李白這種代言形態的寫作方式，更多當是對魏晉六朝文學傳統的自覺繼承。中唐以後，受時代環境的影響，「文人多就辟為掾吏，奔走遊幕，替人捉刀，乃是生涯之常」〔註288〕，代擬之作不僅越來越多，內容上也越來越豐富。

最後，李白的部分情詩豔麗纖巧，有齊、梁格調，這與他對南朝民歌的模擬和學習有關，也與他對六朝以來注重辭采、吟詠女色的詩歌傳統的接受有關。李白「嘗高謝太傅，攜妓東山門」〔註289〕，年輕時也曾傚仿偶像謝安，有過一段眠花醉柳、攜妓出遊的風流生活。試看《對酒》：

> 蒲萄酒，金叵羅，吳姬十五細馬馱。青黛畫眉紅錦靴，道字不
> 正嬌唱歌。玳瑁筵中懷裏醉，芙蓉帳底奈君何。〔註290〕

通過對容貌、穿著、聲色、形態的刻畫，詩人描摹出一位畫著青黛眉、穿著紅錦靴、騎著小良馬、嬌聲唱著歌的妙齡歌姬，以及她在奢華酒宴上醉倒在情人懷中的情景。末句引向床幃之間，尤為側豔，詩人不禁浮想聯翩：吳姬在芙蓉帳中又該是何等嬌媚呢？嚴羽評此詩「妖豔旖旎，使人情憐，真似十四五女郎」〔註291〕，譚元春論「青黛」二句「微有妖氣，情豔之極，有似於妖耳」〔註292〕，朱諫斷定是「唐人淫謔之詩」〔註293〕誤入李白集中。不管諸人態度是褒是貶，無一例外肯定了這首詩的豔情傾向。其中，形似體物的表現方法和輕薄豔麗的風格特徵，頗符合李白要「掃地併盡」的「梁、陳宮掖之風」即宮體詩的特點。

宮體詩以男女豔情為主，多寫女子的外貌、體態、神情、服飾、用具以

〔註287〕 題下注：「長安見內人出嫁令予代為《怨歌行》。」參見《李太白全集校注》
卷四，第 2 冊，第 519 頁。
〔註288〕 龔鵬程《論李商隱的櫻桃詩——假擬、代言、戲謔詩體與抒情傳統間的糾葛》，
《文學批評的視野》，華中師範大學出版社 2011 年版，第 132 頁。
〔註289〕 《書情贈蔡舍人雄》，《李太白全集校注》卷八，第 3 冊，第 1199 頁。
〔註290〕 《李太白全集校注》卷二十三，第 7 冊，第 3324 頁。
〔註291〕 （宋）嚴羽評點《李太白詩集》卷二十一，轉引自《李太白全集校注》卷二
十三，第 7 冊，第 3326 頁。
〔註292〕 （明）譚元春《唐詩歸》卷十六，《續修四庫全書》第一五九〇冊，第 30 頁。
〔註293〕 （明）朱諫《李詩辨偽》，《續修四庫全書》第一三〇六冊，第 217 頁。

及情感世界等，風格輕靡，語言豔麗〔註294〕，一度成為梁、陳詩壇的主流，還在格調、內容與形式上影響著隋及初唐的文人詩歌。儘管李白瞧不上宮體詩，卻也不可避免地受到宮體詩的滋養和薰染。李白有一些吟詠女性的詩歌，如：

> 玉面耶溪女，青娥紅粉粧。一雙金齒屐，兩足白如霜。（《浣紗石上女》）

> 長干吳兒女，眉目豔新月。屐上足如霜，不著鴉頭襪。（《越女詞五首》其一）

> 美人卷珠簾，深坐嚬蛾眉。但見淚痕濕，不知心恨誰？（《怨情》）〔註295〕

前兩首寫女子的紅妝、眉目、木屐，側重表現女性的外在美，但是，詩人的目光集中在女子雪白的腳丫上，頗有賞玩的意味。最後一首寫女子的動作、神態，側重展示女性宛曲的內在世界，但主體之情與客體之情似乎是分離的，儘管詩中的女子悲傷哀怨，詩人的感情卻頗為冷靜。顯然，女子的形體和感情作為被觀察的對象，被男性的目光打量、欣賞，從而帶有某種程度的體物特徵。體物傾向在李白描寫倡優的詩中最為常見，如「楚歌吳語嬌不成，似能未能最有情」〔註296〕，「遙看二桃李，雙入鏡中開」〔註297〕，「西施醉舞嬌無力，笑倚東窗白玉牀」〔註298〕，以色相伎藝供人取樂的特殊身份，使這些女子被詩人無所顧忌

〔註294〕宮體詩產生於蕭綱擔任太子的梁中大通三年（531）前後，學界對宮體詩的定義主要有兩種：一種是狹義的，以楊明先生為代表，認為宮體詩是一種「主要以女子為歌詠對象，描繪其體貌、神情、服飾、用具、歌容舞態、生活細節以及男女豔情」的豔詩，實際上延續並發展了初唐史臣「清辭巧製，止乎衽席之間；雕琢蔓藻，思極閨闈之內」的觀點。參見王運熙、楊明《魏晉南北朝文學批評史》，上海古籍出版社1989年版，第297頁。一種是廣義的，以沈玉成先生為代表，認為宮體詩是以豔情為主，同時包括詠物、山水、公宴等題材的梁以後的詩歌，它有三個特點：一、聲韻、格律在永明體的基礎上踵事增華，要求更為精緻；二、風格由永明體的輕綺變本加厲為穠麗，下者則流入淫靡；三、內容較之永明體時期更加狹窄，以豔情、詠物為多，也有不少吟風月、狎池苑的作品。參見曹道衡、沈玉成《南北朝文學史》，人民文學出版社1991年版，第224頁。不管是狹義說還是廣義說，都認為豔情是宮體詩的主要特徵。
〔註295〕《李太白全集校注》卷二十三，第7冊，第3381、3373、3331頁。
〔註296〕《示金陵子》，《李太白全集校注》卷二十三，第7冊，第3383頁。
〔註297〕《送侄良攜二妓赴會稽戲有此贈》，《李太白全集校注》卷十三，第4冊，第2031頁。
〔註298〕《口號吳王美人半醉》，《李太白全集校注》卷二十三，第7冊，第3343頁。

地賞玩、吟詠，詩歌嫵媚秀豔，動人心魄。可見，在描寫女性的形體美上，李白的部分情詩蘊含著與宮體詩相鄰的審美意識。

不過，與宮體詩工筆細描女性的肌膚、妝容、體態、神情、服飾等相比，李白在女性姿容、形態的書寫上用力不多，他更傾向選取典型特徵來表現人物，且偏重摹神寫意。同樣寫舞妓，宮體詩人作「入行看履進，轉面望鬢空。腕動苕華玉，袖隨如意風」〔註299〕，「回履裾香散，飄衫釧響傳。低釵依促管，曼睇入繁絃」〔註300〕，「舉腕嫌衫重，回腰覺態妍」〔註301〕，「袖輕風易入，釵重步難前」〔註302〕，不僅細緻入微地鋪寫舞妓的服飾、體態，描摹一個個令人眼花繚亂的舞蹈動作，還通過突出女性的嬌媚、柔弱和輕盈來展示誘惑。李白則作「垂羅舞縠揚哀音」，「揚眉轉袖若雪飛」〔註303〕，「粉色豔月彩，舞袖拂花枝」〔註304〕，「對舞青樓妓，雙鬟白玉童」〔註305〕，只截取舞動的衣袖、裙擺點出舞妓的身份，或用「粉色」「雙鬟」這類中性詞對舞妓作類型化的描寫，甚至將她們看作特定場合中的點綴而非著意描寫的對象。同樣寫路遇美人，宮體詩人作「關情出眉眼，軟媚著腰肢。語笑能嬌媟，行步絕逶迤」〔註306〕，「細腰宜窄衣，長釵巧挾鬟」〔註307〕，「履高含響珮，襪輕半隱羅」〔註308〕，「衣香遙已度，衫紅遠更新」〔註309〕，細緻觀察女子的音容笑貌、神情體態、服裝配飾，目光輕佻，情思放蕩，文辭綺靡，內容香豔。李白《陌上贈美人》作：「駿馬驕行踏落花，垂鞭直拂五雲車。美人一笑褰珠箔，遙指紅樓是妾家。」〔註310〕省去對美人形貌服飾的描寫，而以「拂」「笑」「褰」「指」等動詞摹畫美人的旖旎風情，詩歌豔而不靡，情韻蘊藉，真切動人。

〔註299〕（南朝梁）蕭綱《詠舞》，《玉臺新詠箋注》卷七，第297頁。

〔註300〕（南朝梁）劉孝儀《和詠舞》，逯欽立輯校《先秦漢魏晉南北朝詩》，第1895頁。

〔註301〕（南朝梁）劉遵《應令詠舞》，《玉臺新詠箋注》卷八，第370頁。

〔註302〕（南朝梁）王訓《應令詠舞》，《玉臺新詠箋注》卷八，第371頁。

〔註303〕《白紵辭三首》其二、其三，《李太白全集校注》卷三，第2冊，第474、476頁。

〔註304〕《邯鄲南亭觀妓》，《李太白全集校注》卷十七，第5冊，第2447頁。

〔註305〕《在水軍宴韋司馬樓船觀妓》，《李太白全集校注》卷十七，第5冊，第2493～2494頁。

〔註306〕（南朝梁）蕭綸《車中見美人》，《玉臺新詠箋注》卷七，第303頁。

〔註307〕（南朝梁）庾肩吾《南苑還看人》，《玉臺新詠箋注》卷八，第338頁。

〔註308〕（南朝梁）鮑泉《南苑看遊者》，《玉臺新詠箋注》卷八，第344頁。

〔註309〕（南朝梁）鮑泉《落日看還》，《玉臺新詠箋注》卷八，第344頁。

〔註310〕《李太白全集校注》卷二十三，第7冊，第3314頁。

李白也有一些吟詠男女豔情的詩歌，如《贈段七娘》：

> 羅襪凌波生網塵，那能得計訪情親？千杯綠酒何辭醉？一面紅
> 粧惱殺人。〔註311〕

詩人為段七娘的輕盈美麗所傾倒，不惜飲下千杯美酒，只為討得七娘的歡心，成為她的情人。寥寥數語，盡顯風月場中的旖旎柔情。又如描寫舞姬的《白紵辭三首》其三：「激楚結風醉忘歸，高堂月落燭已微，玉釵掛纓君莫違。」〔註312〕用意與謝朓「掛釵報纓絕，墮珥答琴心。蛾眉已共笑，清香復入襟。歡樂夜方靜，翠帳垂沉沉」〔註313〕相似，皆引向床幃之思。類似的詩句還有：

> 博山爐中沉香火，雙煙一氣凌紫霞。（《楊叛兒》）
>
> 相思不惜夢，日夜向陽臺。（《寄遠十二首》其四）
>
> 何由一相見，滅燭解羅衣？（《寄遠十二首》其七）
>
> 牀中繡被卷不寢，至今三載聞餘香。（《寄遠十二首》其十一）
>
> 朝共琅玕之綺食，夜同鴛鴦之錦衾。（《寄遠十二首》其十二）
>
> 留餘香兮染繡被，夜欲寢兮愁人心。（《代寄情人楚詞體》）
>
> 錦衾與羅幃，纏綿會有時。（《相逢行》）
>
> 梁苑空錦衾，陽臺夢行雨。（《自代內贈》）〔註314〕

雖用象徵、暗示而非直述的表現方式，表達對床笫之歡的憧憬和期待，不似宮體詩如「翠釵掛已落，羅衣拂更香」〔註315〕，「愈憶凝脂暖，彌想橫陳歡」〔註316〕，「夜夜言嬌盡，日日態還新」，「上客徒留目，不見正橫陳」〔註317〕那般露骨，但也有損格調。明人朱諫認為這些豔麗之辭絕非李白之作，他辨稱《贈段七娘》「尤為淺俗，唐之徐凝亦所不道者，而謂白為之乎」，《寄遠十

〔註311〕《李太白全集校注》卷二十三，第 7 冊，3349 頁。

〔註312〕《李太白全集校注》卷三，第 3 冊，第 476 頁。

〔註313〕《夜聽妓二首》其二，《玉臺新詠箋注》卷四，第 162 頁。

〔註314〕《李太白全集校注》卷二十三，第 374、3281、3286～3287、3295、3297、3334、657、3358 頁。

〔註315〕（南朝梁）劉孝綽《淇上人戲蕩子婦示行事一首》，《玉臺新詠箋注》卷八，第 331 頁。

〔註316〕（南朝梁）劉孝威《郤縣遇見人織率爾寄婦》，《玉臺新詠箋注》卷八，第 342 頁。

〔註317〕（南朝梁）劉緩《敬酬劉長史詠名士悅傾城》，《玉臺新詠箋注》卷八，第 346 頁。

二首》其七「辭太媚而意太荒，末句尤為褻嫚之甚，白之文辭，張弛開合，必不若是蕩然也」，《寄遠十二首》其十二「辭意綿弱如婦人女子之態，剛腸逸氣之士寧肯為是乎」，《自代內贈》「尤為鄙俗，乃囡人偽為之者」〔註318〕，諸如此類。不過，豪放俊逸之人未必不作豔情詩，畢竟寫詩歸寫詩，做人歸做人，寫的和做的不一定一致，也不可能一致。我們往往忽視了李白也曾是一位不成熟的青年，他會在年輕時陷入愛情，也會對情愛產生憧憬和迷戀，在這樣的生命狀態下，具有表達欲望的詩人自然會寫情詩，這也是他的情詩多作於青壯年時期的原因之一。再者，李白不是傳統意義上的儒家士人，他是一位才子，才子的情詩骨子裏自帶一股逼人的秀豔。況且，部分看似不符合儒家倫理規範的情詩豔詞，有時卻能喚起讀者心靈中一些崇高而美好的意念，引起正面的倫理的感發。所以，我們不能因為作品格調不高，就斷言絕非李白之作，也不應該以李白詩歌的整體風格和藝術成就來要求他的所有作品。在成為偉大的詩人之前，天才也需要成長。

李白還有一些纖巧的詩作，如「遙將一點淚，遠寄如花人」〔註319〕，「玉箸夜垂流，雙雙落朱顏」〔註320〕，「空掩紫羅袂，長啼無盡時」〔註321〕等，辭氣纖弱。又如《春怨》：

> 白馬金羈遼海東，羅帷繡被臥春風。落月低軒窺燭盡，飛花入戶笑牀空。〔註322〕

似一幅美人春夜獨臥圖。詩人從小處——臥室著眼，淺淺勾勒出羅帷、繡被、殘燭、空牀等對比鮮明的景致，又用擬人化的月窺燭盡、花笑牀空反襯思婦的相思難眠之苦，可謂用心巧妙，卻不及「春風不相識，何事入羅帷」〔註323〕清明婉致。

通過引證和辨析，我們發現李白不僅襲用魏晉六朝的樂府情詩，用文人改制和自制的樂府詩題進行創作，還在遣詞造句、詩境、詩體和表現手法上深受魏晉六朝文人情詩，尤其是宮體詩的滋養和薰染，並沒有完全忠實於自

〔註318〕 （明）朱諫《李詩辨偽》，《續修四庫全書》第一三〇六冊，第 218、215、216、219 頁。

〔註319〕 《寄遠十二首》其六，《李太白全集校注》卷二十三，第 7 冊，第 3285 頁。

〔註320〕 《閨情》，《李太白全集校注》卷二十三，第 7 冊，第 3317 頁。

〔註321〕 《代秋情》，《李太白全集校注》卷二十三，第 7 冊，第 3322 頁。

〔註322〕 《李太白全集校注》卷二十三，第 7 冊，第 3309 頁。

〔註323〕 《春思》，《李太白全集校注》卷五，第 2 冊，第 726 頁。

己復古的文學主張，他的文學創作和審美理念有魏晉六朝的濃重身影。值得注意的是，李白參鑒的漢魏六朝情詩多被收錄在《玉臺新詠》一書中，我們有理由推測，詩人對這部詩歌選本很熟悉，而且進行過模擬和學習。

總的來說，李白既批判建安以來的綺麗詩風，傚仿漢樂府、《古詩十九首》的風力、情致，又廣泛學習和借鑒魏晉六朝的文學經驗，形成自己的語言風格，他的婚戀詩深受漢代五言情詩和魏晉六朝詩歌的影響。

本章小結

李白一生婚合四次，相較歷來妻妾廢迎的單線敘述，本文更傾向於妻妾並置的複線式理解。經過考辨和分析，我們得出以下結論：開元十五年，李白婚娶許氏，寄居安陸妻家。大約一、二年內，納劉氏為妾，至遲在開元十八年，二人離異。許氏育有一女一子，長女平陽約生於開元二十一至二十四年間，嫡長子伯禽，小名明月奴，約生於開元二十五至二十七年間。開元二十七或二十八年，疑與許家不合，李白移家兗州，妻子許氏並未隨行。開元末，李白與魯婦結合，天寶九或十載生庶子頗黎。天寶九、十載間，平陽出嫁，許氏亡故。李白續娶宗氏，隨妻定居梁園，子女仍留兗州。理清李白的婚姻和家庭狀況，有助於我們更好地理解婚姻與李白創作之間的關係。

婚戀詩是關於男女戀愛及婚姻家庭的詩，它在李白詩中占比很大，其中僅以妻、妾、倡優為書寫對象，反映自身戀愛情事及婚姻家庭的詩就有五十多首。研究李白的婚戀詩，對我們探究詩人的文學藝術淵源，勾勒其詩風變化，乃至走近詩人的心靈世界皆有助益。李白婚戀詩的創作與其人生轉捩關係密切。以三次人生轉捩為界，李白婚戀詩中的人物形象呈現出鮮明的變化，比較清晰地反映了詩人在不同時期的婚姻和情感狀況。以初入長安和賜金放還為界，李白婚戀詩的書寫方式發生了一些變化，前者以抒情典型化為主要特徵，後者逐漸向表現具體化轉變。李白對《玉臺新詠》非常熟悉，其婚戀詩深受漢代五言情詩和魏晉六朝詩歌的影響。一方面，李白善於學習漢樂府、《古詩十九首》的風力、情致，在借鑒中呈現出從句句步趨、規摹意調到秘響旁通的變化。另一方面，李白襲用魏晉六朝的樂府情詩，用文人改制和自制的樂府詩題進行創作，還在遣詞造句、詩境、詩體和表現手法上深受魏晉六朝的文人情詩，尤其是宮體詩的滋養和薰染。

結　語

　　實現從政理想是貫穿李白一生的主線，但是，他在政治上採取的三次重大行動，即初入長安、供奉翰林和入永王幕，分別以落魄而歸、賜金放還和繫獄流放告終，這三次重大挫折也是他人生的三個重要轉捩，對他的人生走向、思想觀念和文學創作產生了重要影響。

　　首先，初入長安是李白第一次有意識地實踐政治理想卻深刻地感受到抱負難以施展的關鍵事件。開元十八年，疑因與妾室劉氏不合而遭其誹謗，李白得罪了妻家和安陸的一些官員、朋友，他上書裴長史請求雪讒卻無果，轉而離家去長安求仕。入長安後，李白先後結識符寶郎張垍和衛尉卿張坦弟兄，似欲通過他們干謁其父張說。本年秋，張坦將李白安排在終南山的玉真公主別館，或因父親張說病重，或因他不甚重視，將李白忘在腦後，二人或由此結怨。暮秋時節，李白西遊邠州，干謁邠州長史李粲，繼而北遊坊州，希求坊州司馬王嵩援引，開元十九年春復返長安，結識長安縣尉崔某，求其引薦，皆無果。從干謁對象越來越低的地位可以看出，李白在長安的處境非常窘迫，他既未如預期在京城建樹經世濟民的功業，又飽嘗奔走權門的冷遇和屈辱，對世路艱難有了深刻認識。但這些遭際沒有消磨掉李白的志氣，反而激起他天性中強烈的自尊自信和叛逆精神，使他的思想變得深刻，行事也愈發張揚和叛逆。春夏間，李白離開長安，在梁園、嵩山一帶遊歷。本年冬，玄宗幸東都，李白初至洛陽，再尋機遇，立志自致青雲，行事愈發放縱不羈，可仍無果。開元二十年夏秋間，李白離開洛陽落魄而歸，交際圈中再無安陸官員，足見開元十八年那場家庭風波對他產生的不利影響。

　　初入長安的新鮮見聞和落魄而歸的坎坷遭遇豐富了李白的閱歷和思想，

使他生平第一次深刻地體會到世路艱難的苦痛，表現在創作中，則是內容、風格、形式和抒情主人公形象等方面的重要變化，尤以初入長安前後的開元十八至二十二年最為明顯。就內容和風格而言，出現了懷才不遇繼而指斥時弊、及時行樂卻又堅信自致青雲的全新主題和深廣內涵，而被坎坷不平的求仕之路激起的更為強烈的傲視權貴的叛逆精神，又使作品呈現出磅礴的氣勢和雄渾的力量。就抒情主體的自我塑造而言，李白此期用世心切，最常以輔弼之臣——尤其是屢經困厄後終於君臣遇合的政治家和縱橫捭闔的謀臣策士自許，極少自比於文人和隱士，鮮明地傳達出他的自我定位和精神寄託。就形式而言，李白傾向於用樂府和歌吟記事、詠史、言志抒懷，反映新題材——遊俠情事，以及新主題——懷才不遇、功業難成、及時行樂，拓寬了自出蜀以來以書寫民俗風情為主的樂府詩的表現範圍，使其成為此期占比最大、名篇最多的詩歌體裁。可以說，初入長安是李白文學風格成熟的轉關期。值得注意的是，李白通常被稱作復古詩人，他的文學藝術淵源往往被追溯至《風》《雅》屈騷和漢魏六朝文學，實際上，在學習創作的青少年時期，他還受到當代文壇上頗負盛名的作家的影響。李白成長於唐代詩風變革最顯著的景雲至開元十五年，蘇頲、張說、劉知幾是這一時期的主流作家。其中，蘇、張並稱「燕許大手筆」，開元前期先後拜相，是名副其實的文壇宗主，李白不僅化用他們的詩句，學習他們的寫作技法，還在文學思想如重視言情、風骨、推崇天然壯麗和尚奇求新等方面受到他們的影響。李白對劉知幾的接受持續一生，不僅表現在具體的創作實踐如擬作、傚仿中，還體現在相似的史學觀念和重著述的思想傾向上。

其次，供奉翰林與賜金放還是李白政治生涯的頂峰，是他最接近人生理想卻與之失之交臂的重要經歷。天寶元年秋，李白以文士的名義奉詔入京，但他為玉真公主所薦，有機會結識賀知章並獲其稱揚，進而引起玄宗的注意，得以供奉翰林，主要還是因其道士身份和道教信仰。對道士李白的期待使賀知章發現了李白驚人的文學才華，而對道教層面上「謫仙人」的好奇和期待，則是玄宗召見李白的主要原因。起初，李白確因道士身份受到玄宗的禮遇，甚至獲得草詔禁中、參預朝政的機會，儘管他仍以奉詔入京的文士身份供奉翰林。但是，李白的宗教修為和政治才具遠不及文學高明，傲岸不羈的性格和積極參政的意圖又使他容易遭到誹謗，被玄宗疏遠在所難免。應該說，直至離京前，玄宗仍把他看作隱逸修道之人，所以用「賜金」這種方式放他「歸

山」。李白體悟到玄宗的用意，離開長安不久就在齊州紫極宮受了道籙，頗有些奉旨修行的意思。正是在文士和道士這兩重身份的幫助下，李白才有了難得的近臣和逐臣體驗。

供奉翰林使李白獲得前所未有的近臣體驗，給他的詩歌帶來新變。初入翰林時，李白自覺採用宮廷詩的主流體裁如五言律詩、七言歌行等應制，真誠地潤色鴻業，頌揚盛世，毫不掩飾地誇耀自己今非昔比的境遇，並主動或被動在宮廷遊宴中作些單純或帶有諷喻的頌歌，這類題材豐富了他的創作內容。然而，張揚的個性和讒臣的離間使李白逐漸被玄宗疏遠，感受到失寵與失志帶來的雙重痛苦，對宮廷題材有了更深的認識和體悟。他不再對朝中的流言蜚語不以為意，而是放低姿態，以妾婦的形象陳訴憂懼，期待重新獲得君王的愛顧。但是，這些努力毫無成效，眼看著政治理想急遽遠去，他在留京待時與歸隱山林之間徘徊不休，此期作品也因詩人心境的變化，形成仕隱衝突、飲酒遣憂和求仙避世三大主題，並在賜金放還以後繼續演變。天寶三載春，李白被玄宗賜金放還，落寞而去，此事對他的創作影響很大。主題方面，李白被放還後的作品有一種掩飾不住的哀憤、鬱悶及不平。與此相應的是題材的變化，隱逸求仙之作中明顯表現出被迫仙隱的色彩，行樂遣憂之作中充滿了抑鬱不平之氣，不時地流露出戀闕情緒。抒情主人公形象也有很大變化，採藥煉丹、身佩符籙的道士形象取代了早期詩文中追慕神仙、希圖煉丹的修道者，被放逐的生命體驗催生了嶄新的抒情主人公——逐臣，飄零落拓的心靈在詩歌中外化為飛蓬、流萍、孤鳳、客等孤寂形象。賜金放還對李白創作的影響，以天寶三至六載最為明顯，而潛在的浸潤，則一直延續到他生命盡頭。

最後，因投身永王李璘軍幕而獲罪繫獄潯陽、流放夜郎，是李白政治生涯中最慘烈的一次失敗，也是他一生最危險的時期。由於目的不同、對象各異、境遇迥別，李白自述入永王幕在內容上存在較大差異，尤以入幕前和在幕中的表述最為可信。入幕前，即至德元載十二月，李白被一腔報國熱情驅使，顧不及內心的隱憂，自稱被「王命三徵」請下廬山，加入永王幕府。入幕初，即至德二載正月，李白作《與賈少公書》回應勸他不要入幕的友人。此書似有缺文、錯簡，題目疑是編集者所加，因作者對從璘一事仍心存顧慮，故文章的情緒顯得比較消沉。參預幕事後，李白對永王軍的戰略計劃有所瞭解，他的情緒明顯高漲，不僅不再「前觀進退」，還熱情宣傳永王使命，強調永王

東巡的合法性和自己報國建功的正當性。其中,《永王東巡歌十一首》是一組集中反映永王東巡使命、回應朝野質疑的帶有官方宣傳性質的聯章詩,第二首疑被誤編入組詩。這組詩除了以永王東巡的合法性和平叛目的為主題外,還著重表現永王在轄境以外的江南東道的行跡以及軍隊的作風和聲勢,既暗示過境去揚州赴任以北上平叛的原因,又有招降廣陵守軍的意圖,當作於兩軍相持之初。此時,永王剛大敗李希言、李成式部下,進駐丹徒,士氣正盛。即使不久後諸將叛離、賓客星散、永王兵敗南逃繼而被殺,李白對永王的立場也沒有改變,更多的是對相煎太急以致平叛無望、壯志難酬的激憤和悲慨。相應地,此期詩歌也最能反映李白入永王幕的本心。但是,由於永王兵敗後被視為「叛逆」,李白亦因「附逆」遭到下獄、流放的處罰,在獄中時他不得不掩飾以求免責,流放遇赦後也不得不諱言以再度融入政治領域,故此期表述有矯飾之嫌,不盡可信。概言之,至德二載春繫獄潯陽後,李白仍然承認永王的正統性,卻否認其領兵東巡的合法性;自悔從璘非時,未及早發現永王反狀,辯稱「迫脅」入幕,「中道」離去,申訴無辜被治罪的冤屈;表白報國平叛的精誠和壯志難酬的哀痛,以示自己無虧於道義。乾元二年遇赦歸來後,李白曾試圖公允地評價李璘,可終究不得不屈從於時議。對此,我們無須苛責詩人,而應審視具體情境,作合乎情理的分析和評價。

　　繫獄、流放的不幸遭遇使李白飽嘗死亡的威脅、流貶的辛酸、遭難的冤憤和罪臣的屈辱,對他的寫作題材、立意和風格都產生了重要影響,並在體裁、結構等方面,給詩歌帶來了不同於前期的顯著變化。需要說明的是,考慮到李白在垂暮之年因老病、貧困而四處向人乞貸的依附生活對其詩風產生的影響,本文將研究範圍限定在入獄至流放遇赦頭一年,即至德二載春至上元元年秋這四年內,著重論述繫獄、流放的極致體驗與李白創作之間的關係。就內容而言,出現了全新的創作主題,即陳訴冤情和渴望洗雪放赦。而且,入獄後生死不明的極端處境與長流夜郎的淒苦漂泊,讓李白對家人和家園無比掛念,他把親情和思歸作為重要表現對象,不僅罕見地在詩中提及自己的原生家庭,無意中勾勒出較為完整的家庭狀況,還表示出想要安頓下來的意願,這在以往的創作中很少體現。更為可貴的是,李白的用世之志一刻也未嘗少歇,即使身陷囹圄,病難交加,他也從未放棄對時局的關注,作品中表露出深切具體的憂世之心和濟民救國的強烈願望。就風格而言,詩人自信與激情的變化,即繫獄潯陽後驟降、出獄後上升、面臨被朝廷追責的風險時回

落、流放途中再度下降、遇赦後迅速恢復，使這一階段作品的情感和氣勢，都呈現出起伏跌宕的特點。就體裁和結構而言，流放途中，李白的創作量急遽下降，詩歌篇幅變短，表現出詩人被命運捉弄後詩情匱乏、詩思不暢的一面。囚徒和流人的屈辱經歷與窘迫處境，使他不得不稍稍低下高傲的頭顱，主動調整自己的寫作方式，以迎合援助者的身份、審美標準和文學偏好，故而偏離了復古之路，使以交遊題材為主的格律詩比重增加。再者，首尾完整、意脈清楚、體裁一致的樂府聯章、紀行聯章和紀事聯章則發展得更為成熟，體現出詩人在個體命運轉關時對詩體變革的新思考和新嘗試。值得注意的是，脫囚出獄和流放遇赦後，李白在困境中被壓抑的詩思和詩情得到解放，回歸天寶十二載以來的文學復古之路。他自覺選取最適合表現自己心情和訴求的五、七言長篇古詩，通過追憶人生中最輝煌的翰林時光和因入永王幕而繫獄流放的悲慘遭遇，在參考過去的過程中有選擇地重新構建自我形象，以調節自己的窘迫處境，爭取入仕機會。

　　此外，李白一生婚合四次，婚姻中的獨特體驗對他的創作也有重要影響。開元十五年，李白與許氏成婚，隨妻定居安陸。大概一二年後，納劉氏為妾，至遲在開元十八年二人離異，起因可能是劉氏的誹謗引發了一場輿論風波。開元二十一至二十四年間，許氏為李白生下長女平陽，開元二十五至二十七年間生下嫡長子伯禽，即明月奴。開元二十七或二十八年，李白移家東魯，許氏並未隨行。開元末，李白與魯婦結合，天寶九或十載生庶子頗黎。天寶九、十載間，平陽出嫁，許氏亡故，李白續娶宗氏，隨妻定居梁園，子女仍留兗州。也就是說，李白未入贅許家、宗家，他的婚合次序不是「許氏—劉氏—魯一婦人—宗氏」的單線順序，而是「許氏、劉氏、魯一婦人—魯一婦人、宗氏」的複線順序，妻、妾在時間上是並存的。

　　婚戀詩是關於男女戀愛及婚姻家庭的詩，它在李白詩中占比頗大，其中僅以妻、妾、倡優為書寫對象，反映自身戀愛情事及婚姻家庭的詩就有五十多首。《寄遠十二首》因係後人所編，故其十非關情愛卻被收入組詩，而體裁、內容、寄贈對象與其八、其十二相近的《久別離》《代寄情人楚詞體》卻未被收入。以三次人生轉捩為界，李白婚戀詩的人物形象呈現出鮮明的變化，反映了詩人在不同時期的婚姻和情感狀況。以初入長安和賜金放還為界，李白在婚戀詩的書寫方式上作過兩次調整。第一次調整主要表現為抒情典型化，詩人較少在婚戀詩中作細節性描寫，而是傾向於運用經典主題、特定情境和

典型意象抒發感情，與他三十歲以前的作品差異頗大。第二次調整主要體現為表現具體化，詩中具體、個別的描寫和抒情成分明顯增多，不僅較真實地呈現了詩人私人化的婚姻與情感生活，還在某種程度上增強了作品的獨立性。李白對《玉臺新詠》非常熟悉，其婚戀詩深受漢代五言情詩和魏晉六朝詩歌的影響。一方面，李白善於學習漢樂府、《古詩十九首》的風力、情致，在借鑒中呈現出從句句步趨、規摹意調到秘響旁通的變化。另一方面，李白襲用魏晉六朝的樂府情詩，用文人改制和自制的樂府詩題進行創作，還在遣詞造句、詩境、詩體和表現手法上深受魏晉六朝的文人情詩，尤其是宮體詩的滋養和薰染。

李白一生的幾次轉捩，不僅左右了他的仕途和功名，也深刻影響了他的情緒和精神，進而在作品的內容、題材、體裁、風格等方面產生相應的丕變。

參考文獻 [註1]

一、古籍

（一）經

1. （漢）伏勝撰，（漢）鄭玄注，（清）陳壽祺輯校，尚書大傳 附序錄辨訛〔M〕，北京：商務印書館，1937。

2. （漢）董仲舒撰，春秋繁露〔M〕，北京：中華書局，1975。

3. （漢）許慎撰，（宋）徐鉉校訂，說文解字〔M〕，北京：中華書局，2013。

4. （漢）毛亨傳，（漢）鄭玄箋，（唐）孔穎達疏，毛詩注疏〔M〕，上海：商務印書館，1935。

5. （魏）何晏注，（宋）邢昺疏，論語注疏〔M〕，上海：上海古籍出版社，1990。

（二）史

1. （漢）司馬遷撰，史記〔M〕，北京：中華書局，1959。

2. （漢）班固撰，漢書〔M〕，北京：中華書局，1962。

3. （晉）常璩撰，華陽國志〔M〕，北京：中華書局，1985。

4. （南朝宋）范曄撰，後漢書〔M〕，北京：中華書局，1965。

5. （南朝梁）沈約撰，宋書〔M〕，北京：中華書局，1974。

〔註1〕 參考文獻按古籍、專著、論文、網站依次排列。其中，古籍再細分為經、史、子、集四目，各目下按作者的時代排序；專著按出版時間排序，出版時間相同者，按作者姓氏的首字母排序；論文分為論文集、期刊論文和學位論文三類，分別按發表時間排序。

6. （唐）李延壽撰，南史〔M〕，北京：中華書局，1975。

7. （後晉）劉煦等撰，舊唐書〔M〕，北京：中華書局，1975。

8. （唐）長孫無忌等撰，岳純之點校，唐律疏議〔M〕，上海：上海古籍出版社，2013。

9. （唐）劉知幾撰，（清）浦起龍釋，史通通釋〔M〕，上海：上海古籍出版社，1978。

10. （唐）李林甫等撰，陳仲夫點校，唐六典〔M〕，北京：中華書局，1992。

11. （唐）韋述著，陶敏輯校，集賢注記〔M〕，北京：中華書局，2015。

12. （唐）杜佑撰，通典〔M〕，北京：中華書局，1984。

13. （唐）李吉甫撰，元和郡縣圖志〔M〕，北京：中華書局，1983。

14. （宋）王溥撰，唐會要〔M〕，北京：中華書局，1955。

15. （宋）歐陽修、宋祁撰，新唐書〔M〕，北京：中華書局，1975。

16. （宋）司馬光撰，資治通鑒〔M〕，北京：中華書局，2011。

17. （宋）鄭樵撰，通志〔M〕，北京：中華書局，1987。

18. （宋）晁公武撰，孫猛校證，郡齋讀書志校證〔M〕，上海：上海古籍出版社，1990。

19. （宋）趙明誠撰，金文明校證，金石錄校證〔M〕，桂林：廣西師範大學出版社，2005。

20. （宋）洪遵輯，翰苑群書〔Z〕，北京：中華書局，1991。

21. （宋）孫逢吉撰，職官分紀〔M〕，北京：中華書局，1988。

22. （元）辛文房撰，傅璇琮主編，唐才子傳校箋〔M〕，北京：中華書局，2002。

23. （清）屠英等修，胡森、江藩等纂，廣東省肇慶府志〔M〕，臺北：成文出版社，1967。

24. （清）陸耀遹輯，金石續編〔Z〕，續修四庫全書（第 893 冊）〔Z〕，上海：上海古籍出版社，1995。

（三）子

1. （周）老子著，（魏）王弼注，老子道德經注〔M〕，北京：中華書局，2011。

2. （春秋）師曠撰，（晉）張華注，師曠禽經〔M〕，北京：中華書局，1991。

3. （戰國）莊子著，（清）郭慶藩撰，王孝魚點校，莊子集釋〔M〕，北京：中華書局，2016。

4. （漢）班固撰，白虎通德論〔M〕，上海：上海古籍出版社，1990。

5. （唐）徐堅等著，初學記〔Z〕，北京：中華書局，2004。

6. （唐）林寶撰，岑仲勉校記，元和姓纂 附四校記〔M〕，北京：中華書局，1994。

7. （唐）段成式撰，酉陽雜俎〔M〕，北京：中華書局，1985。

8. （宋）贊寧撰，宋高僧傳〔M〕，北京：中華書局，1987。

9. （宋）李昉等編，太平廣記〔Z〕，北京：中華書局，1961。

10. （宋）李昉等撰，太平御覽〔Z〕，上海：上海古籍出版社，2008。

11. （宋）王欽若等編，冊府元龜〔Z〕，北京：中華書局，1960。

12. （宋）胡仔撰，苕溪漁隱叢話〔M〕，北京：人民文學出版社，1962。

13. （宋）洪邁撰，容齋隨筆〔M〕，上海：上海古籍出版社，1978。

14. （宋）陸游撰，老學庵筆記〔M〕，北京：中華書局，1979。

15. （宋）劉克莊撰，後村詩話〔M〕，北京：中華書局，1983。

16. （明）陶宗儀編，說郛〔Z〕，北京：中國書店，1986。

17. （清）沈德潛撰，說詩晬語〔M〕，清詩話〔Z〕，上海：上海古籍出版社，1978。

18. （清）何文煥輯，歷代詩話〔Z〕，北京：中華書局，1981。

19. （清）趙翼著，江守義、李成玉校注，甌北詩話校注〔M〕，北京：人民文學出版社，2013。

20. （清）徐松撰，孟二冬補正，登科記考補正〔M〕，北京：北京燕山出版社，2003。

21. （清）黃錫珪編，李太白年譜〔M〕，北京：作家出版社，1958。

（四）集

1. （南朝梁）蕭統編，（唐）李善注，文選〔Z〕，上海：上海古籍出版社，1986。

2. （南朝梁）蕭統編，（唐）李善等注，六臣注文選〔Z〕，北京：中華書局，1987。

3. （南朝梁）劉勰撰，范文瀾注，文心雕龍注〔M〕，北京：人民文學出版社，1978。

4. （南朝陳）徐陵編，（清）吳兆宜注，（清）程琰刪補，穆克宏點校，玉臺新詠箋注〔M〕，北京：中華書局，1985。

5. （唐）李白撰，李太白文集〔M〕，宋蜀刻本唐人集叢刊〔Z〕，上海：上海古籍出版社，2013。

6. （唐）李白著，（宋）楊齊賢集注，（元）蕭士贇補注，分類補注李太白詩〔M〕，四部叢刊初編（集部第 106、107 冊）〔Z〕，上海：上海書店，1989。

7. （唐）李白著，（明）朱諫選注，李詩選注〔M〕，李詩辨疑〔M〕，續修四庫全書（第 1305、1306 冊）〔Z〕，上海：上海古籍出版社，1995。

8. （唐）李白著，（清）王琦注，李太白全集〔M〕，北京：中華書局，2015。

9. （唐）李白著，瞿蛻園、朱金城校注，李白集校注〔M〕，上海：上海古籍出版社，1980。

10. （唐）李白著，詹鍈主編，李白全集校注匯釋集評〔M〕，天津：百花文藝出版社，1996。

11. （唐）李白著，安旗主編，李白全集編年箋注〔M〕，北京：中華書局，2015。

12. （唐）李白著，郁賢皓校注，李太白全集校注〔M〕，南京：鳳凰出版社，2015。

13. （唐）杜甫著，蕭滌非主編，杜甫全集校注〔M〕，北京：人民文學出版社，2014。

14. （宋）李昉等編，文苑英華〔Z〕，北京：中華書局，1966。

15. （宋）姚鉉編，（清）許增校，唐文粹〔Z〕，杭州：浙江人民出版社，1986。

16. （宋）歐陽修著，李逸安點校，歐陽修全集〔M〕，北京：中華書局，2001。

17. （宋）孔延之編，鄒志方點校，《會稽掇英總集》點校〔M〕，北京：人民出版社，2006。

18. （宋）宋敏求編，唐大詔令集〔Z〕，北京：商務印書館，1959。

19. （宋）蘇軾著，張志烈、馬德富、周裕鍇主編，蘇軾全集校注〔M〕，石家莊：河北人民出版社，2010。

20.（宋）郭茂倩編，樂府詩集〔Z〕，北京：中華書局，1979。

21.（宋）計有功撰，唐詩紀事〔M〕，北京：中華書局，1965。

22.（宋）劉克莊撰，後村集〔M〕，景印文淵閣四庫全書（第1180冊）〔Z〕，臺灣：商務印書館，1986。

23.（明）高棅編選，唐詩品匯〔Z〕，上海：上海古籍出版社，1988。

24.（明）方孝孺著，徐光大點校，方孝孺集〔M〕，杭州：浙江古籍出版社，2013。

25.（明）朱諫撰，李詩選注〔M〕，李詩辨偽〔M〕，續修四庫全書（第1305、1306冊）〔Z〕，上海：上海古籍出版社，1995。

26.（明）胡應麟撰，詩藪〔M〕，北京：中華書局，1962。

27.（明）胡震亨撰，唐音癸籤〔M〕，上海：上海古籍出版社，1981。

28.（明）許學夷著，杜維沫校點，詩源辯體〔M〕，北京：人民文學出版社，1987。

29.（明）陸時雍撰，唐詩鏡〔M〕，景印文淵閣四庫全書（第1411冊）〔Z〕，臺灣：商務印書館，1986。

30.（明）鍾惺，譚元春輯，唐詩歸〔Z〕，續修四庫全書（第1590冊）〔Z〕，上海：上海古籍出版社，1995。

31.（明）唐汝詢選釋，王振漢點校，唐詩解〔M〕，保定：河北大學出版社，2001。

32.（明）王夫之著，陳書良校點，唐詩評選〔M〕，上海：上海古籍出版社，2011。

33.（明）吳昌祺評定，刪定唐詩解〔M〕，續修四庫全書（第1612冊）〔Z〕，上海：上海古籍出版社，1995。

34.（清）彭定求等編，全唐詩〔Z〕，北京：中華書局，1960。

35.（清）愛新覺羅‧弘曆編，唐宋詩醇〔Z〕，北京：中國文學出版社，2000。

36.（清）沈德潛撰，唐詩別裁集〔M〕，上海：上海古籍出版社，1979。

37.（清）董誥等編，全唐文〔Z〕，北京：中華書局，1983。

38.（清）陳鴻墀纂，全唐文紀事〔M〕，北京：中華書局，1959。

39.（清）曾國藩撰，求闕齋讀書錄〔M〕，李翰章編撰，李鴻章校刊，曾文正公全集〔M〕，北京：同心出版社，2014。

40.（清）王國維撰，人間詞話〔M〕，南京：鳳凰出版社，2009。

二、專著

1. 王瑤：李白〔M〕，上海：華東人民出版社，1954。

2. 林庚：詩人李白〔M〕，上海：古典文學出版社，1956。

3. 王瑤：中古文學史論集〔M〕，上海：古典文學出版社，1956。

4. 中國歷史地圖集編輯組編輯：中國歷史地圖集：隋、唐、五代十國時期〔Z〕，上海：中華地圖學社，1975。

5.（德）艾克曼編，朱光潛譯：歌德對話錄〔M〕，北京：人民文學出版社，1978。

6. 高步瀛：唐宋詩舉要〔M〕，上海：上海古籍出版社，1978。

7. 傅璇琮：唐代詩人叢考〔M〕，北京：中華書局，1980。

8. 羅宗強：李杜論略〔M〕，呼和浩特：內蒙古人民出版社，1980。

9. 吳廷燮撰：唐方鎮年表〔M〕，北京：中華書局，1980。

10. 王伯祥編著：增訂李太白年譜〔M〕，成都：四川人民出版社，1981。

11. 安旗，薛天緯編：李白年譜〔M〕，濟南：齊魯書社，1982。

12. 岑仲勉：隋唐史〔M〕，北京：中華書局，1982。

13. 丁福保輯：歷代詩話續編〔Z〕，北京：中華書局，1983。

14.（日）松浦友久著，張寧惠譯：李白詩歌及其內在心象〔M〕，西安：陝西人民出版社，1983。

15. 胥樹人：李白和他的詩歌〔M〕，上海：上海古籍出版社，1984。

16. 傅璇琮：唐代科舉與文學〔M〕，西安：陝西人民出版社，1986。

17. 李從軍：李白考異錄〔M〕，濟南：齊魯書社，1986。

18. 喬象鍾：李白論〔M〕，濟南：齊魯書社，1986。

19. 朱宗堯主編：李白在安陸〔C〕，武漢：華中師範大學出版社，1986。

20. 安旗：李白研究〔M〕，西安：西北大學出版社，1987。

21. 林時民：劉知幾史通之研究〔M〕，臺北：文史哲出版社，1987。

22. 陳伯海、朱易安編撰：唐詩書錄〔M〕，濟南：齊魯書社，1988。

23. 王運熙、楊明：魏晉南北朝文學批評史〔M〕，上海：上海古籍出版社，1989。

24.（英）崔瑞德編：劍橋中國隋唐史〔Z〕，北京：中國社會科學出版社，1990。

25. 葛曉音：漢唐文學的嬗變〔M〕，北京：北京大學出版社，1990。

26. 曹道衡，沈玉成：南北朝文學史〔M〕，北京：人民文學出版社，1991。

27. 葛景春：李白思想藝術探驪〔M〕，鄭州：中州古籍出版社，1991。

28. 裴斐、劉善良編：李白資料彙編：金元明清三部〔Z〕，北京：中華書局，1994。

29. 傅璇琮等主編：全宋詩〔Z〕，北京：北京大學出版社，1995。

30. 陸侃如，馮沅君：中國詩史〔M〕，民國叢書（第五編）〔Z〕，上海：上海書店，1996。

31.（日）松浦友久著，劉維治譯：李白詩歌抒情藝術研究〔M〕，上海：上海古籍出版社，1996。

32. 王運熙，楊明：中國文學批評通史：隋唐五代卷〔M〕，上海：上海古籍出版社，1996。

33. 陳尚君：唐代文學叢考〔M〕，北京：中國社會科學出版社，1997。

34. 杜曉勤：初盛唐詩歌的文化闡釋〔M〕，北京：東方出版社，1997。

35. 楊海波：李白思想研究〔M〕，上海：學林出版社，1997。

36. 趙昌平：趙昌平自選集〔M〕，桂林：廣西師範大學出版社，1997。

37. 陳文忠：中國古典詩歌接受史研究〔M〕，合肥：安徽大學出版社，1998。

38.（美）丹尼爾·夏克特著，高申春譯：找尋逝去的自我：大腦、心靈和往事的記憶〔M〕，長春：吉林人民出版社，1998。

39. 葛曉音：詩國高潮與盛唐文化〔M〕，北京：北京大學出版社，1998。

40. 傅璇琮主編：唐五代文學編年史〔M〕，瀋陽：遼海出版社，1998。

41. 周紹良主編：敦煌文獻分類校錄叢刊〔Z〕，南京：江蘇古籍出版社，1998。

42. 楊鴻年：隋唐兩京坊里譜〔M〕，上海：上海古籍出版社，1999。

43. 本社編：唐五代筆記小說大觀〔Z〕，上海：上海古籍出版社，2000。

44. 劉躍進：玉臺新詠研究〔M〕，北京：中華書局，2000。

45. 毛蕾：唐代翰林學士〔M〕，北京：社會科學文獻出版社，2000。

46. 尚學峰，過常寶，郭英德：中國古典文學接受史〔M〕，濟南：山東教育出版社，2000。

47. 徐俊纂輯：敦煌詩集殘卷輯考〔M〕，北京：中華書局，2000。

48. 楊文雄：李白詩歌接受史〔M〕，臺北：五南圖書出版公司，2000。

49. 郁賢皓：唐刺史考全編〔M〕，合肥：安徽大學出版社，2000。

50. 周勳初：周勳初文集（第三、四卷）〔M〕，南京：江蘇古籍出版社，2000。

51. 程千帆：唐代進士行卷與文學〔M〕，被開拓的詩世界〔M〕，程氏漢語文學通史〔M〕，程千帆全集（第八、九、十二卷）〔M〕，石家莊：河北教育出版社，2001。

52. 杜曉勤：隋唐五代文學研究〔M〕，北京：北京出版社，2001。

53.（日）松浦友久著，劉維治、尚永亮、劉崇德譯：李白的客寓意識及其詩思──李白評傳〔M〕，北京：中華書局，2001。

54. 孫昌武：道教與唐代文學〔M〕，北京：人民文學出版社，2001。

55. 唐長孺：唐長孺社會文化史論叢〔M〕，武漢：武漢大學出版社，2001。

56. 陶敏，李一飛：隋唐五代文學史料學〔M〕，北京：中華書局，2001。

57. 王勳成：唐代銓選與文學〔M〕，北京：中華書局，2001。

58. 葛景春：李白研究管窺〔M〕，保定：河北大學出版社，2002。

59. 王力：漢語詩律學〔M〕，上海：上海教育出版社，2002。

60. 吳承學：中國古代文體形態研究〔M〕，廣州：中山大學出版社，2002。

61. 李德輝：唐代交通與文學〔M〕，長沙：湖南人民出版社，2003。

62. 李孝聰主編：唐代地域結構與運作空間〔C〕，上海：上海辭書出版社，2003。

63. 榮新江主編：唐代宗教信仰與社會〔C〕，上海：上海辭書出版社，2003。

64. 王仲犖：隋唐五代史〔M〕，上海：上海人民出版社，2003。

65. 岑仲勉：郎官石柱題名新考訂〔M〕，北京：中華書局，2004。

66. 岑仲勉：唐人行第錄〔M〕，北京：中華書局，2004。

67. 陳寅恪：隋唐制度淵源略論稿 唐代政治史述論稿〔M〕，北京：生活·讀書·新知三聯書店，2004。

68. 傅璇琮：唐宋文史論叢及其他〔M〕，鄭州：大象出版社，2004。

69. 胡大雷：宮體詩研究〔M〕，北京：商務印書館，2004。

70. 李斌城等著：隋唐五代社會生活史〔M〕，北京：中國社會科學出版社，2004。

71. 李清淵：李白辯證叢稿〔M〕，北京：中國文史出版社，2004。

72. 王輝斌：唐代詩人婚姻研究〔M〕，北京：群言出版社，2004。

73. （美）宇文所安著，賈晉華譯：初唐詩〔M〕，北京：生活‧讀書‧新知三聯書店，2004。

74. （美）宇文所安著，賈晉華譯：盛唐詩〔M〕，北京：生活‧讀書‧新知三聯書店，2004。

75. （美）宇文所安著，鄭學勤譯：追憶：中國古典文學中的往事再現〔M〕，北京：生活‧讀書‧新知三聯書店，2004。

76. 安旗：李太白別傳增訂本〔M〕，西安：西北大學出版社，2005。

77. 孫琴安：唐詩選本提要〔M〕，上海：上海書店出版社，2005。

78. 查屏球：從遊士到儒士：漢唐士風與文風論稿〔M〕，上海：復旦大學出版社，2005。

79. 周勳初：李白評傳〔M〕，南京：南京大學出版社，2005。

80. 歸青：南朝宮體詩研究〔M〕，上海：上海古籍出版社，2006。

81. 辛德勇：隋唐兩京叢考〔M〕，西安：三秦出版社，2006。

82. 胡可先：唐代重大歷史事件與文學研究〔M〕，杭州：浙江大學出版社，2007。

83. 金濤聲、朱文彩編：李白資料彙編（唐宋之部）〔Z〕，北京：中華書局，2007。

84. 林大志：蘇頲張說研究〔M〕，濟南：齊魯書社，2007。

85. 嚴耕望：唐代交通圖考〔M〕，上海：上海古籍出版社，2007。

86. 嚴耕望：唐僕尚丞郎表〔M〕，上海：上海古籍出版社，2007。

87. 萬曼：唐集敘錄〔M〕，開封：河南大學出版社，2008。

88. 聞一多：唐詩雜論〔M〕，武漢：武漢大學出版社，2008。

89. 郁賢皓：李白與唐代文史考論〔M〕，南京：南京師範大學出版社，2008。

90. 龔鵬程：中國文學批評史論〔M〕，北京：北京大學出版社，2008。

91. 賴瑞和：唐代基層文官〔M〕，北京：中華書局，2008。

92. 張曉梅：男子作閨音：中國古典文學中的男扮女裝現象研究〔M〕，北京：人民出版社，2008。

93. 杜曉勤：齊梁詩歌向盛唐詩歌的嬗變〔M〕，北京：北京大學出版社，2009。

94. 葛景春：李杜之變與唐代文化轉型〔M〕，開封：河南教育出版社，2009。

95. 孫國棟：唐代中央重要文官遷轉途徑研究〔M〕，上海：上海古籍出版社，2009。

96. 程建虎：中古應制詩的雙重觀照〔M〕，北京：人民出版社，2010。

97. 郭沫若：李白與杜甫〔M〕，北京：中國長安出版社，2010。

98. 胡可先：唐詩發展的地域因緣和空間形態〔M〕，北京：中國社會科學出版社，2010。

99. 王國巍：敦煌及海外文獻中的李白研究〔M〕，成都：四川出版集團巴蜀書社，2010。

100. 丁稚鴻等編著：李白與巴蜀資料彙編〔Z〕，成都：巴蜀書社，2011。

101. 龔鵬程：文學批評的視野〔M〕，武漢：華中師範大學出版社，2011。

102. 吉文斌：李白樂辭述論〔M〕，南京：鳳凰出版社，2011。

103. 賴瑞和：唐代中層文官〔M〕，北京：中華書局，2011。

104. 錢鍾書：談藝錄〔M〕，北京：生活·讀書·新知三聯書店，2011。

105. 黃永武：中國詩學 思想篇〔M〕，北京：新世界出版社，2012。

106. 呂華明，陳安庸，劉金平：李太白年譜補正〔M〕，北京：中華書局，2012。

107. 王運熙：漢魏六朝唐代文學論叢〔M〕，中國古代文論管窺〔M〕，王運熙文集（第二、四卷）〔M〕，上海：上海古籍出版社，2012。

108. 謝育爭：李白散文研究〔M〕，臺北：問津出版社有限公司，2012。

109. 袁行霈，丁放：盛唐詩壇研究〔M〕，北京：北京大學出版社，2012。

110. 張瑞君：李白精神與詩歌藝術新探〔M〕，上海：上海古籍出版社，2012。

111. 周睿：張說——初唐漸盛文學轉型關鍵人物論〔M〕，北京：中華書局，2012。

112. 裴斐：李白十論〔M〕，李杜卮言〔M〕，裴斐文集（第二、三卷）〔M〕，北京：人民文學出版社，2013。

113. 任半塘：唐聲詩〔M〕，南京：鳳凰出版社，2013。

114. 王輝斌：李白研究新探〔M〕，合肥：黃山書社，2013。

115. 陳新、彭剛主編：文化記憶與歷史主義〔C〕，杭州：浙江大學出版社，2014。

116. 丁俊：李林甫研究〔M〕，南京：鳳凰出版社，2014。

117. 傅璇琮、陳尚君、徐俊編：唐人選唐詩新編（增訂本）〔M〕，北京：中華書局，2014。

118. 李德輝編著：唐宋館驛與文學資料彙編〔Z〕，南京：鳳凰出版社，2014。

119. 謝思煒：唐代的文學精神〔M〕，石家莊：河北教育出版社，2014。

120. 陳伯海編：唐詩匯評增訂本〔M〕，上海：上海古籍出版社，2015。

121. 徐曉峰：唐代科舉與應制詩研究〔M〕，北京：北京大學出版社，2015。

122. （德）揚·阿斯曼著，金壽福、黃曉晨譯：文化記憶：早期高級文化中的文字、回憶和政治身份〔M〕，北京：北京大學出版社，2015。

123. 趙靜蓉：文化記憶與身份認同〔M〕，北京：生活·讀書·新知三聯書店，2015。

124. 朱玉麟、孟祥光編：李白研究論著目錄〔M〕，北京：國家圖書館出版社，2015。

125. 羅宗強：隋唐五代文學思想史〔M〕，北京：中華書局，2016。

126. 伍寶娟：李白女性題材詩研究〔M〕，北京：中央編譯出版社，2016。

127. 汪湧豪：中國遊俠史論〔M〕，上海：上海人民出版社，2016。

128. 薛天緯：李白詩解〔M〕，北京：中國社會科學出版社，2016。

129. 葉嘉瑩：迦陵談詩〔M〕，北京：生活·讀書·新知三聯書店，2016。

130. 詹鍈：李白詩文繫年〔M〕，李白詩論叢〔M〕，詹鍈全集（第五卷）〔M〕，石家莊：河北教育出版社，2016。

131. 張煒：唐代四言詩研究〔M〕，北京：科學出版社，2016。

132. 賴瑞和：唐代高層文官〔M〕，北京：中華書局，2017。

133. 李長之：道教徒的詩人李白及其痛苦〔M〕，北京：商務印書館，2017。

134. 逯欽立輯校：先秦漢魏晉南北朝詩〔Z〕，北京：中華書局，2017。

135. 王重民等編：周紹良批校《敦煌變文集》〔M〕，北京：國家圖書館出版社，2017。

136. （日）宮崎市定著，張學鋒等譯：中國的歷史思想——宮崎市定論中國史〔M〕，上海古籍出版社，2018。

三、論文

（一）論文集

1. 稗山：李白兩入長安辨〔A〕，中華文史論叢（第二輯）〔C〕，北京：中華書局，1962。

2. 程千帆：韓愈以文為詩說〔A〕，古代文學理論研究叢刊（第1輯）〔C〕，上海：上海古籍出版社，1979。

3. 張昕、陳建平：《李白卒年辨》存疑〔A〕，唐代文學論叢（第八輯）〔C〕，西安：陝西人民出版社，1986。

4. 朱易安：李白的價值重估──兼論李白的文化意義〔A〕，李白學刊（第二輯）〔C〕，上海：三聯書店上海分店，1989。

5. 李子龍：李白與高適的政治得失芻議〔A〕，（日）松浦友久：關於李白離開永王軍的時間問題──以《南奔書懷》詩為中心〔A〕，中國李白研究（一九九〇年集上）〔C〕，南京：江蘇古籍出版社，1990。

6. （日）筧久美子：李白結婚考〔A〕，中國李白研究（一九九〇年集·下）〔C〕，南京：江蘇古籍出版社，1990。

7. 羅宗強：李白的神仙道教信仰〔A〕，（日）筧久美子：「贈給妻子的詩」與「愛憐妻子的詩」──試論李白和杜甫詩中的妻子形象〔A〕，中國李白研究（一九九一年集）〔C〕，南京：江蘇古籍出版社，1993。

8. 陳弱水：試探唐代婦女與本家的關係〔A〕，「中央」研究院歷史語言研究所集刊（第六十八本）〔C〕，臺北：「中央」研究院歷史語言研究所，1996。

9. 喬長阜：李白流放夜郎獲赦原因及地點、時間辨正〔A〕，中國李白研究（2001～2002年集）〔C〕，合肥：黃山書社，2002。

10. 張才良：李白流夜郎的法律分析〔A〕，周勳初編：李白研究〔C〕，武漢：湖北教育出版社，2003。

11. 曹化根：以「謫仙人」稱譽為起點透視李白人生悲劇〔A〕，李德輝：唐代流人制度與李白的流放〔A〕，中國李白研究（2005年集）〔C〕，合肥：黃山書社，2005。

12. 李芳民：李白的文化性格與待詔翰林政治失敗漫議〔A〕，中國李白研究（2008年集）〔C〕，合肥：黃山書社，2008。

13. 房本文：論李白待詔翰林的道教徒身份〔A〕，中國李白研究（2009 年集）〔C〕，合肥：黃山書社，2009。

14. 蔡方琴：李白在永王軍中的身份和地位考辨——兼釋《永王東巡歌》的創作實效〔A〕，中國李白研究（2014 年集）〔C〕，合肥：黃山書社，2014。

（二）期刊論文

1. 林庚：盛唐氣象〔J〕，北京大學學報（人文科學），1958（2）：87～97。

2. 陳貽焮：唐代某些知識分子隱逸求仙的政治目的〔J〕，北京大學學報，1961（3）：27～36。

3. 李寶均：吳筠薦舉李白入長安辨〔J〕，文史哲，1981（1）：71～74。

4. 周春元：李白流放夜郎考〔J〕，貴陽師院學報（社會科學版），1981（2）：30～37。

5. 王玉璋：論李白晚期詩風的轉變〔J〕，青海社會科學，1982（3）：74～80。

6. 葛景春，劉崇德：李白由東魯入京考〔J〕，河北大學學報（哲學社會科學版），1983（1）：111～117。

7. 李從軍：李白卒年辨〔J〕，吉林大學社會科學學報，1983（5）：80～85。

8. 周一良：敦煌寫本書儀中所見的唐代婚喪禮俗〔J〕，文物，1985（7）：17～25。

9. 李剛：李白與道士之交往〔J〕，宗教學研究，1988（Z1）：80～85+75。

10. 吳明賢：李白與陳子昂〔J〕，青海民族學院學報，1989（4）：122～127+98。

11. 傅紹良：李白的個性意識與悲劇心態〔J〕，陝西師大學報（哲學社會科學版），1992（1）：55～60。

12. 章培恒：被妻子所棄的詩人——《南陵別兒童入京》與李白的婚姻生活〔J〕，中國典籍與文化，1992（1）：20～24。

13. 許總：論李白自我中心意識及其詩境表現特徵〔J〕，安徽大學學報，1994（2）：8～15。

14. 周勛初：李白兩次就婚相府所鑄成的家庭悲劇〔J〕，文學遺產，1994（6）：32～42。

15. 趙昌平：李白性格及其歷史文化內涵——李白新探之一〔J〕，文學遺產，1999（2）：28～35。

16. 傅璇琮：李白任翰林學士辨〔J〕，文學遺產，2000（5）：5～11。

17. （日）岡村繁著，張寅彭譯：李白妻妾考〔J〕，陰山學刊，2002（5）：25 ～28。

18. 袁清湘：道士李白所屬道派探析〔J〕，中國道教，2005（1）：37～40。

19. 吳晟：聯章：中國古典詩歌的一種言說體式〔J〕，2005（1）：211～ 229。

20. 戴偉華：文化的順應與衝突——以李白待詔翰林前的生活和思想為例〔 J〕，學術研究，2006（2）：134～137。

21. 胡旭：李白居翰林及賜金放還考辨〔J〕，南開學報（哲學社會科學版）， 2009（3）：64～71。

22. 戴偉華：李白自述待詔翰林相關事由辨析〔J〕，文學遺產，2009（4）： 32～37。

23. 錢志熙：論李白《古風》五十九首的整體性〔J〕，文學遺產，2010（1）： 24～32。

24. 鄧小軍：永王璘案真相——並釋李白《永王東巡歌十一首》〔J〕，文學遺 產，2010（5）：44～56。

25. 謝思煒：李白的精神世界〔J〕，徐州師範大學學報（哲學社會科學版）， 2010（5）：25～31。

26. 查屏球：唐人婚姻習俗與李白成名前的家庭生活——李白《寄遠十二首》 考釋〔J〕，復旦學報（社會科學版），2010（5）：41～52。

27. 胡旭：「飲中八仙」之聚散與天寶文學走向〔J〕，中華文史論叢，2011（3）： 369～388。

28. 楊栩生：唐人之李白序志碑傳辨讀〔J〕，綿陽師範學院學報，2012（1）： 7～12。

29. 魏耕原：李白心繫長安論〔J〕，陝西師範大學學報（哲學社會科學版）， 2013（1）：77～85。

30. 楊栩生，沈曙東：李白居安陸期間事蹟辯證〔J〕，綿陽師範學院學報， 2014（3）：6～11。

31. 鄧小軍：李白從璘之前前後後〔J〕，北京大學學報（哲學社會科學版）， 2015（5）：33～40。

32. 胡可先：新出文獻與李白研究述論〔J〕，浙江大學學報（人文社會科學版），2015（5）：6～20。

33. 錢志熙：李白與神仙道教關係新論〔J〕，中國高校社會科學，2015（5）：66～78。

34. 丁放：玉真公主、李白與盛唐道教關係考論〔J〕，復旦學報（社會科學版），2016（4）：18～27。

35. 李芳民：「從璘入幕」罪案與李白暮年的冤憤〔J〕，陝西師範大學學報（哲學社會科學版），2016（4）：68～77。

36. 劉青海：蘇頲「李白論」新議——兼探李白早期文學道路〔J〕，文藝理論研究，2016（4）：122～132。

37. 陳尚君：李白詩歌文本多歧狀態之分析〔J〕，學術月刊，2016（5）：110～120。

38. 戴偉華：文學研究的創新仍應以文獻及其解讀為基礎——以李白與科舉相關問題為例的分析〔J〕，文學評論，2017（1）：120～130。

39. 許東海：駢儷‧聲律‧焦慮：李白供奉翰林的行樂演繹及其貴遊困境隱喻〔J〕，安徽大學學報（哲學社會科學版），2018（1）：56～65。

40. 王樹森：遊走在府縣之間的李白〔J〕，文學遺產，2019（3）：55～69。

41. 辛曉娟：論李白對七絕聯章體制的創變——以《上皇西巡南京歌》《永王東巡歌》為例〔J〕，文藝理論研究，2019（3）：150～159。

42. 李芳民：李白暮年身世經歷之自我記憶重構考論——以《經亂離後憶舊遊書懷》中相關記述的讀解為中心〔J〕，四川大學學報（哲學社會科學版），2019（4）：135～142。

（三）學位論文

1. 莊美芳：李太白詩探源〔D〕，臺灣私立東吳大學中研所碩士學位論文，1986。

2. 張振：李白晚期研究〔D〕，首都師範大學碩士學位論文，2002。

3. 朱雪里：李杜與玄肅權爭〔D〕，陝西師範大學碩士學位論文，2003。

4. 王曉陽：李白流夜郎遇赦心態與詩歌研究〔D〕，首都師範大學碩士學位論文，2013。

四、網站

1. 中國基本古籍庫（愛如生）〔E〕，北京愛如生數字化技術研究中心。

2. 中國方志庫（愛如生）〔E〕，北京愛如生數字化技術研究中心。

3. 讀秀學術搜索 http://www.duxiu.com/

4. 中國知網 http://www.cnki.net/